回眸百媚的樣貌

中國當代小說
情愛敍事研究
（1949-2011） 修訂版

周志雄 著

目　次

緒　論

一

　　自 20 世紀 70 年代末以來，文學開始回歸到人學本體之中，情愛問題備受文學關注，各種文化媒體也紛紛參與其間，特別是 20 世紀 90 年代以來，從嚴肅文學到通俗紀實，從影視劇到 MTV，從流行音樂到網路速食，到處可見一個兩性情感的主題。書市上充斥著大量的針對不同群體的婚戀情感調查報告與絕對隱私實錄，有大量的從社會學、歷史學、文化人類學、民俗學、考古學等方面進行研究的婚姻史、性史、家庭史、情愛史。可以說在一個感官張揚的時代，兩性情愛問題是一個幾近氾濫的文化問題。近二十多年是價值體系多變的時期，情愛狀態作為衡量社會文明的一個尺度，在這個時期裡的紛紜變幻表現得既突出又令人觸目驚心。

　　在諸多文體中，小說無疑是當代最發達的文學樣式，有資料統計顯示，上個世紀末中國每年長篇小說的數量近千部，這個數量相當於 1949 年後十七年長篇小說數量的總和。詩與戲劇有著燦爛的歷史，小說作為後起的文學樣式無疑是後來居上的。小

說的興起與市民文學的興起直接相關，市民文學的一個重要題材就是情愛問題。中國通俗文學有一個才子佳人的文學傳統，言情是唐宋傳奇以及明清話本小說的三大題材領域之一（另兩大題材是公案和傳奇），中國四大民間傳說（《牛郎織女》、《孟姜女哭長城》、《梁山伯與祝英臺》、《白蛇傳》）都是講述男女之情。在「五四」以來的中國新文學史上，「五四」時期的小說大多是情愛小說，左翼文學中存在「革命＋戀愛」的模式，《青春之歌》、《三里灣》、《林海雪原》、《山鄉巨變》、《紅旗譜》等紅色經典小說中都包含情愛敘事的情節線索。文學史上的經典名篇也大多與兩性情愛問題密切相關，幾乎可以說不寫兩性情愛就沒有小說。當代小說與情愛題材的關係更是緊密，自「傷痕小說」以來的每一波文學浪潮之中，都留下了很多情愛題材的名篇佳作。情愛題材又是最容易引起人們爭論的，從王安憶的《三戀》到張賢亮的《習慣死亡》，從賈平凹的《廢都》到衛慧的《上海寶貝》，從陳染的《私人生活》到春樹的《北京娃娃》，總是眾說紛紜莫衷一是。當代小說情愛敘事的繁榮有著現實的原因，當代社會現實發生了深刻的變革，多重文化資源的合力隨同變化的時代主潮一起造就了不同群體的作家，他們不同的經歷和審美趣向共同創造了當代小說情愛敘事眾聲喧譁的文學局面。

　　本文對「敘事」的理解並不囿於純粹形式主義層面的敘事學意義，而是將「兩性情愛」在小說中的敘述作為一種文學存在，看作是一種包含形式與意義的文化語碼，它包含具體的情愛事件、情愛活動中的人物，還包含敘述情愛事件的文化背景、敘述者的立場、敘事背後的動因、敘事的效果、情愛敘述對文體結構

的影響等，因而本文的研究對象不是嚴格意義上以言情為主要故事情節的純情愛小說，而是小說中有關兩性情愛的敘事形態。本文認為採用敘事研究的角度對小說進行分析是一個比較好的切入角度，這當然還只是一種嘗試。敘事性文本往往能比較深刻地探討情愛問題本身所包含的意義，這是因為：「敘事文是一種能以較大的單元容量傳達時間流中人生經驗的文學體式或類型。」[1] 面對這種文學體式，「研究敘述的視角可以相當多元，不妨從歷史學、心理學、社會學、文化人類學、美學等各種不同的角度去分析去討論。即使我們將討論的範圍僅僅局限於文學性敘事，研究的角度也依然五花八門。但是，說到底，敘事就是作者通過講故事的方式把人生經驗的本質和意義傳示給他人。」[2] 本文的做法正是在形式主義和歷史敘述之間找到平衡，從多個角度對當代小說情愛敘事進行韋勒克（René Wellek）所說的整體研究。本文的構架是宏觀的，但具體的切入卻是微觀的，是從對具體的作品重新解讀入手的。

二

西方的敘事學致力於分析文本敘事背後深層的模式、結構、原則，「正如語言學家們從複雜多變的詞句中總結出了一套語法規律，敘事學家們相信，他們也一定能夠從紛繁複雜的故事中抽

---

[1]　[美] 浦安迪（Andrew H. Plaks）教授講演：《中國敘事學》，北京大學出版社，1996 年 3 月版，第 8 頁。

[2]　[美] 浦安迪教授講演：《中國敘事學》，北京大學出版社，1996 年 3 月版，第 5 頁。

象出一套故事的規則，從而把變化多端的故事簡化為容易把握的基本結構。[3] 源於西方的敘事學研究在 20 世紀 60 年代開始興盛，敘事學試圖將文學研究引向科學研究的道路，走向純技術的形式分析。敘事學研究的思路對中國的文學研究產生了重要影響，在重主觀印象的中國傳統批評和馬克思（Karl Heinrich Marx）主義意識形態批評之外，它提供了一種新的思路。中國當代的批評家對敘事學理論並不陌生，羅朗・巴爾特（Roland Barthes）的《敘事作品分析導論》（*An Introduction to the Structural Analysis of Narrative*）、W・C・布斯（Wayne C. Booth）的《小說修辭學》（*The Rhetoric of Fiction*）、熱拉爾・熱奈特（Gérard Genette）的《敘事話語》（*Narrative Discourse*）、普羅普（Владимир Яковлевич Пропп）的《民間故事形態學》（*Morfologiia skazki*）等敘事學專著都有中譯本。中國學者這方面的理論專著有羅鋼的《敘事學導論》、董小英的《敘述學》、申丹的《敘述學與小說文體學研究》等。將敘事學理論用於文學研究的著作並不多，比較有代表性的有楊義的《中國敘事學》、陳平原的《中國小說敘事模式的轉變》、許子東的《為了忘卻的集體記憶——解讀 50 篇文革小說》等。比較有影響的對作家個案研究的敘事學著述有對魯迅小說的敘事學研究，如汪暉的《反抗絕望——魯迅及其文學世界》中第三篇所做的敘事學研究，王富仁的長篇論文《魯迅小說的敘事藝術》等。值得注意的是西方敘事學研究的規則與分析方式過於繁瑣，中國的敘事學文學研究往往只取西方敘事學的一些靈魂式的

---

[3] 羅鋼：《敘事學導論》，雲南人民出版社，1994 年 5 月版，第 23-24 頁。

思路，而不是嚴格意義上的敘事學研究。楊義的《中國敘事學》使用西方敘事學的工具來解讀中國古代敘事文體中內在的文化內涵，基本定位是文化研究。陳平原的《中國小說敘事模式的轉變》採用的是自己改造過的西方敘事學理論來研究中國現代小說如何實現敘事模式的現代轉換，研究的是一個動態的歷史變化過程，是用敘事學來研究文學史。汪暉的《反抗絕望——魯迅及其文學世界》也不是嚴格的敘事學分析，而是採用敘事學的方式來研究魯迅的內在精神結構，是用敘事學來研究精神現象學。王富仁的《魯迅小說的敘事藝術》將魯迅小說敘事形式上的特點看作是蘊涵文化意味的符碼，是通過敘事學的角度對魯迅小說進行文化分析。許子東的《為了忘卻的集體記憶——解讀50篇文革小說》對當代文革小說抽樣分析，「整理和探討文革小說的基本敘事模式，同時也分析這些文革小說中的主要角色及其敘事功能，最後再辨察這些文革小說的幾種基本敘述類型。」[4]全書採用敘事分析的方式歸納了文革小說的29種敘事功能，4種敘事模式，得出的結論是文革小說不同敘事模式中的文化內涵。簡而言之，就是借敘事分析的方式進行文化批評。

20世紀文學的研究大體上說可以分為兩類：一類是以俄國形式主義、歐美新批評、原型批評、結構主義等為代表的「科學」實證分析，一類是以文化人類學、精神分析學、馬克思主義、新歷史主義、後現代主義、新歷史主義、女權主義等為代表的社會文化意識形態研究。前者被稱為是「內在的」研究，後者被稱

---

[4]　許子東：《為了忘卻的集體記憶——解讀50篇文革小說》，三聯書店，2000年4月版，第3-4頁。

為是「外在的」研究。對於這兩種研究方式的關係韋勒克說得很明白：「我曾將對文學作品本身的研究稱為『內在的』研究，將對作品同作者思想、社會等等之間的關係的研究稱為『外在的』研究。但是，這種區分並不意味著應忽略甚至是蔑視淵源關係的研究，也並不是說內在的研究不過是形式主義或不相干的唯美主義。說得準確一些，經過仔細斟酌才形成的符號和意節的分層結構的概念，其目的正是為了克服形式和內容相分離的舊矛盾。在一部藝術作品之中，通常被稱之為『內容』或『思想』的東西，作為經過形象化的意義『世界』的一部分，已經融入了作品的結構之中。否認藝術與人的關係，在歷史研究和形式研究之間設立障礙，這決不是我的意思。雖然我曾向俄國的形式主義和德國的文體學家學習過，但我並不想將文學研究限制在聲音、韻文、寫作技巧的範圍內，或限制在語法成分和句法結構的範圍內；我也並不希望將文學與語言等同起來。我認為，這些語言成分可說是構成了兩個底層：即聲音層和意義單位層。但是，從這兩個層次上產生出了一個由情景、人物和事件構成的『世界』，這個『世界』並不等同於任何單獨的語言因素，尤其是等同於外在修飾形式的任何成分。我以為，唯一正確的概念無疑是『整體論』（hilostic）的概念，它將藝術品視為一個千差萬別的整體，一個符號結構，然而卻是一個隱含著並需要意義和價值的符號結構。相對主義的好古主義和外部的形式主義，兩者都是企圖使文學研究非人化的錯誤嘗試。批評不能而且也不應該從文學研究中排除

出去。」[5] 西方敘事學繁瑣的分析方式和唯形式的技術分析必然帶來文學研究與社會歷史隔閡的危險，這是中國的文學研究者們所不能接受的，在當下中國的社會歷史語境中，文學仍然被看作是一個產生社會意義的精神生產方式，文學還沒有變成純粹的自娛自樂的文字遊戲的外在條件，這是敘事學在中國文學批評中發生變形過濾的現實原因。另一方面也正如韋勒克所說的，文學的形式並不是完全獨立的內容和意義，「外在的」研究應該和「內在的」研究結合起來，也就是採取整體研究的方式。如何實現這種整體研究呢？文學的認識、教育、娛樂、審美功能使小說總是為不同年齡、身分、國別的讀者所共同喜愛和閱讀。接受者的閱讀審美期待與創作主體的情愛觀念和藝術追求在不同的層面上形成了情愛敘事豐富的背後「原型」或「模式」。情愛敘事的兩個維度──歷史和人都是動態而豐富的。在封建時代，情愛敘事成了反抗專制婚姻、追求自由愛情的理想呼聲；現代主義文化思潮在情愛敘事中注入了情愛本體意義上的哲學意味；消費文化時代，情愛敘事中多了一些日常化的細節和張揚感官的慾望化敘述。情愛敘事總是在感性和理性、現實和理想、觀念束縛和詩性自由的糾結中被賦予不同的含義。一個現代意義的愛情是以人為本的愛情，愛情追求心靈的自由，愛情對抗物質束縛，愛情反對物質交換，愛情對個人意味著快樂和幸福也意味著新生和動力，這也是文學的詩性所追求的。情愛敘事總是在自覺不自覺地表達一種創作者認為的更為合理的情愛觀念。布斯在《小說修辭學》中對一

5　[美]R・韋勒克：《批評的諸種概念》（*Concepts of Criticism*），丁泓、餘徵譯，四川文藝出版社，1988 年 1 月版，第 276-277 頁。

些理論家所認為的現代小說與傳統小說的區別在於「顯示」與「講述」的差別進行了仔細分析和論證，他提出了「隱含的作者」的概念，他認為作者的介入是不可避免的，因為小說的一種基本要求是讀者需要知道在價值領域中作者要他站在哪裡。情愛敘事研究就是力圖在敘述者、讀者、文化語境、觀念模式、內在心理結構等元素的關係中來透視情愛敘事深層的結構和意義。

　　「大多數所謂的藝術虛無主義還未達到這種完全的否定；幾乎所有作者都認為，某種意義是存在的，至少在藝術創作的活動中如此。自從康德（Immanuel Kant）以來，非哲學的作家所共同的哲學假說，就是一種主觀的藝術主義：存在著價值，但它只是藝術家從混亂中創造出的東西。」[6] 情愛敘事研究對敘事的價值、意義的發掘是在文學的本體意義上展開的，敘述者總是無法逃離意義的表達，即便是最虛無的價值消解也代表了一種價值立場。在敘事學看來，敘述的價值立場有敘述者與被敘述的人物之區分，敘述的情節與敘述的長度、語氣、密度中都可能隱性存在價值傾向。敘事的價值立場並不總是清晰的，有時候是含混的，甚至是敘述者自身的自相矛盾、似是而非，這在文學中並不鮮見。「萊昂內爾・特里林（Lionel Trilling）閱讀納伯科夫（Владимир Владимирович Набоков）的引起爭論的作品《洛莉達》（Lolita）時，曾表示他不能決定，是以嚴肅的態度，還是以嘲諷的態度，來看待最終敘述者對於自己不道德行為的告發，他又趕緊解釋說，這種含混使得小說更好，而非更糟糕。他說：『確實，《洛莉

---

[6] ［美］W・C・布斯：《小說修辭學》，華明、胡蘇曉、周憲譯，北京大學出版社，1987 年 10 月版，第 438 頁。

達》對我產生的吸引力之一,是它的含混的語氣……和含糊的意圖,它能產生不穩定性,使讀者失去平衡。』此外,由於極力主張『道德上的靈活性』,作品獨特而完美地再現了『美國生活的某些方面』。論點是清楚的。我們生活中的道德標準是含混不清的,這本書使得這種道德標準越發含混——也許,它使我們比過去更加失去平衡——因此它的缺乏清晰性也就成為一個優點。[7]道德上的含混是現實生活道德標準含混不清的反映,也致使敘述者的敘事立場變得含混,它在另一個層面反映了小說自身的特點:「伊恩 · 瓦特(Ian Watt)最近提出,小說本質上是一種含混的藝術形式;小說的興起本身就反映了『從古典世界的客觀的、社會的和公眾的方向』向現代生活和文學的『主觀的、個人的和私下的方向的變遷』。因為小說是在一個真實本身似乎日趨含混、相對和變動的世界裡,追求他所謂的『表現的現實主義』,所以它必定要犧牲其他體裁的『評價的現實主義』的某些東西。」[8]在含混成為小說本質的側面之時,小說中「表現的現實主義」壓過了「評價的現實主義」,敘事研究對價值形態的分析會變得艱難甚至徒勞,這也從另一個方面證實敘事研究是相對的,它會對作品的豐富性和藝術價值產生傷害——相同的故事雛形和相同的價值觀念在不同的作品中並不是等量意義存在的,但在敘事分析中卻並不易見出這種差別。但並不能因此而否定敘事研究的價值,我

7　[美]W・C・布斯:《小說修辭學》,華明、胡蘇曉、周憲譯,北京大學出版社,1987 年 10 月版,第 414 頁。

8　[美]W・C・布斯:《小說修辭學》,華明、胡蘇曉、周憲譯,北京大學出版社,1987 年 10 月版,第 432 頁。

相信敘事中有著潛在的讀者存在，敘述者總是為他的同類人而寫作，不同的敘述者控制在不同的作家手中，在一個歷史的時段之中，舊的敘事規範總是為新的敘事規範所取代，但這種替換並沒有被很好地澄清，有時甚至被簡單的道德批評所歪曲。在此意義上，情愛敘事分析無疑是客觀的，它將思維延伸到人類文化的命脈和人類心靈世界的潛層意識之間，將社會歷史的演變和人類的心靈情感相互聯繫，試圖發現偉大心靈之謎的某些可尋的規律性蹤跡。

三

人類思考問題的方式有很多種，黑格爾（Georg Wilhelm Friedrich Hegel）認為對絕對理念在精神階段的表達方式有哲學的、宗教的、藝術的三種之分。與文學的本質相關的命題很多，從根本上說，文學是人類精神探索的一種獨特方式。用文學的方式來敘寫情愛事件，表達人們對情愛世界的精神衝動是藝術的一個重要方面。文學的書寫從來就沒有脫離情愛世界而存在，文學的源頭有多長，情愛文學的源頭就有多長，這是一個基本的文學事實。恩格斯（Friedrich Engels）在十九世紀八十年代談及歐洲文藝思潮時曾指出：「性愛特別是在最近八百年間獲得了這樣的意義和地位，竟成了這個時期中一切詩歌必須環繞著旋轉的軸心了。」[9]。與此相類似的言論也很多：

9　[德] 恩格斯：《路德維希・費爾巴哈和德國古典哲學的終結》，見《馬克思恩格斯選集 第四卷》，人民出版社，1972 年 5 月版，第 229 頁。

1773 年，在《淑女雜誌》上有位作家誇大其詞地指出，「偌大的大英王國鮮有妙齡淑女不是萬分貪婪地閱讀大量的愛情故事和傳奇小說」。……從 19 世紀初葉開始，與日俱增的浪漫小說與愛情故事（有的還是出自女性的手筆）像潮水一樣湧向書店，直到今天也還是湧流不減當年。[10]

陳獨秀在為蘇（曼殊）的小說《絳紗記》作序時說，「人生最難解之問題有二，曰死曰愛。」古往今來的文藝總纏繞著這兩個永恆主題。[11]

聖經（Bible）所用的語言，簡言之，是愛的語言。[12]

「性愛世界的實體──人的身體，不可能赤裸裸地進入到公共世界中；而恰恰相反，公共世界中的成分──語言和權力等卻可以進入到性愛世界，並且作用於性愛世界中的身體。因此，性愛世界的身體必然會受到這些影響。」[13]也就是說人類對兩性問題的思考只有在語言和意識的層面上才能進入公共領域，這

---

[10] ［英］安東尼‧吉登斯（Anthony Giddens）：《親密關係的變革──現代社會中的性、愛和愛欲》（*The Transformation of Intimacy*），陳永國、汪民安等譯，社會科學文獻出版社，2001 年 2 月版，第 55 頁。

[11] 李澤厚：《中國思想史論（下）》，安徽文藝出版社，1999 年 1 月版，第 1040 頁。

[12] ［加拿大］諾思洛普‧弗萊（Northrop Frye）：《偉大的代碼──聖經與文學》（*The Great Code—The Bible and Literature*），郝振益、樊振幗、何成洲譯，北京大學出版社，1998 年 1 月版，第 294 頁。

[13] ［日本］橋爪大三郎編コレクション）：《性愛論》（*ON Sexual Love*），馬黎明譯，百花文藝出版社，2000 年 4 月版，第 137 頁。

種語言方式的思索本身為人類留下了燦爛輝煌的精神產品。翻開文學史看看，我們會對此現象更加一目了然：中國文學的濫觴之作《詩經》和古希臘文學的源頭荷馬史詩中都不乏情愛描寫的文字。對具體的創作者而言，沒有涉及情愛問題的作家幾乎是找不出來的。女作家張潔說：「婚姻可能是人生最難，或許根本就是無法破釋的謎。」有許多作家特別是一些女作家一生的寫作都在兩性情感的問題上做文章。文學史上很多不朽的名篇都是因情而生，許多作家的成名作、代表作都是在兩性的關係話題上達到了一定的深度。托爾斯泰（Лев Николаевич Толстой）、勞倫斯（David Herbert lawerence）、亨利・米勒（Henry Miller）、杜拉斯（Marguerite Donnadieu）、關漢卿、曹雪芹、魯迅、曹禺、茅盾、郭沫若、巴金、錢鍾書等許多文學大師都有許多情愛經典之作流傳後世。中國當代作家中以寫情愛出名的作家也很多，如張潔、王安憶、劉恆、蘇童、葉兆言、鐵凝、張欣、池莉、衛慧等等。

　　文學是因情而生的，男女情愛是人生最熱烈、最持久的情感，文學對情愛問題的關注是與文學自身的特質分不開的，文學適合表現最具有個人性的情愛體驗。李澤厚的《歷史本體論》認為「現實人生」不是語言所能解構的，它是真正的「最終所指」，是歷史認定的本體，每個活生生的人的日常生活本身是歷史的本體，只有「心理」才能成為人所詩意棲居的家園[14]。作為個體人生中的重要「日常生活」──男女情愛所引起的豐富的「心理」體驗是重要的，它是人類詩意棲居的家園，也是體現人

---

[14]　李澤厚：《歷史本體論》，三聯書店，2002 年 2 月版，第 11 頁。

性的一個重要方面。文學是審美的，康德認為審美是無目的合目的性，在文學中敘述者好像在敘說一件別人的與自己無關的事情，體現了人在自由地實現對自己和世間情感問題的超越，在逃避異化、規避理性的傷害上充分地實現了人的本質。現實人生總是難免破碎的，男女情愛也是多樣多色的，審美的表現方式是人實現詩意地活著的一種途徑。別林斯基（Белинского）明確提出文學是「寓於形象的思維」，是偏重於感性形象和個體體驗的。情愛問題總是在道德、倫理、宗教、法律等命題中被不同時代所規定，文學的方式介入這個問題的最為有利的地方在於，文學是感性的、個體的、有生命感的，它也許會受到各種文化觀念的制約，但文學的想像虛構性、具體性、感受性總是能在一定的程度上超越具體的時代制約，體現出自身的超越性和永恆性，情愛文學雖然總是難免受到理性規範的傷害，但總是能較充分地表達個體的生命體驗，而實現人的自由本質。海德格爾（Martin Heidegger）所提出的人詩意地棲居的命題在現代社會中並沒有實現，現代社會不斷地放寬男女情愛道德的準線，人的感官不斷地解放，可是現實離人們心中的夢想還很遙遠。文學是一種虛構的精神產品，它能超越現實表達人類對生活的願望，正因為這種虛構性，文學有一種「實驗室」作用，它以獨特的方式為生活在困境中的人提出了想像性的可能。「文學這個實驗室從事的探索構成一副宏偉畫面，探索的對象是人類的責任、悲劇性的體驗及能夠揭示我們的困惑的那些境遇，因為，面對周圍世界的誘惑，我們總是不知所措，做出盲目的選擇。實際上，文學作為人的行為的一種，其價值與預見並無多大關係。因為人的行為

只有特定和有限意義上的過去、現在以及未來。相反，我們的行為方式中倒另外有一些穩定得令人吃驚的基本方面，使我們能因一個時間上與我們相距甚遠的動人故事而激動萬分。贏得文學虛構的這種最高獎賞的是置身於既無國界、也無時間的實驗室中的『世界人』。是唐吉訶德（Don Quixote de la Mancha）、奧賽羅（Othello）、唐璜（Don Juan DeMarco）們向我們表明，虛構只不過是用命運隨時可能推到我們面前的棋子玩了千萬次而變化無窮的一種棋。」[15] 對於一些具體的作家而言，文學還具有診治療救的作用，佛洛伊德（Sigmund Freud）說文學具有昇華情感的作用，實際上很多文學家總是因為個人的感情糾葛而成就偉大的文學作品，還有些人因情所惑而選擇了文學。歌德（Johann Wolfgang Von Goethe）的失戀造就了《少年維特的煩惱》（*Die Leiden des jungen Werther*）的誕生，郁達夫認為文學作品都是作家個人的自敘傳，郁達夫的名篇《沉淪》就是寫個人青春期的性苦悶和情感上的困惑，丁玲以表達青春期女性性萌動和性焦慮的《莎菲女士的日記》成名。法國作家羅曼 · 羅蘭（Romain Rolland）在他的《托爾斯泰傳》（*Tolstoy*）中寫到，托爾斯泰的長篇小說《安娜 · 卡列尼娜》（*Анна Каренина*）中列文和吉蒂之間的愛情，實際上就是托爾斯泰與他的夫人蘇菲 · 安特萊伊佛娜 · 裴爾斯之間愛情的影射。羅曼 · 羅蘭認為正是蘇菲的愛情才使托爾斯泰獲得了十多年的寧靜心情，完成了《戰爭與和平》（*Война и мир*）與《安

---

[15] ［西班牙］卡米洛 · 何塞 · 塞拉（Camilo José Cela）：《獲獎演說：虛構頌》，見《諾貝爾文學獎金庫》，彭詩琅、廖隱邨主編，中國社會科學出版社，1998 年 12 月版，第 673 頁。

娜・卡列尼娜》兩部巨著。對於文學聲名日漸高漲的張愛玲，傅雷曾評價說：「戀愛與婚姻，是作者至此為止的中心題材，長長短短六七件作品，只是 variations upon a theme。遺老遺少和小資產階級，全都為男女問題這惡夢所苦。惡夢中老是霪雨連綿的秋天，潮膩膩，灰暗，骯髒，窒息的腐爛的氣味，像是病人臨終的房間。煩惱，焦急，掙扎，全無結果，惡夢沒有邊際，也就無從逃避。零星的磨折，生死的苦難，在此只是無名的浪費。青春，熱情，幻想，希望，都沒有存身的地方。」[16] 曹雪芹在「批閱十載」的《紅樓夢》中發出「都云作者癡，誰解其中味」的感歎，又何嘗不是震撼心靈的青春戀情讓作者不能釋懷呢？

　　美國心理學家馬斯洛（Abraham Harold Maslow）的需要層次理論將人的需要分成生理需要、安全需要、愛與歸屬需要、尊重需要、自我實現需要五個層次。一般文學所表達的情感大多與性愛、情愛、安全、競爭、同情、報復等初級需要有關，屬於基本性的情感需求。武俠、偵探、言情是公認的通俗文學的三大典型題材。馬斯洛還提出低層次的需要並不因為高層次需要的出現而失去其意義，純文學的內容，雖側重於表現層次較高的情感需要，如對人的生存狀況、存在價值、精神追求、個人體驗等方面的關注，但相對來說，人的基本性情感是永久的、穩定的情感，基本的情感需要與高層情感需要之間是相互契合的，情愛問題並不是通俗文學的專利，沒有純文學和通俗文學的界限。顯而易見

---

[16]　傅雷：《論張愛玲的小說》，見《張愛玲文集（第四卷）》，金宏達、於青編，安徽文藝出版社，1992 年 7 月版，第 413 頁。

的事實是，當代情愛文化的繁榮廣見於影視、網路、音樂以及各種通俗報刊之中，也在當代小說家的筆下異彩紛呈。

　　情愛問題既是一個重要的社會問題，也是一個重要的文學問題。在已有的文學研究中，我們經常看到一些文章從社會倫理學的角度來談論文學中的情愛問題。需要問的是文學談論情愛話題與一個社會學學者或者一個普通人談論情愛話題有什麼不一樣呢？如果文學對情愛的書寫可以用道德規範、社會倫理的尺度來評價，那麼文學的獨特性在什麼地方？情愛問題在文學中四處瀰漫，給文學帶來了什麼？作為時代的晴雨錶，作為當代人心靈的鏡子，當代文學對情愛世界的書寫是那樣的燦爛多姿，幾乎可以說在中國的文學史上沒有哪一個歷史時期比得上當代文學對情愛主題書寫的深度和廣度。從目前的文學研究來看，從情愛敘事的角度來研究單個作家作品的論文很多，從宏觀上對當代小說情愛敘事進行整合研究的著作尚不多見。基於此，本書試圖對比中國當代小說情愛敘事與古代小說情愛敘事、現代小說情愛敘事以及外國優秀小說情愛敘事的差異，用敘事學、價值現象學、精神分析學、文化人類學、比較文學等方法對當代小說情愛敘事書寫的深層意蘊、作家心態、敘事結構、創作主體的性別差異、影像的改編等進行分析探討，對當代小說名家名篇重新解讀，揭示情愛問題在小說敘事中的深層內涵及其內在動因。

上篇　理論探討

第一章

情愛敘事的歷史維度

什麼是好小說家呢？

　　一位作家首先面臨的是觀察社會，研究社會狀態，他觀察的結果被寫入小說，被小說納入的部分有多少可以成為正在形成的歷史，小說本身的價值就有多大。[1]

　　一旦藝術與現實的縫隙完全彌合，藝術就將毀滅。[2]

一

　　改革開放以來的文學新時期在文學的外在環境上是不斷變化的，文學情愛敘事在歷史的鏈條上有著自己獨特的時代特色。1978 年 12 月，民間刊物《今天》的發刊詞《致讀者》中發表了對「時代」的理解：「『五四』運動標誌著一個新時代的開始，這一時代必將確立每個人生存的意義，並進一步加深人們對自由精神的理解；我們文明古國的現代更新，也必將確立中華民族在世

---

[1]　賈平凹：《土門》，春風文藝出版社，1996 年 10 月版，第 111 頁。

[2]　[美]W·C·布斯：《小說修辭學》，華明、胡蘇曉、周憲譯，北京大學出版社，1987 年 10 月版，第 136 頁。

界民族中的地位，我們的文學藝術，則必須反映出這一深刻的本質來。」詩人還充滿豪情地對今天的時代表示樂觀和期待：「我們的今天，根植於過去古老的沃土裡，根植於為之而生、為之而死的信念中。過去的已經過去，未來的尚且遙遠，對於我們這代人來講，今天，只有今天！」新時期之初，作家們對於文學的熱情是非常之高的，充滿著用文學來建功立業的豪情。文學歷來在中國是經國之大業，不朽之盛事，文學對於現實的理想和衝動在當代的傷痕、反思、改革等小說浪潮中一再得到證實。兩性情愛作為人類生活中的重要方面，本應該是更個人性的事情，但在一個變革的時代，情愛敘事作為文學的一個重要內容參與了這一偉大的變革，成為時代合唱中的一部分。

　　偉大的文學作品總是折射出一個時代的面貌，體現出一個時代特有的審美趣味。恩格斯說他從巴爾扎克的小說中讀到的比從所有的經濟學家那裡學到的還要多，這是文學對現實的直接介入。小說中的男女人物關係往往能表現一個時代的情愛觀念，體現出特定時代情愛狀態的歷史性，反映出這個時代的社會風尚、情愛道德、民族心理等方面的因素。根據馬克思有關社會存在與社會意識的關係理論，社會現實的變化必然帶來人們思想觀念的變化，文學作為敏感的社會神經，必然表現出對歷史時代腳步所帶來變化的某種默契與追蹤。每一個社會大變革的時期總是社會觀念急劇變化的時期，這也是兩性關係出現變化的時期。而實際上兩性關係的變化總是充當了文化的開路先鋒，表現出對社會文化道德的衝擊。馬克斯・韋伯（Max Weber）在他的著作《新教倫理與資本主義精神》（*Die protestantische ethik undder geist des kapitalismus*）中談到，文藝復興之後，宗教以其新的面目適應了資本主義的發展，神性的、超驗的宗教道德在資產階級開始登上歷史舞臺的時候土崩瓦解了，一種重實利重享樂的俗世觀念開始抬頭。現世的情愛享受不是有罪的，而是值得肯定的，在藝術領域大量出現的是肯定人類情愛生活和現實慾望的作品。中國明代的商品經濟發展繁榮也導致世情生活小說的大量出現。「五四」時期是一個社會觀念急劇變革的時代，現代文學史上的第一部話劇是胡適的表現婚姻自主的《終生大事》，「五四」時期的青年被時代的潮流所激蕩的結果是許多青年喊著個人自由、婚姻自主的口號與家庭決裂，「愛情問題」小說、家庭小說成了「五四」時代文學的重要組成部分。延安文學時代具有「中國作風」和「中國氣派」的作家趙樹理一直將家庭問題作為小說寫作的一個重要方面。文革結束之後的新時期之初，情愛敘事一下子將人們壓抑已久的神經之弦鬆開了：劉心武在呼喚「愛情的位置」，張潔在訴說「愛，是不能忘記的」，張弦在向人們描述著那「被愛情遺忘的角落」。80 年代中後期中國社會出現一個歷史的轉型期，情愛敘事似乎又進入了一個「慾望化」的時代。種種事實表明，情愛問題總是在社會急劇變革中的一根敏感神經。

文革的災難結束了，中國人回到了正常的生活軌道上來了，文學在新時期初期成為人們傾瀉社會情緒的火山口。傷痕、反思、改革等文學思潮中，文學引起轟動效應常常不是文學自身的力量，而是文學所涉及的問題觸動了人們的感情之弦，引起了廣泛的社會性共鳴。新時期之初的情愛敘事參與了這一公共情緒的表達。

　　1978 年劉心武在《十月》上發表了短篇小說《愛情的位置》，隨後中央人民廣播電臺播出，引起了《光明日報》、《中國青年報》、《解放軍報》等報刊的熱烈反響，一大批普通群眾也參與對小說的討論。作品所產生的轟動效應在於：「作者敢於打破『四人幫』強設的創作『禁區』，通過藝術形象，正面觸及和回答了青年們共同關心的切身問題。」[3] 也正如一位青年給《十月》的來信中所說的：「短篇小說《愛情的位置》之所以能在我和我周圍許多青年中引起強烈的反響，就是因為小說真實地反映了社會的現實生活，表現了一個革命青年應該怎樣對待戀愛，什麼是革命者的愛情。我感謝作者，為我們青年在人生道路最重要的一步上指明了方向。」[4]

　　隨之，一大批描寫愛情的作品紛紛湧現，如張抗抗的《愛的權利》、《悠遠的鐘聲》、《淡淡的晨霧》，達理的《失去了的愛情》，靳凡的《公開的情書》，古華的《貞女》，孔捷生的《姻緣》、《在小河那邊》，王蒙的《風箏飄帶》，宗璞的《三生石》，陳國凱的《我該怎麼辦？》等。這些作品大多和傷痕意識相連，通過愛情線索來暴露文革給人們帶來的擠壓，著眼於極左路線給普通人帶來的心靈創傷，歌頌堅貞不渝的愛情。這些作品不是單純寫愛情，而是統一到時代的大合唱之中，通過愛情來傾訴，來表達對苦難歷史的沉思，著眼於大的時代主題。張一弓的《張鐵匠的羅曼史》通過張鐵匠與臘月的愛情表達歷史給普通人帶來的情感傷害，魯彥周的《天雲山傳奇》通過宋薇、羅群、馮晴嵐三

---

[3]　雪冰等：《熱烈的反響——廣大群眾評論〈愛情的位置〉》，《十月》1978 年第 2 期。

[4]　雪冰等：《熱烈的反響——廣大群眾評論〈愛情的位置〉》，《十月》1978 年第 2 期。

人的愛情關係反映了「反右」鬥爭對人民生活的影響，表達了對患難愛情的讚美。這些作品中愛情是主人公受難的一種方式，他們久經磨難，最後終於因為新時代的到來重新獲得了幸福的生活。小說在特定的歷史中讓主人公經受磨難，最後終結於一個陽光明媚的時代。這些作品中的愛情理想是自由的愛情理想，自由愛情鄙棄門當戶對的世俗傾向，追求感情上的志同道合。劉心武的小說《愛情的位置》描寫了三個女性對待愛情的態度，亞梅是不健康的愛情觀的體現者，在亞梅的心目中，「搞對象」意味著照相機、大立櫃等物質條件和對方的家庭條件。孟小羽選擇了在集體單位打燒餅的陸玉春，因為他們有共同的志趣，陸玉春雖然家有癱瘓的老母，但是個積極上進的好青年。與孟小羽形成映襯的是馮姨的忠貞不渝的革命式愛情。《被愛情遺忘的角落》寫三個女性的自由愛情，菱花和沈山旺的愛情獲得了政府工作隊的支持，荒妹的愛情因為新的時代到來而獲得了勝利，存妮的愛情雖然是蒙昧的，但也是發自內心的真誠的自由的愛情。這個時期的愛情敘述是明晰的，基本沒有對於愛情過程的細緻心理刻畫，情愛敘事服從於對時代宏大主題的展開。

　　在改革小說中，這一模式表現得更為突出，「改革＋愛情」的模式似乎是 20 世紀 30 年代「革命＋愛情」的翻版，不過沒有那麼濃的感傷情調，擺在改革者眼前的是有待大幹一場的歷史新時代，革命的英雄需要美人的陪襯，在當今，改革的英雄也需要美人的陪襯：喬光樸身邊有童貞（《喬廠長上任記》），鄭子雲身邊有葉知秋（《沉重的翅膀》），劉釗身邊有呂莎莎（《花園街五號》），李向南身邊有林虹和顧小莉（《新星》）。改革文學中，

情愛事件往往是改革的陪襯。賈平凹的農村改革小說《小月前本》、《雞窩窪的人家》通過愛情、婚姻的角度來反映農村生活的變化以及人們倫理觀念上的變化。《小月前本》中的王小月是個有文化的靈秀的農村姑娘，她選擇了活絡精明、善於經營、敢想敢做的門門，而放棄了勤勞憨厚、老實呆板、守舊笨拙的才才，無法顧及自己家和才才家的親密關係。《雞窩窪的人家》描寫了兩對夫婦的離異和重新組合的過程。禾禾、煙烽不滿足「死守著土坷拉要吃喝」的傳統日子，回回、麥絨留戀著殷實平穩的小農生活，他們之間的「換將」表現了社會倫理道德觀念的變化。在這些作品之中，現實的變化推動了人們婚戀觀念的變化，而婚戀觀念的變化正是小說把握時代脈搏的一種方式。

二

傷痕、反思文學中對愛情的敘述包含著對時代的控訴，改革文學以及一大批關注「現在時」的作品又將視野拉到當下正在發生的道德倫理觀念的變化上。劉心武的《寫在永不凋謝的花瓣上》將主人公對妻子的愛情「寫在永不凋謝的花瓣上」，古華的《爬滿青藤的木屋》敘述了一個「第三者」插足的愛情故事，表現文明對愚昧的勝利。陸星兒的《美的結構》在有愛情無婚姻和無愛情有婚姻二者之間尋求一個「美的結構」。張弦的《掙不斷的紅絲線》中的傅玉潔繞了一圈最後還是嫁給了她當初拒絕的齊師長，敘述了愛情被俗世的力量所打敗的現實，但還是控訴了極左政治給愛情帶來的破壞。

　　在新時期初期，在題材禁區被打破之後，情愛敘述通常與婚姻倫理道德等基本社會評價價值體系緊密相連。情愛問題在新時期之初的文學作品中常常引起廣泛的爭議。情愛敘事成為人們討論愛情價值觀的一個重要側面。現在再重新翻閱 80 年代初的文學論文，對《愛情的位置》、《愛，是不能忘記的》、《東方女性》、《人生》、《在同一地平線上》等作品的爭議基本上是在非文學的意義上展開的，人們對文學的討論只是為了討論生活中的情愛道德和情愛理想。如 1979 年《北京文藝》發表了張潔的《愛，是不能忘記的》，小說敘述了一個叫姍姍的姑娘在選擇自己的終身伴侶的時候，回憶自己的母親鍾雨的一段感情。鍾雨年輕的時候離過婚，因為那是沒有感情的生活。後來碰到一位已有家庭的老幹部，深深愛慕著他，他們一生在一起的時間不超過 24 小時，甚至聯手都沒有拉過，但他們在精神上「像一對恩愛夫妻」，愛得刻骨銘心，終生難忘。小說將「愛情」與「婚姻」之間做了割裂，描述了一種純潔的柏拉圖式之戀，表達了對愛情的渴望。女兒姍姍在回憶母親的這段戀情時也在表達這樣一個信念：「不要糊裡糊塗地結婚。」「到了共產主義，還會不會發生這種婚姻和愛情分離著的事情呢？」這是張潔自言為學習馬列著作之後寫的一篇表達愛情理想的小說。這篇小說發表之後，引起了強烈的爭論，1980 年第 1 期的《文藝報》和同年第 2 期的《文匯增刊》上刊發了黃秋耘和唐摯的評論，後來蕭林和李希凡分別發表文章與黃、唐商榷，一時之間許多評論家也參與討論之中。人們爭論的焦點是：主人公的精神戀愛是道德的嗎？「不能忘記」的究竟是什麼？蕭林在文章中說：「性愛就其本性來說是排他的。儘管形

式上老幹部沒有和妻子離異，但是無愛的夫婦生活，對於他的妻子，怎能不是一種深重的傷害和侮辱呢？試想，他的妻子如果得知曾和她共同生活多年的丈夫忽然在精神上日日夜夜和另一個女人在一起，『就像一對恩愛夫妻』，她會因為他並沒有離婚而感到快慰嗎？而作者每每忘記了這個不幸妻子的存在。實際上，作家筆下那個女作家的感情處處是自私的。」[5]這些評論文字的道德指向性很強，反映了當時人們對文學的解讀是社會性的，而很少從愛的本質層面上作深入的分析。

倫理觀念上的探討始終是引發爭論的主要原因。張潔的《愛，是不能忘記的》因為涉及婚外情，引起了人們關於愛情與道德的討論。1983 年第 8 期《上海文學》上發表了航鷹的《東方女性》，也引起了同樣的爭論。小說寫的是女兒余小朵愛上了有兩個孩子的有婦之夫。母親林清芬對女兒進行說服教育，講述了20 年前的一件往事。1963 年，林清芬的丈夫老余與年輕的女演員方我素發生了關係，還懷上了孩子，方我素也受到了大字報的圍攻，準備自盡。林清芬忍著心中的怒火，將方我素送到醫院為其接生，生下了余小朵，為了保護老余和方我素的名聲，林清芬和老余一起到農村，並聲稱小朵是自己的孩子。小說發表之後，從 1983 年到 1984 年，《文學報》、《作品與爭鳴》、《上海文學》等報刊分別展開了討論。討論的焦點是如何評價「東方女性」的問題，這種爭論也是由作品本身所固有的矛盾統一體所提供的。一位評論者說：「作者創作這篇小說的目的是想對目前社會上存

5　蕭林：《試談〈愛，是不能忘記的〉的格調問題》，《光明日報》1980 年 5 月 14 日。

在的婚姻問題上喜新厭舊的不道德行為進行批判。但由於愛憎不明，是非不清，因而不能不使作品產生致命的弱點：既想批判破壞別人幸福的第三者，又對第三者寄予無限同情；既歌頌『東方女性』的『美德』，又不自覺地宣揚了『婚姻不可離異』的封建道德；既批判桃色新聞傳播，又不自覺地宣揚了某些不健康的東西。」[6] 討論中肯定者認為林清芬式的東方女性的道德具有現實的教育意義，否定者認為作品本身是個不道德的故事，對不道德的容忍不是一種美德。這兩方面的意見都是著重於文學的道德教化作用，而很少涉及到作品的深層問題，對藝術上的成就也很少涉及。因而雷達提醒那些評論者說：「我們首先還是不要忘記：《東方女性》是一部文學作品，不是一個案件。」[7]

　　在今天看來，20 世紀 80 年代初小說中的情愛敘事也比較單一，缺乏對愛情複雜性的揭示，男女情愛在這個時代還是處在一個「道德不道德」的層面上。但也許正是因為情愛敘事屬於「人性」的書寫範圍，有些作品還是表現出了可供思考的深度層面。如《人生》不僅是一個高家林道德與否的問題，其實也是一個城市和鄉村的文化衝突與文化選擇的問題。1986 年《收穫》上發表的張抗抗的《隱形伴侶》，通過知青肖瀟和陳旭從相愛結婚到離婚的過程，追問一個人自身上存在的「隱形伴侶」的問題，作品的意蘊已經超越了情愛問題層面。《愛，是不能忘記的》在故事模式、人物設置上和《廊橋遺夢》具有相同的結構，寫出了一種沒

6　　藍舒平：《〈東方女性〉有明顯缺陷》，《文學報》1983 年 11 月 3 日。

7　　航鷹、盛英：《關於愛情婚姻倫理題材的通信》，《星火》1985 年第 7 期。

有結果的永遠值得追念的愛情，愛情之所以讓人懷念就是因為其無法實現而顯得美好，可惜當時很少從這個層面上來解讀作品。

三

20 世紀 80 年代中後期，中國經濟發生了巨大的變革。市場經濟取代了計劃經濟，不僅改變了中國人的生活狀況，也改變了人們的精神面貌。整個社會的價值體系也開始發生了重大的變革，人們對政治的熱情降溫了，對生活的熱情升溫了。對理想的追尋由形而上轉向形而下，俗世的過日子的實用主義的情愛哲學遠遠比情愛精神意義的探求更符合讀者的口味，情愛敘事在現實生活之中獲得了巨大的話語空間。新寫實小說對情愛的敘述抽掉了愛情的理想色彩，從價值立場上認定現實的合理性，還原愛情的現實面目，不再書寫英雄美人的動人故事，而是描寫普通人如何戀愛、結婚、過日子。張潔式「痛苦的理想主義」已被池莉式「不談愛情」的現實態度所取代，愛情的精神向度讓位給俗世的物質考慮。「新寫實小說」拆解了愛情超越於現實的「虛假」性，沉迷於「過日子」的溫情之中。從諶容的《人到中年》到《懶得離婚》，從方方的《大篷車上》到《風景》，再現了這種轉變。池莉的小說《不談愛情》、《太陽出世》、《煩惱人生》、《綠水長流》是最有「平民化」傾向的情愛敘述。在這些作品中，池莉徹底地拋棄了愛情的神性色彩，而將筆觸延伸到平常人的日常生活之中，小說中佈滿了煩躁、糾紛、難堪的生活瑣事。現實的平民生活視野，客觀平視的寫作立場使情愛敘事獲得了新的話語方

式，但其缺乏理想的亮色往往又成為爭議的焦點。

一種意見認為「新寫實小說」通過對「原生態」冷靜客觀的真實表現來揭示生活的本原面目，在揭示生活本質的時候，沒有未來趨勢，沒有典型形象，只關注生活中最普遍的有關衣食住行、油鹽柴米、吃喝拉撒的「純態事實」（陳思和語），因而丟掉了理想，認同於世俗，缺乏對現實的反抗：

> 「新寫實小說」中的人物普遍表現出對理想主義的厭棄，對激情和浪漫生活的拒絕，而無可奈何地認同於日常生活中的現存秩序；傳統文學中對理想主義的熾熱嚮往，對改造社會而達成人人平等、世界「大同」的烏托邦衝動，對人生的價值及意義進行形而上思考的真誠與執著都被日常性的生存經驗、被「好好過日子」的世俗性號召所取代。[8]

另一種意見認為「新寫實小說」對普通人物質生活的關注是一種新的人文精神，「新寫實小說」消解的是一種偽理想，丟掉的是偽崇高，建構的是一種更高層次的理想，是一種認清了生活本質之後，深有現實基礎的理想。

> 不少新寫實小說既寫物質生存需要無法滿足之後人性扭曲和畸變，又寫物質生存需要如何聚集為一種精神要求。既要求建立一種更多地考慮普通人衣食住行、生活情趣等等

---

[8]　孫先科：《英雄主義主題與「新寫實小說」》，《文學評論》1998 年第 4 期。

實際利益和世俗價值的新人文精神，建立一種反映了物質
生存意識的、更是人性色彩和平民色彩的新人文精神。[9]

　　從對「新寫實小說」的兩種看法中，可以看出人們對愛情的
理解已經開始出現了觀念上的調整。情愛敘事不再在宏大敘事中
展開，愛情的理想表達缺乏 80 年代前期那樣旗幟鮮明的表達，
一種著眼於生存的隱逸的愛情夢想在瑣碎、煩躁的生活之中暗自
流動。新寫實的代表作家池莉也曾說：「人類不能沒有憧憬和夢
幻，不能從生下來就直奔死亡。」[10]

　　如果說傷痕、反思、改革文學書寫的是「大歷史」，新寫實
小說寫的是「平民現實歷史圖景」，那麼 90 年代女性文學所書寫
的就是私人化的「個人小歷史」，這就是女性自傳性敘事在 90 年
代的廣為流行。水田宗子在論及日本現代女性文學時說：「在男
性用漢字記錄著官方的公開文件和歷史的同時，女性們則抒寫她
們的個人思想、感情以及她們身邊人物的生活。她們以自己日常
生活中的語言來傾訴和抒發情感和內心世界。這種對心理有透徹
的理解的個人自傳性寫法，是現代普通小說這一重要創作體裁的
雛形……」[11]90 年代的女性自傳性敘事是一種明確的女性敘事策
略，自傳性敘事讓女性獲得了自我敘述個人經驗的空間，在其中
女性可以反覆咀嚼自己的生命傷痛，與現代女性作家的自傳性敘

9　　蕭雲儒：《被拷問的中國人文精神》，《延河》1995 年第 1 期。

10　池莉：《寫作的意義》，《文學評論》1994 年第 5 期。

11　[日本] 水田宗子主編：《日本現代女性文學集》，陳暉、吳小莉等譯，上海譯文出
　　版社，2001 年版，第 3 頁。

事（如盧隱的《海濱故人》、馮沅君的《春痕》、白薇的《悲劇生涯》、蕭紅的《呼蘭河傳》、蘇青的《結婚十年》、楊沫的《青春之歌》等）不同，當代女作家的自傳性敘事對愛情的敘述更多放在私人的隱秘經驗和各個層次的複雜內心體驗上。20 世紀 90 年代女性自傳性情愛敘事的代表作品有陳染的《私人生活》、林白的《一個人的戰爭》、海男的《我的情人們》、衛慧的《上海寶貝》、棉棉的《糖》、春樹的《北京娃娃》、張潔的《無字》、徐坤的《春天的二十二個夜晚》等。有些作品因為暴露個人的隱秘而較多地受到評論界的批評，人們質問的是：私人性的女性隱秘進入文學之中有何美感？「寶貝」、「另類」的愛情方式通常也受到了質疑。相對來說，張潔的《無字》、徐坤的《春天的二十二個夜晚》之類的作品，敘事之中有豐富的時代內容，還有很厚實的生活閱歷和深沉的情愛生活體驗，成為情愛敘事的堅實之作。張潔的《無字》在 80 萬字的篇幅之中將一家四代女性墨荷、葉蓮子、吳為、禪月所經歷的大半個世紀的歷史連成一個整體，寫出了 20 世紀女性的愛情傷痛和精神命運。徐坤的《春天的二十二個夜晚》的意圖也是在個人的歷史事件之中寫出一代人的精神歷程。她在接受《中華讀書報》的採訪時說：「它一點也不『私人』」，而是一代人，或者說一群人的共同體驗和生存遭際，就是那群帶著 80 年代精神理想和文化資源走進北京、走進 90 年代的一群年輕人，他們面臨這個巨大的歷史和社會價值觀念轉型時所面臨的困惑，以及向上行走時所付出的精神和肉體的代價。」[12]

---

[12] 舒晉瑜：《徐坤：寫作讓我走出婚姻的陰影》，《中華讀書報》，2002 年 1 月 23 日。

　　從俗世情愛的生活之流到個人情感的私人空間，情愛敘事的立場轉到平民價值的順唱和個人情感的獨唱。情愛敘事在 21 世紀初已經變得更為多樣，情愛敘事之中的社會生活圖景得到多角度的再現，個人隱秘的感情生活空間成為大眾的消費品。情愛敘事對歷史的跟蹤不再像新時期之初那樣附著於大的社會主題，而是發掘情愛自身的深層意義空間。單純的情愛敘事非常純粹，尤其是一些女性作家的作品，一些男性作家也有對情愛敘事的偏好。一個現代意義上的自由的、兩性和諧的愛情夢想在當下情愛敘事大行其道的文本世界中，飽含著憂傷和希望，在絕望中尋找、在平靜中放棄、在迷茫中守望。那些慾望化的身體敘事，另類的反叛敘事，都市平民的順世敘事，鄉間遺落的傳奇敘事以及種種不同年齡、不同性別、不同地域、不同階層的情愛生活真相，在豐富的情愛敘事世界中得到了再現。愛情的本質、情感的困惑、人性的複雜也在各種不同類別的文本中有了深度，情愛敘事再現了當代人的豐富情感世界。這也許可以從另外一個角度來理解：是一個獨特的時代提供了這樣的情愛敘事空間，情愛敘事之中可以清理出這個時代的兩性情感的自由和諧度。在這個意義上說，情愛敘事以其獨特性在當下的文學之中是游離於時代主流的，但又是在場的，情愛敘事從來沒有真正地從歷史中退場，這是從歷史文獻、哲學思考、新聞事件中無法見到的一個既虛擬又真實的情感世界。

四

　　小說與現實的緊密聯繫本身無可厚非，但文學上總有一些悖論性的命題存在。文學的魅力在於獨創性，即不可重複性，文學對情愛觀念的書寫在一定的程度上總是比較恆定的，一個時代的情愛觀念總是不如這個時代的情愛故事豐富。魯迅評價《紅樓夢》時說，《紅樓夢》的出現使中國傳統小說的寫法都打破了，魯迅的評價標準是文學的獨創性意義。作家當然不會只按照某種觀念來寫作，但具體的文學往往會呈現出具體的觀念。李澤厚在梳理 20 世紀中國知識分子的創作時曾質疑說：「中國六代知識分子艱難悲慘地走過五分之四的二十世紀，從文藝上反映出來與歷史主流如此緊密同步的心態，到底是歷史的悲劇還是正劇？」[13] 情愛敘事在 20 世紀中國文學之中與歷史主流意識之間當然沒有「啟蒙與救亡」主題與後者的關係緊密，但仍然體現出這種悖論，愛情是最具有個人性的事情，到了文學書寫之中卻變成了對某種歷史現實情愛理念的再現，這無論如何都是對文學創造性品格的漠視和挑戰。

　　這種挑戰在新時期文學中是有意味的。新時期是一個中國社會發生急劇社會轉型的時期，文學參與社會現實的變化，在書寫人們的情愛關係上無疑是 20 世紀中國文學中最為絢爛的一個時期。另一方面，文學與現實之間不是簡單的變化與遇合的關係，

---

[13]　李澤厚：《中國思想史論（下）》，安徽文藝出版社，1999 年 1 月版，第 1087-1088 頁。

而是契合與疏離的雙向互動關係，新時期文學在文學的本體性探索上是很有成就的，文學的多元化格局開始形成，文學對情愛的書寫既多層面地參與到當代的歷史變革之中，又表現出對歷史的某些疏離。文學對現存權力的反抗和對現實實用性的脫離是文學的重要方面。正如盧卡契（Georg Luacs）在《文學與歷史》中所說的文學與歷史之間並不必然表現出同步，文學自身的特點是文學的審美屬性和個人性特色，文學在書寫歷史的時候必然表現出對歷史的疏離。任何作家的寫作都不過是魯迅所說的作為一個歷史的「中間物」而存在，作家總是屬於具體時代的，文學不過是對生活的一種個人性記憶和解釋而已。生活在具體的時代的人總是難免受到一些社會觀念的制約，不受這種觀念的制約，就會受到另一種觀念的制約。然而文學卻是在自由和審美的創造中實現自己的價值，這種為時代觀念所束縛的思維與文學個人的創造之間形成了文學發展的一個充滿張力的精神空間。馬克思說人類要拋棄鎖鏈上的花環，而摘取思維的真正的花朵。作家在具體的創作中必然努力尋求觀念和模式的突破與創新，而文學的內形式卻是最穩固的，不易輕易變化的。已有的模式或觀念的影響已經成為任何一個作家不可逃避的宿命，而那些致力於創造的寫作，其新的寫法往往又會在一個文化背景相似的作家群中發揚光大，這無疑又會成為新的穩定的結構模式。在新時期以來的歷史語境中，文化價值觀的變化所帶來的影響是很突出的，從各種旗號林立的命名到文學潮流的更迭，當代文學的繁榮已是眾所公認的事實。多元化、雜語化、邊緣化、眾聲喧譁、准個體時代、後新時期等詞彙已經將這種文化價值紛雜的現實概括了出來。傳統的、

現代的、後現代的、東方的、西方的一些歷時性存在的價值在中國的文化舞臺上盡情地狂舞著，相互交匯摻合在不同作家作品之中，這種文化觀念大變化的時代類似於中國的「五四」時期和西方的文藝復興時期。

今人尷尬的是，在歷史的變化中，文學被創新的腳步追趕著，永遠沒法停下來，文學既書寫著絕對個人性的思考和認識，又無法避免地成為時代精神、大眾趣味、社會心理的折射品。同一個作家的思維方式在不同的作品中形成了自己的風格，而風格又會成為他的敵人，這樣一個作家又會成為某種觀念的犧牲品。這就像中國的啟蒙主義作家所面臨的精神困境一樣，成為「清醒的說謊者」，這是他們難逃的宿命。這種觀念的犧牲在那些貼近現實的作品中表現得十分突出，文學參與現實歷史的激情使文學書寫總是在不斷地追趕，近二十年現實的紛紜變化使文學的書寫呈現出明顯的「史」的脈絡，文學的變化因現實語境的變化而變化。這種變化並不是某些作家所言的「斷裂」式的變化，而是混合著極其複雜的現實狀態。改革開放使中國走上經濟高速發展的時期，中國無疑在歷經自洋務運動以來的現代化歷程，不僅是物質的現代化，也是精神的現代化，不僅是生活的現代化，也是人的現代化。西方物質文明的進步所表現出的一系列社會問題和弊端，讓西方人看到了東方民族中合理的文化成分，季羨林甚至認為 21 世紀是中國的世紀。中國文化在當下語境當中既是一次挑戰也是一次機遇，傳統的並不一定就是落後的，現代的也不一定就不是保守的，在中國實現現代化的進程中，西方的後現代文化已在中國學界分享話語權，有人論證如何建構中國當代文學的中

華性，有人在論證後現代在中國的合理性。在混合著多種文化因數和多種可能性與合理性的文化環境中，對當代文學的整體描述便很難用一個單純的演進合理性來概括，文學的經驗固然是不斷遞增的，但並不意味著後來者在文化的價值層面上就佔有優勢地位。弗萊（Northrop Frye）在《批評的剖析》（*Anatomy of Criticism four Essays*）中評價了這一文化價值問題。但我並不是主張相對主義，或文化無差別論，我的論述前提是在文學的意義上，任何一種書寫方式和文學作品中的價值內核都有其合理性。文學合理性和社會學意義上的合理性並不是完全重合的。「在作品的開始部分，作家已經設立了與現實的關係，雖然這時候僅僅是最初的關係，然而已經是決定性的關係了。優秀的作家都知道這個道理，與現實簽訂什麼樣的合約，決定了一部作品完成之後是什麼樣的品格。因為在一開始，作家就必須將作品的語感、敘述方式和故事的位置確立下來。也就是說，作家在一開始就應該讓自己明白，正在敘述中的作品是一個傳說？還是真實的生活？是荒誕的？還是現實的？或者兩者都有？」[14] 因為文學有的是著眼於當下，有的是著眼於未來，文學既有現實的社會生活成分，更有想像和經驗的成分，對於徘徊在現實和想像之間的文學，對其價值和書寫模式的抽取，必然既要研究其文學價值，也要研究其與社會規範之間的或契合或游離的關係。

現實主義文論認為文學是對現實生活的一種反映，浪漫主義認為文學是對人心靈的一種表達。這實際上概括了文學世界

---

[14] 余華：《長篇小說的寫作》，見《中國當代作家面面觀》，林建法、傅任選編，華東師範大學出版社，2002 年 2 月版，第 58 頁。

的兩個重要維度，文學所面對的就是人的精神世界，包括人在現實面前所碰到的種種問題。馬列主義經典作家將文學看作是一定的階級、時代的人對生活的一種反映；西方語言論者認為文學是在語言中存活的現實，文學不過是語言的所指與能指之間滑動的產物；解構思維認為文學書寫的是一種人所感知到的歷史，是墨寫的謊言，而真實的歷史總是淹沒在文字的汪洋大海之中。詹姆遜（Frederic Jameson）說：「歷史不是文本，不是敘事，無論是宏大敘事與否，而作為缺場的原因，它只能以文本的形式接近我們，我們對歷史和現實本身的接觸必然要通過它的事先文本化（textualization），即它在政治無意識中的敘事化（narrativization）。」[15] 這便是文學書寫歷史總體性的尷尬境地，即文學並不總是書寫宏大的歷史主題，特別是情愛話題作為一個比較個人性的話題，總是呈現出普遍性和超時代性。但在另一方面文學又總是處於一個不斷變革的歷史發展環境之中，文學是人們理解時代的一種重要方式，文學必然難以擺脫對意義的追求。在文學的超驗性和現實性之間的矛盾必然使文學陷入一種「表意的焦慮」（陳曉明語）之中，這種焦慮導致文學常常積極地參與現實的建構，形成了文學的歷史化過程，陳曉明將此歷史化過程概括為以下幾個方面：「其一，文學藝術對表現的社會現實具有明確的歷史發展觀念；其二，文學藝術的表現方法本身具有了時間發展標記；其三，文學藝術，特別是文學敘事表現的「歷史」，

---

[15] ［美］弗雷德里克・詹姆遜：《政治無意識——作為社會象徵行為的敘事》（*The Political Unconscious*），王逢振、陳永國譯，中國社會科學出版社，1999 年 8 月版，第 26 頁。

具有完整性，這種完整性重建了一種歷史，它可以與現實構成一種互動關係。因而，其四，歷史化的文學藝術也歷史化了現實本身。」[16] 正是在這種文學與現實的互動關係中，本文既從歷時的演變角度去思考小說情愛敘事如何在現實的語境中根據歷史的變遷而變化，也研究在歷史背後情愛敘事的永恆性、差異性、私人性特徵。本文的研究著眼於小說情愛敘事的歷史，又研究形成這種歷史本身的外在社會條件，揭示情愛敘事與歷史風雲之間的複雜關係，既進行文本細讀的本體性研究，又將形式、規律等看作是一種「有意味」的文化代碼。正是在此意義上本文進入情愛敘事超越歷史時段的一面——人性。

---

[16] 陳曉明：《表意的焦慮——歷史祛魅與當代文學變革》，中央編譯出版社，2002 年 6 月版，第 475 頁。

第二章

情愛敘事的人性維度

飲食男女，人之大欲存焉。(《禮記・禮運》)

我只想造希臘小廟。選山地作基礎，用堅硬石頭堆砌它。精緻，結實，勻稱，形體雖小而不纖巧，是我理想的建築。這神廟供奉的是「人性」。[1]

愛情不僅反映著人的自然的情感欲求，也反映著個體獨特的情感方式、性格稟賦以及對人生的體悟，雖然它同時也映射著一定歷史階段的倫理規範和道德觀念，但愛情畢竟是一種個人性很強的情感，蘊含著豐富的人性內容。[2]

一

人性是人之為人的本性，人的生理需求、情感特徵、心理結

---

[1] 沈從文：《沈從文文集（國內版）第 11 卷・文論》，花城出版社，1984 年 7 月版，第 42 頁。

[2] 管寧：《小說 20 年：人性描寫的歷史演進》，《東南學術》2001 年第 5 期。

構、生命困惑都是人性的重要方面。人性既包括恆定的自然屬性和超穩定的心理結構，也包括隨歷史發展變化的社會屬性方面。人的自然屬性主要是人在現實中所體現出的生理需要，如食慾、性慾、享受慾、佔有慾、攻擊慾等。超穩定的心理結構是與人的自然屬性相聯繫的人的心理特徵，如與食慾相聯繫的內心渴望情緒，與性慾相聯繫的對異性的好感，與攻擊佔有慾相伴隨的人的自私陰暗心理。人的社會屬性是指在特定的社會歷史背景下的具體表現形態，如人的愛、恨、情、仇、懼、惡等心理情緒總是表現出一定的社會歷史文化的特色，人的交際行動方式總是和具體歷史時空相聯繫，也會打上時代的烙印。馬克思說：「整個歷史也無非是人類本性的不斷改變而已。」[3]他還說「首先要研究人的一般本性，然後要研究在每個時代歷史地發生了變化的人的本性。」[4]

巴爾扎克（Honoré de Balzac）在小說《歐也妮‧葛朗臺》（Eugenie Grandet）中說愛情是我們第二次的脫胎換骨。叔本華（Arthur Schopenhauer）說：「戀情進了更深一層，人的思想不但非常詩化和帶著崇高的色彩，而且也具有超絕的、超自然的傾向。因為賦予這種傾向，所以，整個人看起來完全脫離人類本來的、形而下的目的。」[5]愛情是值得追求的，而愛情總是與具體的歷史環境聯繫著，現實愛情難免會受到各種阻礙，一個人為愛情受

---

[3]　[德] 馬克思：《哲學的貧困》，見《馬克思恩格斯全集第四卷》，人民出版社，1958年8月版，第174頁。

[4]　[德] 馬克思：《資本論》，見《馬克思恩格斯全集第二十三卷》，人民出版社，1972年9月版，第669頁。

[5]　李瑜青主編：《叔本華哲理美文集》，安徽文藝出版社，1997年5月版，第57-58頁。

難，為追尋自己的愛情表現出衝破阻力的勇氣和藐視一切的人格魅力，最能體現人性之美。中國文學的經典作品《紅樓夢》因其寫出了人物為情而生死的精神靈魂，在古典小說之中獨樹一幟。張潔的《愛，是不能忘記》中的女作家鍾雨的愛情也表現了對愛情理想的追求，發出了人性的光輝。

敘述愛情障礙所激發的人性美在 20 世紀 80 年代前期的小說中是比較多見的，那是一個理想主義的時代，在傷痕、反思、改革等宏大敘事的小說之中，我們可以看到很多美麗女性形象的身影。她們美麗、善良、賢淑、堅貞。如《許茂和他的女兒們》中的四姑娘，王安憶小說中的雯雯，賈平凹筆下的滿兒、月兒、小水，張賢亮小說中的喬安萍、馬纓花、黃香久等都是典型的東方女性。在我們的文化傳統中女性大體上是因愛情而生的，也許是對女性的文化想像，這類天使一般的女性形象大多出現在男性作家筆下，這往往成為女權主義論者的攻擊口實。與此相映的是，情愛敘事中也有一些優秀的男性形象，這些優秀男性大多是「歷史脊樑般」的「強者」形象，如「反思小說」中的金東水、李銅鐘、羅群等，「改革小說」中的喬光樸、李向南、鄭子雲等。

20 世紀 80 年代末解構愛情的世俗化浪潮並沒有讓人們放棄對美好愛情的追求，在一些 90 年代的小說之中仍然不時地可以看到一些為情而動的感人情節。張煒的《家族》中，不止一次地寫到燃燒著烈火般的愛情，土匪頭子麻臉三嬸的女兒「小河狸」，這個殺人不眨眼的土匪對革命者許予明的愛卻是驚天地泣鬼神的。莫言的《豐乳肥臀》中，上官家的女兒一個個性情剛烈，敢愛敢狠，愛上了誰是八匹馬都拉不回來。張抗抗的《情愛

畫廊》中生活在優越的家庭中的水虹，在畫家周由熾熱的愛情感染之下，沉寂已久的生命意識被喚醒了，最終冒著身敗名裂的危險，不顧一切的出走與周由這個才華橫溢又處境艱難的藝術家結合。莫言的《紅樹林》中美麗的天使般的林嵐愛上了聰明的馬叔，由於同班同學金大川的嫉妒和挑撥，馬叔沒有答應林嵐的要求，他們沒有結婚，這分遺憾留了三十年，由於種種原因，林嵐嫁給了地委書記的白癡兒子。愛情的失落致使這個女人變成了一個魔鬼，她與公公私通，為了兒子林大虎滿足了金大川三十年來的欲求。當所有的謎底揭開以後，馬叔撕心裂肺地悔恨自己三十年前犯了一個嚴重的錯誤，他心底愛了三十年的女人竟陰錯陽差的在另一條路上苦苦掙扎。在這個慾海橫流的社會中，在經歷了人生的大是大非之後，震撼人心的是那沒有兌現的愛情。林嵐與公公所生的兒子林大虎胡作非為、橫行霸道。這位混世魔王般的人物，在遇到美麗善良的漁家姑娘珍珠之後，至死不悔地追求珍珠，在他粗暴、狂放、鄙俗無賴的背後流淌著可愛的人性的清泉，那就是對愛情的忠貞。林嵐、林大虎過著富足的生活，在他們的世界裡生理慾望的滿足終不能代替愛的衝動。莫言描寫了當下社會生活中的罪惡和腐敗，他沒有拔高人物，沒有神化愛情，他凸現的是在慾望橫流的社會裡，還有一些刻骨銘心的東西存在，還有值得人心動神迷的愛情。《紅樹林》中的愛情理想也是建立在慾望之上的，是在半是天使半是魔鬼的人物身上實現的，它既是現實的，又是超越於現實之上的。海男的《粉色》中，羅韻這個二十六歲的女人，經過六年戀愛，嫁給了她的同學蕭克華。她一直期待著一場愛情風暴的到來，在和蕭克華結婚之後她

並沒有感覺到它的到來。她的另一個追求者陳濤，在她很煩的時候突然來找她，他們之間突然改變了關係。這個充滿愛情想像的女人，厭煩了沉悶的一男一女廝守一生的生活，她走出了家庭，在她的心中，「那個幻想依然存在，她期待著一場風暴降臨，那個男人能夠給她帶來一場愛情風暴，因為直到如今，她還沒有真正地愛過一個男人。」愛情是什麼？對於羅韻這樣的女人來說，永遠是一個期待的而又無法企及的夢想。

王朔的小說中寫了不少「痞子」式的人物，但在「痞子」身上也有特別可愛的地方，那就是掩藏在痞性背後的純情的一面。[6] 王小波的《革命時期的愛情》也以一種戲謔的方式寫出了對自由的、不受拘束的愛情的渴望。有意思的是，王小波和王朔是通過一種戲劇化的方式來寫人對愛情的嚮往。社會中心由政治轉向經濟，生活中的政治情結淡化了，板著面孔、認認真真地談情說愛被遊戲般的戲謔敘述取代了，在這種遊戲的背後，我們仍然可以看到人物為愛情而傷心動情的情節。

就是在一些「慾望化」的敘事中，仍然可以看到情對身體慾望的征服。在徐坤的小說《遭遇愛情》中，島村是一個情場老手，玩弄女人做色情交易對於他是愉快而輕鬆的。但他在一次生意中，對一個年輕的女孩產生了動情的念頭，他固執地認為這個女孩是跟別的人不一樣，可是他的夢想在後來的事實中還是無情地破滅了，島村陷入了傷感之中。「他太想確認這場愛情的性質了」，可是「一切為什麼竟是這樣殘酷……」像夸父追日一樣，人

6　鄧曉芒：《靈魂之旅——九十年代文學的生存境界》，湖北人民出版社，1998 年 9 月版，第 22 頁。

是永遠不會放棄對愛情的夢想的，哪怕在身體的遊戲之中。陳染的小說《私人生活》中的主人公倪拗拗很另類，她委身於幾個男人，但在感情的意義上是不一樣的，對 T 先生是半推半就式的被動行為，而對尹楠是主動地交出自己的身體，因為尹楠是她唯一愛過的男人。

慾望化場景在小說中氾濫之時，對愛情的憧憬沒有被淡忘，在充滿道德歧異的日常化行為中拷問人性，道德的門檻一再降低，性愛更為隨意了，正如林白所說的：「性愛本來是愛的最高形式，現在幾乎成了最低形式。」在遊戲身體的情愛敘事之中，人性美已不再單純，而是和人性惡相互扭結在一起。

二

休謨（David Hume）認為：「在愛和恨與其他感情摻雜起來以後所發生的一切複合情感中，兩性的愛最值得我們注意，這是一方面因為它的強和猛，一方面因為它給若干奇特的哲學原則提供了一個無法爭論的論證。顯然，這種感情在它的最自然的狀態下是由三種不同的印象或情感的結合而發生的，這三種情感就是：1、由美貌發生的愉快感覺；2、肉體上的生殖慾望；3、濃厚的好感或善意。」[7]並且認為「最常見的一種愛，就是首先由美貌發生，隨後擴展到好感和肉體慾望上去的那種愛。」「三者中間不論哪一種先行出現，都無關係；因為它們中間任何一種都必然

---

[7]　[英]休謨：《人性論》（*A Treatise of Human Nature*），關文運譯，商務印書館，1980 年 4 月版，第 432 頁。

伴有相關的感情。」[8]休謨雖然對男女情愛做出了基本的歸類分析，但仍然說明了男女情愛是混合著生理慾望與情感心理的複合情感，是很難以論證的，也是說不清、道不明的。亨利‧詹姆斯（Henry James）認為「最『富有人性』的主題是那些反映了生活的道德歧義的主題」[9]。正是這種複雜和充滿歧義的男女情愛世界給文學提供了無法窮盡的自由馳騁的想像空間。

　　人性包含著非常豐富的內容，情愛敘事中敘述的性愛是美好的，也是最具有破壞力的，它的另一面是最能體現出人性的惡。通過性愛敘述表現人性惡在先鋒小說中最為典型。蘇童的小說《妻妾成群》、《罌粟之家》、《米》將敘述的焦點放在人倫關係之中，在虛擬的歷史語境之中拷問人性的醜惡。《妻妾成群》中四房姨太太相互之間的爭風吃醋，三姨太的紅杏出牆及頌蓮與飛浦之間的曖昧關係，陳家大院裡的發生的大大小小的事情，無不與性愛有直接的關係。性愛構成人物之間的根本矛盾，女人之間勾心鬥角的爭鬥讓讀者看到了人性深處的醜惡。小說《米》中的五龍對女人只有一種動物的本能，毫無情感可言，在五龍對米店老闆女兒的佔有中，小說表現了他的殘暴和狠毒。北村的《施洗的河》中的流浪是一個惡魔式的人物，他不斷地佔有女人，又不斷地拋棄女人，毫無負疚和責任感可言。這些小說有一個虛擬的歷史情景，性愛成為人性的試驗場，性愛的本能化再現了人性的醜惡。

　　人性惡在情愛敘事之中與人性美形成鮮明的對比，後者是因

---

[8]　[英]休謨：《人性論》，關文運譯，商務印書館，1980 年 4 月版，第 433 頁。

[9]　[美]W‧C‧布斯：《小說修辭學》，華明、胡蘇曉、周憲譯，北京大學出版社，1987 年 10 月版，第 53 頁。

情而動的，是為情而生，甚至為情而死的；而前者則是毫無感情的佔有、相互之間的算計、身體與利益的交換。人性惡在貼近現實歷史的小說中是不那麼激烈的，這種美醜對立的形式在這類小說中往往也比較少見。80 年代中後期，小說日常化敘事傾向的出現也基本上抹平了美醜的對立，情愛敘事對人性的書寫轉向了對人物各種情愛心理和情愛感覺的揭示。

　　人性中的美好和醜惡是極端對立的兩面，這種敘事畢竟還是典型化的寫法，這種敘事中的人物相對比較單純，不是「天使」就是「惡魔」。從 80 年代中期開始，小說已經很少再用這種寫法了。余華曾說：「對那種竭力塑造人物性格的做法也感到不可思議和難以理解。我實在看不出那些所謂性格鮮明的人物身上有多少藝術價值。那些具有所謂性格的人物幾乎都可以用一些抽象的常用語詞來概括，即開朗、狡猾、厚道、憂鬱等等。顯而易見，性格關心的是人的外表而並非內心，而且經常粗暴地干涉作家試圖進一步深入人的複雜層面的努力。因此我更關心的是人物的慾望，慾望比性格更能代表一個人的存在價值。另一方面，我不認為人物在作品中享有的地位，比河流、陽光、樹葉、街道和房屋來得重要。我認為人物和河流、陽光等一樣，在作品中都只是道具而已。」[10] 余華的話當然只是個人的一種寫作主張，但有兩點是很有價值的：一是對人物真實性的關注，二是對人物複雜性的關注。在真實而複雜的人性書寫上，當代小說情愛敘事體現出多層面的特點，在多層面上書寫人物平常而真實的情愛體驗，盡力表

---

[10]　余華：《虛偽的作品》，《上海文論》1989 年第 5 期。

現人的興奮、無奈、嚮往、傷感、纏綿、甘甜、快樂、苦悶等情愛心理狀態。情愛敘事從典型人物滑向普通、平面人物，個人性別覺醒、性愛體驗、各種情愛心理成為書寫人性的途徑。文化尋根作家將人性放在文化的鏈條上，從人的身體上拷問人性，從文化立場發掘人性的深層本質。先鋒作家將性當作人性的實驗場，在虛構的歷史敘事中將性當成檢驗人性的主要尺規。更年輕的一些新生代作家在當下的生活中營構故事，從身體慾望的解放出發，將人的生理本能看作人性的真實存在，超越道德之上拷問人性，揭示人的生存真相。諸如「慾望化寫作」、「身體寫作」、「下半身寫作」等說法概括了文學領域身體革命的事實。有論者將當代先鋒文學思潮概括為「從啟蒙主義到存在主義」[11]，先鋒作家書寫情愛的存在困境及其本質是情愛敘事的重要領域，那些富有存在感的情愛事件無疑是有深度的。有意思的是，古典情愛話語不斷受到顛覆，但並沒有完全退席，在娛樂文化和大眾影視速食中仍然時時上演一個個純情的神話，它從另一個層面反映了人對真情至性的渴望。

三

　　人性在 20 世紀中國文學中是一個被反覆討論的話題，「五四」時期周作人提出了「人的文學」，梁實秋提出了「人性論」，在二十年代末、三十年代初，梁實秋還和魯迅為此問題打過筆

---

[11]　張清華：《中國當代先鋒文學思潮論》，江蘇文藝出版社，1997 年 6 月版，第 1 頁。

仗，梁實秋因此落個「喪家的資本家的乏走狗」的罪名，今天看來，這場辯論的雙方各自強調了人性的「普遍性」和「階級性」，這兩個方面現在仍然是人們討論人性的基本起點。50 年代巴人的《論人情》，錢谷融的《論「文學是人學」》等宣導人性的文章受到了批判。人性、人道主義之爭的餘波一直延續到 80 年代，周揚、陳湧、劉再復等人的文章成為當時文藝界爭論的焦點。這個問題現在似乎已無需再辯了，現在的問題不是文學要不要表現人性，而是文學如何表現人性，文學對人性的書寫在哪個層面上實現了有深度的表達。

人性是豐富的，又是發展變化的，古希臘人早就意識到認識人是最複雜的事情，古希臘的經典神話故事——斯芬克斯之謎向世人宣佈：「人啊，認識你自己。」關於人性本善還是本惡的爭論也延續了幾千年，但人性仍然是一個困惑人的問題。梁實秋在《文學的紀律》中說：「人性是很複雜的，（誰能說清楚人性所包括的是幾樣成分？）。」[12]

文學是人學，文學所圍繞的全部問題都是關於人的問題。米蘭・昆德拉（Milan Kundera）說過，文學探索的基本問題是：人類的生存是什麼？文學是書寫和研究人性的一種重要方式，文學與人性之間結下了非常緊密的聯繫。夏志清認為：「批評的問題，仍以一則故事或一部小說對人類的情況是否言之有趣或緊要為先決條件。……他們的任務，不僅在使我們對他們的故事感到

---

[12] 梁實秋：《文學的紀律》，見《浪漫的與古典的 文學的紀律》，梁實秋著，人民文學出版社，1988 年 4 月版，第 122 頁。

興趣，而且在使我們相信這些故事對人性的瞭解有無重要性。」[13]作家蘇童說：「有一句話現在聽起來很老，叫做『文學是人學』，現在我越回味越覺得是顛撲不破的真理，社會變動可以很頻繁，但是人沒有截然的分界線，不同時代的人總有很多相似的地方。所以我覺得研究人是不會落伍的。」[14] 文學與人性的關係是這麼緊密，金庸甚至認為：「整個文學的發展就是對人性的探討。從文學的出現到現在，文學的最基本的功能就是探討人的性格，描寫人的情緒，研究人的內心。」[15]

不管是文藝界對「人性」內涵的爭論，還是文學家寫人性的主張，一個核心就是文學要寫人性，不僅要寫永久不變的普遍的人性還要寫隨時代變化的人性；不僅要寫人性美也要寫人性惡；要寫人性的現實層面，也要寫人性的永恆精神困境。總之，文學要寫出不同性別、不同年齡、不同身分、不同處境中的人性，要深入人的靈魂做最深入的開掘。

不管什麼時代的人總會戀愛，不管什麼民族的男女總會有自己的感情生活和感情方式，兩個不同性別的人從相識到相愛，其中混合著身體的吸引和感情的交流，還體現出不同時代不同民族特有的個性心理和行為方式，因而是很「人性」的。男女情愛是人類最純潔也最深沉的感情，它給人歡樂，也給人痛苦，是一種甜蜜的折磨，在情愛問題上是最能體現一個人的人性本色的。標

---

[13] 夏志清：《中國古代小說導論》，見《中國古代小說研究——臺灣香港論文選輯》，劉世德編，上海古籍出版社，1983 年 5 月版，第 15 頁。

[14] 莫梓浩：《人‧現實‧寫作——訪蘇童》，《出版廣角》2000 年第 5 期。

[15] 江南：《訪「江湖大俠」——金庸》，《書友週報》1998 年 7 月 28 日。

榜以寫人性為己任的作家沈從文對自己寫男女情愛題材亦是津津樂道：「因為生存的枯寂煩惱，我自覺寫男女關係時彷彿比寫其他文章還相宜。」[16]「我為年青人解釋愛與人生，我告他們女人是什麼，靈魂是什麼，我又告他們什麼是德性，什麼是美。」[17]

　　小說中的情愛敘事在人的心靈深處探詢，往往能表現「人性」的複雜性和豐富性，情愛敘事是永不過時的描寫人性之源泉，古今中外的情愛故事中多的是癡男怨女形象。文學中的人性和現實中的人性是不同的，它是文學家對現實的人性進行觀察取捨、情感熔煉之後的美學形態，具有感受性和形象化的特點，往往與作者自身的審美修養和藝術個性相聯繫。文學對人的複雜性表現是從人本身出發的，人是豐富的而理論是灰色的，康德早就對人的判斷力提出質疑，認為形而上學不是科學，任何理性的概括都是對感性的一種簡單化過濾。文學借助形象的方式來表現人性，形象大於思維，文學是混沌的，文學不從抽象的概念出發，不能將人性簡單化，不能以階級性代替人性，文學承擔思想啟蒙不能代替對人性世界的探索。20 世紀 80 年代中期中國文壇出現「重寫文學史」的熱潮，文學史之所以要重寫是因為中國文學史同文學一樣受到太多的非文學因素的干預，影響了文學所應達到的審美品格和人性深度。「如果把『世界文學』作為參照系統，那麼除了個別優秀作品，從總體上來說，二十世紀中國文學對人性的挖掘顯然缺乏哲學深度。

16　沈從文：《沈從文文集（國內版）第 5 卷 ‧ 小說》，花城出版社，1984 年 7 月版，第 2 頁。

17　沈從文：《沈從文文集（國內版）第 12 卷 ‧ 文論》，花城出版社，1984 年 7 月版，第 12 頁。

陀思妥耶夫斯基（ёлор Михаилович Достоевский）式的對靈魂的『拷問』是幾乎沒有的。深層意識的剖析遠遠未得到個性化的生動表現。大奸大惡總是被漫畫化而流於表面。真誠的自我反省本來有希望達到某種深度，可惜也往往停留在政治、倫理層次上的檢視。所謂『普遍人性』的概念實際上從未被本世紀的中國文學真正接受。與其說這是一種局限，毋寧說這是一種特色。人性的弱點總是作為民族性格中的痼疾被認識被揭露……」[18] 對於 20 世紀中國文學來說，文學與現實的關係過於緊密，特別是文學與啟蒙、政治的關係過於緊密，影響了文學的總體成就。在編寫新的文學史時，有人甚至提出，既然中國大陸建國後二十七年文學總體成就不高，何不以這個時期的臺港及海外華文文學作為文學史的主體。有人說得更為尖銳，20 世紀的中國文學除了可以充當思想史的材料之外沒有其它的作用。相對來說，文學情愛敘事常常能游離於具體的現實政治之外，在人性的探索上達到一定的深度。80 年代以前，由於階級論觀點的影響，張愛玲、蘇青、梅娘、張恨水、徐訏、錢鍾書、無名氏等作家在文學史上沒有地位，他們大多是寫情愛生活的高手，他們的作品是有人性深度的，這也是他們能出現在今天的文學史上而沒有被塵封的歲月所埋沒的原因。

　　章培恆、駱玉明以人性為線索寫了一部《中國文學史》，作者認為文學的演進在某種意義上乃是人性不斷爭取和擴大自由的過程，以人性為線索描述文學史正是認識到表現人性是文學的重要維度。

---

[18]　黃子平、陳平原、錢理群：《二十世紀中國文學三人談》，人民文學出版社，1988年 9 月版，第 12 頁。

　　當代小說情愛敘事的突出特點是在「情」和「慾」兩個向度上來書寫人性，特別是放大了「慾」中的心理層面。「慾」是人性的重要方面，恩格斯認為詩人維爾特的長處「就在於表現自然的、健康的肉感和肉慾。」[19] 因中國當代王安憶、張賢亮、蘇童、洪峰、北村、賈平凹、鐵凝、陳染等作家對「慾」的張揚，當今的小說與以前的小說已經大大的不同了，翻開如今的各種文學期刊和各種剛出版的小說，當代作家的情愛敘事已經很少不寫身體慾望，或隱或現，或多或少都將身體慾望作為情愛故事中的重要部分。中國文學對身體慾望歷來缺乏一種高貴的表達方式，或者過分實寫，成為黃色或准黃色文學，或者被宏大敘事所遮蔽，可這個歷來引起人們爭議的道德話題在當今的小說中似已近乎一個常識問題了。當代身體敘事的作品固然也引起了人們的爭議，但基本上是得到承認的，雖然有很多誤讀和媒體炒作的成分，但畢竟被當作嚴肅文學寫進了文學史，而不是作為色情文學或地下文學。身體敘事確實洞開了被道德所禁錮的人類生活的重要方面，情愛敘事多了一個緊貼著人生命情感和感覺的世界，對於文學探詢人性無疑是具有重大意義的。當代小說情愛敘事的這種變化既是超前的道德虛構，又是現實的真實場景。近 20 年來中國社會發生了深刻的變化，兩性身體關係也相應地變化很大，以前陌生的「愛滋病」已經成為街頭廣告宣傳的衛生知識牌上的內容了，中國的離婚率開始上升，《婚姻法》得以修改以適應當今新的婚戀形式，各種電臺晚間開播性知識講座進行各種性知識諮詢，各

---

[19] ［德］恩格斯：《格奧爾格‧維爾特》，見《馬克思恩格斯全集第二十一卷》，人民出版社，1965 年 9 月版，第 9 頁。

種情感熱線也很受歡迎，許多網站都自動地彈出帶美女照的交友資訊。不能不說這是一個充分感官化的時代，情愛敘事對身體的書寫與這一時代總體氛圍是契合的。文學對時代的意義不僅在於對時代的參與，而且在於對時代的超越和批判，寫出在歷史轉型期人性特有的狀態，文學中的情愛敘事區別於新聞式的婚戀案件，也區別於各種婚戀報告、絕對隱私實錄。當然身體敘事仍然存在如何寫的問題，如果對身體的敘述沒有融進人物的生命情感，只是在製造情節賣點，以此迎合讀者的口味，就很難說有什麼人性深度了。

情愛是人性的，但並不是所有的情愛敘事都是人性的。通俗風情的情愛敘事如果在複製和模式化的道路上滑行的話，那就不是豐富讀者對人性的認識，而只能滿足讀者一種低能的感官享受。李澤厚說：「我認為人是一種超生物的社會存在物。」[20] 在一個具體的社會中，人的自由是人性的，合理的社會道德規範也是人性的，具體的人性是規範和自由的統一。文學中的人性也是有時代色彩的，這又回到文學與歷史的關係之中。在此意義上，情愛敘事對人性的探詢應在身體感性與歷史理性之間，在自然性和社會性之間。書寫在新的歷史條件下可能認知到的人性層面，表達人類的情感困境，這是一個比海洋、比天空還要遼闊的心靈空間，是文學永遠難以完成的話題，這也是對當代作家提出的挑戰。

---

[20] 李澤厚：《世紀新夢》，安徽文藝出版社，1998 年 10 月版，第 218 頁。

第三章

情愛敘事的性別維度

一

　　古典情愛話語期望愛情的美滿，歌頌愛情的偉大，堅信愛情的力量，相信愛是永恆的，是值得追求的，認為愛可以超越一切外界阻力甚至生死之上，才子佳人的愛情模式與相敬如賓的兩性關係是古典情愛話語的典型表徵。

　　古典情愛話語是一個沒有性別差異的情愛話語，或者說是一個男性文化話語。在中國古典文學當中，情愛敘事基本是沒有性別的。古典小說《三國演義》、《水滸傳》基本上是一個無性別的世界。《三國演義》中的貂蟬是一代美女，但貂蟬的美貌只是被用作男人之間的鬥爭工具，貂蟬沒有自己選擇幸福的餘地，她與《水滸傳》中的扈三娘一樣完全缺乏個人的自主性，扈三娘被梁山好漢殺了全家，還是乖乖地去和王矮虎做了夫妻，女性個人的恩怨情仇在梁山好漢殺富濟貧的「正義」事業之中被淹沒了，女性自身的情感形象沒有在小說中出場。那個不幸嫁給武大郎的美女潘金蓮更是成為「淫婦」的代名詞，後來很多文學作品為潘金蓮翻案也證實了這一點。女性從來沒有佔據中國的社會舞臺，

《紅樓夢》以其對女性的尊重和悲憫情懷在古典情愛小說之中獨樹一幟。《梁山伯與祝英臺》、《牛郎織女》、《孟姜女哭長城》、《天仙配》等民間傳說讚頌的是一種和諧的男女關係，這種關係不為世俗、金錢、門第的限制所束縛。但基本上沒有男女之間的恩怨曲折，他們往往「一見鍾情」，愛得毫無條件，沒有半點猶豫，他們的感情歷程雖在故事情節的推移中為外力所干擾，但男人是癡情的，女人也是癡情的，相互之間沒有任何隔閡。「才子佳人」的故事一般止於「有情人終成眷屬」，至於婚後怎樣，故事到此為止沒有下文。「五四」新文學完成了中國文學的現代轉換，但「五四」時期風起的家庭小說和感情問題討論很快就落潮了，在「革命文學」運動中，「五四」的「莎菲」們逃避了墮落，也不願意回來，他們找到了寄託感情的容身之地，那就是革命的洪流，「革命＋戀愛」小說的風行讓愛情又走到了一個古典的愛情模式之中。愛情必須有所依託才能開出美麗的花結出豐碩的果，在古代是公子高中狀元，在「革命」成為一種重大的社會事業的時候，革命儼然成了愛情的收容所。「才子佳人」的模式被「英雄美人」的模式所取代。劉慧英的《走出男權傳統的藩籬──文學中男權意識的批判》一書分析了「社會解放」模式愛情中的男權意識，它不過是一種古典情節的變體，是一種缺乏性別意識的情愛話語表達方式。在十七年文學中情愛敘事基本上是無性別的，甚至愛情本身也是不必要的，是時時受到批判的「小資產階級」情調。「中華兒女多奇志，不愛紅裝愛武裝」，兩性差異被簡單的男女平等所掩蓋了。在十七年的大規模的運動史詩性作品中情愛的複雜性、瑣碎性、私人性從來沒有得到很好的展開。

在勞動和革命中獲得愛情成了一種主要的方式，在這樣的文學背景之下，古典情愛話語以一種有時代色彩的新形式出現。

下面以當代小說為例，進一步具體分析這個問題。古典情愛敘事是與簡單的生活觀念相適應的，它缺乏對人性的深入分析，這種情愛敘事的核心是理性重於想像，情節鋪墊優於人物塑造，人物往往比較概念化，是一個幾乎沒有性別差異的敘事話語。新時期初期的情愛敘事基本上是古典情愛敘事，情愛敘事變成了對歷史反思的附庸，個人情愛淹沒在時代的合唱之中。如盧新華的小說《傷痕》中結尾的句子是：「曉華便覺得渾身的熱血一下子都在往上沸湧。於是，她猛地一把拉了小蘇的胳膊，下了石階，朝著燈火通明的南京路大步走去……」在這篇作為「傷痕文學」命名的小說中，愛情被看作是一種美好的感情和希望的意味出現在文本之中，具有拯救創傷的意義。曉華和小蘇的愛情成為九年母女分離的心靈傷痕的彌合劑，小蘇為了和曉華的愛情而放棄了調任到縣裡的工作，這種自由而堅貞的愛情對立面是可惡的歷史時代。張抗抗的《愛的權利》從女主人公舒貝的角度來敘述故事。在這篇小說之中，愛情帶著時代的亮色，具有拯救意義。作為主人公的創傷性記憶，文革已經隨著時代的春天氣息而成為歷史，主人公爭得了愛情的權利，便有一個充滿希望的生活在等待著他們。在小說中，主人公李欣和舒莫都是充滿朝氣善於思索富有理想的好青年，他們追求真理，敢於走自己的路，他們的堅定執著反襯了舒貝的感傷和軟弱，舒貝獲得了愛的權利也就是從創傷記憶之中解脫出來。《愛情的位置》也是用愛情來反思歷史的一個文本。小說通過女青年孟小羽思考這樣一個問題：「為什麼

我們的銀幕、舞臺，不但絲毫沒有愛情的表現，而且，甚至極少夫妻同臺的場面，掐指一算，鰥寡孤獨之多令人吃驚。難道我們的生活就應當是這樣的？」孟小羽在追問：「愛情，在無產階級革命者生活中，似乎是不應當佔有位置的啊！」小說中寫了三個人的愛情。亞梅的愛情是不健康的愛情，在她的愛情觀念中，「搞對象」意味著大立櫃、照相機等物質條件和對方的社會地位，而從來不問一問：「他這個人究竟怎麼樣呢？你摸透了嗎？你——愛他嗎？」這是被敘述者否定的愛情。孟小羽是被肯定的愛情觀的體現者，她有優越的個人條件：良好的工作、長得漂亮、有發展前途（可以考大學）。她選擇了一個有共同志趣的男青年陸玉春，陸玉春家有癱瘓的老母，工作也不好，但他好學、積極、樂觀、向上、有道德感、有主見，是孟小羽理想的人選。為了解開孟小羽對「愛情的位置」問題的疑問，小說還敘述了馮姨這位革命老人堅貞不渝的愛情，她與自己的戀人在革命中建立了愛情，但後來自己的戀人在革命中犧牲了，她仍然愛著他，藏於心中的愛情是她生存的精神支柱。小說通過馮姨之口解答了「愛情的位置」問題。這是一篇非常概念化的小說，孟小羽和陸玉春之間的愛情建立在愛讀書、有公德、有孝心、買「毛選」等大的社會倫理基礎之上，馮姨的愛情是柏拉圖式的革命之戀，小說中愛情的普遍性遠遠大於私人性。

在這些小說之中，愛情只是一個符號，一種理念，一個社會問題，一種理想的狀態。愛情一旦與社會主流意識相聯繫，表達的只是一種關於愛情的理念和想像原則，在這個層面上的情愛敘事並沒有太大的性別差異。不管是愛情對封建專制的反抗，還是

愛情對社會世俗的反叛，它們共同指向了一個愛情的夢想。小說《愛，是不能忘記的》是這種理想話語的代表性作品，是現代版的「梁祝化蝶」與「羅密歐與茱麗葉」（Romeo and Juliet）。現實的政治話語強權壓抑了作為敘述者主體的性別身分，在《愛情的位置》、《愛的權利》、《傷痕》這三篇作品之中情愛敘事是沒有性別差異的，一樣的女性主人公，一樣的對愛情的渴望，一樣的在新的時代中獲得愛情，小說也到此結束。

理想話語在新時期之初契合了人們對於歷史控訴的情緒，古典情愛敘事話語是符合人們的審美心理特點的，它能引起對阻撓愛情力量的痛恨，又能激起人心靈深處的夢想，是與自由的現代愛情理念吻合的。這種敘事既是一種主流話語的敘事，又是一種契合大眾心理的通俗敘事，精英意識被拋入集體合唱和時代情緒之中，性別意識也在宏大敘事中淹沒。

現代社會是一個消解神話的時代，美國學者波利‧揚－艾森卓（PollyYoung-Eisendrath）說：「神話是一種宏大故事（a grand story），是關於什麼是真實的宏大敘事。神話告訴我們，人類如何以及為什麼成為此時此地的這種樣子，我們要往哪裡去，前途為何多苦多難，我們又如何才能走出一條坦途。隨著我們對生活的理解在拓展和改變，神話也會改變。沒有哪一種神話（包括我們目前流行的科學實在論的神話）能夠完全準確地闡釋我們的真實存在。」[1] 在古典情愛敘事中愛情單純而可愛，但是不可信。現實總是殘酷的，有缺陷的，古典情愛話語更多的只是人們的一種

---

[1] ［美］波利‧揚－艾森卓：《性別與慾望：不受詛咒的潘朵拉》（*Gender and Desire*），楊廣學譯，中國社會科學出版社，2003 年 1 月版，第 118-119 頁。

理想而已，在生活的柴米油鹽面前愛情變得支離破碎，在初戀的激情過後是熟悉的煩躁，在兩性的個體差異中是無盡的摩擦和隔膜。從現實出發的作家發現，所謂的「相濡以沫」、「相敬如賓」是一個多麼大的騙局和神話。文學從來不是為了某種觀念而存在，寫出被理想所遮蔽的真實現場，在兩性戰爭之中為撕開的傷口灑上藥水，將實實在在的愛情狀態描繪出來，已為很多當代作家所認可。作家遲子建說：「我們所接受的道德觀基本是以偽君子的面目出現的，它無視人內心最為自由而人道的情感，而衣冠楚楚的人類卻視其為美德。梁山伯與祝英臺的愛情故事多麼畸形，可它居然被演繹成愛情的典範。」[2]

文學敘事解構愛情理想的基本出發點是生活本身，文學對生活的回歸就是讓文學回到關注人的生存狀態上來，現實中的愛情是什麼樣子就寫成什麼樣子，古典情愛敘事話語在高於現實的層面上來表達一種理想，因而沒有寫出愛情的真實性，也沒有寫出愛情的複雜性，文學要向人的心靈探詢，必然要解構愛情的神性。但人對現實的衝動不僅是體現在瞭解現實和理解現實，還體現在對現實的超越，人類從來沒有放棄對愛情的憧憬。解構情愛敘事的意義在於它讓讀者看到了愛情的真相，現實是殘酷的，心靈是破碎的，兩性之間是隔膜的，我們只能在這樣一個基本的事態上建構我們的理想，重樹我們的信心。

解構情愛敘事的性別話語是很明顯的，解構情愛敘事中女性的聲音比男性要強，相對來說女性作家寫情愛故事的比男性作家

---

[2] 遲子建：《晚風中眺望彼岸》，見《世紀之交文論》，李複威編選，1999 年 9 月版，第 492 頁。

要多，女性對男性的失望情緒與男性對女性的期待心理形成了很大的反差。與男性敘事的浪漫化傾向比較起來，中國當代的女作家對古典情愛敘事的背棄要徹底得多，只有幾個不多的女作家在慾望中守望詩情。如張欣的小說中塑造了一些浪漫的詩情人物形象，但她又在不同的作品中解構了這種愛情理想。

以早期寫作《愛，是不能忘記的》的張潔來說，張潔很快就轉入了現實層面的書寫，《七巧板》、《方舟》、《祖母綠》等作品從女性的自身生命情感出發，表現了女性在情愛中的困境，這意味著對男性的失望和對愛情理想的解構。到了《上火》一文中，張潔更是在宣洩對男人的憎恨，這種憎恨甚至到了令人觸目驚心的地步。《楔子》這篇小說中所寫的，就是女人和男人極端對抗的一種狀態。「她」坐了 37 年的監獄，「她」「不知道自己是否在這個世上活過」，也不知是否為男人坐過牢？「她」神情恍惚，醫生說「她」的病好了，可「她」感到疑惑。「她」的病根是為愛情而生的，「她」用了一生的時間都沒有解開這個結。這種對男人的極端失望，其實也隱含了愛情的理想主義情懷，女性對男性的失望和仇恨越深，也正說明女性對男性的希望越大。現實中女性的愛情夢想破滅了，女性得到的只有仇恨和疑惑。到了用 12 年寫作的長篇小說《無字》中，張潔對情愛的敘述已經極為複雜，愛和恨已經密密地交織了起來，作者用一個家族的四代女性的情感命運為 20 世紀中國女性的情愛問題作出了注解。《無字》表現了一種複合的混著的情愛狀態，寫出了女性的血淚故事和生命苦難，在兩性的戰爭之中為女性表達她們的生命痛切感。這也體現在《無字》的結構上，《無字》不是一部以情節見長的作

品，在小說的第一部，基本的人物故事情節就作了交代，但寫過的事情還可以反覆地再寫，回憶過的事情還可以反覆地回憶，在生命的河床上，歲月的沖刷不斷地修改記憶的河岸形狀。

寫作《愛的權利》的張抗抗在早期的小說裡也表現出很濃的理想主義情懷，在寫於 1981 年的小說《北極光》中，刻畫了一個在上夜大的青年女工陸芩芩形象，她不甘於平庸的生活，心中時時湧動著一個「北極光」的理想。她最終放棄了即將與自己結婚的男友傅雲祥，選擇了自己的夜大同學水暖工曾儲。「北極光」是陸芩芩追求夢想的象徵，是她的人生之光。寫於 1985 年的長篇小說《隱形伴侶》是一篇心理小說，探討了人的另一個自我「隱形伴侶」的問題。小說敘述了女知青蕭瀟在北大荒與另一個男知青陳旭相愛、結婚到離婚的過程。其中仍隱逸著愛情的理想情懷，但肖瀟無疑是一個有獨立精神的知識女性，她並沒有為男性所傷害，相反，陳旭非常地體貼關心她，她是個有追求的女性，她在精神上完全與男性平等。比起張抗抗早期的愛情理想情懷，寫於 20 世紀 90 年代的《銀河》要立體得多。小說敘述了三種不同的男人和三種不同的女人，他們分別對應於銀河系中的三種星雲：亮星雲、暗星雲、彌散星雲。三種男人和三種女人都沒有一個滿意的感情生活，幾個人物之間的感情還有錯位。敘述者描述了這幾種人的感情追求和實際狀況，沒有結果，無所謂結局。小說將不同層次人的感情生活撕開給讀者看，其中瀰漫著隔膜和無助的氣息，就像銀河中的星辰，「每顆星都是一個寒冷孤獨的個體，雖然彼此的光芒可以互相傳遞互相照耀，但它們之間的距離卻永遠不能移動不會變更……」「它們彼此渴求著企盼著

對話，微弱的聲音以光年的速度傳遞，那聲聲探詢與問候掠過長空，星系間從此有了音樂的顫動；它們翻滾著戰慄著，偶爾脫離了自己原有的軌道而侵入了對方的空間，於是摩擦、糾纏、崩裂、分離、墮落、爆炸；無垠無際的銀河星雲，從此充斥著光與聲的暴力，日冕銀暈還有強烈的星際耀斑，交替變奏著永恆的怨仇與絕望……」這就是人間的兩性生活圖景嗎？張抗抗顯然已經在存在主義的層面上來說愛情了，這種形而上的對愛情地圖的繪製已經超越了具體的個人情感，這是由愛情理想的追尋進到對愛情本質的追問，前者只是「北極光」式的可能性夢想，而後者是建基於現實的形而上思考，古典愛情的夢想破滅了，著力點由虛幻到存在的轉換，見證了作家的轉變過程。

　　愛情理想在女作家的筆下被徹底解構，這種解構的邏輯來自於生活本身。在古典情愛敘事之中，愛情故事的結尾都是大團圓式的，這不是現實主義的一種姿態。愛情並不是以婚姻作為結束點的，婚姻是愛情的延續，如果愛情在婚姻之中沒有得到延續，愛情的可靠性就會大大地打折扣。對於女作家來說，生活本來就是這個樣子，小說就應該寫成這個樣子。浪漫主義可愛而不可信，現實主義可信而不可愛。古典浪漫愛情實際是對生活的一種拔高，而新寫實小說在現實的維度上將其還原。但男女作家們對愛情的解構是不一樣的，女作家對古典浪漫愛情的否定是成熟女性對生活的體悟和感受，解構愛情不過是女人進入了婚姻之後對愛情的回望，這也是在歷經生活磨難之後對自己成長期的盲目和短視的否定。

　　在池莉的小說《綠水長流》中，敘述者將愛情徹底地解構了。這是池莉對愛情的看法：「上天好像並沒有安排愛情。它只

安排了兩情相悅。是我們貪圖那兩情相悅的極樂的一刻天長地久，我們編出了愛情之說。」

　　為說明愛情的虛幻，《綠水長流》敘述了種種沒有愛情的事實：「我」的同學李平平和方宏偉的初戀，「我」的同事羅洛陽和蘭惠心之間的婚外情，還追尋了當年宋美齡在廬山的舊事以及「我」「儀態萬方」的姨母與「我」姨夫的愛情佳話。但一旦剝開生活的真實層面，就會對愛情失望：「動人的愛情故事總是在神話中，在唱本裡，在以往某個遙遠的時代。」「經過一年又一年的歲月，經過在這些歲月裡的思考，我發現我們大家所說的，讓一輩又一輩人追尋的愛情原來存在於詩裡。」

　　一個對愛情的本質徹底洞悉的女性敘述者，講述了一個個沒有愛情的故事，「有一種辦法可以保持男女兩情相悅的永遠。那就是兩人永不圓滿，永不相聚，永遠彼此牽不著手。即便人面相對也讓心在天涯，在天涯永遠痛苦地呼喚與思念。我想唯一只有這種感情才適合叫做愛情。」在講述別人的故事的時候，敘述者還細緻地講述了「我」親歷的事情，「我」在廬山上寫作一篇報告文學，邂逅了一名男子，他看上去比較舒服，給人的感覺也很舒服，「既知趣又關心他人」，「平心而論，我是喜歡他的。」然而，「我確實到了一種年紀。對不起，朋友。」後來一個陰錯陽差我們被反鎖在一棟小宅子裡，我們在一起玩撲克牌，但「我」心如止水。我們之間什麼都沒有發生。因為「我」根本不相信愛情，「我」不是個完美主義者，「我」對女人的不幸有深刻的認識：「女人最大的不幸是什麼？是有一段肉體流光溢彩，頭腦卻是一盆漿糊的青春期。」

這是一個當代女作家站在經驗的立場上對愛情的理解，愛情意味著選擇一個人跟你過日子，而兩個人一旦要過日子就會有柴米油鹽等生活瑣事的纏繞，就會有各種磕磕碰碰，家庭之於女人比愛情之於女人的意義要重要得多。這種「過來人」的心態，在敘事中起著主宰作用。池莉的另一篇小說《不談愛情》在莊建非和吉玲的感情瑣事中，消解了愛情的神性。這是女作家對男性主人公的理解：「他在對自己的婚姻作了一番新的估價之後，終於冷靜地找出了自己為什麼要結婚的根本原因，這就是：性慾。」吉玲選擇莊建非是因為她看上了莊建非的知識分子家庭背景。莊建非放棄了知識分子家庭出身的有些小資情調的王珞，是因為：「相比之下，莊建非倍覺吉玲樸實可愛。況且，吉玲豐滿得多，這很重要。」池莉對婚姻的解答是：「莊建非在中國銀行的臺階上沉思默想了幾小時後發覺自己的婚姻並非與眾不同。揭去層層輕紗，不就是性的饑渴加上人工創作，一個婚姻就這麼誕生了。他相信他是這樣，他周圍的許許多多人都是這樣。」

方方的小說《風景》也涉及了在貧困線上掙扎的家庭子女的愛情問題。小說中的七哥為了實現自己的目的，丟棄了自己的愛情，跟一個沒有生育能力的女人結了婚。七哥的經歷證實了敘述者的議論：「當你把這個世界的一切連同這個世界本身都看得一錢不值時，你才會覺得自己活到這會兒才活出點滋味來。你才能天馬行空般在人生的路上灑脫地走個來回。」這就是現實的人間「風景」。

池莉式的愛情解構話語是和張愛玲、蘇青的寫作相對接的。時代的浪潮滾滾而來，也會呼嘯而去，但生活中的男女還是要過

日子，要面對破碎的現實本身。早慧的張愛玲在《傾城之戀》中已描繪了這一現實：

> 香港的陷落成全了她。但是在這不可理喻的世界裡，誰知道什麼是因，什麼是果？誰知道呢，也許就因為要成全她，一個大都市傾覆了。成千上萬的人死去，成千上萬的人痛苦著，跟著是驚天動地的大改革……流蘇並不覺得她在歷史上的地位有什麼微妙之點。她只是笑吟吟地站起身來，將蚊煙香盤踢到桌子底下去。
>
> 傳奇裡的傾城傾國的人大抵如此。到處都是傳奇，可不見得有這麼圓滿的收場。胡琴咿咿呀呀拉著，在萬盞燈的夜晚，拉過來又拉過去，說不盡的蒼涼的故事——不問也罷！

蘇青在《結婚十年》中將男女之間的感情已經看破了，小說敘述的是生活的瑣碎，一切並沒有太大的失望，也無所謂希望，在女作家的敘述中飽含著女性特有的淒涼感。池莉的意思是說愛情沒有了，我們就不要愛情了，我們好好地過日子就是了。但問題還不是這麼簡單，愛情還是生活中可以讓人為之受難的精神目標，在煩悶的瑣碎生活之中，愛情還是讓人嚮往的。池莉在解構了愛情的神性之後也會寫作《懷念聲名狼藉的日子》，追念敢愛敢恨的青春歲月。張欣在洞徹了《愛又如何》的傷感之後，還是對愛的精神向度表現出濃厚的興趣。鐵凝會在中年之時寫作《大浴女》，敘述主人公尹小跳經歷愛情的傷痛時仍對愛情心存渴望。

在 20 世紀 80 年代中期以後，女性作家已經很少再去構築浪漫的愛情神話了，女作家更多地從女性的生存處境入手，生命的真切痛感使她們變得「現實」而「複雜」。但與此相對的是男性作品中卻不時地出現古典情懷的愛情。

賈平凹就是一個很好的例子。在賈平凹早期的小說之中，作者塑造了滿兒、月兒、巧姐、小秀、阿秀、七巧兒等純情少女形象。作者對於女性是有崇拜心理的，《滿月兒》中所體現出來的朦朧的情愛，《天狗》中天狗與師娘的情愛，《浮躁》中小水對金狗的癡情不改，甚至在《五魁》這樣的土匪小說中，也將性愛寫得非常的聖潔。在《廢都》中幾個和莊之蝶有關係的女人都是非常的漂亮、溫柔、靈性。賈平凹在 90 年代的小說，特別是在《廢都》之後離開了早期的優美境界，敘述的性愛故事多了，且呈現出粗鄙化的傾向。但小說情愛敘事的根本觀念並沒有改變，那就是對於男女情愛的美化處理和潛在的男性中心意識。在大多數作家已經顛覆了古典情愛敘述的時候，賈平凹在 2002 年還出版了一部專門寫作愛情的小說《病相報告》。在這篇小說中，賈平凹將愛情當作一種「病」，這就是胡方和江嵐之間至死不渝的愛情。作者顯然是帶著讚賞的眼光來敘述他們之間的愛情的。在革命的年代，胡方和江嵐之間產生了真正的愛情，但人生的顛簸使他們分開了，他們並沒有實現真正做夫妻的願望。胡方在一個時期被人誤傳犧牲了，江嵐和韓文結婚了。胡方也有了自己的婚姻，但他們後來又重逢了。這是一個許地山的《春桃》、張弦的《未忘人》式的故事，但賈平凹所講述的意義卻完全不同。敘述者採用了多人物第一人稱的內視角的方式，試圖真實地從當事者

和旁觀者多角度地展現兩個有情人對愛情的忠貞和癡心。這是兩個拿愛情當信仰來活著的人，他們經歷了那麼多的苦難，但他們的精神沒有垮，因為他們心中有愛的信念。他們經歷了不同的婚姻，各自有了對自己好的女人和男人，但他們的心中從來沒有別的人。正如胡方所說的：「人是需要愛情的，需要的不是床笫之上的顛鸞倒鳳，需要的是一種想像的享受，它實在是人生旅途上的一袋供咀嚼的乾糧啊！」在該書的後記中作者說到《病相報告》起因於一個老頭「用他一生的苦難完成著一個淒美的愛情故事」。而他寫作這個故事，「與其說我在寫老頭的愛情，不如說我在寫老頭有病，與其說寫老頭病了，不如說社會沉屙已久。」有意思的是作者試圖在這樣一個簡單的故事中寫出複雜性來，在敘述方式上採用了多人物的內視角變換方式，敘述了人物之間幾十年的糾糾葛葛，讓所有的人物開口講話，哪怕是死去的胡方也可以開口，這樣多角度地透視人性的複雜性，展現生活的原味感。這篇小說與賈平凹以往的小說相比已經有了很大的不同，這是兩個真正相愛的人，他們的情感是對位的。這種對於愛情的憧憬其實是賈平凹對於愛情想像的另一種形式，它和對女性的崇拜心理的根源是相似的，都是源於一種理想情懷。這樣來看，賈平凹不過是用心理分析的圖景報告了一個古老的傳奇故事。

　　與賈平凹的《病相報告》相類似的是北村的一些愛情小說。北村小說中的情愛敘事，太像故事了，主人公對愛情非常地執著，因為愛得太深，因而眼中常含滿淚水，「愛是一種信仰」（《〈周漁的喊叫〉後記》）。要麼有愛而生存，要麼死去。信仰和現實之間沒有任何調和的餘地。北村有一篇小說的標題叫做《水

土不服》，這個標題很好地說明了這種狀態。《水土不服》中康生是個才華橫溢的詩人，娶了漂亮的校花張敏，而在生活中，康生如同一個天外來客，他太誠實，太理想，無法面對現實，像是生活在真空中。對於康生來說，「愛情就是天堂，我可以死在他懷裡而一點都不恐慌，不害怕也不絕望，這就是愛情……」「你就是我的神，離了你我就活不下去……」康生對張敏愛得非常純粹，但作為一個徹底的理想主義詩人，他缺乏謀生的能力，他不能容忍世間的醜惡，他的世界應該是：「沒有污穢，沒有黑暗，純粹到不能再純粹的地步，再也沒有痛苦、憂愁、煩惱和眼淚，沒有任何消極的事物，只有純美和至善。」張敏跟康生生活在一起感覺特別痛苦，她終於背叛了他，這等於要了康生的命，「一個晚上的背叛竟然會使一個原本充滿激情、才華橫溢、渾身都透著睿智的詩人突然變成這樣一個徹底無用的人……」康生最後自殺了，身上帶著湯瑪斯 • 莫爾（Sir Thomas More）的著作《烏托邦》（Utopia）。小說中的另一個活得很自在的男人蘇林也死了，因為他雖然賺了很多的錢，但因為沒有得到愛情，他開始墮落，最後悲慘地死去，這就是「避免像畜牲一樣活下去」的結局。蘇林和康生是兩個極端，但都是為了愛情而死去的。在北村的小說中，類似的理想的情愛敘事還很多，如《強暴》中的劉敦煌和美嫻是一對美滿幸福的夫妻，劉敦煌每天下班後去等妻子，然後一同回家，和諧美滿。然而有一天，美嫻被人強姦了，一切發生了改變。兩個人相互背叛，墮落到令人難以想像的地步。因為沒有愛情了，「沒有愛，殺人都可以，當妓女嫖客又有什麼了不起。」在小說《長征》中，愛情支持了吳清德，也支持了吳清風，在幾

十年的風雨中，陶紅當上了將軍，俘虜了女人吳清德一輩子，但卻沒有得到她的愛情，而吳清風一個叫花子，卻和吳清德相愛了一生，因為他們心中有愛。那是「一項秘密武器」。在這些小說之中愛情是作為一種信仰來對待的，沒有了信仰，便沒有了精神的支柱。

北村的小說寫作於 20 世紀 90 年代，在 90 年代的文化語境之中，已經很少有作家再像 80 年代初期那樣來寫愛情了，因為簡單的信念意味著簡單的人物，人物成為理念的化身，人性的複雜性無法得到全面的展開，文學便失去了深刻的力量。但在中國男性作家筆下古典的浪漫愛情情懷是如此深重，這固然讓我們景仰，但也應看到男性作家缺乏女性作家那種對愛情的生命痛切感，因而也缺乏那種有「偏見」的深刻。在抗衡「人文精神」失落的現實中，理想的愛情情懷具有為人所敬仰的成分，這種愛情的信仰和張煒的「融入野地」的理想、張承志「以筆為旗」的信念具有同源性。北村的情愛敘事就是建立在信仰的基礎之上，故事的傳奇色彩很濃，康生、蘇林、吳清風等男性形象都是非常極端的人。作者似乎刻意塑造癡情而脆弱的男性情種形象，與癡情女子負心漢的古典模式已有很大的不同。

以上的文本梳理給我們提出了這樣的問題：與富於感性、沉迷情感的女性作家相比，男性作家以理性和深刻見長，但在古老的愛情神話面前，男性作家為何變得單純了？一種理解的邏輯是：女性對愛情是嚮往的，但愛情是虛妄的可能性神話，所以要反覆地解構它；而到了男性作家那裡，因為相信愛情本身就很幼稚，現實中愛情只是一個虛幻的存在，所以要建構它。相同的

是，女性作家對愛情的解構和男性作家對愛情的建構都源自於現實背景，20世紀80年代中期以來中國社會的世俗化浪潮，讓女性的愛情夢想變得遙不可及，在講實際過日子的生活面前，愛情也染上了實用哲學的調子。池莉等女作家在實用的市民立場中消解了愛情的詩意與浪漫，張潔在知識女性渴望獨立的艱難處境中對男性失望，張抗抗在形而上的思索中淡化了愛情的「北極光」情懷。而對於男性來說，正如瑪律庫塞（Herbert Marcuse）所歡呼的：「對本能的壓抑性利用變得過時。」[3] 男性一方面有一種骨子裡的男權文化潛意識，對女性有一種天然的美化和想像傾向，賈平凹才會在作品中出現那麼多水一般的女人，才會在《廢都》中有那麼多的女人向男性頂禮膜拜。另一方面，一個物質豐富、愛情變得庸俗、慾的放縱超過了情的尋覓的時代，男性也是其中的直接受害者。這個觀點聽起來似乎有點不大順耳，恩格斯在《家庭、私有制和國家的起源》中就指出，雜婚制「在道德上對男子的腐蝕，比對婦女的腐蝕要厲害得多。」「它敗壞著全體男子的品格。」[4] 國內研究者在中國愛情文學的研究中也指出：「根深蒂固的大男子主義不但壓迫著女性，也毒害了男性，使他們在兩性關係中變得自私的冷漠、虛偽。」[5] 因而對男性來說，對至死不渝的愛情渴望，在一個愛情荒漠的時代裡，是來自自身生命體驗的情感

---

[3] ［美］赫伯特・瑪律庫塞：《愛欲與文明：對佛洛德思想的哲學探討》（*Eros and Civilization: A philosophical Inquiry into Freud*），黃勇、薛民譯，上海譯文出版社，1987年8月版，第128頁。

[4] ［德］恩格斯：《家庭、私有制和國家的起源》，見《馬克思恩格斯選集 第四卷》，人民出版社，1972年5月版，第71頁。

[5] 裴斐：《中國愛情文學傳統及其特點》，《新華文摘》1982年第1期。

需求，這也是符合現代的獨立、平等、自由的愛情理念的。這樣我們就能理解《廢都》和《病相報告》這樣巨大差距的作品出自一人之手。男性作家對愛情的重構也是在與現實對抗的立場上思索人類精神信仰的一部分，這種建構匯合在 20 世紀 90 年代那場「人文精神」的討論之中，成為男性追尋終極價值的一個側面。顯而易見的是，「人文精神」的討論轟轟烈烈，但大體是一些中國當代知識界男性精英話語行為。北村是基督徒，他的理想話語源自自身對「信仰」的追求。這種古典情愛話語的顛覆與建構的性別錯位表明任何簡單的顛覆和建構都難以把握古典情愛話語的當下意義，這種建構與解構的合唱，其實都是人性深度的表達。當我們閱讀分析古典情愛話語的時候，兩性的對比給我們的啟發是情愛是複雜的，任何理論都是執其一端的「深刻的片面」。對古典情愛話語的認知不是多麼高深的道理，女性作家憑自身對生活的感悟就直接背棄了，而感性的放任，向平民價值立場的滑落，導致了作品的媚俗傾向，正如一本批評池莉的著作的標題所顯示的「小市民，名作家」[6]。而張潔式的對男性的極端失望來自於對男性的極度對抗，在如此的水火不容的兩性世界中，擺渡的「方舟」又哪裡可尋呢？北村對愛情的信仰固然令人可敬，但小說中的男性主人公是孱弱而委瑣的，活在愛情的信仰之中，卻缺乏抵抗現實的勇氣和力量，這樣的弱者除了死亡，還會有別的出路嗎？古典「才子佳人」式的愛情說到底是男權文化的產物，「才子佳人」仍然是現代人的夢想，但不是一種兩性平等的現代

---

[6] 劉川鄂：《小市民 名作家——池莉論》，湖北人民出版社，2000 年 11 月版。

意義的愛情。當代作家對此或解構或建構，自身性別偏見的立場隱含於其中，這也許是一種潛在的文化心理和集體無意識在支配著作家，在這個意義上解讀作品，我們認識到性別因素對情愛敘事的制約是一個難以超越的文化困境。

二

　　西蘇（Hélène Cixous）說：「我從未敢在小說中創造一個真正的男性形象，為什麼？因為我以軀體寫作。我是女人，而男人是男人，我對他的快樂（Ouissance）一無所知。我無法去寫一個沒有身體、沒有快感的男人。」[7]作為敘述的權威，敘述主體對同性的感同身受與對異性的換位想像很容易形成敘述力量的差異，這種差異帶來的可能敘事效果是對同性的強化和對異性的遮蔽，從而影響情愛敘事的意義差異。性別對作家構成的潛在的意識偏差是不自而然的，由誰來敘述，愛情就會呈現不同的意義，敘述者對異性的敘述總是一種「想像性」的敘述，而對同性的敘述是「經驗性」的。不管是「經驗性」的還是「想像性」的，都會在相應的語境中顯示其意義。

　　張承志的《黑駿馬》中的敘述者是男性主人公白音寶力格，在充滿抒情的敘述句子之中，表現了在草原上一個男性的美麗青春夢破滅之後的憂傷：「……哦，黎明，朝霞染紅的黎明！你帶

7　［法］埃萊娜・西蘇：《從潛意識場景到歷史場景》（*From the Scene of the Unconscious to the Scene of History*），見《當代女性主義文學批評》，張京媛主編，北京大學出版社，1992 年 1 月版，第 232-233 頁。

給我們多麼醉人的開始啊！直至如今，我仍然認為，即使我失去了這美好的一切；即使我只能在忐忑不安中跋涉草原，去找尋往昔的姑娘，而且明知她已不復屬我；即使我知道自己無非是在倔強地決心找到她，而找到她也只能重溫那可怕的痛苦——我仍然認為，我是個幸福的人。因為我畢竟那樣地生活過。因為生活畢竟給過我一個那樣難忘的開始。我將永遠回憶那絢美難再的朝霞和那顫動著從大地盡頭一躍而出的太陽。」這是一個深懷古典浪漫愛情理想的男人在現實面前所反思到的。在白音寶力格的心裡，他不能容忍愛情的任何污點，可是他純潔的愛情夢想在現實中受到了挑戰，他和索米婭的愛情像那個古老的草原情歌，成了祭奠他青春的一段插曲。「再見吧，我的沙娜，繼續走向你的人生。讓我帶著對你的思念，帶著我們永遠不會玷污的愛情，帶著你給我的力量和思索，也去開闢我的前途……」這是男性敘述的愛情，男人是一個求索者的形象，他在探詢生活的真諦，也在追尋青春的夢想，那不過是一段讓人難以忘懷的往事。他之所以無悔是因為他經歷過，他從平凡的人生中領悟到的是生活的真諦，他不僅僅是在追尋對索米婭的愛情，也是在撫慰自己的情感傷痕。

在《黑駿馬》中索米婭就是一個想像的女神形象，她隨遇而安的生活態度所顯示出的精神力量成為「我」反思自己的參照系。愛情成為往事了，但「我」在精神上得到了昇華。索米婭被神化的形象是來襯托白音寶力格的思索意義的。女性在此成為愛情的配角，卻沒有真正地進入敘述的中心。這種關係的文化寓意是：男性是要奔赴建功立業之疆場的，而女性不過是男性生命中的一個陪襯，這是一個典型的男性文化預設。就如

浮士德（Faust）、尤利西斯（Ulysses）、于連（Julien）、拉斯蒂涅（Rastignac）等男性求索者形象一樣，愛情不過是男性主人公人生的一段插曲。正如許子東通過對文革小說的敘事分析所發現的：「對絕大多數男主人公來說，發生在文革特殊環境下的愛情，其意義與功能就在於克服災難，而不只是男女關係的發展。常常災難過去了，像張思遠與秋文、章永璘與馬纓花之類的特殊感情關係也自然會成為『過去』。」[8] 造成這種情況都是男性敘述在其中作怪。

　　與《黑駿馬》相類似的小說還有路遙的《人生》，小說敘述了一個新時代「陳世美」的故事。但正如小說的標題所顯示的，小說以高家林的個人道路為出發點闡述「人生」的基本道理。高家林離開農村到城裡轉了一圈又回來的經歷說明了這樣一個人生的主題：「是的，現實是不能以個人的意志為轉移的。誰如果要離開自己的現實，就等於要離開地球。一個人應該有理想，甚至應該有幻想，但他千萬不能拋開現實生活，去盲目追求實際上還不能得到的東西。尤其是對於剛踏入生活道路的年輕人來說，這應該是一個最重要的認識。」在高家林的「人生」歷程之中，情愛敘事突出了男性的苦悶，而女性被極端化處理了：「巧珍的美麗和善良，多情和溫柔，無私的、全身心的愛，曾最初喚醒了他潛在的青春萌動；點燃起了他身上的愛情火焰。」而城裡姑娘黃亞萍卻是任性、自私、小心眼、不專一。這種男性敘述讓男性的人生道路成為主線，女性只是男性生活道路中的一個點綴，而沒

8　許子東：《為了忘卻的集體記憶——解讀 50 篇文革小說》，三聯書店，2000 年 4 月版，第 101 頁。

有真正從情感上融入男性的生命之中，這從高家林離開劉巧珍後內心並沒有太多的負疚感和痛苦煎熬也可以看出來。這其中的原型似乎可以概括為，男性是求索的，女性是「被經歷」的，其中的性別偏見是不自覺而為的。

對思索者男性主人公刻畫最為典型的作家是張賢亮，他的小說因寫性愛而引起爭議。《男人的一半是女人》、《習慣死亡》是其代表作品。這兩部小說都有自敘傳的性質，也是比較有代表性的男性敘述文本。《男人的一半是女人》中的章永璘是一個右派，他的感情的歷程是一段與男性身體的隱秘緊密地聯繫在一起的經歷。敘述者以自我回憶的方式追敘那一段過去的歲月，「真實地、坦率地、有條理地、清晰地記錄下那失去的過去。」「我」是如此的理性和善於反思，和黃香久結婚了，還在想：「這就是我的戀愛和求婚麼？睡在被窩裡，我翻來覆去難以入眠，總覺得它來得太快，中間似乎缺少某些環節，因而即使得到了手的東西，也有一種份量不足的感覺。」一個女人要是知道自己的丈夫和自己結婚了還在想這些問題，她會怎麼想呢。也許是主人公自我反思意識太強註定了婚姻的悲劇性結果，一個思考者總是在漂泊的精神途中，在愛情中體驗到的不是幸福，而是不滿足感和對人生的疑惑。「我」有成套的馬克思恩格斯著作，經常寫作，和黃香久在精神上是不對等的，黃香久並不理解「我」的寫作行為，還以此作為把柄要告發「我」。有意思的是，長期的政治壓迫使主人公喪失了男性功能，精神的重壓導致了身體的殘疾。黃香久和別的男人私通，在這種屈辱之下，「我」思想的遠遠比自己的行動要多得多，在「我」的思想中，宋江、孟子、莊

子、馬克思的各種理論都站出來與「我」對話，這真是很富有幻想的一段敘述。「我」不是想到自己如何對待眼前的事情，而是在腦子裡與馬克思對話，發表一大堆對於當今時代以及社會前景的看法，滑稽的是就在「我」和馬克思對話的時候，「我」眼睜睜地看著那個偷自己女人的曹學義從「我」家裡鑽出來。這個情節是非常誇張的，這是稍微有一點血性的男人都不可理解的。只有將章永璘放在旁觀者的立場上才可能理解這一行為，而事實上章永璘正是一個感情的旁觀者，從來沒有將黃香久看作自己生命的「一半」。

後來黃香久這個生動的女人，以自己的關愛和溫情讓章永璘獲得了青春的活力，恢復了人的尊嚴，但卻無法獲得這個自己創造的男人。敘述者在小說結尾總結說：「啊！世界上最可愛的是女人！但是還有比女人更重要的！女人永遠得不到她所創造的男人！」女人為什麼得不到她所創造的男人，因為男人從來沒有和女人真正地平等過。在章永璘的心目中，自己是一個有獨立思考意識的男人，而黃香久不過是一個普通的女子而已。情愛敘事服從主人公對自己苦難的追尋，敘述者塑造了一個比女人更為複雜更為生動的男人形象。章永璘仍然是以一個古代文人看待青樓女子的眼光來看待他所遇到的女人，他的思想和他的抱負從來不能和他的女人分享，他無法在精神上和她們交流。他最後擺脫女人，並沒有讓女人感到有被欺騙的感覺，因為男人始終是高於女人的，女人不能攔住男人去從事自己的事業。

性愛在男性敘述中不僅具有形而下的意義，而且具有形而上的探討兩性生存困境的意義。小說《習慣死亡》是一篇更為全

面而集中地探詢中國人的性愛方式和追問性愛意義的作品。這篇
作品的思辨性質非常突出，性愛對於《習慣死亡》中的「他」來
說意味著對生命意義的背叛和對荒謬現實的憤怒，落實到現實
的層面上，性就是性本身，沒有更多的含義。《習慣死亡》中的
「他」也是一個富有思維頭腦的知識分子主人公形象，「他」對
自己的經歷進行回憶，「他」是在整理自己的憂傷，也是在自己
的傷痛中來反思歷史，「他」選擇了一個奇特的回憶方式，這是
一個男人心理的集中暴露，「在他六十五歲那一年，他回顧他一
生的各個階段都是憑靠一個個女人來連接的，沒有女人的日子全
在記憶之外。也許這就是『男人』這個詞能成為一個整體概念的
原因？」「他」已經成了一個純粹的遊戲愛情的人，愛情似乎不
是很重要，「他」需要的是身體的滿足，「你只想和女人做愛。只
有做愛是真實的。成熟其實是人生最可怕的境界。你於是又想從
酒吧出來以後選一家按摩院再選一個泰國或臺灣的山地姑娘。要
麼跟你熟悉的女人做愛，要麼和完全陌生的女人做愛。你已經沒
有興趣和女人一同經過從陌生到熟悉的全過程。」這真是驚世駭
俗的男性心理大暴露，男人只有慾望，沒有愛情。「在我臨死時
我才覺悟到，到了人生的最高境界就會把人世間的一切都當作笑
話。可惜的是我覺悟得為時過晚。」這些主人公反思的語言，表
明了一種「習慣死亡」的遊戲態度，習慣死亡就是習慣於在日常
生活中殺死自己，就是習慣於將性愛當作事業，也將性愛當作遊
戲，於是一切都無所謂意義。這是「被搞亂了的一代」（思想、
生活、命運都被搞亂了），性愛是這一代人反抗現實的一種方
式，用墮落來反抗現實的方式也是一種自我毀滅的方式，性的墮

落，對性愛理想的放逐，將情從性中放逐出去，學會了虛假，學會了放縱，學會了無所顧及的輕鬆。「他」懷疑愛的真實性，「愛情只不過是赤裸裸的肉體的接觸罷了。」通過性的方式來進行社會歷史批判，還將這種批判延伸到對中國文化本身的批判上：「『文化革命』中中國人竟然如此殘暴，如此荒誕不經，多有性壓抑的原因，這應該是社會心理學家研究的重要課題。」「中國本來就是一個大的修道院，只有中國變成一個大妓院時，中國才能進步。」

　　通過以上文字的摘錄我們可以看到性愛在男性敘述中成為透視中國社會歷史的一個窗口，也是檢測中國文化的一把尺子，性愛在此的意義不再局限在男女歡愛，而是在一個更為廣泛的意義上成為敘述者理性思維的憑藉點。敘述者的意圖是明確的：「他說他將來一定要寫一部小說把自己全部暴露出來，讓女人知道男人究竟是一種什麼討厭的動物。」男性敘述者對男性靈魂醜惡之處的暴露是毫無遮掩的，敘事的目的是達到了，但沒有讓主人公的靈魂真正地超越時代，沒有批判自身、否定自身、完善自身，因而我們看到的就正如敘述者所說的只是說出事實的真相而已。

　　以上的文本事實中，我們看到的是：在男性情愛敘事中，男性被置於前場，女性沒有在精神上和男性平等，男性與女性的愛戀只是男性經歷的一段青春歲月，女性只是性的目標，男性要傾訴的是自己的情感傷痛，揭示的是一個時代對男性的壓迫和捉弄。而女性在情愛敘事之中被男人的宏大思索遮蔽了，聖化或簡單化都呈現出一種「想像性」特點。性別對男性作家的制約是明顯的。那麼女作家呢，我們再來看看與張賢亮同時因寫性愛而引起爭議的女作家王安憶。

　　王安憶的「三戀」和《崗上的世紀》是以女性作為敘述中心的，小說中的女性立場也是十分明顯的，女性比較強大，處於主動地位，而男性比較弱小，處於被動的位置上。《荒山之戀》中「他」「頎長纖弱」、「羞怯」、「陰鬱」、「謙卑」。「他」似乎是得了青春憂鬱症，「他自以為很渺小，實際上卻把自己看得太重大了，他在黑暗的遮蔽裡自由地、任意地擴張自己的屈辱、卑鄙、委屈和悲哀。」而兩個女人都是人精，長得都很漂亮，又都很有心計。「金谷巷裡的女孩」一生下來，「哭聲又響又脆，唱歌似的。小臉兒粉紅的一塊雲，都說少見這麼美的嬰兒。」「他」是柔弱的、憂鬱的，而他所面對的兩個女人是智能和力量的化身。《崗上的世紀》中李小琴農活幹得漂亮，割豆子甚至把楊緒國比了下去。她「好看的身子」，「豐盈的手臂」，「像個初生的嬰兒」，「白玉無暇，堅韌異常」，而對楊緒國的描寫是：「一根一根的肋骨，兩條又瘦又長的腿，錐子似的扎在地裡」，「像一條斷了脊樑的狗」，「背脊上兩塊高聳的肩胛骨，如兩座峭拔的山峰，深褐色的皮膚上有一些病態的斑痕。」其間對男性的醜化和對女性的美化傾向是不言自明的。

　　《荒山之戀》中的「他」陷入了兩個女人的較量之中，男人處在兩個女人的爭奪之中，男人聽從兩個女人的安排，男人在此失去了自己的頭腦和思考。「他是沒有一點意志了，聽憑兩個女人的爭奪，聽憑命運的擺佈。」這是兩個男女在一起殉情的場面：「他們到了曾經躺過的草叢那裡，草依然是枯黃的，太陽照耀不到。她扶著他坐下，像抱嬰兒似的抱著他。用臉頰撫摩著他的臉頰。溫存了一會兒，便從白色的女式手提包裡取出一個小

瓶，敲開封口，餵給他喝。他聽話地喝了下去，再不問喝的是什麼。她丟了空瓶，鼓勵地撫摩了一下他的臉頰。又取出一瓶，餵給他，一直餵了七瓶。然後自己開始喝了，她有些急切似的沒了耐心，直接用牙齒咬開了封口，連同碎玻璃渣一起灌了下去，也喝了七瓶。」「他」聽憑了「她」的意志，放棄了自己的生命。是女人誘惑了男人，女人為了征服對手，放棄了生命做最後的決鬥。而男人，始終如一個嬰兒，被人擺弄。女人有女人的心計，而男人卻沒有男人的選擇。在這篇小說中我們分明讀到了被簡單化的男人，男人是為了滿足女人的愛情夢想而設的，而女人可以擺弄一個男人，也可以隨意毀滅一個男人。女人也沒有真正地愛上男人，男人被歪曲了，看看這段敘述就知道了：「為了一個軟弱、懦怯的男人，其實，這男人配不上她們那樣的摯愛。可是，女人愛男人，並不是為了那男人本身的價值，而往往只是為了實現自己的愛情的理想。為了這個理想，她們奮不顧身，不惜犧牲。」

　　小說《崗上的世紀》中的楊緒國和李小琴之間的關係是從交換開始的，女知青李小琴為了獲得回城招工的機會，以自己美麗的身體來誘惑村長楊緒國，楊緒國與李小琴的身體關係有逢場作戲的味道。李小琴沒有得到招工表，她告楊緒國姦污了她，有趣的是楊緒國受罰之後再次找到李小琴，他捨不得李小琴的身子，他們上演了相守的七個夜晚，性對楊緒國有不可抗拒的魔力，讓他變得不顧一切。小說到最後也沒有交代李小琴是否得到招工表，小說在七天相守的高潮中結束了。小說敘述的是他們和諧無比的性關係，有了兩個孩子的父親楊緒國在李小琴身上所有的傳

宗接代的經驗全不管用了，一開始他就在女人面前吃了敗仗，讓李小琴嘲笑他「是不是男人」。他們在一起，「他在很短的時間內，從一個男孩長成了大人，也將她從一個女孩培養成了大人。」就是為李小琴吃盡了苦頭，楊緒國還是忘不了李小琴，他感歎：「多好的身子啊！他不由將過去和今後的所有事情全都忘記了。」在崗上的七天七夜裡，「他們開創了一個極樂的世紀。」

在當代的文壇上，王安憶不是一個極端的作家，戴錦華認為：「儘管她顯然未曾在任何意義上懷疑自己作為作家身分的合法性，卻在頗為宏大的作品系列中，將所有故事中的作家形象賦予男性角色……」[9] 但我們在閱讀「三戀」系列小說的時候分明地覺得王安憶在書寫作為女人的驕傲和魅力。女人的身體對男人具有不可抗拒的誘惑力，而男人總是做女人身體的奴隸，沒有自己的意志，沒有自己的追求，在鮮亮的女性身體面前，男人一敗塗地甚至甘願受死。王安憶所敘述的情愛事件以遊戲、算計和身體吸引開始，結果是男性對女性身體的屈服。王安憶對性本身的直面透視引起了眾多的爭議，在這裡，性就是性，性對人情感的制約、誤導、不可控制與時代無關。小說中的人物是沒有名字的，小說的背景也很模糊，文革事件、「四人幫」倒臺，其實並沒有給金谷巷的女孩和「他」的生活帶來多大的影響。這和男性作家的時代壓抑感形成多麼鮮明的對比。張賢亮甚至將時代對男性身體和情感的傷害追問到文化的根子上，而女性作家的記憶裡時代的變遷很模糊，她們在精心構築自己的愛情夢想。在《錦繡谷之

---

[9] 戴錦華：《新時期文化資源與女性書寫》，見《性別詩學》，葉舒憲主編，社會科學文獻出版社，1999 年 9 月版，第 40-41 頁。

戀》中，敘述者說：「我想說一個故事，一個女人的故事。」小說的敘述以女人「她」的感覺和回憶來展開，像是一個女人自戀的癡情夢。那個男作家的心理、行為、舉止都被「她」給美化包裝了，「他」和「她」儘管只有幾天的時間在一起，但他們之間簡單的眼神、感覺、握手、接吻，讓「她」體會到了愛情的感覺，成了「她」在平淡的生活中可供反覆回憶的事件，一切因為沒有完全展開而美好。愛情和性一樣被描述得很純淨美好，帶有一個女人對兩性感情和諧狀態的渴望，有很強的女性理想色彩。

　　「性別敘事是無法避免的，但是我們可以經過努力而清醒地意識到它們是怎樣在影響我們。」[10] 在張承志、路遙、王安憶、張賢亮的小說敘事中，我們讀到的是：男性作家是思索人生的，他們所面對的女性只是他們人生經歷中的一個插曲，從來沒有與他們感情上真正地融合；女性作家敘述的情愛故事之中，男性是弱小的，而女性是強大的，女性按照自己的方式來選擇男性，憑藉自身的女性魅力征服男性，女性身體和女性的頭腦都是優越於男性的，她們可以按照自己的理想為所欲為。面對寫作主體的同性，作家寫起來得心應手，並極力美化；而面對寫作主體的異性，都有簡單化的傾向，在精神人格上被同性的光芒所遮蔽。女性敘述主體的強大在 20 世紀 90 年代女性寫作的浪潮中充分高漲起來，在林白、陳染、徐小斌、張抗抗、鐵凝、衛慧、九丹等作家那裡，主人公的生活隱秘世界和情感歷程成為敘述的重心，雖然在這些作家的作品之中很少看到優越於異性的同性形象，但過

10　[美] 波利・揚－艾森卓：《性別與慾望：不受詛咒的潘朵拉》，中國社會科學出版社，2003 年 1 月版，第 64 頁。

分張揚寫作主體同性的寫作仍然是一種缺乏大氣和包容心態的初級寫作。女權主義者伍爾夫（Virginia Woolf）在《一間自己的屋子》（*A room of one's own*）中提出了「雙性同體」的思想，得到了很多人的擁護，這是一種旨在超越單性文化的佳境寫作，是一個理想的狀態。很多女作家就很反感被套上女權寫作的帽子，陳染說：「美國是特別強調『歧視』的地方，什麼種族歧視，人權歧視，性別歧視等等。我只是關注這個複雜的人性問題。……我覺得我的創作，比這個話題要寬泛得多。」[11] 女性自戀式的自傳體寫作在「個人化」的讚美聲中，在強調其文學史意義的時候，往往陷入了被看和商業化的炒作陷阱之中。而實現真正的超越性別的寫作不僅是一個姿態立場的問題，也是一個作家對自己的性別局限和盲視不斷解剖、不斷完善、不斷反思、不斷否定的過程，這要求作家累積大情感，對流俗的文化陷阱和現實平面化立場保持警惕，在自身的性別困境中讓自由想像的翅膀帶動包容、大氣的生命情感實現真正的性別超越。

三

兩性情愛的基礎是男女身體的相互吸引，情愛敘事對身體慾望的敘述無疑會受到作家自身情感的制約，與作家的年齡、經歷特別是作為一個個體對身體的認知和體驗密切相關。20 世紀女性文學的興起使女性自身的身體經驗有了得以展現的可能性，這是

---

[11] 　陳染：《不可言說》，作家出版社，2002 年 1 月版，108 － 110 頁。

一件具有文學史意義的事件。茅盾對 1921 年 4 至 6 月小說創作的統計發現：「描寫男女戀愛的小說占了百分之九十八」[12]，但「五四」時期的女性情愛敘事基本上是無身體內容的。馮沅君的小說《旅行》中，兩個相愛的男女一起出行甚至可以完全沒有身體的慾望，一切都被淨化了。郭沫若對大膽坦言身體苦悶的《沉淪》大加讚賞：「他的清新的筆調，在中國枯槁的社會裡面好像吹來了一股春風，立刻吹醒了當時的無數青年的心。他那大膽的自我暴露，對於深藏在千年萬年的背甲裡面的士大夫的虛偽，完全是一種暴風雨式的閃擊，把一些假道學、假才子們震驚得至於狂怒了。為什麼？就因為有這樣露骨的真率，使他們感受著作假的困難。」[13] 在革命文學浪潮中，身體又被宏大的時代主題所遮蔽，因對延安文學傳統的直接繼承，身體敘事在當代文學的前 30 年中沒有得到完全展開。在新時期，身體不再是文學的禁區，儘管大膽敘述性愛的作品仍然較多地受到了人們的質疑和爭議，然而身體慾望是兩性情愛生活的重要組成部分，身體敘事之於文學已經不是一個問題了，這裡要分析的是不同性別的作家敘述身體有何差別。

首先，我們來看看現代文學史上的名篇郁達夫的《沉淪》和丁玲的《莎菲女士的日記》對身體慾望敘述之異同。

《沉淪》和《莎菲女士的日記》都是「驚世駭俗」的敘述個人身體苦悶的作品，前者是男性敘述，而後者是女性敘述，都

---

[12] 茅盾：《評四五六月的創作》，見《茅盾選集 · 第五卷》，四川文藝出版社，1985 年 5 月版，第 43 頁。

[13] 郭沫若：《論郁達夫》，見《郭沫若論創作》，上海文藝出版社，1983 年 6 月版，第 713 頁。

是自敘傳式的作品，都是敘述處在青春期的男女對異性身體的渴望，一樣的大膽，一樣的袒露，一樣的不顧一切地渴望呼喊，一樣的引起爭議和轟動，一樣的因表達了身體慾望而在文學史上留下了自己的位置。但由於敘述者的性別不一樣，呈現出根本性的差別。

　　《沉淪》的身體慾望是比較泛化的缺乏明確愛情目標的比較純粹的身體要求。主人公「他」是有青春憂鬱症的，「他」的憂鬱加劇了「他」的身體苦悶。「他一見了這兩個女孩子，呼吸就緊縮起來」，「他」進到自己的房間裡，躺下來自嘲地說：「You coward fellow，you are too coward！你既然怕羞，何以又要後悔？既然要後悔，何以當時你又沒有那樣的膽量？不同她們去講一句話。」「他」的傷感來自於「他」在異性面前的自卑，「他」渴望來自異性的感情，「我所要求的就是異性的愛情！」「蒼天呀蒼天，我並不要知識，我並不要名譽，我也不要那些無用的金錢，你若能賜我一個伊甸園內的『伊扶』，使她的肉體與心靈全歸我有，我就心滿意足了。」這些驚世駭俗的大膽的內心的渴望，說是需要來自異性的「肉體」和「心靈」，但小說中敘述的「他」並沒有真正體驗到什麼是愛情，「他」沒有一個明確的愛情目標，在「他」的生活中所接觸到的異性只是給了「他」身體的刺激，讓「他」的憂傷更為加劇一些而已。「他」為自己的身體感到罪惡和羞恥，「被窩裡犯的罪惡」讓「他」「深自痛悔」，「見了婦女的時候，他覺得更加難受。」「他」所住的旅館的主人有一個女兒，「可以牽引他的心」，一次偶然的機會「他」偷看到了旅館主人的女兒洗澡，「他」「面上同火燒的一樣，口也乾

渴了」。但「他」有犯罪的感覺，「他」偷偷地離開了旅館換租了一處住所。一次看到了山上兩個男女野合的場面，「他的面色，一霎時的變了灰色了。他的眼睛同火也似的紅了起來。」「他」終於忍受不了身體的折磨，「他」去尋找日本的妓女，但過於敏感的自尊又讓「他」覺得自己在日本的妓女面前也受到了歧視，因為「他」是「支那人」。「他」感覺很傷心，「他」的全部苦悶其實就是需要在女人面前找到男人的自尊，「他」的身體渴望異性的愛撫，需要女性的仰慕和愛護。「他」所說的愛情其實就是找到一個可以化解「他」身體苦悶的異性。女人的聲音、形態、言語都會給「他」很強烈的刺激，「他」是泛愛的。

　　莎菲雖然也有內在的身體渴望，但她的目標是明確的，她希望要一個愛她的人，還要一個她愛的人。「我總願意有那末一個人能瞭解得我清清楚楚的，如若不懂得我，我要那些愛，那些體貼做什麼？」「我要，我要使我快樂。無論在白天，在夜晚，我都在夢想可以使我沒有什麼遺憾在我死的時候的一些事情。」這也是一個女性驚世駭俗的對自己身體慾望的大膽告白。在莎菲的世界中有兩個異性朋友，一個是愛她的葦弟，另一個是她愛的凌起士。莎菲的身體慾望只是對自己愛的人，「我把他什麼細小處都審視遍了。我覺得都有我嘴唇放上去的需要。」她甚至嘲笑毓芳和雲霖的理智和謹慎：「為什麼會不需要擁抱那愛人的裸露的身體？為什麼要壓制住這愛的表現？為什麼在兩人還沒睡在一個被窩裡以前，會想到那些不相干足以擔心的事？我不相信戀愛是如此的理智，如此的科學！」文中還多次敘述莎菲對自己所鍾愛的男人身體的渴望，簡直到了發狂的地步。可是莎菲知道凌起士

已有了自己的妻子，他「豐儀」的外表之下隱藏的是一個卑劣的靈魂，他對她的敷衍和做作讓她反感。這樣「一個可鄙的人，吻了我！我靜靜默默地承受著！」莎菲在他吻了她之後，又嘲笑自己的墮落，「我是給我自己糟蹋了。」終於搭車南下，在無人認識自己的地方憐惜自己。莎菲的苦悶不僅是身體的苦悶，也是愛情的苦悶，她需要找到靈肉一致的愛情。這是她離開葦弟和凌起士的原因，她的身體苦悶只是向著自己心愛的人而發的。

《沉淪》中的「他」是冷峻的，「他」非常憂傷，從表層看「他」的憂傷來自於他孱弱的性格，在小說的結尾，「他」投海自殺了，「他」喊出了：「祖國呀祖國！我的死是你害我的！你快富起來，強起來吧！你還有許多兒女在那裡受苦呢！」作為男性敘述者，郁達夫小說中主人公的憂傷和苦悶似乎可以尋找到更多的原因，「他」三歲就喪了父親，在「他」十九歲的時候，「他」在日記中寫起了詩，有時也做起了小說，「他的憂鬱病的根苗，大約也就在這時候培養成功的。」「他」在感情上的不滿足，就是來自於憂鬱的性格，這是一個病態的青年，「他」終於無法堅強地活下去，因為「他」是一個「支那人」，「他」把自己的憂傷和苦悶歸位到自己的祖國不夠強大上，讓我們感覺到一個懦弱的靈魂在為自己的行為辯解，為自己的身體渴望無法得到滿足尋找藉口，為自己在異性面前的脆弱尋找身外的原因。男性敘述者似乎有更廣闊的視野，從個人身體慾望受阻的行為之中竟然發出希望祖國富強的聲音，隱秘的個人世界就這樣與時代的宏大主題生硬地聯繫了起來。而在《莎菲女士的日記》中，莎菲的身體慾望是單純的，就是渴望，就是要，她還是一個有肺病的女青年，她

的目標很明確，她渴望一份來自異性的讓她心動的感情。她愛就是愛，不愛就是不愛，沒有什麼可以調和的。莎菲的身體是有病的，但在行動上卻一點也不含糊，她在嘲笑愛她的葦弟：「太容易支使，或竟更可憐他的太不會愛的技巧了。」「我要那樣東西，我還不願去取得，我務必想方設計讓他自己送來。是的，我瞭解我自己，不過是一個女性十足的女人，女人只把心思放到她要征服的男人們身上。我要佔有他，我要他無條件的獻上他的心，跪著求我賜給他的吻呢。我簡直癲了，反反覆複地只想著我所要施行的手段的步驟，我簡直癲了。」她是主動的，也是有心計的，還是敏感而謹慎的，她想方設法地製造機會，甚至感覺到自己太過分了：「一個正經女人所做不出來的。」當她洞悉了凌起士靈魂中卑鄙的一面的時候，她又主動地選擇了放棄並逃離。身體的慾望只是推動主人公選擇自己的愛欲對象，始於慾望，也止於慾望，女性對待愛情的渴望和行動的勇氣比起男性來要大得多。對比莎菲的自覺和成熟，《沉淪》中的「他」讓人感覺太委瑣了。

《沉淪》中的男性形象是很獨特的，「他」是一個男人，卻是一個感情上的弱者，莎菲是一個感情的強者，是一個理智而成熟的敢於主宰自己命運的女性，莎菲更能代表「五四」時代精神。《沉淪》的男性敘述感性而柔弱，《莎菲女士的日記》中女性敘述理性而剛強，這種角色的倒錯性設置其實反映了女性的情愛敘述總是純粹而集中，但男性的情愛敘述很難成為生活的重心，因而往往不單純，比較散漫。身體慾望對於「他」和「莎菲」來說都是具有張揚個性和反封建道學之意義，但在不同性別的敘述中男性的身體苦悶要生理化得多，而對於女性幾乎就是愛情本身了。

上文的分析可以看出男性敘述的性愛和女性敘述的性愛在基本的文化原型上的差異。這種原型在上文關於張賢亮和王安憶的對比分析中也可以見出端倪。這就是我們對兩性的基本文化預設：「男性原型被概括為邏各斯（Logos，或譯理性）、獨立性、文化和客觀性；而女性原型被看做是代表愛欲（Eros，或譯情感）、依賴性、自然和主觀性。」[14] 相應的女性性愛敘事總是與具體的愛戀目標聯繫在一起，有一種切身的生命投入感，而男性性愛敘事即便是在表現自身的性苦悶也要指向一個更大的主題。這種潛在預設的文化原型導致的結論是：男性的性愛是生理的，而女性的性愛是情感的。這種簡單的比附當然是危險的，以此來概括當代的性愛敘事無疑是簡單的，因為這是一個性愛敘事充分「多元」的時代，但我們依然可以看到這種差異的基本痕跡。

大規模的性愛敘述見於 20 世紀 80 年代的先鋒小說之中，但一直不大被注意的是偏好性愛敘事的先鋒小說基本上是男性敘述：劉恆的《白渦》、《伏羲伏羲》、《蒼河白日夢》、莫言的《紅高粱》、蘇童的《米》、北村的《施洗的河》、葉兆言的《棗樹的故事》、洪峰的《極地之側》、孫甘露《呼吸》、熊正良的《匪風》等都是男性敘述，在男性敘述中，性變得遊戲化，性愛往往成為拷問人性的一種方式，有藝術假定性意味。熊正良的《匪風》可以算得上是其中的一個有代表性的例子。

《匪風》敘述了這樣一個故事：在一座孤島上住著一群土匪，島上的男女可以自由來往，不必結婚，沒有姓氏，沒有私有

---

[14] ［美］波利 · 揚－艾森卓：《性別與慾望：不受詛咒的潘朵拉》，中國社會科學出版社，2003 年 1 月版，第 42 頁。

財產。任何人都要破除私欲，男人可以找任何一個女人過夜，但決不能向女人送東西。儘管統治者范茂庭對每一個蔑視法規者都進行了嚴懲，但最後小島上的男人們還是為了一己情慾開始了相互搏殺。這是一個以自由的性愛為理想的獨立王國，男女之間可以自由地享受性愛，但最後的結果是島上不可避免地發生了騷亂，連范茂庭自己的命也保不住，這篇小說很形象地說明了人類自由性愛烏托邦的死亡。在一個以性愛為集中矛盾的社會中，自由的代價是慘重的。小說在一個假定的環境中探討人性。在莫言的小說把自由的性愛當作個性張揚乃至民族精神的時候，熊正良的小說似乎在告訴我們自由的性愛社會也會是一種災難，那將是一個互相殘殺的野蠻時代。文明的教化固然使人類在性愛方面失去了自身血性的一面，但返回野蠻時代，那將也是難以想像的。人性中就有惡的一面和自私的成分，自由的、符合人性的性愛必然是有約束的，這似乎是一個悖論：規範的文明束縛了人性，而放縱的人性又導致社會的混亂，那麼現代意義上的性愛將建基在哪裡呢？也許這是一個有關文明創痛的話題。從法蘭克福學派到福科的性學研究都將矛頭對準壓抑性愛的文明，但性愛問題是複雜的，是人類永恆的困境，簡單的性解放和簡單的性規範都不是可以隨便解決問題的。《匪風》似乎是在提出這麼一個反題：解放的性愛也許是人性的，但在現有的歷史條件下，也是人類的不可超越的，一個被誇張的烏托邦。

在本體意義上來思考人類性愛的意義，這是男性敘述者所擅長的，女性作家對性愛的敘述更專注於女性自身的命運，書寫個人特有的女性生活經驗，像陳染、林白、海男、徐小斌的作品

那樣敘述一個女人的情感傷痛，或者是像鐵凝、張潔、徐坤的作品那樣來敘述一個女性在兩性生活中的憂傷與領悟。將性愛的放縱當作寫作軸心世界的是一批更為年輕的被稱為「70後」的作家們，在她們的作品中，性愛是一種反抗平庸生活的方式，她們自詡為「另類」，是屬於城市「寶貝」的女孩。還有更為年輕的女作家，在她們筆下性愛的放縱成為一種生活的渴望，她們的寫作是以消費自己的青春作為代價的，她們成長在一個社會急劇變革的開放時代，她們將寫作當作一種生活的方式，另類的生活方式也成為寫作本身，寫作和生活對她們來說是一而二，二而一的關係。以寫身體出名的女作家九丹，她的小說《烏鴉》、《女人床》、《鳳凰》寫的是一群另類女人的留學生活，但九丹的寫作是沒有創造意義的，她不過是重複了強大的男人世界和普通的弱女子之間的關係，重複了類似古代封建文人和青樓女子的關係，只不過把這種關係放到了國外而已。在九丹的敘述中，女人是弱者，是要靠男人的錢來生活，女人擺脫困境的方式只有一個，那就是憑靠自己的身體拿住一個男人。對於九丹這樣的作家來說，她並不是以她作品的先鋒意識，也不是以自己藝術上的獨創來引起讀者的關注，國外留學另類女性的性愛題材成為其作品的推銷廣告。

　　林白的《一個人的戰爭》和陳染的《私人生活》是當代女性文學的典型文本，也是女性成長小說的代表作品。在這兩部小說之中女性成長的隱秘世界第一次作為敘述的核心要素擺到了讀者面前。性在這兩部作品中是作為女性成長的特有經驗來對待的，它包括兩個方面：一是女性對自己身體成長的體悟，二是成長的

女性所經歷的性愛經驗。性在這裡有鮮明的性別意味，它是從女性性別意識萌動到性成熟過程中的特殊經驗，是一個被男權文化遮蔽，被以往的文學所忽視的領域，因而具有特殊的題材開拓意義。這是陳染的小說《私人生活》中的一段話：

> 我感到無邊的空洞和貧乏正一天重複一天地從我的腳底升起，日子像一杯杯淡茶無法使我振作。我不知道我還需要什麼，在我的不很長久的生命過程中，該嘗試的我都嘗試過了，不該嘗試的也嘗試過了。
>
> 也許，我還需要一個愛人。一個男人或女人，一個老人或少年，甚至只是一條狗。我已不再要求和限定。就如同我必須使自己懂得放棄完美，接受殘缺。因為，我知道，單純的性，是多麼地愚蠢！
>
> 對於我，愛人並不一定是性的人。因為那東西不過是一種調料、一種奢侈。
>
> 性，從來不成為我的問題。
>
> 我的問題在別處──一個殘缺的時代裡的殘缺的人。

在這段回憶性的文字中，敘述者懷著憂傷的調子來追敘自己的經歷，「該嘗試的我都嘗試過了，不該嘗試的也嘗試過了。」就是說，對於自己身體的嘗試，是一個心理「殘缺」的女孩的特殊青春經歷，「放棄完美，接受殘缺」，這是一種過來人的心態，一種經受情感磨難的女性對生活熱情的淡化。在這種看透了生活本質的心態之下，性只是主人公倪拗拗的個人成長中所經歷的一

種傷痛而已，作為自己的身體記憶，或者是痛苦的，或者是憂傷的，也許還夾雜著些歡樂，但已經不與現代意義上的愛情相關聯。

林白的《一個人的戰爭》中，性是一種女性立場的個人經驗，小說的開篇就敘述了一個女孩多米在幼兒時期對自己身體的凝視和撫摸。「漫長的夏天，在單獨的洗澡間沖涼，看遍全身並且撫摸。」小女孩慢慢長大，還在幻想中渴望被強姦。多米第一次被人強暴後的感覺竟然是：「單調的讀書生活竟然就這樣充滿了她 4 年的光陰，毫無光彩和刺激，這點奇遇是多麼彌足珍貴，絢麗難得，就像天上的彩虹。」除了幻想奇遇，還渴望出逃：「出逃是一道深淵，在路上是一道深淵。女人是一道深淵。男人是一道深淵。故鄉是一道深淵。異地是一道深淵。路的盡頭是一道永遠的深淵。」

在出逃的路上，主人公多米第一次受到男人矢村的誘惑，她接受這個男人的誘惑只是因為：「她需要一種服從和壓迫。這是隱藏在深處的東西，一種拋掉意志、把自己變成物的願望深深藏在這個女孩的體內，一有機會就會溜出來。女孩自己卻以為是另一些東西：浪漫、瞭解生活、英雄主義。」這種出逃式的放任自流並不是真正的女性獨立，而是偏激的個人浪漫行為。這個女孩是「一個非常純粹的女性，非常女性」。「生活在不合時宜的藝術中，她的行為就像過時的書本一樣可笑。」一場傻瓜愛情讓她成為一個被男人拒絕的女人，弄得自己身心疲憊，最終出賣自己的愛情，草草地嫁給了一個老人了事。性愛給主人公帶來精神上的漂泊和迷茫，也帶來巨大的精神傷害。女主人公渴望流浪的身體在自我流浪之中並沒有得到快樂，直至被男人徹底地拒絕。

　　林白的作品《致命的飛翔》中性成為一種「致命的飛翔」。小說寫出了女性在身體上的屈辱和內心被撕裂的感覺：「北諾疼痛得高聲叫喊，那聲音像一個遭受毒打的女人發出的悲慘叫聲（想想《紅色娘子軍》第一場南霸天毒打使女的場景吧），她的全身火辣辣地疼，一根燒紅的鐵棍子在她的下體燒灼著，她用腳來踢它，用手來掐它，但它像生了根似的不走。每一陣撞擊都有一聲叫喊，每一聲叫喊又加強著刺激，使這撞擊更為猛烈。男人在這叫聲中感覺到了前所未有的快意，一種身體和精神的征服感使他血液加快，力量無窮，那個瞬間的快意猶如君臨天下，女人就是男人的天下，就是男人的國土，他在她之上，挺立起他的身體。」男人身體對女性的壓迫所造成的精神恐懼，在李昂的小說《殺夫》、張潔的小說《楔子》中都有生動的表現，女人對男性身體仇恨的極致是殺死男人，這是一個類似哈代（Thomas Hardy）的《德伯家的苔絲》（*Tess of tne Durbervilles*）中的情節。但在哈代的小說中，苔絲殺死亞雷的場面是間接的，是通過房東卜露太太的偷聽來寫的，葡露先聽見苔絲殺死亞雷之前的一段與亞雷的爭吵，接著是樓上地板的響聲和衣服摩擦的聲音，後來發現了天花板上的血跡。整個被殺的過程和人物的心理被遮蔽，但在林白、李昂和張潔的小說中，女人對男人仇恨的細節被渲染得讓人膽寒。女性殺死男人顯得非常的冷靜，甚至還在玩味男人的流血過程，這種極端的仇恨無疑是女性對所受壓迫的反抗。

　　衛慧的《上海寶貝》、九丹的《烏鴉》、《女人床》、春樹的《北京娃娃》等作品在性愛的書寫上走得更遠，小說敘述了一群年輕女孩的另類性生活。這些作品成為社會道德的對立面，也被

很多的文學批評所指責，但作品獲得了暢銷，成為被消費的「慾望」，滿足了大眾對性愛的窺視慾望。這是一批年輕女作家的作品，她們以自傳體的方式來寫小說，用經歷來寫作，她們的性愛行為是在追求一種自我體驗，因而在小說中被敘述為前衛做派的流行時尚。衛慧在《上海寶貝》中直言：「在復旦大學中文系讀書的時候我就立下志向，做一名激動人心的小說家，凶兆、陰謀、潰瘍、匕首、情慾、毒藥、瘋狂、月光都是我精心準備的字眼兒。」《上海寶貝》描寫的是：「在上海花園裡尋歡作樂，在世紀末的逆光裡醉生夢死的臉蛋漂亮、身體開放、思想前衛的年輕一代。」主人公和她的情人們之間是「fuck 來 fuck 去」的關係。小說中的三個女人，「我」、朱砂、馬當娜都是另類女人，朱砂因為私生活不愉快跟自己的丈夫離了婚，與馬當娜的情人阿DICK，一個比朱砂小 8 歲的畫家結了婚。馬當娜擁有死去的丈夫給她留下的一大筆遺產，她不斷地換情人，追求刺激。這種前衛刺激的私人生活被沉迷其中的女性敘述出來，性自由成為一種時尚，有一種自我優越感：「她們比 50 年前的女性多了自由，比30 年前的女性多了美貌，比 10 年前的女性多了不同類別的性高潮。」在女性遊弋身體的自由夢想中，女性對自身的主動暴露，又成為「被看」的對象，難逃被消費的命運，而引起道德爭議也是在所難免的。

　　《北京娃娃》是一個女中學生的作品，敘述了一個叫春樹的女孩子在 14 到 17 歲間叛逆的青春生活。她不想上學，對學校的單調、枯燥感到乏味。這個「問題少女」感性、多情、生命力旺盛、有無窮的渴望，徹底背叛了傳統女孩的貞操觀念，將一切老

師、家長的教導踩在腳下，自由放縱，為所欲為。而她又是一個有才華的女孩，很有寫作天賦，讀了很多書，作文寫得很好，喜歡音樂，酷愛交友，獨立意識很強。她在同學之中常感到孤獨、無聊，總覺得自己的同學很「弱智」。對於她來說，沒有什麼不可以做，沒有什麼不可以嘗試。十四歲的時候就輕易地將自己的貞操交給了一個男孩子，然後不斷地交往男孩子，夜不歸宿，聽憑感情的驅使，渴望浪漫、渴望被愛，卻不相信愛。春樹與衛慧的放任是有差別的，春樹還是個中學生，春樹的背叛是聽憑感覺驅使的，對學校、書本、課堂有一種天然的排斥，是一種本能的、率性而為的、身不由己的背叛，性被放逐到徹底自由的狀態，沒有負擔，沒有內疚，沒有懺悔，雖然其中也有些希望和真情的尋找。衛慧的年齡比春樹要大一些，她背叛的方式是要用經歷寫一本書，讓體驗本身成為文學，並認為總有一天會寫出一本驚世駭俗的作品。衛慧和春樹的性愛敘事在女性自身的邏輯上成為「時尚」的自我冒險，傳統對女性的束縛在此蕩然無存，身體的流浪與自傳式的寫作合二為一。這種另類的自我暴露，使文學成為「絕對隱私」、「噴射憂傷」的工具，性是其中的商業賣點，也成為讀者窺視他人隱私的窗口，自傳體的寫作無疑表面上增加了這種真實性，也加深了這種寫作的危險性。

對身體的敘述現在最為堅實的依然是一批有較長寫作年齡的「老」作家，如張潔、張抗抗、鐵凝、王安憶等。在她們的女性敘述中性愛是生命中的重要部分，也是愛情中不可缺少的，她們在更為長久的人生歷程中寫性，體現出對女性自身命運的關注，有真真切切的人生感受。在鐵凝的《大浴女》之中，女人的成

長經歷就是一個女人如何面對異性的過程。在小說的結尾部分，女主人公最後獲得了對生活的領悟，這也是一種中年人的心態。《春天的二十二個夜晚》也是一部帶有個人自傳性的小說，作品敘述了女主人公從初戀、結婚到離婚的全過程，敘述人讓女主人公緬懷自己初戀的青春，在經歷了生活的傷痛之後女主人公變得堅定與從容。張抗抗的《作女》敘述了一種現代都市知識女性──「作女」。「意指那些不安分守己、自不量力、任性而天生熱愛折騰的女人。可以肯定不是褒義詞，但貶義又有些含混，不肯直截了當說明白了，留著給人自個兒琢磨反省的餘地。」「『作』就是不斷的放棄和開始。」「作」是一種生活狀態，一種挑戰生活、尋找生活新鮮感覺、挑戰窒息沉悶的生活方式，不斷「作」來「作」去，尋求精彩絢爛的人生狀態。「作女」「卓爾」的名字是有意味的，就是「卓爾不群」，與眾不同，「作女」放棄家庭，經常變換職業，厭倦固定的男人。精力充沛，生命力旺盛，對生活充滿激情和幻想，富有創造力，又很危險，情緒不穩定。這種永遠追求新鮮生活的衝動讓一個女人變成與眾不同的另類。主人公卓爾「作」得很厲害，她富有創造力的腦子為她獲得了成功，也贏得了成功男人鄭達磊的愛，女人靠自己的魅力征服了男人，然後對男人瀟灑地揮手而去，不給他們機會。「作女」也是感情上的另類，她們花自己的錢，和自己喜歡的男人睡覺，但沒有結婚的打算，就是「作」來「作」去。

男性作家也會敘述一個人的性意識萌動以及遊戲身體的感覺，與女性作家從心理層面試圖深入人的心像本色是一樣的，但男性性敘事缺乏女性性敘事的切膚之感，女性作家習慣大部頭地

寫作自己的個人情感經歷，大多採用自傳體的方式，而男性性愛敘事對自我情感的暴露比較少。如讀者可以輕易發現，《廢都》之中的莊之蝶有作者自己的影子，但正如一個研究者所質疑的：「在我們的文化中，一個像莊之蝶這樣誠實的文化人，身處當今這樣一個四處埋伏著物欲、情慾和陰謀的社會，怎麼可能不如履薄冰、如臨深淵，而像真正的兒童那樣動輒敞開自己隱秘的心扉，不但未遭暗算反而屢屢中的、逍遙法外呢？怎麼可能輕易就獲得眾多女人死心塌地的真情，獲得那麼多『以心換心』的摯愛？（這種摯愛甚至超越於正常的嫉妒心之上，使莊之蝶被當作人人為之獻身的神來崇拜）」[15] 這種批評也許是比較苛刻的，但無疑說明了性愛在文本中的想像性。《廢都》的性愛在文本中的意義似乎在於製造被欣賞的段落而已，其中的「此處刪去多少字」的商業意味也是不言而喻的。小說中瀰漫的是一股「廢都」情緒，寫出的是在時代轉型期一個身居城市的男人的精神困境。張旻也是一個有性偏好的作家。有評論者將張旻的小說看作是對「性」有「依賴性」的敘述[16]。但張旻對自己那些「第三種狀態」情感的敘述卻是不與自己的生活對位的，他說那只是一種想像的真實。大多數男性作家的性愛敘述只是敘事中的一些調料性場面，不對故事的主題意義產生影響。如莫言《酒國》、《紅樹林》、《檀香刑》、賈平凹的《白夜》、《高老莊》以及趙德發、李佩甫等作家的鄉村小說等都是如此。

---

[15] 鄧曉芒：《靈魂之旅——九十年代文學的生存境界》，湖北人民出版社，1998 年 9 月版，第 83 頁。

[16] 李潔非：《新生代小說（1994-）》，《當代作家評論》，1997 年第 1 期。

　　劉小楓在《沉重的肉身》一書中先將倫理學分為理性倫理學和敘事倫理學，接著將現代敘事倫理分為人民倫理的大敘事和自由倫理的個體敘事。劉小楓對敘事倫理的區分，為當代的性愛敘事提供了很好的理論說明。當代的性愛敘事總體上是劉小楓所言的「自由倫理的個體敘事」，正是在敘事的倫理立場上，從超越於道德的角度小說性愛敘述包含特別的性別意味和文化意味。從上文的分析中可以看出，性愛敘事的性別差異，其實反映了作家自身的性別局限和價值偏差。在這種差異之中，文學確實呈現了「多元」的性愛敘事景觀。從先鋒作家的性愛遊戲化敘述到20世紀90年代女性作家對性愛經驗的暴露，基本的對性愛敘述的性別文化原型早就打破了。一個顯而易見的事實是，近年來引人注意的「身體敘事」大多是女作家，從林白、陳染到衛慧、棉棉、九丹、春樹，女性完全是在自己的「身體上敘事」。這種緊貼女性自身的經驗世界也許有重構文學版圖的意義，但真正將性愛寫成一種偉大的生命情感行為的作品卻不多見。女性的身體大多是在「另類」的意義上吸引讀者，開始寫作的女作家年齡也越來越小，但大多創作生命比較短暫，其「自傳體」、「准自傳體」意味很濃，作品配合美女身體照片發行，性愛成為一種「小資」時尚的行為方式在作品中出現。這些女作家創作的起點都不是很高，藝術上還不很成熟，她們其實也重複了現代女作家的老路，正如一位研究者對現代女作家所做的批評：「不可否認，從馮沅君的《旅行》、《隔絕》到廬隱的《海濱故人》，從丁玲的《莎菲女士的日記》到蘇青的《結婚十年》，所有這些有關婚姻愛情的敘事作品都在打破舊禮教和建立新型男女關係的社會變革中發揮

過一定的作用，但隨著時過境遷，很多曾在當年轟動一時的作品在今日普通讀者的眼中都不再有多大的可讀性，其藝術的魅力一般都遠遠低於文獻的價值，大概只有在熱衷重構女性傳統的批評家手中，才可能被剪輯成足以拼接文學里程碑的珍貴斷片。」[17] 這些批評套在以「身體敘事」引起關注的女作家身上仍然是合適的。

　　對於一個真正的作家來說，不僅需要具備一個自身生理上的豐富性別心理，他（她）還應該具備一個區別於自身生理的性別心理世界。這也許是苛刻的，但卻是不無意義的，這意味著一個作家只有超越自身性別經驗才能寫出更大含量的作品。當代一些作家在敘述上採取了雙性視角或異於自身性別的敘述人，可以看作是對性別超越的一種嘗試。如張辛欣的《在同一地平線上》、北村的《望著你》、賈平凹的《病相報告》、莫言的《檀香刑》都採用了雙性敘事的角度，長於寫女性體驗的林白在小說《萬物花開》中通過一個叫大頭的男孩來敘述故事。這些都是很好的嘗試，但並不是說採用雙性視角敘事就可以做到沒有性別偏見，事實上這些作品並沒有很好地超越於性別局限。性愛敘事的性別意義分析在宏觀上可以看出性別關係在文學中的演變，顯而易見的是，一個兩性身體自由、和諧的狀態仍然離我們很遙遠。

四

　　兩性的身體差異是巨大的，從生理的角度來說，兩性是不平

---

[17]　康正果：《身體和情慾》，上海文藝出版社，2001 年 5 月版，第 138 頁。

等的，男歡女愛在生理上的付出是不成比例的，生理上的差異形
成心理的差異，受不同時期男女社會地位的影響，兩性情愛在具
體社會文化環境中顯示出種種差異。對於男女在生物學意義上的
差異及由此所引起的情感差異，有研究者進行過認真地分析比較：

> 　　兩種性細胞在解剖上差異極大。人的卵就比精子大
> 8,500 倍，人類性別的生物學和心理學貫穿著這種由配子差
> 異造成的差別。最重要的直接後果，是女性在每個性細胞
> 中都投入了更大的投資。一個女人一生只能產 400 個左右
> 卵，最大的可能也只有 20 個卵成為孩子。懷孕、分娩、撫
> 育的代價就更大了。相反，一個男人每次射精就能放出數
> 億個精子。他一旦給女方授了精，純粹的生理義務也完成
> 了。他的基因將和女方的獲利相等，但投資卻小得多。
>
> 　　由此造成的兩性衝突不僅是人類的一大特性，而且
> 是大多數動物都存在的問題。在動物中，雄性的特點是侵
> 犯性強，在交配季節表現得最為強烈。從卵受精到胎兒出
> 生這段時間裡，一個雄性可以給許多雌性授精，而一個雌
> 性卻只能接受一個雄性的受精。這就使得雄性好侵犯、急
> 躁、在感情方面易變，並且無鑒別力。從理論上講，女性
> 羞怯不表態，對於發現最佳男性基因是有利的。同樣重要
> 的是，雌性要選擇那些授精後更願和她們待在一起的雄性。
> 人類忠實地遵從這一生物學原理。[18]

---

[18] ［美］愛德華 · 奧斯本 · 威爾遜（Edward Osborne Wilson）：《新的綜合——社
會生物學》（Sociobiology: The New Synthesis），李昆峰編譯，四川人民出版社，

首先，人類是適中的多配偶物種，在性夥伴關係中，以男人造成的變化為最多。人類大約 3/4 的社會形態允許多妻，其中大多數還有法律和習俗為之張目。伊斯蘭教就規定可以娶四個妻子。而支持多夫的社會還不足 1%。其它的那些一夫一妻制社會只具一種法律上的意義，而以情婦和其它方法補充實際上的一夫多妻制。

男人總把女人當作一種有限的資源，因而也是一種有價值的財產。她們在等級婚姻中成為受益者：通過婚姻可以提高社會地位。一夫多妻和等級婚姻在本質上是相互補充的。在各種文化中，男人都是追尋和獲取，而女人則受到保護或打擊。當把性作為出賣物時，通常男人為買主。妓女是受歧視的社會成員，她們在陌生人面前放棄了自己寶貴的生殖投資。

解剖學上的差異是分工的基礎。[19]

某些社會生物學家有這種認識：鑒於上述種種理由，男子可能比女子更傾向於「亂交」——和盡可能多的女子發生關係；而女子則比男子專一性強得多，不願和多個男子同時有性關係。這絲毫沒有證明男子在性的問題上天生自私放蕩。盡量多和異性結合、多生育後代，至少從進化的角度上講是有利的。只不過男子較容易做到這一點，而女子卻做不到罷了。[20]

1985 年 4 月版，第 159-160 頁。

[19] ［美］愛德華‧奧斯本‧威爾遜：《新的綜合──社會生物學》，李昆峰編譯，四川人民出版社，1985 年 4 月版，第 161 頁。

[20] ［美］愛德華‧奧斯本‧威爾遜：《新的綜合──社會生物學》，李昆峰編譯，四

> 根據女子的實際情況，她需要有人說明和照顧（亦或這是
> 女性依賴性的原因）。所以女性選擇的是那種忠誠型的男
> 性。當然，男子也希望女性「貞潔」、並忠於他。只不過
> 當他覬覦其它女子時，又希望對方不至過「迂」，把貞潔
> 二字看得太重。[21]

　　與這種生理差異相聯繫的感情差異也被無數的哲學家所論述，叔本華說：「男人在天性上，戀愛時是善變的，女性則傾向不變。男人的愛情在獲得滿足後，便顯著地下降，同時，覺得幾乎大多數的女人都比自己的妻子更具有魅力，更能吸引他。總之，男人是渴望變化。而女人的愛情在獲得滿足的瞬間，開始上升，這是根據『自然』的目的所產生的必然結果。『自然』的原則是維持種族，還有，盡可能大量地增殖。如果男人可以隨心所欲地和不同的女人交合，一年中可製造百來個子女；但是，不管女人有多少情夫面首，一年間也僅能生育一個孩子（雙胞胎例外），所以，男人經常需求別的女人，而女人只有老老實實地守著丈夫。蓋以『自然』創造女性，是為將來的子女保留撫養者與保護者，這是本能，毋須經過思慮。所以，正確的貞操觀念，在男人來說是人為的克制，女人則是自然的。不論就客觀的結界，或主觀的反自然現象來說，女人之通姦比之男人，更難以寬宥。」[22] 古今中外的文化在此無一例外地

川人民出版社，1985 年 4 月版，第 164 頁。

[21] ［美］愛德華‧奧斯本‧威爾遜：《新的綜合──社會生物學》，李昆峰編譯，四川人民出版社，1985 年 4 月版，第 165 頁。

[22] 李瑜青主編：《叔本華哲理美文集》，安徽文藝出版社，1997 年 5 月版，第 43-44 頁。

表現出這種論調，中國有一個由來已久的「癡心女子負心漢」的文學主題，更有對男女的雙重道德標準，猶如《詩經》中女人發出的慨歎：「士之耽兮，猶可說也；女之耽兮，不可說也。」這些成為近代以來女性主義者們攻擊的口實。她們不承認生理差異必然導致文化心理的差異，凱特・米利特（Kate Millett）說：「如果我們讓社會學去界說這些屬性，我們就會再次陷入生物學的陷阱。」[23] 她們也對性別文化歧視大加抨擊：「一個人之為女人，與其說是『天生』的，不如說是『形成』的。沒有任何生理上、心理上或經濟上的定命，能決斷女人在社會中的地位，而是人類文化之整體，產生出這居間於男性與無性中的所謂『女性』。」[24]

一個不可回避的事實是：文學文本是由不同性別的作家寫出來的，作家的寫作是從自身的生命感覺開始的，女性和男性在基本的生命感覺上是有差異的，在文化上的差異也是客觀的。在我們還無法超越具體時空的時候，差異真實而實在地存在著。在《聖經》文化中女人是男人身上的一根肋骨，在中國儒學文化中男人的理想是「修身、齊家、治國、平天下」，而女人和小人一樣是「難養」的。生理的差異是客觀的，文化的差異是演變的，兩性關係在不同的歷史時段有著不同的文化含義。在中國幾千年的古代歷史文明中，通過寫作發出自己聲音的女性作家是很少的，能寫進文學史的也只有蔡琰、李清照、朱淑貞等幾個人，能

---

[23] ［美］凱特・米利特：《性的政治》（*Sexual Politics*），鐘良明譯，社會科學文獻出版社，1999 年 1 月版，第 353 頁。

[24] ［法］西蒙・波娃（Simone de Beauvoir）：《第二性——女人》（*Le deuxième sexe* □），湖南文藝出版社，1986 年 12 月版，第 23 頁。

以自覺的女性感覺和女性立場來書寫女性情愛命運的作家就更少。在古代的說唱文學中，說話人一般為男性，小說的興起也是男性文學的天下。在奉行「女子無才便是德」的古代社會，女子鮮有與男子同等接受教育的機會。但自近代以來，女子接受教育的機會大大增多，有能力拿起筆寫作的女子越來越多，中國文學史中多出了半壁江山，女性作家越來越多。女性作家的出現在一定的意義上打破了小說的史詩傳統。現代意義的小說是一種更適合女性寫作的文學樣式。伍爾芙說：「小說過去是現在仍然是，婦女最容易寫作的東西。」[25] 女性小說家陣容的強大在一定意義上也是另一種性別的情愛景觀慢慢變成文字現實的過程，杜拉斯（Marguerite Duras）說得很乾脆：「沒有愛情就沒有小說。」[26] 在伍爾芙看來女性適合寫小說是因為寫小說可以待在家裡時寫時輟，女性做家務和寫小說兩不衝突。女性適合寫小說也是與女性自身體察生活的方式相關的，女性「『更傾向於獻身日常要求，更關注純粹個人的生活』。人的生命本質上是一個獻身的過程，女人的獻身不像男人那樣指向某種純粹客觀的東西或抽象性的概念，而總是指向生命的具體性──『一種時間性的、似乎一點一滴的東西。』女人的生命直覺就在生命本身當下的流動中，而不是像男性的生命直覺那樣置身這種流動之外」。[27] 相對於男性，

---

[25]　[英] 維吉尼亞 · 伍爾芙（Virginia Woolf）：《論小說與小說家》（*On Novels and Novelists*），瞿世鏡譯，上海譯文出版社，1986 年 5 月版，第 52 頁。

[26]　[法] 米歇爾 · 芒索（Michele Manceaux）：《閨中女友》（*L'Amie*），胡小躍譯，灕江出版社，1999 年 7 月版，第 118 頁。

[27]　劉小楓：《金錢 性別 生活感覺》，見《金錢、性別、現代生活風格》，[德] 西美爾著，劉小楓編，顧仁明譯，學林出版社，2000 年 12 月版，第 10 頁。

女性在本真的意義上更接近人的本質。現代意義上的小說已經與
古代的史詩傳統有了很大的不同，史詩傳統的作品更多地講述國
家興亡的宏大主題，而現代意義上的小說主要是講述個人悲歡得
失的小事。鑒於愛情之於女性的重要意義，女性作家對情愛敘事
的書寫往往比男性更投入、更癡迷。甚至可以毫不誇張地說，一
定意義上情愛敘事造就了女性作家，有論者對現代文學史上的盧
隱、石評梅、蕭紅、張愛玲、丁玲進行分析，認為：「現代文學
史上最著名的幾個女作家，她們最重要的作品基本上都沒有超出
愛情和婚姻的題材，而所謂的女性聲音，不過是一種新型的閨怨
罷了。」[28] 新時期以來文學的繁榮很重要的一個方面是女性文學的
繁榮，張潔、鐵凝、黃蓓佳、王安憶、張辛欣、池莉、方方、林
白、陳染、海男、衛慧、棉棉等女作家構成了當代文學史上的半
邊天風景，她們是具有「浮出歷史地表」的意義的，如一位女性
文學研究者所總結的：「在某種意義上，女性的出現，女性的自
我命名所顯露的唯一真實，不是她獲得與男人一樣的平等，而是
在她主體成長中的一個結構性缺損，一個女性自身的反神秘化過
程，一個使女性的隱秘經驗，包括歷史經驗、心理和生理經驗，
從一片話語的塗蓋之下，從一片話語真空中發掘和昭示於世的
過程。沒有這一步，女性恐怕無以擺脫『我』和『我自己』的鏡
式同義反覆，真正以女性的身分進入那個我、你、他的關聯式結
構，那個主體完成的最後階段。」[29]

---

[28] 康正果：《身體和情慾》，上海文藝出版社，2001 年 5 月版，第 137-138 頁。

[29] 孟悅、戴錦華：《浮出歷史地表——現代婦女文學研究》，河南人民出版社，1989
年 7 月版，第 36 頁。

　　相對於男性作家，女作家的寫作題材大多集中在男女情事上，很多女作家就是因為自身的感情觸動，然後走上文學的道路，採用自傳體的寫法審視自己的感情記憶。女性情愛敘事並不是沒有缺陷，借用劉慧英的話來說就是：「不能否認有些自傳體小說或紀實性小說所引起的社會反響或『轟動效應』是強烈的、積極的。但這並非文學的成功，更非文學的目的。」[30] 從池莉、張潔、鐵凝、王安憶、方方等作家的作品中我們可以讀到永遠不缺席的情愛敘事。在更年輕的一批女作家陳染、林白、衛慧、棉棉那裡，更是將女性自身的情感經歷和身體感覺空間一同無限地放大開來。而實際上沒有一個男性作家可以永不停息地在寫作那些男女情事，男性作家更多地將情愛敘事看作是一種調味品，追求情愛敘述之外的意義，男性作家的理性讓他們更多地將眼光投注到社會問題上。張承志曾敘述過在草原上美好愛情的破滅，但後來張承志成了中國文壇上的一個思想者，他告別了小說的聖殿而樹起了思想的旗幟寫作散文。梁曉聲寫起了中國社會階級分析的社會學文章，柯雲路沉迷在氣功之中。而女性作家可以終生地反覆糾纏在情愛問題之中：蘇青寫作《結婚十年》絮絮叨叨地細說那些兩性生活中的酸甜苦辣；張愛玲的所有作品可以沉迷在女人的命運之中；王安憶可以將一個舊上海女人一生的生活瑣事寫得悠長綿延；張潔甚至用了 12 年的時間寫作《無字》，為一家四代女性來訴說人生的沉重與迷茫。一些剛露頭角的年輕女作家，她們的寫作生命往往很短，多以身體反叛的自傳性敘事為主，在藝

30　劉慧英：《走出男權傳統的樊籬——文學中男權意識的批判》，三聯書店，1996 年 4 月版，第 166 頁。

術上的缺陷正如劉慧英所直言的：「古今中外的文學史上不少女作家往往採用自傳體或書信體的寫作形式，在語言和結構上缺乏精雕細琢、千錘百煉的功夫。」[31] 同為暢銷書作家的金庸和瓊瑤，前者也講述了不少情愛故事，但這些故事都是滲透在江湖恩怨的打打殺殺之中，而瓊瑤可以以男女情事為敘述核心終生不改。儘管現代社會為女性提供了男女平等的工作機會和發展空間，但男性的社會生活面比女性更為廣闊，在政治舞臺、哲學思維等領域仍然是男性的天下，男性作家對社會發展、改革大題材和權力爭鬥之類的事情往往比男女私情更感興趣，當代官場小說和歷史小說的繁榮之中活躍的大多是男性作家的身影，而鮮見女性作家。

　　20 世紀中國的歷史是女性解放的歷史，中國婦女解放與西方女權運動的差別在於：「中國婦女解放是全社會而不是女人一家努力的結果。」[32] 在 18 世紀，西方女權運動已經取得了相當的成就，中國的婦女解放到 19 世紀末期才開始。「中國男人而不是女人最早呼籲解放婦女。」「『婦女解放』的意識是民族覺醒的產物，也是民族主義革命的重要內容。婦女權利要求因此始終讓位於民族解放鬥爭，獨立的女權運動在中國從來未成氣候。」歷史的現實是：「女人對男人和社會的依附心理和行為，從婚姻到擇業，沒有太大改觀。」[33] 這種歷史現狀導致女性作家對情愛的書寫很難衝破男性話語的制約，女作家丁玲在 30 年代轉向了一個更

31　劉慧英：《走出男權傳統的樊籬——文學中男權意識的批判》，三聯書店，1996 年 4 月版，第 164 頁。

32　李小江：《解讀女人》，江蘇人民出版社，1999 年 9 月版，第 128 頁。

33　李小江：《解讀女人》，江蘇人民出版社，1999 年 9 月版，第 129 頁。

廣闊的社會生活之中，但能代表她的文學特色的還是有著女性化
立場的《莎菲女士的日記》和《我在霞村的時候》。楊沫的《青
春之歌》被主流意識形態所修剪，我們仍然能從一個新女性的成
長歷程中看到隱逸的女性感覺與女性立場。類似於張愛玲、蘇青
這樣的女性立場鮮明的作家在現代文學史上一直不被承認，茹志
鵑「清新、俊逸」的書寫風格曾經也不被主流文學認可，張潔的
《愛，是不能忘記的》被質疑並引起很多的非議，而她的男性化
風格的作品《沉重的翅膀》則獲得了「茅盾文學獎」，雖然在張
潔的作品中寫工業改革並不是她的強項。陳順馨從性別因素出發
對「十七年」小說的敘述話語進行梳理時發現：「『十七』年的
總趨向是男性敘述比女性敘述具權威性。權威表現在敘述主體對
敘述空間的佔有上，男性敘述傾向採取在位置上保持與故事的距
離而在感知程度上儘量暴露自己的存在或『聲音』的策略，以至
可以有效地駕馭和控制敘述交際場合的其它成員，即達到在受述
者／讀者心目中樹立更高的、猶如代表真理的權威目的。女性敘
述則較傾向採取投入故事和隱蔽自己的『聲音』的敘述策略，以
拉近與受述人／讀者和人物的距離，呈現的更多是感情而不是權
威。」[34] 當然問題的複雜也在於女性敘述對主流意識的認同使女性
敘述男性化，而男性作家孫犁的《荷花淀》則體現出一種女性的
敘事視角。[35]

---

[34] 陳順馨：《中國當代文學的敘事與性別》，北京大學出版社，1995 年 4 月版，第
113 頁。

[35] 陳順馨：《中國當代文學的敘事與性別》，北京大學出版社，1995 年 4 月版，第
75 頁。

　　男女情愛的關係也是一個歷史的流動過程，社會文化語境的變化正引起了男女情愛領域的深刻變化。許多社會學著作從社會現實出發對這一變化作出了理論闡釋，還對未來的兩性關係進行了預測。R·艾斯勒的《聖劍與杯》[36]被著名的人類學家A·蒙塔古譽為是「自達爾文《物種起源》以來最重要的一本書」。該書中提出人類社會正面臨著兩性由「統治關係」向「夥伴關係」的轉化。吉登斯的《親密關係的變革——現代社會中的性、愛和愛欲》[37]一書中認為，現代社會的愛欲內涵發生了巨大的變化，女性開始擺脫男性的壓抑，男人和女人在性經歷上的雙重標準開始消弭，許多人對年輕女孩的態度發生了很大的改變，女孩們感覺到在適當的年齡有權從事性活動，開始無所顧及地模仿男孩的行動。這種變化的原因之一是避孕術的大行其道，避孕術使女性將性和生育分開，使女性單純的性感覺成為可能，因而獲得了性自主。因而吉登斯樂觀地描述，在現代社會一種不受權力控制的民主的、平等的、彼此尊重的親密關係正在形成。吉登斯的合理性在於他注意到這種關係的變革是一個事實——一個任何人都不可否認和回避的事實，但他將這種關係的變革單純地歸結為技術的變化是片面的。中國當代情愛關係的變化應視作女性的社會地位，女性受教育的程度，特別是與女性生育負擔的減輕等綜合因素的影響，與此相關聯的具體表現是女性自我意識的增長，個人

---

[36]　[美]理安·艾斯勒（Riane Eisler）：《聖劍與杯——男女之間的戰爭》（*The Chalice and the Blade: Our History,Our Future*），程志民譯，社會科學文獻出版社 1995年版。

[37]　[英]安東尼·吉登斯：《親密關係的變革——現代社會中的性、愛和愛欲》，陳永國、汪民安等譯，社會科學文獻出版社，2001年2月版。

激情的私有化，家庭生活的民主化，兩性關係的平等。當代女性學學者李小江認為，20世紀90年代以後成長起來的女孩是最幸福的一代中國女性，在文學的意義上，一種新的女性的出現必然帶來文學中兩性關係的變化。這種關係的變化是客觀的，在當代的文學中，這種變化通過文學的形式得到了反映。在不同性別的作家筆下這場歷史的變化呈現出複雜、迷離的場景。當我們透過性別視角去看待這個民族心靈在新的歷史條件下所出現的變異，文學書寫不僅有著「心靈秘史」的文化呈現意義，也有著文學書寫的變革意義。情愛敘事的話語方式變化注釋了當代女性在情愛關係中的變革，也因此引起文學寫作和文學研究對「身體」、「感覺」、「激情」、「性別」的重視和重新發現，情愛敘事參與了當下精神世界的建構。

當我們站在文學的立場上，我們會毫不猶疑地對文學所出現的多元化景觀表示歡呼，文學從無性別到有性別，從經典情愛到現代情愛，我們也許會不由自主地對感官的過分張揚擔憂，對傳統情愛道德的徹底顛覆感到憤懣，對私人情感的徹底暴露感到不滿。但實實在在我們從敘事的角度審視敘述者背後的價值立場與敘事動因，我們還是可以在性別對比中發現很多新的文學敘述經驗。有了女性作家的半壁河山才有認識這種對比的前提，這無疑是重要的：「性別這個因素在文學創作中是不可忽略的，無論在視角、敘事方式和語言風格方面，都會因女作家和男作家在經驗和性別認同上的差異而有不同的表現。」[38] 但正如上文所分

---

[38] 陳順馨：《中國當代文學的敘事與性別》，北京大學出版社，1995年4月版，第151頁。

析的那樣，女性文學的繁榮具有文學史的價值，不等於女性文學沒有局限。女性情愛敘事的繁榮也說明文學仍然在執行過多的社會功能，成為女性對愛情問題迷茫的見證，正如劉慧英所批評的那樣：「絕大多數的女人是在愛情中尋找自我，最後又在愛情中迷失自我一樣，女性文學本身涉足最多和最深的也是愛的主題，這一主題至今仍然陷於困惑之中，它沒能找到一個終極的完滿答案，這也是女性未趨於完全解放的一個標誌和象徵。」[39]

　　當我們從性別視角去對比分析當代小說的情愛敘事，我們發現，一百多年前恩格斯所預言的一種擺脫了經濟基礎的自由的愛情理想還是那麼遙遠。當代情愛敘事對性別偏見的規避以及對人性的探詢還是有很多「歷史」的局限。凱特・米利特在《性政治》中所批判的作家勞倫斯、米勒、梅勒（Norman Mailer）等建立男權「牢房」的潛在心理意識仍然那麼觸目驚心的在文學中存在，而女性作家真實的來自生命經驗的傷痛被叛逆的另類方式所取代，一種青春化的「前衛」姿態寫作被媒體炒作成時尚，一種積極的兩性「在同一地平線上」的和諧共處的愛情理想被放逐。當代小說情愛敘事的性別差異作為一個問題提出來是有其獨特意義的，在當代文學中，女性作家群體的壯大成熟是不爭的事實，女權主義文化和女性寫作成為社會文化思潮的熱點問題，女性文學的發展壯大為情愛敘事的性別對話提供了有利的精神空間，在雙性對比之中來研究現代情愛的歷程是具有歷史意義的。新時期是一個「人的文學」復甦的時代，文學中的性別意識偏見在不同

---

[39]　劉慧英：《走出男權傳統的樊籬——文學中男權意識的批判》，三聯書店，1995 年 4 月版，第 60 頁。

性別的作家身上是潛存的，認識潛存的性別盲視給文學帶來的傷害，勢必是一件艱難而又有價值的事情。

第四章

情愛敘事的影像改編

一

1895 年，在法國巴黎迦夫埃昏暗的地下室，盧米埃爾兄弟（Louis and Auguste Lumière）攝製並公映了世界上第一部電影，十年之後中國上演了自己攝製的無聲影片《定軍山》。20 世紀 30 年代中國電影獲得了飛速發展，在建國前已經比較成熟。經過近百年的發展，中國電影文學已經成為文學的一個重要分支。電影這門古老而又年輕的綜合藝術從來沒有和文學分開，電影的拍攝必須要有電影文學劇本作為底本，電影文學劇本作為一種獨立的文學樣式也只有在聲、光、色、電的影像中才能全方位地實現其藝術價值。

茂萊通過對近二十個西方現當代著名作家的個案研究，得出了以下結論：「一位小說家一旦成名，他能從電影買賣中獲得的錢數簡直是無限的。今天的小說家所享受的合同待遇會使福克納、菲茨傑拉德、斯坦貝克和海明威歆羨不已的。我們很難舉出哪一個稍有才能的當代作家沒有向電影界賣過作品或沒有寫過電影劇

本的。」[1] 寫電影文學劇本的劇作家有些是專門的劇作家，有些是優秀的作家，寫電影文學劇本是 20 世紀作家文學創作的又一種重要方式。在近三十年的中國現代電影文學發展歷程中，洪深、歐陽予倩、田漢、夏衍、陽翰笙、鄭伯奇、阿英、沈西芬、袁牧之、許幸之、于伶、宋之的、柯靈、凌鶴、應雲衛、張駿祥、司徒慧敏、葉以群、陳大悲、陳白塵、陳殘雲、吳祖光、姚雪垠、張愛玲、周綱鳴、黃谷柳、端木蕻良、曹禺等知名作家都參與過電影文學的創作。電影文學劇本或者是作家直接創作，或者是由一些小說作品改編而來，改編是電影文學劇本的一個重要來源方式。

　　L・西格爾認為：「改編是影視業的命根子」，「獲奧斯卡（Academy Award）最佳影片獎的影片有百分之八十五是改編的」，「在任何一年裡，最受注意的電影都是改編的」。[2] 電影和小說都是敘事藝術，小說的敘事性決定了在諸多文學樣式中它是最適合改編成電影的。美國電影研究者喬治・布魯斯東（Bluestone.G.）在 1957 年就說過：「由小說改編成的電影，總是最有希望獲得金像獎」、「在盈利最多的十部影片中，竟有五部是根據小說改編的。」[3] 這五部影片是《亂世佳人》（Gone with the Wind）、《走向永生》（From Here to Eternity）、《太陽浴血記》（Duel in the Sun）、《你往

---

[1]　[美] 茂萊（Murray・E）：《電影化的想像 —— 作家和電影》（*The Cinematic Imagination: Writers and the Motion Pictures*），邵牧君譯，中國電影出版社，1989 年 7 月版，第 306 頁。

[2]　[美] L・西格爾：《影視藝術改編教程》，蘇汶譯，《世界文學》1996 年第 1 期，第 199 頁。

[3]　[美] 喬治・布魯斯東（Bluestone.G.）：《從小說到電影》（*Novels into Film*），高駿千譯，中國電影出版社，1981 年 8 月版，第 4 頁。

何處去》（*Quo vadis. Powieść z czasów Nerona*）。其中《亂世佳人》被認為是最佳有聲片和最佳「永不過時的影片」。據資料統計，自電影問世以來，70％以上的電影都是改編自文學原著，其中主要是改編自小說。歐美每年平均拍攝一千部電影，一千部電影的故事來源主要是經典小說以及一些有創造性的通俗小說，小說實際上是電影的題材庫。經典小說如福斯特（Edward Morgan Forster）的《此情可問天》（*Howard Ends*），大仲馬（Alexandre Dumas, père）的《三劍客》（*The Three Musketeers*）、瑪格麗特（Marguerite Duras）的《情人》（*L'mant*）、傑克・倫敦（John Griffith London）的《海狼》（*The Sea Wolves*）等。通俗小說拍成電影並走銷的有：《與狼共舞》（*Dances with Wolves*）、《侏羅紀公園》（*Jurassic Park*）、《絕命追殺令》（*The Fugitive*）、《阿甘正傳》（*Forrest Gump*）、《生死時速》（*Speed*）、《麥迪遜之橋》（*The Bridges of Madison County*）等，都創造了空前的票房記錄。從五十年代開始，僅僅從契訶夫（Антон Павлович Чехов）作品中改編的影片就有一百多部，這位古典作家的小說、戲劇乃至散文，都被搬上了銀幕。雨果（Victor Hugo）的名作《悲慘世界》（*Les Misérables*）被世界各國改編過十幾次。

好萊塢（Hollywood）作為美國電影文化的代表，在一個多世紀中從文學中選取電影素材的例子不勝枚舉，差不多每一部電影精品都是以文學作為先導的：如《亂世佳人》、《綠野仙蹤》（*The Wizard of OZ*）、《呼嘯山莊》（又譯咆哮山莊，*Wuthering Heights*）、《洛麗塔》（*Lolita*）、《慾望號街車》（*A Streetcar Named Desire*）、《戀愛中的女人》（*Women in Love*）、《印度之旅》（*A Passage to India*）、《普通人》（*Ordinary People*）等。

中國現代文學史上傑出的文學家、評論家魯迅、郭沫若、茅盾等，也都曾涉足電影創作或電影評論。一些文學經典名著也陸續被改編成電影，80 年代將名著搬上銀幕的有老舍的《駱駝祥子》（主演：張豐毅、斯琴高娃）、曹禺的《雷雨》（主演：孫道臨、秦怡、馬曉偉、張瑜）、林海音的《城南舊事》（導演：吳貽弓；主演：張豐毅）、魯迅的《阿 Q 正傳》（導演：岑範；主演：嚴順開）等，都是極具代表性的經典作品。

在新中國電影史上，《祝福》是第一個將文學名著改編成功的範例。《祝福》之後，名作改編成電影的有：《茶館》、《傷逝》、《藥》、《寒夜》、《邊城》、《青春之歌》、《萬水千山》、《紅旗譜》、《早春二月》、《林海雪原》、《暴風驟雨》、《李雙雙》、《洪湖赤衛隊》、《子夜》等。第六屆《大眾電影》百花獎獲獎的三部影片，竟然都是改編的作品。

當代電影中的優秀之作相當一部分是由小說改編成的。如《天雲山傳奇》、《人到中年》、《牧馬人》、《高山下的花環》、《紅衣少女》、《神聖的使命》、《內當家》、《楓》、《人生》、《沒有航標的河流》、《被愛情遺忘的角落》、《十六號病房》、《飄逝的花頭巾》、《青春祭》、《女大學生宿舍》、《青春萬歲》、《野山》、《老井》、《禍起蕭牆》、《花園街五號》、《神鞭》、《哦，香雪》、《找樂》、《這是一片神奇的土地》、《鳳凰琴》、《背靠背，臉對臉》、《輪迴》、《炮打雙燈》、《紅粉》……等等。

電影大師謝晉的電影《天雲山傳奇》、《牧馬人》、《高山下的花環》、《芙蓉鎮》、《最後的貴族》、《老人與狗》。謝飛的《湘女蕭蕭》、《本命年》、《香魂女》、《黑駿馬》，陳凱歌的《黃土地》、

《孩子王》、《邊走邊唱》、《霸王別姬》、《花影》，張藝謀的《紅高粱》、《菊豆》、《大紅燈籠高高掛》、《秋菊打官司》、《活著》，都是得益於小說創作，對此張藝謀說得很明白：「我早就意識到了這一點。所以我首先要感謝文學家們，感謝他們寫出了那麼多風格各異、內涵深刻的好作品。我一向認為中國電影離不開中國文學，你仔細看中國電影這些年的發展，會發現所有的好電影幾乎都是根據小說改編的。……我們研究中國當代電影，首先要研究中國當代文學。因為中國電影永遠沒離開文學這根拐杖。看中國電影繁榮與否，首先要看中國文學繁榮與否。中國有好電影，首先要感謝作家們的好小說為電影提供了再創造的可能性。如果拿掉這些小說，中國電影的大部分作品都不會存在……這是我個人的看法，並不是要否定電影編劇們的功勞。電影編劇們自己創作的劇本拍出好電影的也不少，但那成就畢竟不算太高。就我個人而言，我離不開小說。」[4]

當代作家中，其作品被改編為電影的知名作家有：王朔（《頑主》、《一半是火焰、一半是海水》、《大撒把》、《陽光燦爛的日子》）、莫言（《紅高粱》、《白棉花》、《幸福時光》）、池莉（《家事》、《生活秀》）、蘇童（《大紅燈籠高高掛》、《紅粉》、《大鴻米店》）、鐵凝（《紅衣少女》，《村路帶我回家》、《童年故事》）王蒙（《青春萬歲》）、劉恆（《菊豆》、《沒事偷著樂》）等。這些改編大多產生了轟動效應，成為一個時段的熱門話題。《紅高粱》、《菊豆》、《大紅燈籠高高掛》等改編造就了一代大導演張藝謀。

---

[4]　李爾葳：《張藝謀說》，春風文藝出版社 1998 年 10 月版，第 10 頁。

寶琳‧凱爾（Pauline Kael）說：「從喬伊絲（James Joyce）開始，幾乎所有的作家都受過電影的影響……」[5]電影和小說之間的關係是如此的緊密，但在我們通常的文學研究中，往往不缺乏對一些影片的獨立評論，也不乏對一些小說的評論文字，問題是，電影敘事和小說敘事畢竟是不同的媒介敘事方式，在由小說向電影的轉化過程中，發生了那些變化，為什麼會發生這些變化。研究小說史是不是也應該關注一下小說在傳播途徑中發生的變異，變異背後的文化導向是什麼，電影對小說的介入有沒有影響小說寫作，是怎樣影響的？穆時英、劉吶鷗等為代表的新感覺派小說作家在題材選取、審美情趣、敘述視角等方面都深受電影藝術的影響。李今在《新感覺派和二三十年代好萊塢電影》[6]一文中對此做過精彩的論述。實際上不僅新感覺派，就是整個 20 世紀的中國文學都在不同層面上受到電影的影響。相對來說人們更習慣將電影看作是一種通俗文化來理解，往往忽視了其中的現代性和文學性因素。在 20 世紀文學史上，電影與文學之間的互動關係幾乎是一片空白。本文無意全面對二者之間的關係進行辨析論證，只是想以電影中情愛敘事與小說情愛敘事的互動關係為切入口透視文學中情愛敘事的深層問題。

電影和小說一樣屬於面向大眾的一種文學樣式。在中國傳統的文學樣式中，小說不是正統文學，小說從說唱文學中脫胎而

---

[5]　[美] 茂萊（Murray‧E）：《電影化的想像——作家和電影》，邵牧君譯，中國電影出版社 1989 年 7 月版，第 129 頁。

[6]　李今：《新感覺派和二三十年代好萊塢電影》，《中國現代文學研究叢刊》1997 年第 3 期。

出，它的通俗性、娛樂性、敘事性與電影是極為相似的。小說經過數百年的發展，已經成了一門主要的文學樣式，但自 20 世紀以來小說開始受到影像傳媒的衝擊和挑戰。中國是一個詩的大國，詩歌歷來被認為是文學的正宗，但現代社會寫格律詩的人已經很少，「五四」以來的新詩文化運動也丟掉了古典詩歌的語言系統和結構規範，當代詩歌在「朦朧詩」之後一直處於尷尬徘徊的境地。當代人可能不讀詩，但可能不會不讀小說；可能不讀小說，但可能不會不看電影、電視。電影和小說的關係是那麼的緊密，新時期以來中國古典小說名著相繼被搬上螢屏，影視對小說的改編成了小說傳播的又一種形式。對於當代小說來說，影視對小說的改編是有選擇性的，據統計中國大陸近幾年每年的電影產量是 100 部左右，其中有一些是根據獨立創作的電影文學劇本拍攝的，每年的長篇小說總數是 1000 多部，只有部分作家的部分小說才有被電影導演「青睞」的可能。其中描寫情愛生活的小說是電影改編的一個重要部分。在前邊已經談到言情、武俠、偵探是通俗文學公認的三大題材，而作為文學的永恆主題——情愛也是電影的一大重要題材，電影傑作《亂世佳人》的成功就是一個明證：

　　美國有線電視新聞網，根據美國地區的票房收入選出的二十世紀十大電影，第一名就是經典名片《亂世佳人》。這部六十年前拍攝的巨片，票房收入如果換算通貨膨脹的話，總金額將近十億美元。[7]

---

[7] 《千禧年各式「十大」》，http://www.tyfo.com/relaxtanfo/yitan/eyitan_top_011401.htm

　　《亂世佳人》這部根據瑪格麗特・米切爾（Margaret Mitchell）的暢銷小說《飄》改編的影片，從籌拍到完成，歷時三年，耗資四百萬美元。製片人大衛・塞爾茲尼克（David O. Selznick）先後動用了十八位編劇，最後由西德尼・霍華德（Sidney Howard）改編成電影劇本。塞爾茲尼克除了參與編寫劇本，並精心選擇了包括導演和演員在內的一批第一流電影藝術家參與攝製。僅女主角郝思嘉（Scarlett）就有幾百名候選人，他最後選中費雯麗（Vivien Leigh）的經過被渲染成一個傳奇式的故事，成為美國電影史上最成功的宣傳絕招之一。《亂世佳人》在公映前，美國蓋洛普（Gallup）民意測驗所的報告說，有 5560 萬美國人在翹首等待這部影片。影片於 1938 年 12 月 15 日在亞特蘭大（Atlanta Botanical）市上映時，市長下令全市政府機關和學校放假一天，有 30 萬人湧向舉行首映式的影院歡迎大衛・塞爾茲尼克和攝製組成員。在奧斯卡頒獎晚會上，《亂世佳人》也取得了壓倒性的空前勝利，共獲得八項大獎：最佳影片、最佳女主角、最佳女配角、最佳導演、最佳改編劇本、最佳彩色片攝影、最佳藝術指導、最佳剪輯。[8]

　　《亂世佳人》的改編為本來暢銷的小說創造了更大的觀眾群，帶來了巨額的票房收入，成為 20 世紀最賣座的電影。1977-1997 年中國類型電影中產量最高的是刑偵破案（包括緝毒、公安）的影片，它已達到 229 部，平均每年 10 多部；其次是與刑偵類型相接近的動作片、然後是愛情片和武俠片，它們的總產量

---

[8]　《十大經典愛情片（下）》，http://www.netandtv.com/newspage/htm2001-11/ 20011 122102938.htm

都在 150 部左右。20 世紀末，有兩部耗資巨大的影片，將愛情故事和災亂相結合，也贏得了巨額的票房，這就是《珍珠港》（*Pearl Harbor*）和《鐵達尼號》（*Titanic*）。就導演張藝謀拍攝的影片來看，也大多是與「情事」相關的。新時期從小說改編的情愛電影更是不可勝數：《被愛情遺忘的角落》、《芙蓉鎮》、《野山》、《桃花滿天紅》、《陽光燦爛的日子》、《妻妾成群》、《紅高粱》、《菊豆》、《米》、《炮打雙燈》、《美穴地》、《與往事乾杯》、《有話好好說》、《生活秀》、《周漁的火車》、《天上的戀人》。一些網路愛情小說也被改編成電影，如《我的野蠻女友》、《第一次親密接觸》等也都有很好的票房。

小說與電影畢竟是兩種不同的媒體，這兩種媒體對觀眾的要求是不一樣的。西格爾認為：「一本暢銷書的讀者可達百萬，如果是最暢銷的書，則可達四、五百萬。一齣成功的百老匯舞臺劇可有一百至八百萬觀眾，但一部電影如果只有五百萬觀眾，則被視為失敗之作。如果一部電視系列劇只有一千萬觀眾，它就要被停播。電影和電視劇必須贏得巨量觀眾才能贏利。小說的讀者和舞臺劇的觀眾檔次較高，所以它們可以面向比較高雅的市場。它們可以重在主題思想，可以寫小圈子裡的問題或採用抽象的風格。但是如要改編成電影，其內容必須符合大眾的口味。[9]比之小說電影更時尚、更通俗、更大眾化，電影更要考慮觀眾的審美趣味和心理接受能力。電影對情愛的敘述也更多地表現出時代的大眾心理色彩，觸及到當代人情感困惑的敏感神經。因此，對小說

9　[美]L・西格爾：《影視藝術改編教程》，蘇汶譯，《世界文學》1996 年第 1 期。

情愛敘事的改編必然也會遵循這樣一些法則：只有能引起觀眾強烈反應，契合當代人情愛追求，表達當代人情愛心理，探索當代人的情感困惑，能引起人們對情愛重新認識，讓人玩味愛情的樂趣，領悟愛情的真諦，給人以想像和快樂，總之，既有探索性、趣味性又能滿足大眾的情愛心理期待的小說是最適合改編成電影的。

電影和小說畢竟是兩種不同的藝術形式，文學作品是一種充滿想像與詩意的文字符號系統，電影是直觀的聲像符號，文學與電影之間的相互翻譯必然會碰上一系列的問題。電影的敘事傳統嚴格來說只在二戰之後才開始形成。毫無疑問，電影也是一門藝術，電影借助聲、光、色、影、形的手段比小說更富有形象感，在表現場面的真切，人物行動的逼真，甚至對人物心理的探索、人物情緒的渲染，電影都是有其獨到之處。在一個具體的情愛故事中，電影的講述為了在一定的時間內（電影的時間限制比較大）將一個故事講完（也有不講故事的，但在一定的時間內必須完成一個整體的「意義」），必然會對改編的小說作出較大的改動，除了這種形式上的要求和媒介的不同之外，大眾的社會接受心理，改編者的文學觀念和思維意識也會影響到敘事內容的變化。

傑‧瓦格納在《小說與電影》一書中，論及美國電影改編的三種方式：「第一種是『移植式』，即直接在銀幕上再現一部小說，其中極少明顯的改動」；「第二種是『注釋式』，即對原作某些方面有所改動，也可以把它稱為改變重點或重新結構」；「第三種是『近似式』，與原作有相當大的距離，以至構成了另一部作

品」。[10] 在實際地分析一部作品的改編時，問題是為什麼會這樣改編呢？在當代小說中的情愛敘事被大量地影像化的時候，電影表達出了小說中的那些原味和真義嗎？其中過濾掉的是什麼，突出放大的又是什麼？有時是不同的編劇對小說進行改編，有時是小說的作者親自操刀充當編劇，在小說紛紛被影像化的時候，作家的寫作是否受到影像化的衝擊呢？與此同時，小說情愛敘事的豐富性大大增加之時，電影的情愛敘事是否受到了一些影響呢？

很明顯，一部同名的電影和一部小說，在文學的意義上根本不是一回事。「一幅歷史畫和它所描繪的歷史事件相比，是一件不同的東西，在同樣的意義上，電影也是一件不同的東西。說某部影片比某本小說好或者壞，這就等於說瑞特的約翰生臘廠大樓比柴可夫斯基（Пётр Ильич Чайковский）的《天鵝湖》（Лебединое Озеро）好或者壞一樣，都是毫無意義的。它們歸根結底各自都是獨立的，都有著各自的獨特本性。」[11]《教父》（The Godfather）、《亂世佳人》的原著在文學史上地位都不那麼高，而他們在電影方面的地位就很高。而《戰爭與和平》（Война и миръ）在文學史上地位很高，拍成電影卻不是一流的電影。電影的巨大觀眾群體帶來的是巨額的經濟回報，小說家的小說被改編成電影之後知名度和影響力都會發生變化，電影的改編還會直接推動小說發行量的上升。根據喬治・布魯斯東（Bluestone,

---

10　[美]傑・瓦格納：《改編的三種方式》，見《電影改編理論問題》，陳犀禾選編，中國電影出版社，1988 年 8 月版，第 214 頁。

11　[美]喬治・布魯斯東：《小說的界限和電影的界限》，見《電影改編理論問題》，陳犀禾編，中國電影出版社，1988 年 8 月版，第 173 頁。

George）的分析：「《大衛‧科柏菲爾》（*David Copperfield*）在克利夫蘭（Cleveland）的影院公映時，借閱小說的人數陡增，當地公共圖書館不得不添購了 132 冊；《大地》（*The Good Earth*）的首映使小說銷數突然提高到每週 3,000 冊；《呼嘯山莊》拍成電影後，小說銷數超過了它出版以來 92 年內的銷數。傑里‧華德用更精確的數位證實了這種情況，他指出，《呼嘯山莊》公映後，小說的普及本售出了 70 萬冊；各種版本的《傲慢與偏見》（Pride and Prejudice）達到 33 萬餘冊；《桃源豔跡》（*Lost Horizon*）售出了 140 萬冊。1956 年，在映出《莫比‧狄克》（*Moby Dick*）和《戰爭與和平》的同時配合出售原著，也是這種趨勢的繼續。」[12]「查理斯‧韋布（Charles Webb）的《畢業生》（*The Graduate*）便是一個突出的例子。在影片問世之前，它只售出精裝本 500 冊和平裝本不到 20 萬冊；改編影片大獲成功後，平裝本的銷售量突破了 150 萬冊。當 1962 年拍攝的影片《殺死知更鳥》（*To Kill a Mockingbird*）於 1968 年在電視上播出時，平裝本的出版商立即又印製 15 萬冊以滿足進一步的需要。」[13]北村的小說《周漁的喊叫》被改編成電影之後，由於著名演員鞏俐加盟《周漁的火車》，作家出版社將以《周漁的火車》的書名合集出版了北村不同時期的 8 部優秀中短篇小說，首印 3 萬冊就被一搶而空，而其前身《周漁的喊叫》當年連保底的 3 千冊都沒賣掉。北村坦言：「我卻是

---

[12] ［美］喬治‧布魯斯東：《小說的界限和電影的界限》，見《電影改編理論問題》，陳犀禾選編，中國電影出版社，1988 年 8 月版，第 172 頁。

[13] ［美］茂萊（Murray‧E）：《電影化的想像——作家和電影》，邵牧君譯，中國電影出版社，1989 年 7 月版，第 306 頁。

這部影片的第一個受益者。」北京電影學院蘇牧教授認為：「我國娛樂已經進入視聽時代，影視成為推廣小說等文學藝術的媒介。」[14] 小說被改編成電影，對於作家是名利雙收的事。對於當代的知名作家來說，「觸電」幾乎成了普遍現象。

但當代作家大多對影視保持一種冷峻的高蹈姿態。在文學圈內有這樣的看法：認為小說是高雅的藝術，而電影是通俗的娛樂速食。「電影誕生之初，在一個相當長的時間裡，在中國人的心目中，只是一種不登大雅之堂的、低下的娛樂形式。直到 1925 年，洪深要參加搞電影，人們還勸他『不要自墮人格』；有人甚至說他『拿他的藝術賣淫了』。」[15] 劉恆說：「對我來說，寫劇本到不了我喜愛寫小說的那種地步。如果讓我放棄的話，別的都可以，最後只剩下小說。」[16] 蘇童說：「在中國，靠寫小說當百萬富翁，一般來說是比較可笑的。真要逼急了，也沒辦法，只好觸電。《妻妾成群》拍成電影時，版權費只給了 5000 元。後來《紅粉》多一些了，《米》就更多了。目前我的生活狀態，養活自己還可以。」「我一般不寫劇本。影視劇這玩藝兒，也就是客串客串，寫多了會把手寫壞。這不光是我一個人的看法。一個作家在文學圈內的知名度和他的社會知名度不同。身為作家，還是要堅守純文學陣地，準確看待自己，看准這種成名的成分的複

---

14 《張潔王朔北村影院碰面小說改編電影再熱》，http://www.cctv.com/entertainment/read/tbtj/20021016/100144.html

15 鍾大豐：《論影戲》，《北京電影學院學報》1985 年第 2 期。

16 張英：《人性的守望者——劉恆訪談錄》，見《文學的力量》，張英著，民族出版社，2001 年 1 月版，第 81 頁。

雜性。」[17] 相對來說，像王朔那樣對影視有好感的作家並不多，他說：「我越來越覺得有一個東西需要改變，就是傳達思想和情感不只是寫字的方式、文字的形式，還有別的形式也很有效，比如視聽的形式。好的電影並不比好的小說差，而壞的小說可能比壞的電影更沒法看。在這裡，好與不好是重要的，形式是什麼並不要緊。我覺得，用發展的眼光看，文字的作用恐怕會越來越小，一個時代有一個時代的最強音，影視就是目前時代的最強音，對於這個『打擊敵人，消滅敵人，團結人民，教育人民』的有力武器，我們為什麼不去掌握？」[18]

這些作家對電影的鄙夷姿態的出發點就是將影視看作是通俗的大眾的「低級」藝術，而將小說看作是高雅的、探索性的「高級」藝術。這種偏見和文學史上詩歌和小說之間地位的關係有些類似，自 19 世紀末梁啟超大力提倡小說以抬高其文學地位以來，小說成為 20 世紀最有影響的文體形式。在以「五四」的現代性訴求為內驅力的文化語境中，中國小說開始有了自己的現代品格。小說成了文學百花園中的主流，是一門敘事的藝術。小說在 20 世紀是分層的，電影也是分層的。「要有原創的、真切的生活體驗，有對人生、文化藝術獨特的真知灼見，有藝術家獨特的個性，這是文化藝術電影的要求。『主旋律』電影不一定要求這個，商業片更不要求這個。商業片應該表現社會公認的主題，如愛情、正義壓倒邪惡、大團圓，才會贏得最大的市場。如果你違反了這些規

---

[17] 《蘇童：從天馬行空到樸實無華》，《中國文化報》2001 年 11 月 12 日，http://www.china.org.cn/chinese/RS/74730.htm

[18] 白燁等：《選擇的自由與文化態勢》，《上海文學》1994 年第 4 期。

則，要加入你個人獨特的超前的見解，那麼這個商業片肯定是不會成功的。」[19]這種分層與當代文學研究中習慣使用的大眾文學（民間話語）、精英文學（知識分子話語）、主流文學（國家權力話語）是相似的，作家們對電影的偏見和文學史上對通俗作家的看法是相似的，這裡的盲視和偏見影響了我們對影視文學的研究，導致了一個重要領域的忽視。很多作家將影視看作是時尚的流行文化，而把小說看作是藝術品，忽視了電影也有商業片、藝術片和主旋律之分。在愛情片中，電影也有層次的差別。電影中的情愛敘事有時可能成為流行時尚的注解，有時也會探討情愛的深層問題。《廣島之戀》（*Hiroshima mon amour*）、《去年在馬里安巴》（*L'Année dernière à Marienbad*）等「新浪潮」電影，在「心理銀幕化」美學方面進行了大膽探索，使電影走上了現代藝術之路。電影藝術的哲理化審美傾向在 60 年代形成高潮，尤其是法國新浪潮電影，寫實和寫意都是電影哲理化的表現方式。謝晉說一部影片也是一次生命的燃燒，這就是說電影仍然有靈魂的，是像小說一樣寫人類情愛的困惑，可以有思想深度和文化厚度。但這不等於說小說能做到的電影都可以做到，電影無論怎麼複雜，也不可能超過小說，無論在寫意、寫心理上借助聲音和視覺形象都不可能有語言直入人心的酣暢明瞭。由於電影的時間限制，一部長篇小說的內容在短短的兩個小時內用視覺形象表現出來，必然要過濾刪減小說的旁根錯節和枝枝蔓蔓，在複雜性、散漫性、模糊性、語言質感上電影肯定比不過小說。小說的讀者可以斷斷續續地讀，長篇

---

[19]　謝飛：《對年輕導演們的三點看法》，《電影藝術》2000 年第 1 期。

小說必須斷斷續續地讀，還可以反反覆覆地回視回味，但電影一般會一氣看完，容不得回視，雖然現在的家庭影院可以讓影碟重播，但畢竟電影在單位時間內必須完成敘事內容，敘事必須簡潔明瞭，人物的關係不能過於複雜，心理刻畫不能像陀斯妥耶夫斯基那樣花數千字來描寫一個人某個時刻的心情，也不可能像喬伊絲和普魯斯特（Marcel Proust）那樣對日常生活的瑣事絮絮叨叨。捷克作家昆德拉刻意要創作一部不能改編的小說，存在主義作家安得爾・卡謬（Albert Camus）的《局外人》（*L' Étranger*）、《墮落》（*La Chute*）、《瘟疫》（*La Peste*）獲諾貝爾文學獎，但是很難搬上銀幕。如同上文所言，情愛事件在電影的敘述中必然要失掉小說的一些豐富性，但也不等於說電影的情愛敘事就比小說要遜色。

二

中國電影中的愛情景觀，是大眾社會心理的引導者，與特定歷史語境之間存在著種種聯繫。小說情愛敘事的影像化不能僅看作是影像藝術自足運作的結果，也不純粹是導演的個體性藝術體驗，它們不可避免地落入時代的漩渦中而深深帶上社會文化思潮的痕跡。在這個意義上講，今天再來審視研究這些改編活動並不單純是為了獲得一些有關改編的技巧，還是從影視文化的角度來審視和反思當代文化的變遷，把握小說情愛敘事的深層本質。電影「首先是一種社會表述，其次是一種有情景有背景的表述」。[20]

---

20 ［澳大利亞］丹・Ｍ・哈裡斯：《電影半符號學》，桑重、李小剛譯，《世界電影》1997 年第 1 期。

電影敘事的時代意識比之小說更強，它面對的觀眾比小說的讀者更為直接，也更為廣泛。在某種意義上對電影的解讀就是對時尚世態的解讀。導演黃健中有一次談到，如果問一個中國的教授，最近看了什麼電影，他會非常自豪地說，他五年都沒看電影，語氣中透露出對電影的不屑。而同樣一個問題問一個美國的教授，他會說上星期他看了什麼電影，如果一個教授說自己不屑於看電影，他會感到羞恥，因為在美國電影已經成為一種文化。[21] 這說明中國的電影在很多時候被看作一種時尚娛樂速食，是可看可不看的，這與作家對電影的不屑是相似的。當這個問題放到當代一些有價值的小說改編的電影上時，問題就是另一番樣子。因為小說是優秀的，沒有人會因此否定電影，而電影所產生的影響是廣泛而深遠的，也沒有人懷疑小說的價值。本文探討的正是那些在當代情愛敘事文學中產生過影響的一些作品改編的電影。

貝爾（Daniel Bell）說：「目前居『統治』地位的是視覺概念。聲音和景象，尤其是後者，組織了美學，統率了觀眾。在一個大眾社會裡，這幾乎是不可避免的。群眾娛樂（馬戲、奇觀、戲劇）一直是視覺的。然而，當代生活中有兩個突出的方面必須強調視覺成分。其一，現代世界是一個城市世界。大城市生活和限定刺激與社交能力的方式，為人們看見和想看見（不是讀到和聽見）事物提供了大量優越的機會。其二，就是當代傾向的性質，它包括渴望行動（與觀照相反）、追求新奇、貪圖轟動。而

---

[21] 《黃健中：我希望先走到一個準確的位置！》，http://www.bfa.edu.cn/dytc/yangjuntalk/huangjianzhong.htm

最能滿足這些迫切慾望的莫過於藝術中的視覺成分的了。」[22] 視覺形象是廣泛的，今天的文化傳播和娛樂休閒方式多樣了，相對於電視，電影已經是明日黃花了，面對興起的網路文化，電視也有些江河日下了。在 20 世紀 80 年代末期以來的世俗化浪潮的挑戰和衝擊下，小說的地位有些尷尬。作家們深感文學失去了轟動效應，人們開始討論小說還有多少讀者，有人開玩笑說當代文學只有一個讀者，那就是張藝謀。事實上，作品經過張藝謀改編的小說家迅速在文壇聲名鵲起。電影的改編總是有選擇性的，電影的製作費用高昂，必須看好市場才行，而小說無論寫得多麼長多麼糟糕也總是作家個體的寫作投入。在當代 20 多年的文學歷史中，小說情愛敘事向視覺形象轉化經歷了不同代際的導演，他們不同的審美傾向、藝術趣味和時代心理的契合與互動鍛造了情愛影像敘事的多重景觀。從小說情愛敘事直接改編過來的影像情愛敘事與小說情愛敘事之間的異同之處除了反映敘事媒質的不同要求之外，還有小說與編劇、導演之間藝術觀念的差別，電影情愛敘事是又一種角度的小說情愛敘事，這種對比解讀為分析新時期小說情愛敘事提供了參照和反思的空間。

電影《被愛情遺忘的角落》由張弦的同名小說改編而成，是作家張弦自己改編的。張弦因此而獲得了中國電影金雞獎第二屆最佳編劇獎。扮演菱花的賀小書獲中國電影金雞獎第二屆最佳女配角獎，影片還獲得了 1981 年優秀故事片獎。這是一部直接探討愛情的影片，以愛情作為故事的內核展開敘事，透露出強烈的

---

[22] ［美］丹尼爾 · 貝爾（Daniel Bell）：《資本主義文化矛盾》（*The Cultural Contradictions of Capitalism*），三聯書店，1989 年 5 月第 1 版，第 154 頁。

時代氣息和鮮明的鄉村中國背景，在長達 30 多年的歷史腳步聲中，三個女性的愛情命運由此得以互滲式地展開。閱讀張弦的小說，再觀看這部同名的電影，如果按照傑・瓦格納的說法，它屬於「移植式」的改編，基本上是忠實於原著的，在人物的關係上沒有什麼大的改變，小說和電影中情愛敘事的主題傾向是完全一致的，只是由於兩種藝術形式的不同，在情節的順序，故事的細節，人物動作的邏輯性上作了一些調整和處理。

今天再看這部在當年引起較大影響的影片，那僻靜貧窮的靠山莊，破舊的茅草房，在池塘吃水的習俗，無不給人以鄉村中國的厚重質感。在這樣一個物質貧困，政治變化動盪的中國鄉村，燃燒著青春火焰的男女，他們不懂愛情，「這個地方——直到現在——愛情，還是個陌生的、神秘的字眼兒。……」「這是一個被愛情遺忘的角落。」「在角落，在角落——有個地方，／愛情啊，將這裡久久遺忘。／當年她曾在村邊徘徊，／為什麼從此音容渺茫？／當年她曾在山頭停留，／到何日她再願來此探望！」愛情是什麼？是青年男女發自內心的相互愛慕而產生的一種純潔的感情，這種感情要求的是男女之間有一種發自內心的接受與依戀，它總是與世俗的條件交換為天敵，強調感情的自發性、自主性、純潔性。如果社會提供了兩個異性之間愛戀的空間，他們的結合就會很順利，就是一個喜劇；相反，如果外在的阻礙勢力過於強大，他們無法相愛，就是一個悲劇；如果他們自己的抗爭適逢歷史的或命運的機遇，苦盡甘來終至有情成眷屬，就是一場正劇。這是千百年來在舞臺上反覆上演的愛情故事雛形。從《美狄亞》（Mήδεια）到《皆大歡喜》，從《長恨歌》到《紅樓夢》，從《傷逝》到《小二黑結婚》，從《天仙配》

到《牛郎織女》，從《白雪公主》到《泰坦尼克號》，愛情總是在俗世的抗爭中巍然卓立，讓無數讀者為之動情落淚。現實的苦難也許太多，人們總是將希望寄託在一個個撫慰人心的浪漫溫情故事當中，對於阻礙愛情的勢力（包括物質、地位、階級等）發出詛咒，希望自由的心靈能自由地結合。在中國的傳統文學中，阻礙自由愛情的往往是門第的隔膜，所謂「奉旨完婚」實在是落魄文人的春夢而已，高中狀元，表明了愛情得以實現所必備的外在條件。中國人習慣將「洞房花燭」與「金榜題名」相提並論，並稱這為兩大人生幸事，明眼人一看就明白，這「金榜題名」是「洞房花燭」的前提條件，沒有前者的後者怎麼也提不起文學家的興趣，那只是普通人的庸常婚事而已。恩格斯說：「在整個古代，婚姻的締結都是由父母包辦，當事人則安心順從。古代所僅有的那一點夫婦之愛，並不是主觀的愛好，而是客觀的義務；不是婚姻的基礎，而是婚姻的附加物。現代意義上的愛情關係，在古代只是在官方社會以外才有。」[23]

現代意義上的愛情直至中國的「五四」文學中才開始出現，「五四」時代興起了一大批愛情婚姻問題小說，子君喊出：「我是我自己的，他們誰也沒有干涉我的權利。」魯迅先生深刻地看到，自由愛情不是幸福的必然保障，「愛必須要有所附麗」，「一是要生存，二要溫飽，三要發展。」沒有基本生存和溫飽的愛情一定是空中樓閣，是要倒塌的。阻礙愛情的外在勢力總是強大而難以戰勝的，自由的愛情必須要以一個更強大的後盾才能抵禦外

---

[23] ［德］恩格斯：《家庭、私有制和國家的起源》，見《馬克思恩格斯選集 第四卷》，人民出版社，1972 年 5 月版，第 72-73 頁。

力的擠壓。這個堅強的後盾也許來自社會對自由婚姻的支持（像小芹和喜兒、李香香、劉巧兒在民主革命政權的支持下，實現了愛情的自由），《被愛情遺忘的角落》中的菱花就是在土改工作隊的支持下與自己的心上人沈山旺輕易地領到了結婚證；也許來自主人公自身的能力，主人公靠自己的奮鬥獲得了社會的承認，戰勝了來自家長專制的阻力，從而獲得了自由的愛情勝利，如「高中狀元」模式就包含著個人愛情與社會評價體系統一的意味。這個堅強的後盾還來自於現代自由愛情理念本身，主人公在思想上堅定對自由愛情的追求，他們藐視人間的陋習陳規，在精神上是覺醒而高揚的，這種現代意識和自我主體意識的強大成為主人公戰勝外在阻力的精神支柱。

《被愛情遺忘的角落》中的存妮和小豹子在小說中是兩個憑青春的衝動而盲目行動的男女，在電影中，加入了存妮給小豹子扔玉米餅等情節，二人在一起勞動時的心有靈犀也表現得比較細膩，他們之間的戀情是在勞動中建立的純潔關係。他們的結果是悲劇的：小豹子被判刑，存妮因和小豹子做了「不要臉」的「最醜最醜」的事而投水自殺，「她認為只有這樣，才能洗淨自己的恥辱和過錯。」小豹子和存妮兩個有情男女的身體結合在那個年代的社會輿論中是非法的，這是群眾輿論：「下流東西！」「不要臉！」「流氓！」「幹出這種事來？」「敗壞門風！」「少家教！」「真丟人！」這是幹部的定性：「這還了得！……腐化！階級鬥爭新動向！……」

這是一個視男女關係如洪水猛獸的年代，正常的男女之情被看作是反道德的，男女自由的愛情面對的是整個社會的強大輿

論，這是一個荒唐的年代，但荒唐的輿論倒錯並不必然導致愛情的悲劇。王小波的小說《革命時期的愛情》就以一種戲謔的方式敘述了主人公王二奇異的愛情，主人公並沒有因為政治的高壓而放棄自己的快樂，相反活在一種與人鬥爭的快感之中。王二的愛情是充滿遊戲精神的，也是對專制年代的一種嘲諷，充滿了個人的自覺。橋爪大三郎說：「以愛情為根據的性愛倫理規定，當存在著愛情的時候，可以，不，確切地說是『應該』進行性接觸……」[24]存妮和小豹子不過是做了男女之間最自然的事情，可是存妮付出的是生命的代價。她的自我覺醒不夠，因而缺乏足夠的力量抵禦，不自覺地做了輿論的犧牲品，外力的強大徹底地淹沒了個體藏身之地，這一切在敘述者看來都是歷史的錯誤，對於已經付出了生命代價的女子來說有什麼可指責的呢？存妮和小豹子之間的感情沒有一個支持者。「被愛情遺忘的角落」是這樣一個角落：人心愚昧，缺乏現代意識，缺乏自我覺醒意識，青春身體衝動之外掩藏不住的是盲目和犯罪感。幸運的是荒妹，她有自己姐姐的前車之鑒，這像是一個惡魔般的陰影籠罩著身體日益成熟的姑娘。荒妹有自己心動的人，可是她害怕愛情對自己的傷害。荒妹的愛情阻力來自於心靈上的創傷，也來自於貧窮的家庭，後者帶有專制性，因為一筆欠債，為了一家人的生活，菱花被迫將「女兒當東西賣」。荒妹的覺醒也是緩慢的，她對榮樹充滿了好感，可還是沒有足夠的理由使她相信榮樹的力量，直到她看到集市上的興旺時，才感到榮樹所說的好日子真的是快來了。

---

[24] ［日本］橋爪大三郎：《性愛論》，馬黎明譯，百花文藝出版社，2000 年 4 月版，第110 頁。

　　荒妹和許榮樹之間的愛情是一個新時代的才子佳人故事，荒妹純潔、漂亮，許榮樹有眼光懂政策也很英俊，他當過兵，比一般的農村青年多一些見識，自己的叔父又是支部書記，他是團支部書記。許榮樹是新一代農村青年的偶像，是力量的象徵，這是獲得愛情的必要前提。許榮樹依靠的力量是十一屆三中全會之後的中央政策，他為小豹子伸冤，為沈山旺的歷史冤情申訴，發動沈山旺出來種果園致富，是因為他比一般的農民早知道中央的政策。這種應時代而生的富有「進取意識」的意中人形象在 80 年代的電影中開始出現。如《何處不風流》（1983）中不顧偏見開辦個體湯圓社的莊麗，《野山》（1985）中闖出山溝溝一心「想倒騰」致富的禾禾，《月月》（1986）中有開拓意識的門門。這與 50 年代電影中出現的「勞模佳人」相映成趣。如《劉巧兒》（1956）中的勞模趙振華因為「能勞動，會生產」獲得了劉巧兒的愛情，《我們村裡的年輕人》中的女主角孔淑貞在眾多的追求者中對貪圖享受的李克明極為鄙棄。《李雙雙小傳》（1962）中的李雙雙和孫喜旺也是在勞動中享受著幸福的家庭生活。愛情是最個人性的事情，也是最社會化的事情，這類影片中愛情事件的時代色彩很濃，個人愛情的勝利必須獲得最堅實的後盾支援——隨時代而生的社會價值的認同。

　　電影中敘述者的意圖非常的明顯：「只有她的命運，同農村是否能富裕起來最為息息相關。她是『角落』裡的第一個覺醒者，而她的覺醒正是三中全會精神在『角落』裡的折光。」[25]「影片

---

[25] 張弦：《〈被愛情遺忘的角落〉改編漫談》，見《被愛情遺忘的角落——從小說到電影》，中國電影出版社，1984 年 6 月版，183 頁。

的主題可以概括為：窮和落後，是這角落裡不幸的愛情和婚姻的根源！只有改變一窮二蠢的面貌，才能有美好的愛情！」[26] 這種將愛情事件與歷史敘事之間的比附聯繫抽空了愛情的複雜內核，在一定程度上成了一個時代觀念的傳聲筒。這一方面固然是因為電影是時代的晴雨錶，要反映出時代人的心理趨向，也是敘述者啟蒙立場與大眾新才子佳人心理的契合。上文講過，電影《被愛情遺忘的角落》和小說在主題意向上基本是一致的，小說和電影都產生了很大的影響，《被愛情遺忘的角落》不僅表現了自由愛情的勝利，還在歷史的穿越中控訴了人民公社、大躍進、文革給普通人帶來的心靈傷害。愛情被遺忘的原因是時代的錯誤，愛情事件成了社會動盪的檢測儀，電影中「堅決貫徹三中全會精神」的標語像春風吹醒了愛情的冰河，只有改變「一窮二蠢」的局面才能有「正當的愛情」。

小說《芙蓉鎮》發表於 1981 年，發表後立即引起強烈的社會反響，並於 1982 年獲首屆「茅盾文學獎」，被改編成同名影片。影片《芙蓉鎮》由著名導演謝晉導演，阿城和謝晉擔任編劇，影片上映後獲多項大獎：1987 年獲第七屆中國電影金雞獎最佳故事片獎、最佳女主角獎（劉曉慶）、最佳女配角獎（徐寧）、最佳美術獎，第十屆電影百花獎最佳故事片獎、最佳男演員獎（姜文）、最佳女演員獎（劉曉慶）、最佳男配角獎（祝士彬），廣播電影電視部 1986－1987 年優秀影片獎；1988 年先後獲第二十六屆卡羅維發利國際電影節水晶球獎和第三十三屆西班牙瓦亞

---

[26] 張其、李亞林：《導演闡述——影片〈被愛情遺忘的角落〉》，見《被愛情遺忘的角落——從小說到電影》，中國電影出版社，1984 年 6 月版，第 206 頁。

多利德國際電影節評委特別表彰獎和觀眾獎；1989 年獲法國第五屆蒙彼利埃國際電影節金熊貓獎，捷克斯洛伐克第四十屆勞動人民電影節榮譽獎。

　　與《被愛情遺忘的角落》相比，《芙蓉鎮》不是一個純粹的愛情小說，愛情作為小說的重要事件貫穿了主人公的命運。「寓政治風雲於民俗風情圖畫，借人物命運演鄉鎮生活變遷。」（古華語）「他的風俗畫是流動的，滲透著豐富的政治經濟內容，從中時時透漏著時代的消息。」[27] 小說將社會政治風雲的變化和鄉村民情風俗的描寫緊密結合，有厚重的歷史演變背景，也有廣闊的社會生活場景。從綠蔭拂岸的木芙蓉到水中綻開的水芙蓉，從逢圩趕集的習俗到唱《喜歌堂》的婚禮慶典，從古樸的青石板吊腳樓到淳樸的民風悠揚的民歌，組成了一幅素樸的鄉間生活圖畫。愛情事件作為小說中人物的命運變化貫穿了小說的三個時期：文革前（1963 年）、文革中（1966 年），文革後（1979 年）。從小說到電影，在情節的設置和敘事的順序上有一些變化，但基本上是忠實於原著的，這表現在人物關係和人物命運基本不變，基本的主題不變。但這並不等於說電影就完全能夠和小說等同起來：與小說相比，電影更接近於一個民間的愛情故事。小說中的那些民風民俗在電影中只能跟隨人物命運有選擇性地出現，如結婚唱《喜歌堂》的場面只能在胡玉音回憶往事的記憶中場面性地出現，小說第一章中那滿河的芙蓉、吃狗肉、互贈吃食、萬人雲集的圩市等風俗畫面在電影中無法出現，而芙蓉姐的豆腐攤子生意興隆的

---

[27]　雷達：《一卷當代農村的社會風俗畫──略論〈芙蓉鎮〉》，《當代》1981 年第 3 期。

場面卻在電影中多次出現。與小說中那些相對複雜的人物關係鬥爭相比，電影就簡化多了：黎滿庚和胡玉音年輕時的感情插曲在電影中只能以幾個鏡頭和細節表現出黎滿庚對胡玉音的好感和他們的兄妹關係，而沒有將他們相戀而不能結合的過程表現出來；李國香勾搭谷燕山未成背後的原因是谷燕山在戰場上受傷喪失了男人的功能，這在電影中只有一個李國香向谷燕山討好受冷遇的細節，背後的原因不詳；谷燕山「停職反省」受李國香審查也省略了；黎滿庚和李國香之間的糾葛在電影中完全省略；胡玉音和秦書田共同用牛糞捉弄王秋赦在電影中也模模糊糊⋯⋯而胡玉音和秦書田的命運過程卻表現得非常細緻：他們一同掃街，胡玉音生病，秦書田對胡玉音細心關照，胡玉音給秦書田親手做米豆腐，胡玉音對秦書田萌發感情，他們結為夫妻，經受磨難，最後苦盡甘來。電影是比較大眾化的藝術，在一定的時間內（一般在兩個小時之內）必須向觀眾講述一個完整的故事，電影中的主角是胡玉音，故事必須圍繞胡玉音的命運展開，次要人物之間的糾葛只能粗略地表現，尤其是一部長篇小說變成一部電影的時候，限於容量的原因壓縮式的改編是必然的結果。胡玉音命運沉浮的主線是她的愛情生活，從小說到電影的過程是將胡玉音曲折多難的愛情變成了敘事的主要內容，情愛敘事被突出，複雜的政治爭鬥和人物糾葛被弱化。一些評論者也注意到了電影敘事對小說改編之後的效果，如汪暉指出：「把政治故事作為背景推向後臺，而把愛情故事推向前臺。」[28]

---

[28] 汪暉：《政治與道德及其置換的秘密——謝晉電影分析》，見《百年中國電影理論文選（下冊）》，丁亞平主編，文化藝術出版社，2002 年 2 月版，第 363 頁。

謝晉電影在80年代掀起了一個「謝晉模式」的討論,「謝晉模式」的討論對於我們分析《芙蓉鎮》的情愛敘事也是頗有啟發意義的。「正如一切俗文化的既定模式那樣,謝晉的道德情感密碼又總是按規定程式編排,從中可分離出『好人蒙冤』、『價值發現』、『道德感化』、『善必勝惡』四項道德母題,無論《天雲山傳奇》、《牧馬人》和《高山下的花環》,總有一些好人(羅群、許靈均、靳開來)不幸誤入冤界,人的尊嚴被肆意剝奪,接著便有天使般溫存善良的女子翩然降臨(馮晴嵐、李秀芝),慰撫其痛楚孤寂的靈魂,這一切便感化了自私自利者(趙蒙生母子)、意志軟弱者(宋薇)和出賣朋友者,既而又感化了觀眾。上述冥冥道德力量有力保證了一個善必勝惡結局的出現:羅群官復原職,而吳遙被遣送至黨校學習;許靈均當上了教師,且有天方夜譚式的美國財寶向他發出迷人的召喚;靳開來稍有例外,但在雷震的『天理難容』式的怒吼中,還是敷設了善必勝惡的明亮線索。於是謝晉便向觀眾提供了化解社會衝突的奇異的道德神話。」[29] 謝晉電影的情愛敘事有一個模式,這個模式就是人物可以明顯地分為「好人」與「壞人」,「好人」受冤,但能夠獲得愛情的拯救,如胡玉音和秦書田,羅群和馮晴嵐,許靈均和李秀芝,歷史的錯誤和壞人的作惡並不能從精神上壓垮「好人」,「好人」有愛情的力量和普通人熱愛生活的情懷,終因「平反」而重見天日,「壞人」終究受到良心的折磨或天理的懲罰。體現出通俗文學中的常見主題──「善惡有報」。電影《芙蓉鎮》情愛敘事的這種模式基本上是由小說帶

---

[29]　朱大可:《謝晉電影模式的缺陷》,見《百年中國電影理論文選(下冊)》,丁亞平主編,文化藝術出版社,2002年2月版,第236頁。

來的，在主要人物關係和人物命運上，電影是忠實於小說的。「土改根子」王秋赦肚子裡一團草，李國香是個運動「政治家」，但終歸「善惡有報」，王秋赦發瘋了，李國香總找不到要嫁的男人，最後總算勉強地嫁人了。胡玉音「黑眉大眼，面如滿月，胸脯豐滿，體態動情」，就是受到運動的摧折，「要是李國香去掉她的官帽子，自己去掉頭上的富農帽子，來比比看！叫一百個男人閉著眼睛來摸、來挑，不怕不把那騷貨、娼婦比下去……」而李國香「挺起那已經不十分發達了的胸脯」，「在挑選對象這個問題上，真叫嚐遍了酸甜苦辣鹹」，還墮過幾次胎，與王秋赦亂搞男女關係。在這裡好人與壞人已經臉譜化了，好人漂亮，壞人醜陋。許子東先生質疑說：「不知道假如李國香『面如滿月，胸脯豐滿，體態動人……』而胡玉音在賣豆腐時『挺起那已經不十分發達了的胸脯』，芙蓉鎮上的文革還會不會發生？」[30] 電影更加突出了這種模式：電影中的胡玉音由漂亮名演員劉曉慶主演，形象更為鮮明，與胡玉音患難與共的秦書田在小說中還幹過一些偷雞摸狗的事，在電影中由體格高大的姜文主演，他的劣跡沒有提及，且突出了他樂觀的「老運動員」心態。王秋赦發瘋了，秦書田和胡玉音還給他米豆腐吃，此善人之舉在小說中是沒有的。

　　《芙蓉鎮》和《被愛情遺忘的角落》將愛情放在歷史的河流中漂洗，故事終結於一個新時代的開始，漂泊的愛情之舟在明媚的春光之中靠在一個綠草茵茵之岸。《被愛情遺忘的角落》中小豹子無罪釋放，荒妹心頭的陰影消散了，政策的春風給角落帶來了

30　許子東：《為了忘卻的集體記憶——解讀 50 篇文革小說》，三聯書店，2000 年 4月版，第 175 頁。

無限的生機。「三畝塘的水面上，吹來一陣輕柔的暖氣。這正是大地春回的第一絲資訊吧！它無聲地撫慰著塘邊的枯草，悄悄地拭幹了急急走來的姑娘的淚。它終於真的來了嗎，來到這被愛情遺忘了的角落？」這是小說中含蓄的疑問式結尾。在電影中被歡快的明亮的曲調所代替：荒妹穿過花叢，充滿活力地喊著「榮樹哥」向觀眾跑來。旁白的聲音是：「明媚的春天已經來了，美好的愛情還會遠嗎？」電影《芙蓉鎮》以胡玉音和秦書田夫妻團圓為結，他們的孩子八歲了，歷史讓他們受難，一個新的時代又使他們的愛情獲救。情愛敘事演變成了對歷史的控訴和反思，殘酷的歷史錯亂剝奪了正當的愛情，甚至年輕人的生命，只有在新時代才有愛情生長的空間，情愛敘事又變成了對一個時代的頌歌。實際上很少有單純的愛情小說，情愛問題雖然是一個異性之間的個人問題，但總是與當事人特定的社會風尚、價值觀念、歷史背景等緊密相關。像《羅密歐與茱麗葉》、《紅與黑》、《安娜・卡列尼娜》等許多世界名著都是通過愛情反映了廣闊的社會生活內容。而在《被愛情遺忘的角落》、《芙蓉鎮》和《天雲山傳奇》之類作品的情愛敘事中，我們看到愛情故事與時代大敘事之間的聲音是基本一致的，宏大主題的聲音覆蓋著情愛敘事的個人聲音。其基本的價值傾向是主流政治話語與民間大眾情懷（「新才子佳人」與「善惡有報」）的合謀。根據許子東的分析，「『文革敘事模式』全部 29 個『情節功能』」中，「《芙蓉鎮》中有 15 個『情節功能』，所以說這是一個體現『文革敘事』的『典型文本』。」[31] 許子東分析

---

[31] 許子東：《為了忘卻的集體記憶──解讀 50 篇文革小說》，三聯書店，2000 年 4 月版，第 172 頁。

的結論是《芙蓉鎮》是大多數中國人有意無意地接受、歡迎的一種講故事的方法。正如我們所看到的，電影《芙蓉鎮》中美麗善良的女主人公受到眾多正面男人的愛慕，受難而後獲救也很契合傳統「哀而不傷」的中和趣味，是符合中國人的接受心理的。

三

　　根據莫言的小說《紅高粱》、《高粱酒》改編的電影《紅高粱》於 1988 年獲第 38 屆西柏林國際電影節（世界聲名最高的三大電影節之一）金熊獎，中國電影首次跨入世界電影前列，這是中國電影史上的一個重要里程碑。這部同時還獲十幾項大獎的影片，也不時地受到質疑，可謂毀譽參半。十幾年過去了，再回顧當時對這部影片的爭論，本文無意於再重新做一個公案式的了結。這部片子是一個典型的男女情愛故事，與《芙蓉鎮》和《被愛情遺忘的角落》強烈的現實感相比，《紅高粱》將敘事的背景放到了過去的歷史之中，說的是「我老家我爺爺和我奶奶的事兒」，「有人信，也有人不信」，這是充滿傳奇色彩的事兒。《紅高粱》的情愛敘事內核是美女（「我奶奶」）充當了犧牲品，下嫁給一個麻瘋病人，英雄（「我爺爺」）橫出救美，給了美女幸福，上演了一部人生傳奇。「我奶奶」年輕漂亮、如花似玉，卻要下嫁給一個麻瘋病人，其身價等於一頭黑騾子，這是典型的傳統買辦婚姻，是與人性相悖的婚姻方式，也是文學所強烈抗議的主題之一。這是主人公受難的一種開頭，在悲劇故事中女子是愛情的犧牲品，在古典小說中也上演才子以自己的功名獲得女子愛情的戲劇性

情節，「五四」以來的新文學中歌頌男女主人公經過抗爭獲得愛情，如在王貴與李香香、小二黑與小芹、喜兒與大春之間的愛情是在民主政權的支持下對包辦婚姻的反抗。男女之愛在受到阻撓的情況下，需要必要的力量來解救。著名未來學家托夫勒（Alvin Toffler）——在《力量轉移》（*Power Shift: Knowledge, Wealth, and Violence at the Edge of the 21st Century*）[32] 一書中將力量分為：知識、財富和暴力。使用暴力手段來實現愛情在中國的通俗小說和傳奇文學中是常出現的，在 20 世紀以來的新文學中卻不常見。「我爺爺」與「我奶奶」能夠得以真實地相愛，是以暴力作為後盾的。「我爺爺」和一群轎夫們殺死了搶竊的蒙面人，「我爺爺」殺了李大頭（電影中對此似是而非，這在小說中是明確的），以野蠻的暴力方式獲取了「我奶奶」。在小說中還有一個近乎正義的社會秩序的官府維護者——曹縣令，電影中殺人行為是被讚賞的，因為這是為了更高尚的目的，殺人之罪也無人追究，這是一個匪性社會環境，更接近於一種原始社會狀態。而實際上小說所交代的正是這樣一個環境，高密東北鄉是一個土匪遍地的地方。但在電影中這種匪性無疑又被敘述者昇華了，殺人者變得可愛了，因為這是為了高尚的愛情（其實《紅高粱》中只有慾望）。故事的另一個背景是日本鬼子侵略中國，土匪三炮與日本人幹上了，被剝皮示眾，「我羅漢爺爺」也被剝皮處死。「我爺爺」「我奶奶」帶領燒酒坊的夥計為「我羅漢爺爺」復仇，以高粱酒為武器燒了日本人的汽車，野性和匪性在這裡昇華到了一種自發的抗日民族精神之上。

---

[32] ［美］阿爾文・托夫勒：《力量轉移——臨近 21 世紀時的知識、財富和暴力》，劉炳章等譯，新華出版社，1991 年 9 月版。

　　張藝謀說：「我當初看中莫言的這篇小說，就跟在這高粱地裡的感覺一樣，覺著小說裡的這片高粱地，這些神事兒，這些男人女人，豪爽開朗，曠達豁然，生生死死中狂放出渾身的熱氣和活力，隨心所欲裡透出作人的自在和快樂。現今大家常談關於文化的各類學問，我想，作學問的目的，還是要使人越活越精神。中國人原本皮色就黃，伙食又一般，遇事又愛琢磨，待一腦門子的官司走順了，則舉止圓熟，言語低回，便少了許多作人的熱情，半天打不出一個屁。我把《紅高粱》搞成今天這副濃濃烈烈、張張揚揚的樣子，充其量也就是說了『人活一口氣』這麼一個拙直淺顯的意思。」[33] 導演、編劇與小說家內在意圖上是一致的，張藝謀也多次提到正是莫言小說中的一段話引起了他拍《紅高粱》：「他們殺人越貨，精忠報國，他們演出過一幕幕英勇悲壯的舞劇，使我們這些活著的不肖子孫相形見絀，在進步的同時，我真切地感到種的退化。」莫言小說所表達的高密東北鄉先人敢愛敢恨的豪放性格是受人敬仰的，野性的生命之火最直接的噴發口是對情慾的毫不掩飾地追求。這種「紅高粱般鮮明的性格」對於被文明社會所壓抑扭曲的人性來說無疑是一副解毒劑。張藝謀說：「中國人活得太累，總得在壓抑面前找回自己。」[34] 中國的傳統文化講「男女之大防」，「發乎情止乎禮」，「男女授受不親」，歌德在與愛克曼（J.P.Eckermann）的對話中提到，在中國，「一對鍾情的男女在長期相識中很貞潔自持，有一次他倆不得不同在一間房裡過夜，就談了一夜的話，誰

---

[33]　張藝謀：《我拍〈紅高粱〉》，《中國電影報》1988 年 2 月 15 日。

[34]　李爾葳：《張藝謀說》，春風文藝出版社，1998 年 10 月版，第 72 頁。

也不惹誰」，中國人「在思想、行為和情感方面」比西方人「更明確、更純潔，也更合乎道德」。[35] 文明的教化使中國人在男女之情上往往比較含蓄，人性包括人的自然性和社會性兩個方面，男女情愛既體現人的自然性也體現人的社會性，20 世紀是一個高揚個性解放和身體解放的世紀，中國的現實道德意識似乎不足以支援根本上的身體解放，魯迅對張競生提倡性解放的評價是：「張競生的主張要實現，大約當在 25 世紀。」小說《紅高粱》中，「我奶奶什麼事都敢幹，只要她願意。她老人家不僅僅是抗日的英雄，也是個性解放的先驅，婦女自立的典範。」[36] 這種從自身生命感覺出發的個性解放自然不會有錯，但《紅高粱》的慾望解放還是受到了很多人的質疑。一是《紅高粱》是在一個匪性村野中尋找精神生命之火，「我爺爺」和「我奶奶」固然活得灑脫、狂放、自由，但他們之間是兩個青春肉體的渴望與結合，兩個人缺乏情的交流，他們之間更多的是一種原始的慾望和生命本能，缺乏愛的昇華。小說在這一點上比電影要好，電影為了加大視覺衝擊力將感官慾望徹底地放大，人物之間相互的感情發展情節被刪除，這近乎是一部中國的《本能》。二是《紅高粱》的基本畫面和人性張揚缺乏美感。《紅高粱》剛上映不久，陝西流傳一個順口溜：「光著脊樑抬轎，高粱地裡睡覺；酒簍子裡撒尿，外國人看了發笑。」撒尿、野合等粗野的行為很難使人產生美感，對於張藝謀拿「落後的東西」迎合西方人的東方異國觀賞心理的批評正是從這裡產生的。

---

[35] 〔德〕愛克曼輯錄：《歌德談話錄》，朱光潛譯，人民文學出版社，1978 年 9 月版，第 110 頁。

[36] 莫言：《紅高粱家族》，解放軍文藝出版社，1987 年版，第 14 頁。

　　小說和電影在基本的主旨上是一致的，但在結構、容量、人物設置、情節構成等方面還是有所差別的。電影的容量顯然不如小說豐富，小說中大量的情節內容都被刪去，電影突出的是「我爺爺」和「我奶奶」的事兒，場畫之間的跳躍性很大，《紅高粱》是被當作探索片來拍的，這種意象化的處理淡化了小說情節的豐富性，「我爺爺」在小說中是個真正的神槍手，打死花脖子和他的一隊人馬，是一個傳奇英雄。電影已經徹底刪去了這些情節，淡化了這些英雄行為，讓人物變得相對平常了，「我爺爺」抗日的武器不是槍支彈藥，而是抱著點著火的酒罈子。電影精心營造的是顛轎、野合、燒日本人的汽車等場面。這表明電影不過是對小說情愛敘事的提純，將原始的本能衝動放大並昇華，上演一部轟轟烈烈的男女情事。對此張藝謀說得很明白：「男女間的愛情故事，自古至今，各式各樣的都不新不鮮了，這個片子，還是這個老題。古人講：飲食男女，人之大欲。可見這男女情感上的悲悲歡歡，觀眾還是愛看。青殺口的高粱地裡，『我爺爺』、『我奶奶』，他們相親相愛，摧枯拉朽，活得也是熱火朝天十風五雨的。」[37]「觀眾還是愛看」，這說明電影的市場化效應是很必要的，而男女情愛敘事的突出放大正是觀眾最愛看的內容。

　　《紅高粱》的匪性被看作是人性的重要方面，故事的歷史假定性更加增加了這種探索性意味。在 20 世紀 90 年代初期文壇流行一股土匪小說之風，土匪文化成為人性實驗場，這是自先鋒小說開始的一個敘事主題。北村的《施洗的河》、賈平凹的《美

---

[37]　張藝謀：《〈紅高粱〉導演闡述》，《文匯報》1988 年 1 月 29 日。

穴地》、熊正良的《匪風》等作品都是在匪性環境中實現對人性慾望的敞開。匪意味著反叛和破壞，郭沫若寫的《匪徒頌》將盧梭（Jean-Jacques Rousseau）、托爾斯泰、列寧（Владимир Ильич Ульянов）、馬克思、釋迦牟尼（Sakyamuni）、尼采（Friedrich Wilhelm Nietzsche）、羅丹（Auguste Rodin）、克倫威爾（Oliver Cromwell）等具有叛逆思想的人稱為「匪徒」，對歷史上曾經起過革新作用的一些「古今中外的真正的匪徒們」作了由衷的讚揚。《紅高粱》中「我爺爺」的匪性行為自然無法與這些思想先驅相提並論，作為個人情愛的實現力量，匪性行為是掠奪性的，「我爺爺」從李大頭手中將「我奶奶」搶出來，採取的是殺戮的方式。小說中「我爺爺」就是一個殺人無數的草莽英雄。有意思的是莫言在寫小說的時候卻是有意淡化這種行為的匪性，突出其崇高性。「他在三天前搶我奶奶到高粱地深處，基本上體現了他對美好女性的一種比較高尚的戀愛，土匪的味道也不重。」[38]也許正是出於對土匪味道的淡化，「我爺爺」幹的那些殺人之事在電影中全部抹去，就連一個關鍵的情節，李大頭被人殺了也是一樁糊塗案：「李大頭給人殺了，究竟是誰幹的，一直弄不清楚，我總覺得這事像是我爺爺幹的，可直到他老人家去世也沒問過他。」電影採取了寫意化的處理，「我爺爺」和「我奶奶」在性格上具有同一性，他們之間可謂一見鍾情，在這個層面上實現了自由的人性的張揚。這種快意男女歡愛的敘述是一種民間情愛理念的表達，這種價值觀直接的支撐就是質樸的「人活一口氣」。

---

[38]　莫言：《紅高粱家族》，解放軍文藝出版社，1987 年版，第 118 頁。

這種敘事理念只能放到一個假定的歷史空間之中，現代社會的愛情是男女之間相互瞭解相互愛慕的一場精神馬拉松，過程比結果本身更能提供小說自由書寫的空間，而匪性的暴力掠奪是反現代的。根據賈平凹的小說《美穴地》改編的電影《桃花滿天紅》中，主人公滿天紅作了土匪，他可以憑暴力佔有桃花的身體，他們之間曾經的感情並不能保證他們能擁有一個幸福的開始。北村的小說《施洗的河》中的劉浪佔有了自己的初戀情人，但匪性的佔有和感情的膠合終不是在一個層面上，哪怕有萬般柔腸和憐花之心也只是一時的慾望。匪性情愛歡呼肉體慾望的合法性，並以此作為現代人精神救治的一個良方。如同勞倫斯、郁達夫的小說一樣，一個新興的時代，叛逆的重要內容是對身體慾望的解放。匪性敘事的故事空間是假定的，但內在的精神是有時代意味的。

電影《菊豆》是根據劉恆的小說《伏羲伏羲》改編的，電影的編劇就是小說的作者。從小說到電影，人物生活的方式由種地變為開染坊，小說敘述的故事發生時間是民國、土改至解放初期，電影敘述的故事發生在 20 世紀 20 年代。從小說到電影，具體的細節設置和人物活動的環境有些變化，但故事的基本人物關係和基本主題保持不變：叔叔老而無能，年輕的嬸子和正值盛年的侄兒亂倫，自由自發的肉體結合受到了來自人間倫理的無情懲罰，人物悲哀地死去，敘述者從性的角度來審視人的精神生命之根和人間倫理造成的悲劇。

在 20 世紀 40 年代，聞一多寫《伏羲考》把伏羲視為苗族的祖先，茅盾寫過《神話研究》一書，「假定伏羲是中華民族文

化始祖」，通常所言「三皇」（伏羲、黃帝、炎帝）中伏羲為首，「至於伏羲，它究竟是神格化了的人，抑或是人格化了的神；這都無關緊要；重要在於它表達了中華民族原始文化共性的一個符號，它象徵了中華民族精神。」[39] 小說以《伏羲伏羲》為標題就頗具意味，作者以此標題來提升故事的內涵，力圖透視中華文化的本質，其洞悉先人內在精神命脈的意圖是很明顯的。從小說到電影，有深層文化內涵的標題變得通俗化了，而基本的內在文化意味和敘事角度沒有改變，小說和電影都是從人生存的基本需要之一——性來展開的。在小說中跨越了三個時代，從民國到解放後，但時代並沒有改變人物的命運，洪水峪這個小山村是一個厚重的中國鄉村形象。在電影中更突出了這一點，電影選取了安徽的一個很有象徵意味的地方「序秩堂」，這是家族舉行祭祀、作出決策的地方，也是家族精神教化的殿堂。電影中反覆出現俯觀四合院屋簷的景象，也象徵著森嚴的秩序和家族的威嚴。人物的情愛命運被鎖定在一個家族秩序之中。楊金山這個染坊的小老闆（在小說中是有地的小地主）將繼承祖宗的香火作為自己人生中重大的任務來完成，花錢買來王菊豆是為了傳宗接代。他們沒有感情的基礎，花錢買妻只是一筆交易，因楊金山有男性功能障礙，他無法完成繼承祖宗香火的大業，只有借助虐待妻子發洩自己的獸性，以彌補自己花錢娶妻的代價。但他們有名分，是合法的夫妻，家族制度規範保護他們的關係。甚至楊金山死了，還是以自己合法丈夫的身分壓制著菊豆和楊天青的生存。楊天青和菊

---

[39]　劉堯漢：《〈伏羲與中國文化——關於中國文化發生的符號學研究〉序》，《雲南民族學院學報》1995 年第第 3 期。

豆之間有情有意，他們年齡相當，心有靈犀，還有愛情的果實
——楊天白。但他們沒有名分，是侄子和嬸子的關係，他們的感
情和身體關係無論多麼的自然和人性也是家族制度和現實輿論所
不許可的，他們之間只能是一種亂倫的關係。亂倫註定是悲劇
的，它不僅是社會所不許可，就是人物自身也得接受罪惡感的
懲罰。在索福克勒斯（Σοφοκλῆς）的「十全十美的悲劇」《奧狄
浦斯王》（oedipus the king）中，奧狄浦斯殺父娶母的結果是毀滅性
的，那是一種遭命運播弄的悲劇；曹禺的《雷雨》中的周萍和繁
漪，周萍和四鳳都是亂倫的關係，羞澀的花結出的是苦澀的果
實；魏世祥的小說《火船》中飽受獨身之苦的老光棍老丁在醉後
的夢中與自己的女兒亂倫，罪孽感徹底地毀滅了主人公，他一把
火燒掉了他的船也燒死了他自己。楊天青和菊豆亂倫的直接壓力
先是來自於楊金山，楊金山死後來自於他們的兒子楊天白，楊天
白不能忍受別人對他娘的風言風語，對楊天青只有仇恨和敵意。
在電影中成年的楊天白沒有一句臺詞，這個年輕人不能接受自己
的父親竟然是一直被看作是自己哥哥的人。人物無法主宰自己的
命運，他們已經不是他們自己了，菊豆和楊天青可以一時毫無顧
忌地偷情野合，但他們無法讓自己不活在別人的目光和各自的身
分之中，名分問題折磨著他們的感情。小說和電影的結尾都是悲
劇性的，在小說中楊天青頭紮缸眼子自溺而死，電影中楊天白殺
死了楊天青，菊豆一把火燒毀了染坊。盧梭說，人生而自由，卻
無時不在枷鎖之中。男女之間的情愛總是受到現實因素的制約，
《菊豆》中的情愛故事成為異化主人公的囚籠，追逐自由、快樂
的男女被宗法倫理折磨得人不是人鬼不是鬼。

由蘇童的小說《米》改編的電影《大鴻米店》在被禁七年後於 2003 年 3 月上映。《大鴻米店》由第四代著名導演黃健中擔任導演，由作者本人和石零改編。從小說到電影，電影主要改編的是小說的前半部內容，電影導演的意圖很明確，就是要拍一部思想內涵極其深厚的藝術電影，在基本的主題和人物關係上也是忠實於原著的。蘇童說：「我想這是我第一次在作品中思考和面對人及人的命運中黑暗的一面。」[40] 他還說：「這是一個關於慾望、痛苦、生存和毀滅的故事。」黃健中在導演《米》的時候說希望以此表達「對人類生存環境的思考」[41]。可見電影和小說的意圖都是著眼於人的生存，在食和色的生存層面上來表現對人性的思考。主人公五龍從發水災的故鄉逃荒來到城裡，在城裡生活面臨著來自基本生存的壓力。為了一口食，五龍在城裡受到了第一次屈辱。城市像一個充滿罪惡的巨大魔窟，讓五龍的心中充滿了仇恨。這裡沒有溫情和關愛，只有算計和利用；沒有正義，只有掠奪和壓迫；沒有愛情，只有放縱的慾望和佔有的快感。五龍先後佔有了米店老闆的兩個女兒，但沒有一個是出自愛情。二小姐綺雲不過是一個騷貨，她從小伺候呂六爺，與呂六爺的腿子阿寶私通，還對五龍百般挑逗。五龍與綺雲結婚是被動的，他作了米店的女婿，但並沒有在精神上為米店的人所接納。這裡所有的事情遵從一個基本的原則：弱肉強食。五龍在這樣的環境中生長了日益膨脹的仇恨。他算計阿寶、佔有織雲、以惡抗惡，在罪惡的

40　蘇童：《尋找燈繩》，江蘇文藝出版社，1995 年版，153 頁。

41　黃健中：《風急天高──我的 20 年電影導演生涯》，作家出版社，2001 年 1 月版，第 98 頁。

染缸裡五龍成為一個滅絕人性的魔鬼。性愛是小說和電影表現人性的一個重要方面，直面情慾的場面也是這部片子遭禁的直接原因。蘇童說：「兩性描寫，在我的中長篇小說中較多。我覺得，人與人之間的關係，很重要的部分就是兩性關係，通過兩性關係的描寫，可以突現小說意境和人物性格，這種描寫是小說的重頭戲。」[42]

蘇童的小說被改編成電影的還有：《妻妾成群》被張藝謀拍成電影《大紅燈籠高高掛》，《紅粉》被李少紅拍成同名影片。這兩部片子都是蘇童所說的「兩性關係」作為小說的「重頭戲」，也許正是這種人物關係的設置引起了導演的興趣。蘇童說：「從小說到電影，非常大的一個問題是，很少有導演是真正喜愛這部小說才把它搬上銀幕的，國外情況我不太清楚，就國內而言，導演往往是就一些具體的東西，比如一組人物關係或情節，覺得這個可以拿來拍電影。所以導致這樣的結果：最後你在電影中看到的小說，只是這些小說的一些個碎片，而且是按照導演的方式串接的，所以中國根據小說改編的電影，好多是成功的，那是導演的眼光，導演對這個小說的見解也能夠成立，而與原作者的那種精神上的聯繫基本上是割斷的。」[43]電影與小說作者的基本精神是否是割斷的，這一問題還應具體分析，但導演對故事之中人物關係設置的興趣是實在的事實。特別是獨特環境中的男女關係所體現出的意義感是電影中所必須的，電影敘事往往放大突出這種意

---

[42] 《大學生心中最具潛質的作家：蘇童》，http://dadao.net/htm/culture/2000/0821/350.htm

[43] 林舟：《生命的擺渡》，海天出版社，1998 年 5 月版，第 85 頁。

義。在電影《大鴻米店》中，五龍和米店的女人之間的關係是主要的人物關係，五龍佔有了米店的女人，也遭到了女人的仇視和報復，織雲花錢雇黑幫的人來殺死五龍，死在碼頭上的五龍也是死在女人的手上。而小說的結局是五龍放縱身體的慾望，最終因花柳病而毀了自己。小說中五龍的精神漂泊心態和衣錦還鄉的人格夢想在電影中沒有表現，電影將一個人的色性和報復的本能放大，拍成了一部審視情慾的影片。《大鴻米店》改編的主要是小說《米》的前八章內容，有點類似於電影《紅高粱》對小說《紅高粱家族》的「截取式」改編。小說中五龍和織雲做了夫妻，還有了三個兒女的情節在電影中都沒有出現，這樣電影將焦點完全集中到五龍身上，五龍的慾望和仇恨成為電影故事的主要表現內容。

　　《紅高粱》、《菊豆》、《大鴻米店》、《大紅燈籠高高掛》等影片屬於一種「歷史」敘事，這種「歷史」並不在於事件和歷史人物的真實性，它是敘述者所營造的一個虛擬的人物生存空間，在這個空間裡敘述者充分發揮著自己的想像能力虛構故事、塑造人物，表達自己對人性的某種認識。情愛敘事在這些作品中被置身於遠離現實的陳年舊事之中，男女情愛或被聖化高歌或遭倫理扭曲，肉體的慾望被充分張揚釋放。在虛構的歷史情景之中，人的身體慾望具有多層面的意義：《紅高粱》中的男女歡愛成了生命力的象徵，轟轟烈烈的相愛，成了「人活一口氣」的英雄壯舉，甚至被看作是一種民族精神，血性的主人公成為抗日英雄的代表。《菊豆》中的男女情愛成為對家族制度的一種拷問，自由自發的男女情愛在宗族制度之下陷入亂倫的悲劇之中，人物怎麼掙扎都是徒勞的，跳不出宗法制度的天羅地網。《大鴻米店》將

對女人的佔有作為透視人性醜惡的一個側面，人活在殘酷的相互仇視和算計之中，女人成為爭奪的目標，佔有女人就得「以惡抗惡」，在滅絕溫情和關愛的環境中，沒有誰是最後的贏家，人變成了慾望的奴隸，也被放縱的慾望所徹底毀滅。人性中惡毒的一面在一個虛擬的「舊中國」的碼頭小城裡的舊事中被放大、撕裂、突出，虛擬的空間中包含著一種關於人性的真實意味。

四

　　《生活秀》是一篇女性味道很濃的小說，主人公來雙揚身心疲憊，但也很清醒、要強。她是一家之主，生活在她面前很沉重，她用盡自己的心思將生活中的煩心事一一擺平。在卓雄洲的愛戀面前也沒有失去一絲理性，來雙揚很堅強，沒有一絲迷茫，將世事看得很開。而電影中的來雙揚更像是一位純情少女，她比較理想化，對卓雄洲存在幻想。電影中的來雙揚比小說中的來雙揚更加平民化，調子要低。小說中的來雙揚雖然也是雜事纏身，但敘述者給了來雙揚很多個人的自信和偏愛。

　　這是小說中來雙揚與妹妹來雙瑗之間的對比：

　　　　來雙瑗早早逃離吉慶街，還比來雙揚年輕十歲，也不就會長裙套裝披肩髮扮演清純？女人二十五歲一過，說你清純那就是罵你了，清純就跟人體的某些器官一樣，比如胸腺，那都是隨著成熟而必然消失的東西。來雙瑗卻不懂這些。披肩髮也不是隨便年齡和隨便什麼頭型都能夠採用

的，來雙瑗的額髮生得那麼低，頭髮品質枯瘦如麻，怎麼能夠讓它隨風飄舞呢？不就是一個小瘋婆子嗎？來雙揚心裡明白來雙瑗為什麼總是站在她的對立面，總是批評她和教導她，與她無休止地鬥氣；因為來雙揚是太招男人喜歡了。太招男人喜歡的女人很容易引起同類的嫉恨，這種嫉恨是天生的，本能的，隱私的，動物的，令自己羞惱的，死活都不肯承認的，一定要尋找另外的冠冕堂皇的理由來攻擊她的，哪怕是姐妹呢，也不例外。來雙揚對妹妹的攻擊只有一笑了之。不一笑了之怎麼辦？來雙瑗聽不得來雙揚評價她的舉止行為和穿著打扮。一個賣鴨頸的女人，知道什麼！來雙瑗比她姐姐有文化。

　　來雙揚對來雙瑗所謂的文化嗤之以鼻。她心裡說：做人都沒有做像，還做什麼文化人？來雙揚沒有什麼文化，不是什麼大人物，但她也懂得如何珍惜成就感。

　　在電影中，這一情節已經被刪去，來雙揚沒有妹妹來雙瑗，來雙瑗在小說中似乎是全為襯托來雙揚的，來雙揚是優秀的，她有著自己的生活哲學和生活品位，是社會這個大熔爐錘煉了她。而在電影中來雙揚是積極能幹的，也是痛苦迷茫的，她比較理想，對生活充滿了嚮往，但沒有小說中的那份悠閒自信，缺乏那份過於清醒的頭腦。小說中來雙揚和卓雄洲的感情故事只是小說的一個小小部分，而電影主要敘述來雙揚的感情故事。從主人公卓雄洲在久久酒店對面看來雙揚，到坐到久久酒店喝酒，從買鴨頸到給來雙揚點煙，從送來雙揚回家到幫她收拾小金撒潑後的殘

局，都是小說中沒有的電影改編後新增加的情節。到雨天湖度假村的整個情節完全是重寫了。

這是小說中小金和來雙揚的較量：

> 來雙揚的一番話，傾瀉如高山流水，勢不可擋。小金幾次試圖打斷她，結結巴巴著，就是說不出任何有力的語言來。小金惱羞成怒，撲將上來衝撞來雙揚，一邊叫嚷：「來雙揚！你這個婊子養的！看我不把你的嘴撕了！是我惹你了，還是我鏟了你們家的祖墳，你憑什麼跑到這裡來敗壞我！」

> 來雙揚的個子比小金高多了，又是有備而來的，所以一下子就捉住了小金的雙手。來雙揚說：「今天我來，就是要教你學乖一點兒。教你盡到做老婆做母親的本分，不要無事生非地攪和我們來家的任何事情。我哥哥養活了你，愛護著你，你要知趣，要感恩，不要給他氣受，不要在他面前絮絮叨叨，不要慫恿他與我們兄弟姐妹爭家產鬧矛盾占小便宜。如果你乖，多爾的生活費和教育費，從現在起，我都包了。你他媽的就是打麻將打死，跳舞跳死，懶惰得骨頭生蛆，我來雙揚再也不干涉你一個字！假如你臭不懂事，那就怪不得我了！」

> 小金聽了來雙揚的話，愣了半晌，突然奮力地跳起來，在來雙揚臉上抓了一把。來雙揚一躲閃，小金的手抓到她嘴角了，當時就有血花綻開。來雙揚眼疾手快，順勢就給了小金一個兇猛的耳光。小金腳跟沒有站穩，踉蹌了

一下，跪倒在來雙揚面前。

　　來雙揚抓住小金的頭髮，說：「今天咱們就這麼說定了。最後還有一個小小的警告，你要是再和那個律師眉來眼去，是卸胳膊還是卸腿，隨便你挑。你知道吉慶街是有黑社會的，也知道我是吉慶街長大的。」

　　小金扛不住了，一攤爛泥泄在地上，雜亂無章地哭嚷叫罵著。

　　來雙揚一把掀開小金，鑽進一輛計程車，揚長而去。

　　電影中的來雙揚的個子並不比小金高多少，小金在久久酒店與來雙揚的交鋒也不是以來雙揚的絕對勝利告終，來雙揚顯得有些狼狽，留下一地的狼藉讓卓雄洲收拾。

　　小說中，卓雄洲是一個成功男士，買了來雙揚兩年的鴨頸，最終還是敗在來雙揚之下，他們在一起是不和諧的，實質上是來雙揚處處佔優勢，卓雄洲不過是個外剛內虛的男人：「他的雙肩其實是狹窄斜溜的，小腹是凸鼓鬆弛的，頭髮是靠髮膠做出形狀來的，現在形狀亂了，幾絡細長的長髮從額頭掛下來，很滑稽的樣子。」來雙揚是個「想到就做，做就要做成功的女人」。卓雄洲與來雙揚在一起是來雙揚遷就卓雄洲，來雙揚願意與卓雄洲一起睡一夜，不過是來雙揚對卓雄洲的一種恩惠：「來雙揚好脾氣，同意與卓雄洲在雨天湖睡一夜。畢竟卓雄洲的好夢，做了漫長的兩年多，來雙揚還是一個很講江湖義氣的女人。來雙揚讓卓雄洲把頭拱在她的胸前入睡了，男人一輩子還是依戀著媽媽，來雙揚充分理解卓雄洲。」

電影中來雙揚與卓雄洲的分手是以來雙揚的激憤和絕望告終，來雙揚想嫁，可卓雄洲只需要一個情人。卓雄洲是處於強勢地位的，這種身分角色的變換只能說電影更加大眾化了。電影不可像小說那樣有那麼偏激的女性立場。電影要滿足觀眾對生活的一般認識，必然會考慮大眾的接受心理進行故事處理。小說中的卓雄洲是個有家的男人，而電影中的卓雄洲是個離了婚的男人。這是小說中兩人分手的場面：

> 吃過早餐出來，卓雄洲與來雙揚要分手了。他們什麼也沒有說，就是很日常地微笑著，握了一個很隨意的手，然後分別打了計程車，兩輛計程車背道而馳，竟如天意一般。

電影中來雙揚與卓雄洲分手時來雙揚是很狼狽的。在瓢潑的雨水中，來雙揚的包掉在地上，包裡的東西灑落在雨水之中，她披頭散髮，心情破碎，像個棄婦一樣悲痛欲絕地不能忍受男人的輕視。

電影《生活秀》中的來雙揚比小說《生活秀》中的來雙揚更低調，也更日常化。來雙揚和卓雄舟之間的感情在電影中更近似於一個癡心女子和一個花心男人之間的關係。來雙揚是一個現代女子，但思想卻是傳統的，她的愛情目標就是要找一個終身相依的男人，而卓雄舟是一個很花哨的男人，可以花上兩年的時間來欣賞一個女人，但不會娶這個女人。小說中的來雙揚潑辣又能幹，對愛情也不再有幻想，對卓雄舟也有愛，但更多的是作為一個依靠來看待的，在電影中來雙揚是一個「誰對她好，就得把自己嫁給誰的那種女人」。這種處理顯然更符合大眾的審美口味。

電影的結尾出現了一個年輕的畫畫的小夥子來給來雙揚畫像，顯然也是在來雙揚的感情世界中注入希望的亮色，來雙揚畢竟是深受觀眾同情的弱者形象。

電影《天上的戀人》由東西的小說《沒有語言的生活》改編而成，由東西、田瑛、欽民編劇，電影榮獲第十五屆東京國際電影節最佳藝術貢獻獎。東西是一個有存在感的作家，所謂存在，這裡的意思是語言描寫對生活的穿透，呈現被常識遮蔽的生活真相，蘊涵著對生活本質的揭示。《沒有語言的生活》是獲得「魯迅文學獎」的作品，是東西比較滿意的一篇作品，也是一篇有存在感的作品。東西說：「我對這個小說最滿意的是對三個人物關係的設置，而對他們聽不到看不見說不出的狀況的描述，也是一種充滿刺激和挑戰的描述。」[44] 這是一種什麼樣的狀態？一種充滿欺壓、不公、令人氣悶、相互隔膜的生存現實狀態。王老炳這個瞎子領著一個聾子兒子王家寬過日子，又娶了一個啞巴兒媳婦，這是一個無法溝通的現實。有人甚至認為：「《沒有語言的生活》同時也是經濟全球化時代的一個寓言，不僅寓意了這個時代的深刻危機──人與人之間的深度隔膜──而且用文學的方式表徵了克服這種危機的可能性。」[45]

在這種生活中的殘疾人應該是被世人所同情的角色，可是在小說所描述的環境中，他們總是受到來自五官健全的人們的捉弄

---

[44] 張鈞：《小說的立場──新生代作家訪談錄》，廣西師範大學出版社，2002 年 1 月版，第 392 頁。

[45] 王傑：《審美現代性：馬克思主義的提問方式與當代文學實踐來源》，《文藝研究》2000 年第 4 期。

和欺侮：王家寬是善良的，他對朱靈的愛是真切的，為了求人給朱靈寫一封信，他為張復寶夫婦挑了半個月的水，換來的結果是要表達愛情的人卻成了送信的郵遞員。語言的障礙使王家寬錯過朱靈的愛情。王老炳家的蠟肉被劉挺梁偷走，劉順昌將兒子送到王老炳面前請他發落，王老炳將劉挺梁放了的原因是：「他們要偷我的東西就像拿自家的東西，易如反掌，我得罪不起他們。」朱靈也可以將她和張復寶懷上的孩子賴在王家寬身上。楊風池還詛咒王家寬不得好死，王老炳全家死絕。這只因為他們是聾啞瞎，人們全無同情心，語言成了他們欺壓殘疾人的工具。王老炳一家只好離開村人，到河對面的祖墳上蓋房子，挖祖墳的行為也是一個很有寓意的行為。他們離開了村子，還是不能不受到人們的攻擊，蔡玉珍被強姦，就是他們無法逃脫被欺凌的現實狀況的一種隱射。聾啞瞎三個人在一起就是一個完整的人，他們在一起合作抓住了偷竊的謝西燭。他們都是善良的人，但他們被迫與世隔絕，王家寬拆掉了河上的橋，他們生了一個又聾又啞又瞎的孩子。正如蔡玉珍所想的：「還是沒有離開他們」。這篇小說的敘述語言也頗有冷峻的色彩，敘述者在描述一種現實，語言看似平實，其實內部蘊涵的內容是很豐富的。東西自己也說：「這是一個可以從不同角度進入的小說。」[46] 人物關係的設置和人物命運的獨特性是這篇小說被多從存在意義來解讀的原因。有意思的是，這樣一篇表現沉重生存現實的小說被改編成電影之後，竟然成了「2003 年中國最唯美的愛情電影」。

---

[46] 張鈞：《小說的立場——新生代作家訪談錄》，廣西師範大學出版社，2002 年 1 月版，第 391 頁。

　　電影保留了小說中三個殘疾人的基本關係框架，現實生存的壓迫已經讓位給戲劇性的愛情。王家寬成了山裡最有力氣的男人，他與朱靈的愛情沒有結局，但蔡玉珍和王家寬是認朱靈肚裡的孩子的，他們的善良之心讓朱靈自己覺得不配。在這個三角故事中，蔡玉珍成了現實中「天上」掉下的「戀人」，朱靈拽著大氣球飛走了，成了真正的「天上的戀人」，這是個浪漫的虛化處理的故事結尾。

　　電影將王家寬的愛情故事演繹成了一個頗有喜劇意味的田園牧歌，其實王家寬和朱靈之間是悲劇性的，朱靈本是王家寬的戀人，因為不識字，他給張復寶送水換來的一封求愛信竟變成了張復寶寫給朱靈的求愛信。朱靈和王家寬之間心有靈犀的感情交往因為語言的障礙成了一個悲劇，朱靈懷上了張復寶的孩子，王老炳送一頭小牛到朱靈家提親以及王家三人唱山歌求親的行為就很悲壯。小說中劉挺梁偷臘肉、蔡玉珍遭強姦、楊鳳良詛咒王家寬、朱靈投水自盡等情節在電影中都沒有出現。殘疾人的苦痛和人性的醜惡在電影中蕩然無存。王家寬在電影中是谷里村有名的有一身好力氣的勤快人。王家寬給朱靈家裝玻璃瓦，王家寬騎著單車帶著朱靈，王家寬和朱靈一起收割玉米，王家寬將寫著「朱靈」的大氣球放上天等情節都是充滿喜劇性的。王家寬、朱靈、蔡玉珍之間的感情火花很細膩，他們個人的情感都很舒展自由，這是發生在山裡的當代故事，王家寬失去了一個戀人，得到了一個妹子。蔡玉珍是來找哥哥的，就在王家住了下來，他們家白撿了一個人，蔡玉珍到了王家，王家大變樣了，像個家了。蔡玉珍穿著寫有「家寬」的背心找王家寬，蔡玉珍對王家寬的感情也是

很深的。這是一個善良的啞巴，她幫王家寬幹活，她喜歡王家寬，但她尊重王家寬對朱靈的感情，她教王家寬寫字，她知道王家寬很愛朱靈，她內心很難受還是壓抑著自己對王家寬的感情，她讓朱靈知道王家寬認她肚子裡的孩子。這是一個《邊城》愛情故事的當代版，人物沒有一絲矯情，善良、溫情的人物關係導致了故事結尾的浪漫化處理。

從小說到電影，東西是這麼看的：「愛情是人類的基本情感，中國作為一個大國，拍這幾部愛情片不算多。我知道《周漁的火車》，我也知道這幾部愛情影片在市場上將會有一拼，但我相信《天上的戀人》講述的故事是最別致，視角也是最獨特的。」[47] 故事無疑是別致的，講述的視角獨特性在哪裡呢？電影在處理愛情關係時人物被淨化，人物之間的關係也變得很唯美。在愛情面前，人物沒有矯情，愛得很自然、大膽：王家寬對愛情熾熱如火，蔡玉珍對王家寬的感情脈脈如泉，朱靈的愛豔若一夜花開。從有存在意義的小說到唯美的愛情電影，這之間的距離太大，顯然是情愛敘事的改寫改變了故事，編導和作家的敘述重心完全不同。東西說得很明白：「我的小說《沒有語言的生活》是寫一個瞎子、聾子和啞巴組成一個家庭的故事，應該說這樣的故事是很難拍電影的。我問蔣導：『你到底對作品的哪一個方面感興趣？』他說：『愛情！王家寬對朱靈的那種執著的愛情，一個聾子的愛情。』他的回答多少讓我有些驚詫，因為這只不過是小

---

[47] 《周迅陶虹劉燁連袂演繹「懸崖上的愛情」》，http://ent.big5.enorth.com.cn/system/2001/08/09/000112023.shtml

說中的一條線索，而且還不是主線。」[48] 對比東西對自己小說中愛情的看法，就更一目了然了。東西說：「儘管我的小說處處充滿了男歡女愛，但是我卻很少單純地從愛情這個角度來打量我的小說。那種癡迷的愛，從頭到尾的愛，那種看上去很浪漫，而其實一點也不現實的愛，我的小說裡幾乎沒有。我筆下的愛情沒有那麼多童話，都是一些不現實、病態的、和性相關的愛情。而且還不僅僅是愛情，愛情在我的小說裡就像一節拖車，它會拖出許多另外的東西。」東西還告誡我們說：「那些被我們定位為病態的愛情，卻是現代人最司空見慣的愛情。浪漫只不過是我們的一種幻想，現實才是我們的終身伴侶。作為一個寫作者，我讓讀者看到真相的快感遠遠大於給讀者製造童話般的夢幻。」[49]

　　小說中，東西對愛情真相的敘述也體現在他平實而又蘊藉的語言上，冷峻的敘述筆調不僅是一種敘述方式，也是一種小說觀念支配的結果。作者沒有古典主義的理想情懷，沒有現代主義的荒誕錯亂和漂浮不定，平靜客觀的敘述方式體現的是作者對現實愛情的一種客觀審視。下面是小說中蔡玉珍和王家寬的愛情經過：

　　　　秋天的太陽微微斜了，王家寬讓蔡玉珍走在他的前面，他聞到女人身上散發的汗香。陽光追著他們的屁股，他的影子疊到了她的影子上。他看見她的褲子上沾了幾粒黃泥，黃泥隨著身體擺動。那些擺動的地方迷亂了王家寬

的眼睛，他發誓一定要在那上面捏一把，別人捏得為什麼我不能捏？這樣漫無邊際的想著的時刻，王家寬突然聽到幾聲緊鑼密鼓的聲響。他朝四周張望，原野上不見人影。他聽到聲音愈響愈急，快要撞破他的胸口。他終於明白那聲響來自他的胸部，是他心跳的聲音。

王家寬勇敢地伸出右手，姑娘跳起來，身體朝前沖去。王家寬說你像一條魚滑掉了。姑娘的腳步就邁得更密更快。他們在路上小心地跑著，嘴裡發出零零星星的笑聲。

路邊兩隻做愛的狗，打斷了他們的笑容。他們放慢腳步生怕驚動那一對牲畜。蔡玉珍突然感到累，她的腿怎麼也邁不動了，她坐在地上津津有味地看著狗。牲畜像他們的導師，從容不迫地教導他們。太陽的餘光撒落在兩隻黃狗的皮毛上，草坡無邊無際地安靜。狗們睜著警覺的雙眼，八隻腳配合慢慢移動，樹葉在狗的腳下發出輕微的沙沙聲。蔡玉珍聽到狗們嗚嗚地唱，她被這種特別的唱詞感動。她在嗚咽聲中被王家寬抱進了樹林。

枯枝敗葉被蔡玉珍的身體壓斷，樹葉腐爛的氣味從她身下飄起來，王家寬覺得那氣息如酒，可以醉人。王家寬看見蔡玉珍張開嘴，像是不斷地說什麼。蔡玉珍說你殺死我吧。蔡玉珍被她自己說出來的話嚇了一跳，她不斷地說我會說話了，我怎麼會說話了呢。

那兩隻黃狗已經完事，此刻正蹣跚著步子朝王家寬和蔡玉珍走來。蔡玉珍看見兩隻狗用舌頭舔著它們的嘴皮，目光冷漠。它們站在不遠的地方，朝著他們張望。王家寬

似乎是被狗的目光所鼓勵，變得越來越英雄。王家寬看見
蔡玉珍的眼不是眼，鼻子不是鼻子，它們全都扭曲了，有
兩串哭聲從扭曲的眼眶裡冒出來。

　　這個夜晚，王家寬沒有回到他爹王老炳的床上，王老
炳知道他和那個啞巴姑娘睡在一起了。

　　愛情源於性衝動，過程簡單且毫無詩意可言，敘述者沒有過
多的渲染和鋪張，一切顯得就那麼回事般的平淡無奇。電影在朱
靈、王家寬和蔡玉珍之間設置了那麼多的浪漫愛情場面，整個電
影完全是對小說的再一次改寫。小說的冷峻變成了電影的浪漫化
抒情，情節設置，場面描寫都浪漫化了。

　　電影畢竟是大眾的藝術，最有存在意義的作品再現在銀幕上
自覺地向俗世情愛的大眾意識靠攏，小說《生活秀》和《沒有語
言的生活》中的情愛敘事改編成電影之後的自然轉向，是商業文
化語境中電影對小說的強權所帶來的結果。影像化愛情敘事傾向
於製造一種溫情的生活幻想。電影只是保留了小說中的一個基本
的人物關係，人物之間的相互摩擦和感情細節被全面改寫，基本
的觀念完全變了。作家對愛情的個人化理解在影像化的過程中消
解了，藝術片和商業片之間的平衡變成了一句空話。與港臺的搞
笑娛樂片相比，中國大陸電影的情愛表達也許商業性和消費性還
不夠強，但對中國當代那些幸運的被搬上銀幕的作品而言，以世
俗化傾向所進行的改編是在歪曲和偏離原作的精神創意，是變形
的作品宣傳和歪曲其詞的活廣告。在資訊時代，好電影不能滿足
於只講一個動人的愛情故事，而必須有豐富的資訊含量，能給觀

眾新鮮的社會知識資訊，讓觀眾在觀看影片的過程中獲得一些思想上的啟示。如《廊橋遺夢》和《一聲歎息》所描寫的婚外情，浪漫的愛情和現實的婚姻往往是衝突的，電影對婚外情給予了充分的同情，但最後主人公還是回到了家庭之中，這是遵從大眾期待心態的必然結果。

五

　　海德格爾說，我們時代的貧乏本質，就在於痛苦、愛情與死亡的本性沒有顯露。文學對愛情的敘述總是受到意識形態、社會規則等現實歷史因素的影響，而超越於具體時代意義的愛情本質只有在存在的意義上才可以洞見，這種認識能說明我們實現對生存困境的突圍。對於小說來說，存在主義的情愛敘述並不高深，情愛的纏綿細膩和銘心刻骨的心靈傷痛用語言敘述是直接的，而在聲像中是難於表現的。情愛敘述的存在主題也是比較陰冷的，是不太符合對生活充滿期待的大眾心理的，用電影來表現情愛的存在主題，必然會讓一些觀眾氣悶，甚至「看不明白」[50]，電影《周漁的火車》就有這樣的命運。

　　根據陳染的小說《與往事乾杯》改編的同名電影，被選為國際婦女大會參展電影。小說《與往事乾杯》是一個私語化的作品，女性成長的情感經歷如夢如煙，淡淡的憂傷夾雜些許成長的羞澀與律動。對於主人公蕭濛來說，她在尋找精神上的父親，渴望那來自

---

[50] 《搭乘〈周漁的火車〉很無奈》，http://www.jhnews.com.cn/gb/content/2003-02/23/content_156732.htm

異性的關愛，她蟬蛻般成長的痛楚是那麼真切，深入骨髓，不容忽視，無法忘懷。「與往事乾杯」是一種對往事的回望情懷，在情緒性的記憶碎片中，往事被心情過濾、整理、修剪。蕭濛告別了青春的憂傷浮躁，也讓讀者聆聽了一個女孩潮水般的心路歷程。

　　將這樣一個心理性的、私語化的作品搬上銀幕，是需要勇氣的。導演夏鋼說：「長期以來，我並沒有更多地期望自己的作品能夠轟動，能夠獲獎，能夠賣很高的票房。這並不說明我脫俗，我高尚，我只是更多地沉迷於創作過程本身所帶來的快感，那是一個真正的屬於你自己的世界。」[51] 在執導這部片子的時候導演夏鋼感覺到的是一種「征服陌生世界的快感」。電影《與往事乾杯》是忠實於原著的一種改編。與作者的改編意圖相聯繫，夏鋼更注重的是藝術上的獨到創造，小說《與往事乾杯》本身就是一個有文學史意義的作品，在深入細緻地開掘女性個人經驗上，《與往事乾杯》毫不遜色地成為女性個人化寫作的代表之作。作品本身的獨特性對於小說來說是很鮮明的，但改編成電影就會碰到一些問題。首先是主人公蕭濛心靈領域游走的心理狀態在小說中用文字的方式表現起來沒有絲毫的隔閡，而借助於影像的方式，固然也可以通過特寫畫面和背景音樂來表現，但蕭濛的心理層面太獨特了，畫面、動作本身很難不失神地全部傳遞出人物內心的複雜性。這對導演無疑是一個挑戰。其次是小說中的性問題。關於性的敘述在小說中占很大的比重，從中再現了一個成長女孩的性意識萌動與覺醒的過程。而電影是面向更廣的觀眾面

51　夏鋼：《征服陌生世界的快感——〈與往事乾杯〉導演手記》，《電影創作》1995 年第 3 期。

的，在性的表現方面既有來自道德方面的壓力，也有性心理表現本身的難度。

正是在這個層面上，拍這部片子對於導演夏鋼來說是有挑戰性的：「我們希望把《與往事乾杯》拍成一部關於人生、人性和宿命的影片，它應該是平凡，豐富，又動人心弦的。」[52] 同時，改編也是有難度和風險的，夏鋼對此很明確：「《與往事乾杯》從劇本定稿到投產拍攝，經歷了一年的時間，經歷了三起三落，不止一位投資人握著劇本幾個月不肯放手，又難下最後的決心，有一次甚至在簽約的前一個小時投資方又突然發生變故。究其原因，所有投資人的最大顧慮都集中在一個焦點：影片中最敏感而又無法回避的——在主人公濛濛自白式的心理描述中對『性』問題的處理。『性』在中國歷來是一個最敏感的問題，一旦處理不當，整部影片的投資將有血本無歸的危險。」[53]

電影為了較好地表達出原著的內涵，採用了以蕭濛為敘述人的方式，多次以畫外音的方式讓主人公自己講述自己的經歷和心理波動。小說中那些充滿哲理飽含憂傷的內心獨白就是這樣幾乎不變地搬上了銀幕，保留了原著的心理敘述風格。如：

旁白：「我從出生就開始了回憶，我從出生就沒停止過回憶……今後，當我追憶起我童年的情景，依然心驚膽戰，強烈的自卑感就從那時起伴著我成長……」

---

[52] 夏鋼：《征服陌生世界的快感——〈與往事乾杯〉導演手記》，《電影創作》1995 年第 3 期。

[53] 夏鋼：《征服陌生世界的快感——〈與往事乾杯〉導演手記》，《電影創作》1995 年第 3 期。

旁白：「長期生活在父親威嚴狂躁的恐怖陰影裡，我對男人懷著病態的恐懼心理，它使我天性中的親密之感傾投於女人，卻又使我無法擺脫怯懦、憂鬱和自卑。」

旁白：「我從未和一個男人挨得這麼近，即使跟我的父親。我感到害怕，卻又渴望得到。我不明白，難道母親的溫存和愛還不夠嗎？可當他握著我的手時，我覺得不能呼吸。」

旁白：「我睡在媽媽的懷抱裡，就像睡在天堂一樣安全美好，我的怯懦、憂鬱、自卑在母親的懷抱裡，在一個個溫馨的夜晚化為烏有。……」

旁白：「這單弱而輕盈的軀體將我覆蓋，這覆蓋喚起我曾經擁有過的另一個沉重的覆蓋，我渴望這稚嫩的身軀變得凝重，變成另一個身軀，永遠覆蓋著我……而他總是在繼續著他童年時母親的呼喚……」

旁白：「我多麼喜愛眼前這癡癡的少年般的羞怯之態，愛他如泉水般清澈透明……我願意為這愛放棄我所有的矜持與驕傲……」

旁白：「頃刻間，一種近乎亂倫的感覺佔據了我的全身，我突然醒悟，我在這個可憐的男人身上其實只是在找回另一個男人——那個人秘密地藏在我的潛意識裡，這麼多年從不曾離去。」

這些旁白都是游走在主人公蕭濛的心靈之上，這些心靈的聲音基本上都是小說中的句子，改編者只是稍加改動。

蕭濛畸形的愛情從小說到電影發生了什麼樣的變化呢？從根本上說電影是對小說的一個翻版，電影力圖傳達出小說的精神內涵。主人公蕭濛渴求尋找愛情的歸宿，小時候父愛的匱乏讓她在

精神上難以站立起來，她總是那麼憂傷。那個年齡上足可以做她父親的男人給了她關懷，這是一個有著古老觀念的男人，他讓成長的少女蕭濛「不用付出一滴鮮血一點疼痛，便也舒服無比」，對父愛的依戀成了蕭濛愛情道路上的障礙。「一個人自身一旦形成，他（她）所喜歡和需要的對象的類型就已註定。一個人在一生中也許會喜愛上幾個人，但這幾個人肯定是那已註定了的類型中的一員。」她與老巴的愛情是順理成章的，在老巴決定與蕭濛結婚的時候，蕭濛看到了老巴小時候的照片，他竟然是尼姑庵裡的那個男鄰居的兒子，蕭濛產生了一種亂倫的感覺，她必須離開老巴。愛情在巨大的心理障礙之中被殺死了，正是蕭濛的戀父情結成為她愛情道路上的魔障。恰如陳染在《巫女與她夢中之門》中的詩句：「父親們，你擋住了我，……即使，我已一百次長大成人，我的眼眸中仍無法邁過你那陰影。你要我揚起多少次毀掉了的頭顱，才能真正看見男人，你要我抬起多少次失去窗欞的目光，才能望見有綠樹蒼空；你要我走出多少無路可走的路程，才能邁出健康女人的，不再鮮血淋漓的腳步。」蕭濛的經歷讓她那帶有畸形的愛戀必定會受到挫折，她並不因此放棄，「與往事乾杯」是一種自新的對未來的渴望。在陳染的敘述中，對女孩獨白的聆聽與對女性青春的自憐交融在一起，這是一種生存的感悟，也是一份對迷茫而嚮往的愛情守望。

北村的《周漁的喊叫》是一篇在本體上來探討愛情的小說，愛情在小說中不只是貫穿故事的線索，也不只是表現人物心靈的一個透視鏡，甚至表現人性的豐富性都是次要的，敘述者在追問一個問題：愛情是什麼？在這個物質化、感官化的時代中，愛情

問題是一個大眾化而不被人追問的問題。小說《周漁的喊叫》被搬上銀幕，變成了電影《周漁的火車》，故事對愛情的敘述探討沒有變，但故事的人物設置、故事情節、敘述角度都發生了很大的變化。北村說：「電影應該很好看，但我希望觀眾看完後不要總與小說對比。這是不公平的，因為這部作品並非普通的三角戀愛，而是想從深層次上探討愛情，在文字上挖掘得越深，用電影這種平臺越不好表現。」[54] 從小說到電影，由於載體的不同，觀眾的受動也不相同，在改編上發生變化也是不可避免的，這裡探討的是：對情愛問題的敘述，從小說到電影作出了哪些改動，為什麼要作出這些改動？

首先，小說與電影在愛情的本體探討上表現出內在的一致性。在小說中陳清是愛周漁的，周漁也是愛陳清的，他們的愛情並不是說他們相互之間有多麼的和諧，他們在物質上是比較貧困的，兩個人缺乏足夠的能力生活在一起，但陳清用不斷地鋪鐵路的方式來證實他們的愛情。周漁是個美人胚子，「周漁感到他倆的相遇除了愛情這個簡單的原因外，就再也沒有什麼了。」而陳清是個很平常的男人，「陳清並不強壯，個兒也不算高，一米七二左右，但看上去很飄逸。」「老實說，陳清不算是一個在生活上很體貼的男人，他連自己的生活都料理不清楚。他惟一做的事就是兩地跑，這就足夠了。」她們之間的戀情是在一個物質化的時代中發生的，周漁的同事們談論女性擇偶，「十個人都把經濟放在第一位，沒有一個把感情放在第一位的。」他們的戀情因而

---

[54] 《北村乘著周漁的火車飛奔》，http://book.sina.com.cn/pc/2003-02-11/3/1756.shtml

顯得純情而讓人敬仰。而在敘述中敘述者又開始不知不覺地拆解了陳清和周漁的愛情——「那種看起來非常偉大的愛情是經不起輕輕一碰的。」陳清和周漁的愛情顯然讓陳清受到了傷害，他找了一個情人，而他不明白為什麼他愛周漁而又會去找一個情人。「陳清的煩惱是：愛情竟使他疲憊不堪，竟使他不敢把內心真實的想法和他最愛的人交流，因為這樣不夠高尚，因為在他一天的無數想法中有許多是污穢不潔的念頭，也有很多是不正確的念頭，還有很多是與愛情楷模不相和諧的念頭……」人物這種追問愛情本質的生活方式在電影中也是突出的。在電影中，周漁因為一首詩不顧一切地愛上了陳清，一周兩趟地奔跑在重陽和三明之間，她為陳清出詩集奔走，為陳清開個人詩歌朗誦會。而陳清是個扶不起的男人，他覺得自己不配，他缺乏行動的力量和勇氣。周漁的奔跑終於成了一種負擔——「周漁，你就不想停下來麼？」應該說小說和電影在人物的設置上都是有邏輯基礎的，陳清是男性，他為自己的女人打造了一個愛的夢鄉，可是自己卻感覺很累，他希望自己活得真實一些，他找了一個情人。周漁是女性，這是一個將愛情當事業的女人，周漁需要的是一個堅實的肩膀，是一個可以依靠的男人，當她發覺自己對陳清的愛情夢想不過是個虛幻之境時，她會一時接受踏實的張強，最終還是在現實和浪漫之間難以抉擇。電影和小說正是在愛情的困境、愛情信仰的意義等元問題的追問上表現出一致性，超越了一般的愛情電影對現實的再現層面。

其次，電影中人物關係設置更加單純，問題更加集中尖銳。在小說中是以陳清為中心，陳清和周漁是夫妻關係，陳清和李蘭

是情人關係，中山追周漁，秀追中山，結局是陳清死了，周漁嫁人出國了，中山和秀結婚了，李蘭自殺了。這是個多角錯位的人物關係。在電影中是周漁奔走在陳清和張強之間，是個簡單的三角關係。結局是周漁在車禍中喪生，將問題留給觀眾：如果周漁沒死，她還會在兩人之間繼續奔走下去嗎？三角關係也會有不同形式，一男兩女或者一女兩男，《紅樓夢》是前者的偉大代表，《安娜‧卡列尼娜》是後者的偉大代表，三角關係形成的錯位是愛情文學表現人物衝突的一種最常見的手法，也是探討愛情的一種重要方式，它關乎主人公的選擇是以什麼為標準。中國傳統文學中「喜新厭舊」、「始亂終棄」、「癡心女子負心漢」的基本主題大多是通過三角關係來表現的。丁玲的名篇《莎菲女士的日記》也是一個簡單的三角關係。從小說到電影的簡單化主要是為了更集中的展開主題，也便於觀眾理解故事。

　　三是故事視點的變化。小說中有一個不露面的敘述人，在電影中也有一個講述者，小說到電影的最大變化在於小說講述的是陳清的故事，而電影講述的是周漁的故事。為什麼會發生這種變化呢？北村說：「這樣的變化主要是為鞏俐服務。小說中的周漁只是一個串線的人物，主角是周漁的丈夫陳清。電影定了鞏俐是主角，就要做改變。」[55] 除了為演員鞏俐量身定做的因素之外，顯然還與現在這個女性化的時代有關。近年來女權主義文化在我國文化界風起雲湧，報刊上連篇累牘的文章在討論女權文化的問題，各種廣告、消費品、化妝品無不是針對女性而來的，女性小

---

[55] 《編劇北村透露：〈周漁的火車〉為鞏俐改道》，http://ent.sina.com.cn/m/c/2002-09-01/112398352.html

說在 20 世紀 90 年代也是蔚為大觀。時尚電影也在大打女性故事的牌，《我的野蠻女友》、《河東獅吼》、《我的老婆是大姥》之類的電影充分地體現了一個女性化時代的新型男女關係：男人低調，女人高調。就是皇上老爺在一幫小姑娘的天真調皮面前也得讓三分（《還珠格格》），各種反叛的角色都是由女性來充當，「好女孩進天堂，壞女孩走四方」，「壞女孩」衛慧、棉棉引起關注，《北京娃娃》的作者還是一名女中學生。電影《周漁的火車》與這種時代的氛圍相適應，讓一個感性的為了愛情不顧一切的女孩成為故事的主角，這本身就是由特定時代的社會語境決定的。

在小說和電影中作為故事主角的人物都死了。陳清是被電死的，周漁是出車禍死的，兩人的死亡都是很偶然的，但各自的意義是不一樣的，陳清的死在小說中是個關節點，陳清死了，周漁成了寡婦，中山追周漁。陳清和周漁的感情故事成了敘述追憶的背景。歷史的事件影響了現實的事件。陳清雖然死了，但構成中山與周漁之間故事的阻力，中山對周漁與陳清之間愛情真相的追尋也引出了陳清和李蘭之間的感情糾葛。陳清對愛情本質的追問凸現了小說的愛情主題。陳清用鋪鐵路的方式來證實他們之間的愛情已經成了他們之間的一個負擔，陳清還必須在周漁面前維護自己愛情楷模的形象，這也成了陳清的一個負擔，他不能在自己的愛人面前顯示自己真實的痛苦。陳清和李蘭的情人關係是一種更現實的愛情關係。陳清、周漁、李蘭三者之間的關係所反映的理想愛情與現實愛情之間的矛盾成了電影《周漁的火車》的焦點問題。理想的情人有愛情的浪漫卻沒有現實生活的能力。在電影中周漁的死反映了作者自身的困境，周漁如果不死，她還會回來

嗎？一個浪漫感性的女孩與一個現實的女孩這二者之間的任何一種選擇都會是不能令觀眾滿意的，可二者就是那麼的不可調和。周漁的死將問題留給了觀眾，這是一個近似《安娜·卡列尼娜》式的結尾，主人公的死亡是因為對愛情的失望，也是對愛情理想本身的守望。安娜的死是人物的主動選擇，周漁的死卻是電影人為設置的意外事件，這表明後者是敘述者自身的困境，敘述者沒法為周漁作出自己的選擇，他只能讓主人公死去。

電影在情節、鏡頭的切換上有很強的寫意化特色。如電影中反覆出現的旁白詩句：「微風吹起鱔魚的冰裂，仙湖，陶醉的青瓷，在我的手中，柔軟得如同你的皮膚，它溢出了我的仙湖，由你完全充滿。」讓電影充滿了詩情的浪漫化特色。再如電影中的經典獨白：

獨白：「去，總會發生點什麼，其實在夢裡什麼都已經發生，只是不要把夢當作夢。」

獨白：「我現在明白了，愛人就是你的一面鏡子，他會讓你更加清楚地看清自己。」

與此相應的是小說中也有大量的哲理性文字，如李蘭對愛情的看法也是很有見地的：「有兩種女人，或者說有兩種愛，一種人的愛她自己以為是愛，其實是佔有，她是很愛這個東西，所以她必須擁有他，如此而已。這種女人只能得到想像的愛情，因為男人的心在她那裡得不到安慰；另一種愛，是愛到對方的心靈，和他共悲同歡，並不一定是佔有他，即使他不能跟她生活在一起，甚至不愛她，她也不會改變對他的愛，因為愛不是等價交換的，這種女人的愛是真愛，她得到的回報是真愛。」這些獨白和

哲理性文字顯示了小說和電影對愛情問題的探索性傾向，能引起人對情愛本質的思考。

電影《與往事乾杯》和《周漁的火車》是在存在意義上來言說情愛的本質，講述了主人公在情感上的困惑，但又超越了具體的人物本身，表現的是一種更普遍意義上的人生困境。這是一種拒絕媚俗的文學書寫，將人的情感作為審視的焦點，不是喜劇也不是悲劇，沒有是非對錯，但有愛情的激動也有令人氣悶的憂傷，一切似乎都是一個過程，一種狀態，敘述者告訴你人就是這樣活著的，人就是這樣無法走出情感的困境。這種狀態不接受道德的審判，只按照人物自身的邏輯行動，它能夠拋開某些觀念的束縛和限制，實現對情愛本質的再現。這個層面的小說比較多見，但電影卻比較少，也許在新的文化背景下一大批新白領趣味的讀者能接受甚至偏好這種意義的探索和本真狀態的顯示，正如昆德拉的小說在中國流行多年不衰一樣，必將有益於對閱讀境界的提升。

情愛敘事是電影中永不過時的流行色，對新時期以來小說情愛敘事的影像化作出以上的抽樣分析不過是採擷幾朵浪花。從愛情對專制的反抗到愛情的存在主題，情愛在不同社會歷史文化背景中有不同的話語方式，電影作為一種大眾的流行文化形態，總是與一定時期的情愛觀念和大眾心態相契合，我們能從電影的情愛話語中看出一個時期人們的兩性關係狀態。《被愛情遺忘的角落》和《芙蓉鎮》所代表的時代已經成為一個歷史而存在，對自由人性的愛情呼喚成為那個時代的最強音，任何愚昧、專制對愛情的阻礙和破壞都是應該成為歷史的，新的時代不允許再發生同樣的悲劇了。《紅高粱》、《菊豆》、《大鴻米店》出現在文化熱

興起的語境之中，兩性情愛中最自然性的一面被賦予了文化的意味，或成為民族精神的象徵，或成為透視人性的一面窗子。《生活秀》和《沒有語言的生活》都是在新世紀拍的愛情電影，其中的商業運作傾向是比較明顯的，對大眾趣味的投合也是明顯的。《與往事乾杯》和《周漁的火車》都是取材於有先鋒意識的小說，電影也是力圖拍成藝術片，它基本上可以看作是中國當代情愛敘事精神高度的代表。從大量的小說情愛敘事中能被影像化的作品畢竟還是一小部分，這些影像化的情愛敘事有時忠實於小說的情愛敘述，有時偏離小說的敘述。情愛敘事的故事結構雛形和基本主題相對於豐富的情愛敘事形象而言畢竟要簡單得多，電影對小說的改編有不同的方式，不論是「移植式」、「注釋式」還是「近似式」的改編，電影借助小說故事的基本結構雛形，將人物定型，將人物活動的背景畫面明確化，情愛敘事的線索一般來說也突出了。特別是「注釋式」和「近似式」的改編，情愛敘事在電影中往往被放大，甚至改寫，如《天上的戀人》、《生活秀》是「近似式」的；《芙蓉鎮》、《紅高粱》、《菊豆》、《大鴻米店》是「注釋式」的；《被愛情遺忘的角落》、《與往事乾杯》是「移植式」的。「近似式」改編後的情愛敘事往往向俗世化的價值觀念靠攏，《天上的戀人》就是一個將有存在意味的敘事演變成一個唯美的大眾情愛神話。「注釋式」的改編往往將小說中的情愛敘事線索更加明晰放大，突出情愛敘事的歷史文化意味或通過情愛敘事來透視人性。「移植式」改編的作品一般是已經獲得普遍認可的作品，作品本身的情愛敘事就有較高的審美意義或歷史意義，電影一般力圖將小說中情愛敘事的獨特性表現出來。

　　小說情愛敘事的電影化實際上可以看作是小說的一種傳播形式，在文學日益被邊緣化的今天，電影也備受冷落。那些被影像化的作品畢竟是幸運的，它們是能夠成為一個時期的標誌性作品的，被影像化本身就是明證。電影中的情愛敘事與小說原著的差異是簡單的，但背後的原因是複雜的，有創作主體的差異（導演一部電影也是再創造的過程），有媒質自身的要求，有時代心理的作用，有文化體制方面的限制，也有市場的推動。小說家對改編電影的高蹈姿態本身也是頗有意味的，電影當然不可能像小說那麼複雜，但電影中的情愛敘事能夠將小說中的情愛理念放大突出，在簡單化的同時得到的是對基本命題的彰顯，將小說中情愛敘事的獨特性強化了，這是電影敘事對小說的貢獻。電影也有商業片和藝術片之分，二者的界限還很模糊，簡單的將電影看成是文學的對立面，將影像化看作是對小說藝術的傷害也是不夠公正的，好的藝術片甚至比小說本身更為出色，這也是需要具體分析的。

　　情愛敘事是具有探索性價值的領域，也是通俗性和娛樂性故事的軸心骨。20世紀80年代，由於體制的原因，國內情愛影片的娛樂性還不是很強，情愛敘事被賦予較多的意義，上文所分析的《被愛遺忘的角落》、《芙蓉鎮》、《紅高粱》、《菊豆》等都是如此。自80年代末期以來，情愛電影的娛樂性大大地增強，如《搖啊搖，搖到外婆橋》（張藝謀導演，改編自李曉的小說《門規》）、《有話好好說》（張藝謀導演，改編自述平的小說《凸凹》）、《炮打雙燈》（根據馮驥才的同名小說改編）、《桃花滿天紅》（根據賈平凹的小說《美穴地》改編）等作品將情愛敘事與傳奇故事相結合，非常好看。中國當代電影中的情愛敘事當然不都是從小說作

品中改編而來，大量的港臺商業片所上演的言情故事隨鄧麗君的歌曲、瓊瑤的小說一起在 20 世紀 80 年代湧向國內的文化市場，特別是 20 世紀 90 年代以來，國內的言情片、賀歲片也不斷地加強情愛故事本身的娛樂性，如《一聲歎息》、《說好不分手》、《愛情麻辣燙》、《上一當》、《非常愛情》、《美麗新世界》、《網路時代的愛情》、《紅河谷》、《開往春天的地鐵》或撫慰人們的情感傷痛，或講述一個個純情的神話。港臺拍攝的言情片更是如此，如《天下無雙》、《大話西遊》、《初戀的故事》、《第一次親密接觸》、《老鼠愛上貓》等基本上可以看作是「搞笑＋純情」的結合。中國當代的電影工業呈現出與好萊塢影片同樣的傾向，電影就是人們休閒娛樂的一種精神速食，純情故事被一再複製，似乎是對這個時代愛情缺失的一種嘲弄。在這樣一種文化語境當中，當代小說情愛敘事被電影青睞並傳達出厚重的文學本色內涵的蜜月期似乎成為過去，與娛樂電影不斷地製造純情神話相對應的是，小說情愛敘事更多的是被當作調味品出現在商場爭鬥和世態生活當中，執著於精神受難的愛情本質追尋的作品大多淹沒在大量俗世情愛圖景之中，社會的急劇變化讓小說家在愛情世態的紛繁現實面前俯首稱臣，像巴爾扎克一樣做這個時代的書記員。

以上考察的是當代小說中被影像化的情愛敘事，這種抽樣分析的方式畢竟有簡單化之嫌，這些被抽出來分析的作品能代表新時期以來小說影像化情愛敘事的成就嗎？南帆曾經將作家分為好作家和重要作家兩種[56]，我想我的取樣也許不是最好的，但都

---

[56]　南帆：《好作家，或者重要的作家》，見《中國當代作家面面觀》，林建法、傅任選編，華東師範大學出版社，2002 年 2 月版，第 122 頁。

是重要的，因為這些作品已經成文學史上的路標，是被各種文學活動和文學事件（如獲獎、作為一個文學浪潮的代表作品等）所標示的。在這個意義上我覺得這種比較分析對文學史的建構是有益的。現行的文學史往往只闡述了這些作品的意義和價值，而沒有對這些作品產生影響的影像化處理作出應有的分析評判。情愛敘事的影像化類似於古代史書中的歷史事件被後來的戲曲家、小說家、民間藝人多次以不同的形式講述，作為一個當代讀者，這種文學的現場感其實更強。我們在閱讀或觀看這些情愛故事的時候，我們是在閱讀我們現時代人的情感狀態和情感困惑，這是當代最敏感的心靈（作家有最敏感的心靈，而且具有表達自己心靈的能力）對現時代兩性情感的思索。新時期的歷史雖然短暫，但這是一個變動巨大的時期。文學的浪潮一波一波，作家一茬一茬地成長，顯而易見的是我們無法改變文學的歷史，情愛敘事在新時期二十多年的歷史中已經形成了真正意義上的多元化圖景。

第五章

性愛敘事的爭議與修改

一

50年代初人民文學出版社為「五四」以來的著名作家出版他們舊作的「綠皮書工程」，是一次比較大型的文本修改行為，這也是一次文本的「潔化」行為，作家本人在重版的現代文學名作中紛紛刪除了帶「性」意味的文字。老舍在1955年重版的《駱駝祥子》中將表現祥子的性心理和性暗示的文字都作為「不太潔淨的語言」（老舍語）全部刪除。就文本的實際來看，《駱駝祥子》刪除的「不太潔淨的語言」還是很含蓄的性描寫，這些文字在文中對祥子的心理刻畫有很重要的作用。下面是祥子被虎妞引誘後的段落：

> 屋內滅了燈。天上很黑。不時有一兩個星刺入了銀河，或劃進黑暗中，帶著發紅或發白的光尾，輕飄的或硬挺的，直墜或橫掃著，有時也點動著，顫抖著，給天上一些光熱的動盪，給黑暗一些閃爍的爆裂。有時一兩個星，有時好幾個星，同時飛落，使靜寂的秋空微顫，使萬星一時迷亂

起來。有時一個單獨的巨星橫剌入天角，光尾極長，放射
著星花；紅，漸黃；在最後的挺進，忽然狂悅似的把天角
照白了一條，好像剌開萬重的黑暗，透進並逗留一些乳白
的光。餘光散盡，黑暗似晃動了幾下，又包合起來，靜靜
的懶懶的群星又復了原位，在秋風上微笑。地上飛著些尋
求情侶的秋螢，也作著星樣的遊戲。

這段文字以星剌入銀河中黑暗的景象來暗示祥子和虎妞第一
次發生的交合關係，這是曲筆而非直筆來寫性關係，它隱喻了祥
子不幸的開始（掉進黑暗之中），這樣的描寫在小說中被刪除是
「純潔時代」的要求。

對《駱駝祥子》的刪改，直至 1980 年還有人認為「修改是
成功的」，刪去的是「一些有損作品思想光輝的自然主義的細節
描寫」，而這些描寫出現的原因是：「由於作家當時的立場還是小
資產階級的，一方面，支配著他的是『小資產階級的正義感』，
而同時，卻又忘不了迎合小市民的『趣味』。」[1]

對於 20 世紀 50 年代小說中的性問題，黃子平有一個描述：
「革命的成功使人們『翻了身』，也許翻過來了的身體應是『無
性的身體』？革命的成功也許極大地擴展了人們的視野。在新的
社會全景中『性』所占的比例縮小到近乎無有？革命的成功也許
強制人們集中注意力到更迫切的目標。使『性』悄然沒入文學創
作的盲區？也許革命的成功要求重寫一個更適宜青少年閱讀的歷

---

[1] 史承鈞：《試論解放後老舍對〈駱駝祥子〉的修改》，《中國現代文學研究叢刊》
1980 年第 4 期。

史教材。擔負起將革命先輩聖賢化的使命？」[2]

　　對比今天的小說對性場面和性心理的直面刻畫，被刪去的這段文字實在不算什麼「不潔」，昔日被唾棄的「小資產階級情調」也變成了今日風行的「小資」情調。一個無容爭議的事實是拿起今天大大小小的小說，性愛敘述（這裡用「性愛敘述」而不用常用的「性描寫」，是因為本文所分析的都是小說，而小說是一種「敘述」文體）正鋪天蓋地而來，它毫無遮掩地進入讀者的視野，刺激我們的感官，引起我們的爭議。這提出了一個問題：性愛敘述對於文學作品來說有沒有一個道德的邊界？它同時也引起我們對新時期以來的涉性題材作品的反思，今天的作家沒有了老舍等老一輩作家那樣潔化文本要求的時代束縛，性愛敘述開始大量地進入當代小說中，我們需要追問的不再是要不要寫性的問題，甚至不是怎樣寫性的問題，而是性在文本中的作用，作家為什麼要寫性。

　　我們有無數個理由堅信性是人類生活的重要內容，是愛情不可分割的一部分，甚至可以堅信能夠公開地談論性是人類社會的進步。事實上新時期以來涉及性愛敘述的文本總是受到不同程度的批評和指責。在幾年前我們還可以看到這樣的文字：一篇《性愛描寫的分寸》的論文中說：「性愛描寫在文學作品中是允許的，但必須掌握一定的分寸，遵循一定的尺度。主要是以下幾條：一、首先必須明白。性愛雖是人類生活中必不可少的一部分。但它絕不是生活的全部。還有比性愛更重要的內容，比如：

---

[2]　黃子平：《「灰闌」中的敘述》，上海文藝出版社 2001 年 1 月版，第 63-64 頁。

生存、鬥爭、死亡等等。所以不能過分地誇大性本能的作用。把性本能視為人的靈感和創造力的源泉是不正確的。二、性愛描寫必須有所節制，適量適度而又適可而止，切不可過多過濫過俗。三、性愛描寫應限於虛寫，而不能實寫。性交過程與方法之類不能寫入文學作品。四、性愛描寫必須符合情節發展和刻畫人物的需要，不能孤立地、單純地描寫性愛。五、性愛描寫應有一定的社會意義和思想內容。六、性愛描寫要有美感，它給讀者的應是美的愉悅而不是官能的刺激。這也是古典的人體畫和春宮畫的根本區別。無規矩不成方圓。以上諸條應是在性愛描寫中必須遵循的基本原則。」[3]

　　大多數因涉性而聞名的當代文學文本，總有評論家從各種不同的角度肯定他們敘述性的理由。如對王安憶的「三戀」和《崗上的世紀》的性愛敘述做出女性主義解讀的結果是：「在女性的感覺世界裡，『三戀』的煉獄並不單純以倫理的仲裁為歸結，而是深入到人物心理最隱秘的角落，擺開情慾所釀製的生命難局與永恆困境，揭示出性愛在人類經驗裡所具有的神秘深度，賦予了作品性愛力之於女界人生的認識價值。」[4] 另一位男性批評者認為：「王安憶超越了這一主題，她彷彿更熱衷於分析男女兩性之間的交流關係，當然，這裡的關係包括性愛的物質性關係以及情愛的精神性關係⋯⋯」[5] 不論採取什麼樣的評價角度，研究者們對

---

[3]　桑逢康：《性愛描寫的尺度》，《理論與創作》1997 年第 3 期。

[4]　王緋：《女人：在神秘巨大的性愛力面前──王安憶「三戀」的女性分析》，《當代作家評論》1988 年第 3 期。

[5]　呂幼筠：《試論王安憶小說中的性別關係》，《廣東社會科學》1999 年第 3 期。

王安憶小說中寫性的合法性是基本認可的，也就是說王安憶不是
為寫性而寫性，而是在探討性在男女之情中的作用，性對於個體
生命的重要意義，以及性愛過程本身中所包含的人物性格內蘊。
這就是說「性」是具有「人性」認知意義的，而打破禁區無非是
撕開了一個被社會道德、風俗、傳統、倫理等所束縛的空間。評
價的合理性尺度依然是「五四」以來的「人的文學」的傳統，這
令我們回憶起郭沫若對郁達夫的評價，也讓我們自然地聯繫起供
奉「人性」之神的沈從文的「性愛」小說。就新時期小說性愛敘
述的空間來說，禁忌少了，性敘述的文本多了，恰如作家張抗抗
在一次大會上所說：「直到本世紀末，中國內地的許多作家才無
奈地承認，多年來躲藏在『愛』的帷幕之後的『性』，是人生苦
樂和複雜人性的極致，是生命的巔峰體驗。無『性』的人是不健
全不完整的人，無『性』的文學是單面的畸形的虛假的文學。
『愛』與『性』是一具無法切割的整體，探究無『愛』的性和無
『性』的愛，將有助於我們尋找人類痛苦的根源。我們終於有勇
氣大聲說：文學中表現『性』不是醜惡不是淫穢不是罪過，而是
文化是美學是尊嚴。」[6]

　　新時期以來性愛敘述還與一些女作家對女性經驗的敘述密不
可分，「屬於女性最隱蔽的體驗和感受，開始被女性文本揭曉，
女人所擔當的性愛角色‧富有自然性主動性選擇性，因而帶有了
反文化反社會的意味。[7]女性對自身身體經驗的敘述在 20 世紀 90

6　張抗抗：《當代文學中的性愛與女性書寫》，《北京文學》2000 年第 3 期。

7　張抗抗：《當代文學中的性愛與女性書寫》，《北京文學》2000 年第 3 期。

年代蔚為大觀，真實地反映了一個時代的變化，敘述什麼和怎樣敘述，是一個時代的外在環境決定的，性愛敘述的禁忌與規範在文學領域的演變是文化語境變遷的見證。當研究者對文藝倫理進行規定並總結出若干性愛敘述尺度的時候，作家們並不理會這些，他們放開手腳寫，用語言將人身體的層面徹底地撕開，從而導致了我們所看到的今天的文本現實情況。

二

在新時期的文學歷史上，性愛敘事的作品多有製造文壇事件的歷史，受到的爭議也很多。一些性愛敘述文本在讀者中引起較大的反響，性愛敘述還直接推動了小說發行量的上升，一個文本製造的甚至是一次文壇的事件，引起很多研究者撰文評述這些事件，甚至再次引起王蒙所說的已經終結了的「轟動效應」。這些文本如王安憶的《三戀》，張賢亮的《男人的一半是女人》、《習慣死亡》，賈平凹的《廢都》，陳忠實的《白鹿原》、林白的《一個人的戰爭》，陳染的《私人生活》，衛慧的《上海寶貝》，春樹的《北京娃娃》，九丹的《烏鴉》、木子美的《遺情書》等。

1993 年 6 月，《廢都》由北京出版社出版，半年後，國家新聞出版署以「格調低下，夾雜色情描寫」的名義查禁《廢都》，宣佈為「禁書」。但《廢都》是一部在海內外引起反響的小說，也是一部受到很多爭議的一部小說。借用賈平凹先生的話來說是：「這本書當時在文壇上引起的爭議，可以說是建國以來最大的，而且引起的社會波動也是最大的，當然帶給我個人的災難也

是最多的。《廢都》的陰影直到現在還未徹底消散。它的好處是擴大了我的讀者群。十年來，盜版從未斷過。盜版不斷，被爭論不斷，評論不斷。《廢都》出版時是兩個印刷廠同時印的，一家印了 25 萬冊，一家印了 20 萬冊，這是最正規的近 50 萬冊。書一出來，購書的人多，好多省的人開著車，帶著押車的，現錢去買。出版社一看印不出那麼多，就賣版型，有六七家，允許你買回去印，這些廠家差不多都以 10 萬冊為起印數。這樣，正式的和半正式的出版數是 100 多萬冊。後來誰也無法控制了，盜版全面爆發，兩年之內，據瞭解這一行當的人統計，大約正版、半正版、盜版加起來有 1200 萬冊吧。」[8] 現在看來，對《廢都》的評價可謂毀譽參半，而這也不無媒體的炒作之嫌，《廢都》還沒有完成，一些新聞媒體就開始炒作，說是《廢都》賣了 100 萬，是「當代的《金瓶梅》」。《廢都》1993 年 6 月由北京出版社出版不久，就出現了評說《廢都》的熱潮，比較有影響的如：多維編的《〈廢都〉滋味》（河南人民出版社，1993 年 10 月版），蕭夏林主編的《〈廢都〉廢誰》（學苑出版社，1993 年 10 月版），廢人組稿，先知、先實選編的《廢都啊廢都》（甘肅人民出版社 1993 年 10 月版），江心主編的《〈廢都〉之謎》（團結出版社，1993 年 9 月版）。對《廢都》的評價，賈平凹有一個描述：「《廢都》一出版大量的是正面的評說，後來風勢一變，有人仍堅持自己的看法，有人就不再說了，也有人觀點截然不同又變了，各人有各人的生存環境，這我理解，一些領導也是白天不能來看我，晚上

---

[8]　《〈廢都〉二十年後的命運》，http://life.elong.com/yuedu/article/topic_18085.html

來。」[9]《廢都》被禁之後，其評論多是批評的，有人認為它是「嫖妓小說」[10]，批評為「當代淫書，仿襲之作」[11]，《廢都》寫廢了賈平凹[12]。

當然《廢都》並不是一部簡單的性小說，寫《廢都》的賈平凹也是一個優秀的作家，但《廢都》的暢銷自然是與小說的性愛敘述分不開的，引起人們爭論的還有《廢都》中的「□□□□」以及「此處作者刪去×××字」的噱頭。賈平凹在十年後和謝有順的對話中談到：「為什麼寫性，一是塑造人物的需要，莊之蝶為了解脫自己，他要尋找女人。二是從寫法上考慮，全書四十多萬字都是日常生活，寫到吃飯可以寫四五頁，寫喝茶可以寫三四頁，白天的煩事都寫了，晚上的事總不能一筆不寫呀，這就必然牽涉到了性。」[13]在《廢都》出版之初，北京的一位編輯就認為：「僅這些性描寫，《廢都》肯定會成為一部極有爭議性的作品。」很多人都注意到，《廢都》、《上海寶貝》、《沙床》、《遺情書》等作品中的性愛敘述，固然有其現實的折射意義，但根本上，「還是寫作者與書商與媒體的共謀，是『文壇三戶』與商業叫賣的共謀。」[14]

《上海寶貝》先由春風文藝出版社出版，後來該出版社又主動將這本小說禁了，結果反而提高了這本小說的知名度，這本小

9　《〈廢都〉二十年後的命運》，http://life.elong.com/yuedu/article/topic_18085.html

10　孟繁華：《一部「嫖妓小說」》，《學習》1993 年第 12 期。

11　劉克珍：《當代淫書，仿襲之作：讀〈廢都〉有感》，《寫作》1994 年第 2 期

12　治玲：《〈廢都〉幾乎廢了賈平凹》，《今日名流》1994 年第 2 期

13　《〈廢都〉二十年後的命運》，http://life.elong.com/yuedu/article/topic_18085.html

14　老夫子：《無所評判無所制約無所畏懼》，http://www.sznews.com/szwb/whpt/20040203.htm

說更是從國內炒到了海外，被翻譯成為多國文字，據說光在海外稿費就拿了一千多萬。

借文學寫性的方式來出名，木子美無疑是登峰造極的。2003年10月，木子美在「博客中國」上公開自己的性愛日記，她的博客曾一度成為中國點擊率最高的私人網頁之一，博客網因此而出現伺服器無法承受的情況。新浪網讀書頻道因轉載《遺情書》，訪問量成倍飆升，《時尚》、《嘉人》、《新快報》、《東方早報》、《中國新聞週刊》等媒體也開始頻頻報導木子美及其《遺情書》。兩周之內，江西以出版青少年兒童出版物為主的二十一世紀出版社和榕樹下網站合作出版了《遺情書》，編輯在出版的時候考慮到性愛敘述可能帶來的影響，木子美的性愛日記只保留了50%，另加入了木子美的一些散文、隨筆和相關的評論文字。2004年4月21日新聞出版總署根據新聞出版署《關於發佈〈關於認定淫穢及色情出版物的暫行規定〉的通知》，發文給江西省新聞出版局，對該省二十一世紀出版社違規出版《遺情書》一書作出處理，要求「回收、銷毀《遺情書》，不得再版」。有意思的是，在正版被禁的時候，不同版本的盜版紛紛在市場上出現，盜版甚至比正版賣得更好，因為正版是刪改後的「潔本」，而盜版是保留了性描寫的「全本」。

與前面提到的幾部小說相比，《遺情書——我的性愛日記》基本上算不上文學作品，而它的出名是因為「性體驗」寫作。這部書的封面上赫然地寫著：「要採訪我，必須先和我上床，在床上能用多長時間，我就給你多長時間的採訪。這，就是木子美。」這絕對是刺激閱讀慾望的活廣告。《上海寶貝》之類的小說還有些文學

意味，還有一些藝術含量。而《遺情書》基本上談不上什麼藝術含量，它是在博客上發表的個人日記，記載的是作者本人的真實生活事件，在以前我們總是猜測性地將作家與作品中的人物對位，我們還為九丹是不是妓女而爭論，這種將作品和作者本人相互聯繫的猜測在木子美這裡完全不必要了，木子美不但公開自己的經歷，暴露自己的私情，還真人實名地暴露與自己有染的男人，木子美與一般有過多個性伴侶的人相比不同的地方在於，木子美公開出售自己的隱私，博取了成名的機會。木子美的《遺情書》獲得了公開的發行，雖然遭禁，但這反成了它最好的宣傳，據說有人要註冊「木子美牌」性用品，木子美無疑已經成為一個知名的人物，借她的名聲來推銷性產品其商業意味不言而喻。一位網上評論者一針見血地指出：「美女作家慣於以自己的身體做廣告，努力開發自己的身體，源源不斷地吸納外部資金才是她們真正的追求，而文學成了她們謀求一夜揚名從而終身暴富的手段，文壇成了她們戰旗獵獵的賽馬場。她們以自身那幾乎蕩然無存的廉恥為代價，以身體為賭注進行著異常激烈的賭博，以文學的名義叫賣身體。」[15]

色情，性挑逗，甚至公開的性暴露，總是對讀者充滿誘惑。在世界文學史上，那些禁書中也不外乎是政治黑幕文學和情色文學兩大類。而在互聯網、報紙、電臺、電視臺、雜誌、光碟、盜版書這樣一個多途徑多媒體傳播資訊的時代，性文學的繁榮除了與那些古老的情色文學有著同樣的理由之外，還有著當今時代特殊語境下的特殊意味，它受讀者的慾望消費，社會現實的影射，

---

[15] 他愛：《十美女作家批判書》，http://book.sina.com.cn/nzt/ele/meinvpipan/index.shtml

媒體的發行量，作家個人的聲名等多重複合因素的影響。是網路使木子美這樣的另類一夜成名，是媒體的炒作使木子美家喻戶曉，是出版社和盜版書商為之推波助瀾，而在這樣的合力場中，「木子美」成為被消費的速食，如同有人諷刺的那樣：一面看著木子美的日記，一面批評她的墮落。

三

當代文學的創作環境越來越寬鬆，讀者的心理底線越來越放鬆，但並不意味著性愛敘述的文本已經在當代文學的語境中毫無拘束地為所欲為，沒有一個民族可以將人類文明的律令完全放置一邊。人們對性描寫的合法性有很多很多的理由，但「人性」的性愛敘述和「色情」文學之間的區別在哪裡，這是一個很難掌握的尺度。上文已談到 50 年代一些名作家迫於外力對自己的小說進行潔化，當代文學中的一些性文本在傳播的過程中也不時地受到各方面力量的擠壓而不斷地修改，這也是性愛敘述文本在當代文學中的一大特殊景觀。

林白的《一個人的戰爭》是個突出的例子。

關於《一個人的戰爭》的版本，我想在這裡作一個簡單的梳理。此作首刊於《花城》1994 年 2 期，發表出來的時候出了一個錯誤，把第四章的標題「傻瓜愛情」排在了第三章三分之二的地方，我當時曾希望登一個更正，未能如願，一直耿耿於懷。這是第一個版本。

　　第二個版本是甘肅人民出版社 1994 年 7 月版，這是一個十分糟糕但又流傳甚廣的版本，某些人身攻擊和惡意詆毀以及誤解大概就來自這個版本。這個版本的封面用了一幅看起來使人產生色情聯想的類似春宮圖的攝影作封面。關於春宮圖一說，並不是我一己的誇大和偏見，而是報刊上評論家和讀者的原話。面對我的詰問，責編強調說這是一幅由著名攝影家拍攝的著名的攝影作品。這還不算，這本書內文校對粗疏，最嚴重的一頁差錯竟達 15 處。另外第五章本是我的一個獨立的中篇，人物、寫法、情節等都是獨立的，但我還沒得到修改的時間書就出來了，作為長篇的一章實在是不倫不類，出版社通過責編作了一些道歉的解釋，並保證馬上換一個封面，出一個訂正版，我接受了。但我一直沒有等到這個版本。在我的一再催促下，才在 1995 年 10 月份收到一份同意我撤回專有使用權的函件。

　　第三個版本是內蒙古人民出版社 1996 年 10 月版，這個版本的出版過程亦十分曲折。我收回版權後於同年 12 月與河北一家出版社簽訂了合同，但就在這個月，一家有影響的報紙發表了一篇很不負責的批評文章，稱《一個人的戰爭》為「准黃色」，是「壞書」，重新簽約的責編打來電話，說領導看到了這篇文章，對是否出版該書拿不准，說最好能在同樣的版面發一篇正面的文章，但沒過多久我就收到了他們退回的書稿，並讓我盡快將合同寄去，以便按合同付給我退稿費，但我至今沒有收到退稿費。1996 年 4 月我又與「世界圖書公司」簽約，授權該公司出版此書，由於某些不負責任的批評，公司聯繫了七家出版社均被拒絕了，最後才由邊遠的內蒙古人民出版接受下來。這個版本在題記

和內文都作了一些刪改，這是我所作的主動的妥協，因為據世文公司的人說，有家出版社在請專家審定此書時，專家說要把第一章全部刪去，而且其餘各章都要進行大的改動才能出版，我想不如我自己主動作出讓步，以免有人看了不舒服。

　　第四個版本就是這次江蘇文藝出版讓出版的文集中所收的版本，這是我為文集所修訂的一個完整的版本，在這個版本中我將首刊時的題記全部恢復，並把這段話放到了全書的最後，作為結尾。我覺得這樣更有力度，更具震撼力。題記的第一段仍保留，並放到全書的最前面（而不是像首刊時放在第一章的前面），第一章的標題也由原來的「一個人的戰爭」改為了「鏡中的光」，我還刪去了少量自己看起來不那麼順眼的文字，主要是開頭和結尾各刪了兩段。從整體來看，基本上是一稿時的樣子。這是我感到滿意的一個版本，在此我鄭重地向所有想要讀一讀《一個人的戰爭》的人推薦這個版本。[16]

　　《一個人的戰爭》在傳播的過程當中不斷地被修改，這不是作家自覺的修改行為，而是出版機構的修改，並且沒有得到作家的同意，這本書的出版過程也令作者「耿耿於懷」，都是因「性」而引起的。《一個人的戰爭》在出版過程中的命運說明了性愛敘述的文本總是很容易招致誤讀。

　　一個作家修改自己的作品是無可厚非的，但根據什麼來修改卻是一個大問題。九丹的《烏鴉》扣上「妓女文學」的稱號與作家對小說的修改不無關係：「我寫書的時候，主人公的身分本來

---

[16]　林白：《關於〈一個人的戰爭〉》，《今日名流》1997 年第 5 期。

是大學老師，可是長江文藝出版社讓我改成記者，這就很容易和我的經歷對應起來，但是當時為了出版，也顧不了太多了。」[17]

另一個有意思的例子是《白鹿原》的修訂，獲得第四屆茅盾文學獎的是《白鹿原》的修訂本，作者根據評獎委員們的要求進行修改：「評委會的主要修訂意見不過是：『作品中儒家文化的體現者朱先生這個人物關於政治鬥爭『翻鏊子』的評說，以及與此有關的若干描寫可能引出誤解，應以適當的方式予以廓清。另外，一些與表現思想主題無關的較直露的性描寫應加以刪改』。（見《文藝報》1997年12月25日第152期『本報訊』）在評議過程中，評委會主持人即打電話給陳忠實，傳達了上述修訂意見。忠實表示，他本來就準備對《白鹿原》作適當修訂，本來就已意識到這些需要修改的地方。於是，借作品再版的機會，忠實又一次躲到西安市郊一個安靜的地方，平心靜氣地對書稿進行修訂：一些與情節和人物性格刻畫沒多大關係的、較直露的性行為的描寫被刪去了，政治上可能引起誤讀的幾個地方或者刪除，或者加上了傾向性較鮮明的文字，……就是作者發現的錯別字和標點問題，也都一一予以訂正。修訂稿於去年11月底寄到出版社，修訂本於12月中出書。」[18]《白鹿原》作為當代文學的優秀之作，其文學成就已經由眾多的評論所肯定，作為一項權威性的評獎要求對小說進行修改，自然會影響小說在公眾心中的形象。也許作者和編輯都認識到對《白鹿原》的修改也許不是很重要的，作為

---

[17]　楊瑞春：《看！這個叫九丹的女人》（九丹訪談錄），《南方週末》2001年8月16日。

[18]　何啟治：《文學編輯四十年》，人民文學出版社，2001年5月版，第86頁。

修改本的《白鹿原》讀者很難見到，2004 年 5 月由廣州出版社出版的《陳忠實文集》中，選用的仍然是修改之前的版本，同年5 月，人民文學出版社出版的「中國當代名家長篇小說代表作叢書」仍然選用的是未修改的版本。這也可以看作是對《白鹿原》修改的直接反駁。

由此觀之，性愛敘述確實是個複雜的問題，它涉及作者、文本、讀者、市場、媒體、評論家、文學編輯等多方面的因素，任何簡單的批評或肯定都可能是沒有說服力的，也許問題不在於我們做出怎樣的結論，而在於我們已經開始正視這個問題，性愛敘述是敘事文學的一部分，所有對文學中的性愛敘述進行批判和肯定的文字都是我們思考的足跡，它啟示著我們對文學中的性愛敘述既要寬容，又要認真分析批判，這也是這個多元化時代的文學繁榮所要求於我們的。

第六章

情愛敘事與小說的結構

　　羅鋼先生在《敘事學導論》中指出：「結構主義敘事學家們的理想是，通過一個基本的敘事結構來觀察世界上所有的故事，他們的設想是，我們可以從每一個故事中提取出它的基本模式，然後在此基礎上建立一個無所不包的敘事結構，這就是隱藏在一切故事下面那個最基本的故事。」[1]這裡所說的「最基本的故事」就是敘事文學中所存在的故事結構形態，包括故事的發生、發展和結局等成分及其組合。敘事學給我們的啟示是故事的敘事結構可以從具體的文本中剝離出來，當我們將小說中的兩性情愛事件的敘述看作一種具有獨立美學意義的結構的時候，我們將看到的是不同時代文學作品的共通之處，它啟示著我們在深層結構上來評述一部作品，有利於改變已有的印象式的、道德化的批評現狀。

　　情愛敘事作為取樣分析的角度的一個最簡單的理由是情愛敘事在小說中的廣泛性，這是一個永恆的超越時代的文學話題。情愛事件在敘事性文學中充當主要的情節線索是司空見慣的。在數千年的文學時空中，出現了大量的以男女情愛事件作為線索的小說。隨著

---

[1]　羅鋼：《敘事學導論》，雲南人民出版社，1994 年 5 月版，第 22 頁。

20世紀現代主義小說的興起，小說的敘事觀念發生了很大的變化，情愛事件進入小說的方式也有了變化。在文學日益邊緣化的今天，對小說可讀性的要求更加突出了，情愛敘事在小說中的作用常常是多重的，它既是小說中的看點和賣點，又是小說探索人生情感的起點，是構成小說的基本情節，還是小說的主要線索和敘事動力。這裡主要探討的是情愛敘事在小說敘述結構上的作用。

一

在傳統故事小說中，情愛事件的結構功能是巨大的，通常體現為主人公的愛情選擇及其過程貫穿了小說的始末，結局決定了小說的基本基調是悲劇或是喜劇。小說的喜劇結構傳統是深遠而長久的，喜劇性結構一般遵從這樣一個過程：兩個有情人，但他們的結合有障礙，或是因為門第，或是因為其他的恩怨，他們久經磨難，最後是皆大歡喜，終成眷屬。這樣一種對自由愛情的期待與追求在古今中外的文學敘事中反覆的上演，莎士比亞的喜劇基本上都是愛情喜劇，這與中國的《西廂記》、《牡丹亭》所講述的愛情喜劇結構是一致的。這也是才子佳人文學的一個基本套路。以《西廂記》為代表的中國古典才子佳人文學形成了一個基本的敘事結構模式：「私定終身後花園，落難公子中狀元，奉旨完婚大團圓。」按照結構主義的觀點，可以將故事的整個結構簡化為：有情人相遇──外力阻擾──克服阻力──大團圓。《平山冷燕》、《好逑傳》、《玉嬌梨》、《玉梨魂》之類的才子佳人小說都有這樣的基本結構。

　　如果拋開時代的具體背景，在現代文學的歷史上，這種基本的結構仍然在不同的作品中存在，只不過其中的阻力與克服阻力的力量不同而已。如胡適的《終身大事》中的阻撓力量是父母，克服阻力的是現代的婚姻自主觀念，田小姐坐上了象徵陳先生身分的汽車走了。《小二黑結婚》中的阻擾力量是來自封建迷信的父輩和農村黑暗勢力，克服阻力的力量是民主政權的建立和婚姻法對自由愛情的保護。在新時期初期的情愛敘事中，也存在著大量這類敘事的基本結構。《芙蓉鎮》、《天雲山傳奇》、《傷痕》之類的作品基本上屬於這一類。其中的阻擾力量是錯誤歷史對主人公的打擊，而新的時代春風解救了主人公也為他們贏得了愛情的權利。

　　人們通常認為十七年小說美學是對民族文學傳統的直接繼承，從小說的結構來看，十七年小說中對愛情的敘述基本是線性敘述，情愛線索大多服從大的社會主題，作為粘合宏大事件的功能而存在。在紅色經典文本中，我們可以看到人物戀情在小說中的巨大結構作用，在《山鄉巨變》中清溪鄉合作化運動的高潮中伴有劉雨生和盛佳秀的結合，在《三里灣》中是幾個年輕人的愛情選擇與農業合作化道路的敘述同時進行，在小說的結尾，農業合作化運動取得了重大的階段性勝利的時候，幾位年輕人的自由愛情也「結果」了。在《創業史》中合作化運動的帶頭人梁生寶受到蛤蟆灘上最漂亮的姑娘徐改霞的愛慕，徐改霞和梁生寶的愛情發展與合作化運動的前進是相互呼應的。最有代表性的文本也許應該是《青春之歌》，在這部紅色革命小說中，作者敘述了一個出身「黑白」家庭的女兒是怎樣一步步走上革命道路的。小說

中個人的革命道路與人物的情感選擇是相互纏合的關係，如果剔除了林道靜與三個異性的感情過程，小說的結構大廈就會坍塌，小說的可閱讀性就會大大減弱。以上作品中「有情人皆成眷屬」的喜劇情節結構與革命運動事件相互呼應成為小說中的另一條隱線，巧妙地起到了結構作品的作用。

胡適說：「中國文學最缺乏的是悲劇的觀念。」[2] 中國愛情敘事的悲劇色彩向來不是很濃的。故事往往以男女主人公相互鍾情開始，但其中存在著無法克服的障礙，結局是以主人公的生命終結為代價，故事的結局是悲劇，但在形式上卻是有著想像的中和的色彩，其內在的結構卻是喜劇的。以古代敘事詩《孔雀東南飛》為例，焦仲卿和劉蘭芝之間感情的阻礙力量是焦母，在外力過於強大之下，兩個有情人的最終結局是雙雙自盡，化為鴛鴦。這種民間對有情人結局的想像，在後來的韓憑夫婦、梁祝化蝶的故事中一再呈現。民間故事《牛郎織女》最後出現一個孔雀搭成的七彩橋也是這種想像的結果。以中國古典悲劇小說的高峰《紅樓夢》來說，賈寶玉和林黛玉的愛情發展作為小說的主線，自第三回（「賈雨村夤緣復舊職，林黛玉拋父進京都」）寶黛相見至第九十七回「林黛玉焚稿斷癡情，薛寶釵出閨成大禮」，「金玉良姻」終於替代「木石前盟」的悲劇已成事實，結局已經不可改變了。主要人物死的死，出家的出家，小說就接近尾聲，賈、林、薛三人之間的三角愛情矛盾既是小說發展的動力，也是貫穿小說的整個線索，及至「中鄉魁寶玉卻塵緣，沐皇恩賈家延世澤」，小說

2　胡適：《文學改良芻議（胡適文存／第一集 · 第一卷）》，遠流出版事業股份有限公司，1986 年 2 月版，第 164 頁。

中出現的「蘭桂齊芳」的氣象卻是一種中和的美學思想所致，是對悲劇結局的一種緩衝。

單一的情愛敘述線索只存活於古典的才子佳人故事或者簡單的民間傳說中，情愛敘事在一些恢弘巨著中往往只是作品的一個側面而已。正如我們前面對十七年小說所作的分析，情愛線索起到了呼應作品重大時代命題的作用。作為情愛小說的代表作品，《紅樓夢》中的「色空」觀念與了卻一段塵緣的敘述是通過寶黛愛情來表現的，情愛敘述之外的另一條線索是賈、王、史、薛四大家族的興衰，這可謂小說中的雙線。用現代敘事學的觀點來看，「金玉良姻」與「木石前盟」的衝突不過是一個「三角」衝突而已，體現的依然是才子佳人小說中「個人選擇」與外力之間的衝突。這個基本的情節與托爾斯泰的名著《安娜・卡列尼娜》頗為相似，在《安娜・卡列尼娜》中安娜不滿足於自己的官僚丈夫卡列寧，與貴族青年渥倫斯基相愛並同居，渥倫斯基不過是一個花花公子，不是能夠依託終身的人，安娜失去了家庭，也失去了愛情，絕望到無法生存下去，只有以死了之。這個情節線索在小說中的結構作用是非常強大的，安娜的形象打動了讀者，小說因為安娜而不朽。小說的基本線索之外還有一條列文致力於社會改革的線索，這也是一條列文與吉蒂的感情線索，使小說形成了一個廣闊的社會背景，揭示出了農奴制後俄羅斯社會的巨大變化。

我們需要進一步追問的是情愛線索何以會成為小說結構上的粘合劑？我們發現，情愛事件在小說中成為結構上的線索是很便捷的，小說總是要寫人物的，人物總是屬於某個時代的，而要完整地表達一個人物和一個時代的關係，就不能不寫出這個人物的

生命情感，而個人與異性的感情糾葛，是表現人性的重要內容。不難理解為什麼在文革中作為手抄本最為流行的兩本小說是《第二次握手》和《塔裡的女人》，這是兩個將愛情寫得震撼人心的小說，讓人們重溫了愛情與人物生命情感的關係。巴金的名作《家》、《寒夜》、《愛情三部曲》都是借人物情愛的線索來結構故事。三十年代的蔣光慈和洪靈菲等人的小說中有著「革命加戀愛」的模式，戀愛是其中的重要線索。在很多偉大的小說中，如在肖霍洛夫（M.A.Sholokhov）的《靜靜的頓河》（*Тихий Дон*）、托爾斯泰的《戰爭與和平》這樣的歷史巨著中，我們也可見到情愛故事線索對小說的巨大結構功能。當然這些作品的主題都是可以多層解讀的，但絲毫不影響我們把這些小說當作情愛小說來閱讀，我們總是難免被主人公的情愛世界所打動，它使小說顯得生動而富有可讀性。

在《沉重的翅膀》、《古船》、《白鹿原》、《羊的門》、《鄉村溫柔》、《青煙或白霧》、《豐乳肥臀》等新時期以來的長篇小說力作之中，情愛敘事不是小說的中心主旨，小說是被作為複雜的社會生活的全景式的反映而存在的，但情愛事件依然具有結構功能的作用。如《沉重的翅膀》以褒揚的筆調敘述了莫征和鄭圓圓的愛情，這不過是小說中的一個插曲。小說的主人公鄭子雲沒有一個美滿的愛情，他的妻子夏竹筠是個不懂感情的世俗女人，一個「傻女人」，這種情節的設置，在小說中是為了襯托出改革者的沉重。而另一個脊樑般的人物陳詠明和他的妻子郁麗文之間的感情非常的好，小說中這種愛情的幸福和工作的衝勁是相合拍的，「他談戀愛，也像他做工作一樣，疾風暴雨地，不顧一切地猛打

猛衝。」正是在敘述改革者的精神世界時，他們的感情生活成為他們心靈上的又一面鏡子，這些情節在小說中起到了結構小說和刻畫人物的作用。《沉重的翅膀》中的情愛敘事依然是有獨立性的，它在改革的名義下探討了理想的愛情應該是什麼樣子的，鄭子雲的婚姻生活是不幸的，但他對生活對愛情有著嚴肅的態度。這篇小說在改革的線索之外，依然通過葉知秋、莫征、鄭圓圓、萬群、方文煊、陳詠明、郁麗文等人的感情生活線索表達了作者的感情理念，在小說中多處出現的直接對愛情的評點就生動地反映了這一點。

在一個長時段中來敘述主人公戀情的經過，結局或是喜劇或是悲劇，這是最廣泛的古典小說美學的敘述方式，其實不論是喜劇還是悲劇，小說中基本的對愛情的精神是一樣的：那就是相信愛情是純潔的、是至高無上的、是超越於具體的世俗偏見之上的。現代小說在致力於打破魯迅所說的「瞞」和「騙」的文藝的時候，看取人生的真相被看作是小說的基本精神。愛情事件的純潔性在小說中也時時受到質疑，由此也導致小說結構的基本變化，小說不單單是情節的運動本身，也是過程的美學，人物戀情線索所形成的敘事內容更接近生活形態，不是簡單的喜劇或悲劇，加上對心理空間的開掘，情愛敘事的結構也複雜了。

二

陳平原在《中國小說敘事模式的轉變》中認為，中國現代小說之於古典小說在結構上的變化主要在於注重「主觀抒情」、「氛

圍渲染」與「背景描寫」，線性情節結構受到了「人物心理」和「背景氛圍」[3] 的挑戰。他還指出，古典小說的敘述手法對於現代小說仍然存在著不可忽視的影響。實際上，兩個小說即使敘述同一個故事，其結構也是不相同的，因為語言形式和敘述的視點發生了變化。現代小說講述情愛故事仍然離不開情節線索的依託，但「主觀抒情」和「背景氛圍」已經大大地延緩了情節的延伸，它造成了一種新的閱讀效應：故事結構也許很簡單，但相同情節的故事因為敘述方式的不同所帶來的審美效果完全不同。

在魯迅的小說《傷逝》中，情節的結構功能依然是明顯的：敘述者涓生給讀者留下了他的懺悔錄，其中主要的事件是他和子君迎著時代的思想浪潮而結合，爾後在家庭的困境中婚姻走向瓦解，及至子君死去，涓生寫下自己的懺悔表示對死去亡靈的祭奠。閱讀魯迅的《傷逝》，我們無不深深地被小說中強烈的抒情氣氛所打動，情愛線索只是小說中的一個基本的故事構架，熱戀的深情、新婚的快樂、失業後的惶惑、感情瀕於破裂時的痛苦、分手後的絕望以及子君死後帶來的沉痛和打擊都化為涓生懺悔自己的感情之流，構成小說的敘述核心。小說的開頭是：「如果我能夠，我要寫下我的悔恨和悲哀，為子君，為自己。」這個開頭奠定了小說敘述的基本調子，小說採用涓生手記的方式真實而完整地袒露了一個男人對一段感情的總結和懺悔之心。小說中那些反覆被人提起的名句如：「愛情必須時時更新，生長，創造。」「人必生活著，愛才有所附麗。」如果這些句子只是一般性地散

3　　陳平原：《中國小說敘事模式的轉變》，上海人民出版社，1988年3月版，第141頁。

佈在小說之中是不足以打動人的，當它和涓生個人的情感之流組合在一起的時候就有了震撼人心的閱讀效果。

　　情愛線索在小說中的抒情化方式改變了小說的寫法，現代小說更注重對愛情過程和愛情心理的刻畫，在 20 世紀的中國小說中，廣為使用的是自敘傳式的寫法。這種寫法對讀者產生的閱讀效果是，讀者很容易將作者的個人經歷和小說中的人物對應起來，從而將小說看作是一個時代個人的一種情感心理的反映，代表著一個時代某種帶有普遍性的精神命題。郁達夫的小說《沉淪》敘述了主人公青春的身體苦悶。這種真實地坦露個人的身體與心理上的狂躁，撕開情慾真面目的敘述為文學確立了一種寫「真」的維度，它衝破了傳統道德的樊籬，被視為「五四」時代的聲音。

　　古典小說在結構上有明晰的線索，是因為小說的結局有明確的指向，小說終結在有情人結合的那一刻。現代小說在情愛敘述結構上的變化也是與現代人的情愛觀念分不開的，現代小說鄙棄對生活的簡單理解，小說被視為是對生活的探索方式，愛情只是生活的一種可能性，這種可能性需要個人經驗來驗證。現代社會與傳統社會的不同也在於個人生活機遇的多變，現代小說可以在流浪的人生旅途上來敘述一個人的成長經歷，當然也包括他的情感經歷，這樣就形成了個人情感成長小說，情愛事件成為個人人生旅途上的插曲，出現一個男性或一個女性經歷多個異性的情節。歐陽山的《三家巷》、賈平凹的《廢都》、王安憶的《長恨歌》等都是這樣的作品，這些小說中的情愛敘事結構依然是點線明晰的，但較傳統小說已經有很大的不同，這些小說中的主人公

生活在廣闊的社會生活空間中，現實的變故和人生的坎坷伴隨著
他們的愛情歷程走完一段人生。這類小說對愛情的敘述不像古典
小說那樣男女主人公有明確的感情對位，他的感情是漂泊的，其
愛情是一個比較、選擇、體驗的人生過程。以王安憶的《長恨
歌》來說，小說的主人公王琦瑤作為一個舊上海的女子，她的人
生從「上海三小姐」開始，這個美麗的女子活在塵世的生活事件
之中，轟轟烈烈的時代革命大潮並沒有在多大程度上影響她的生
活，她依然活在自己的生活邏輯裡。她年輕的青春資本使她成為
「愛麗絲公寓」的主人，她作了李先生的外室，這是一個弱女子
作出的第一道人生的選擇。在上海的末世繁華之中，王琦瑤遇到
了書生「阿二」，但阿二並不能真正地理解她，他們萍水相逢又
匆匆告別。在革命時代王琦瑤又和程先生重逢，和康明遜、混血
兒薩沙之間也有一段荒唐的愛情。在這部小說中，王琦瑤一生的
經歷是由主要的幾個關節點來構成的。人物的身世經歷構成了小
說的主要內容，也組成了小說流水型的結構。流水型結構所反映
的情愛敘事的內涵在《長恨歌》中是很獨特的，小說寫得悠長、
綿密，這是一個個人生活空間的重新發現，一個平常女子平常情
愛人生的組圖。

對細密生活空間的發掘與當代女性意識相結合創造了一種獨
特的情愛敘事結構，女作家將個人的流浪和情感經歷以及個人心
理與身體的感覺世界坦露開來，在漂泊的路上，敘述了她們成長
的情感奧秘。林白的《一個人的戰爭》中寫主人公多米的身體覺
醒和對身體成長的感覺過程，這個過程包括「4、5歲的時候」
就幻想「長大以後要嫁給一個乘降落傘自天而降的解放軍」，從

小對女性的美麗和芬芳有著極端的好感和崇拜，爾後遇到一個強暴者，在高考後作了一次漫無目的的旅遊，輕易地被一個男人誘姦，又成為一個逃跑主義者，嫁給了一個老頭子。小說中所有的關於身體和情感的敘述，都和傳統愛情有很大的不同，小說中變換敘述人稱也增強了個人生活的細化與感覺化的敘述效果。陳染的小說《私人生活》在自我憂傷的私語中敘述的是一個女人的成長人生歷程，包括感情與身體上的嘗試。小說敘述的女孩成長在一個殘缺的家庭之中，道出了一個有幽閉症女孩的情感人生，小說起於幼稚園的身體覺醒，終止於流浪青春之後的靜默。在歷經了一番世事之後，獲得了對人生的領悟，情感的歷程與生命的態度是水乳相融的。

　　女性自敘傳敘述給當代中國文壇帶來了震顫，它的意義在於將女性自身的特有的生命感覺撕開了，開掘了一個以往被壓抑的精神世界。從小說的結構上來說，情愛事件大多處於零散狀態，服從主人公的情感歷程與身體感覺，代表了都市一代知識女性對情愛世界的一種「遊歷式」態度。衛慧在《上海寶貝》中說：「辭掉一份工作，離開一個人，丟掉一個東西，這種背棄行為對像我這樣的女孩來說幾乎是一種生活本能，易如反掌。從一個目標漂移到另一個目標，盡情探索，保持活力。」這種遊戲的方式是以一種宣稱敘述真實的人生和真實的情感拋向讀者的：「我放棄了修飾和說謊的技巧，我想把自己的生活以百分之百的原來面貌推到公眾視線面前。不需要過多的勇氣，只需要順從那股暗中潛行的力量，只要有快感可言就行了。」這種肆意背叛，隨意破壞的叛逆情感態度，也被更年輕的一些寫作者所繼承，《北京娃

娃》的寫作者還是一個中學生，小說的主人公「春樹」就是作者的名字，春樹「遊歷男人」的心態將傳統好女孩的貞潔觀念徹底地踩在腳下，其自敘傳式的情愛事件零碎化的寫法帶來了結構上的散漫，但毫無疑問正是這種遊歷的生活方式成為小說的賣點。

　　這些「遊歷男人」的青春派作家也會長大，在她們「成熟期」的小說中，她們的敘述充滿了自信，所有的情感歷程化作了一段感念的青春往事，小說終結在對生活的領悟上。衛慧的《我的禪》中的主人公在身體背叛的遊戲中渴望真摯的愛情，在歷經了很多男人之後，發覺自己懷孕了，在流逝的時光之中找到了生活的禪意，這種生活的禪意不過是自己對生活的超越，「苦痛和不幸不是惡魔，它們是有機的一部分。你只需轉化它們並好好利用它們。」這種找到生命真諦的敘述，其實是預設的，主人公獲得的人生境界的昇華，是一種階段性的總結，它使小說在結構上顯得完整。徐坤的《春天的二十二個夜晚》中的女主人公毛榛在經歷了陳米松、龐大固埃、汪新荃三個男人之後，終於領悟到：「她這才明白了，她想要的，是內心的快樂。……它跟物質一點都沒有關係，只和他們倆的內心發生關聯。」虹影的《饑餓的女兒》、鐵凝的《大浴女》等小說以主人公與男人的糾纏展開敘述，女人在痛苦的歷程中獲得的是超越於情感本身的對生活的領悟，這也是大多以自傳的方式寫作的小說的基本結構，有如阿・托爾斯泰在《苦難的歷程》中所言及的「在清水裡泡三次，在血水浴三次，在城水裡煮三次」，主人公在生活的磨礪中修得精神上的成熟。這些作品形成了一種特別的情愛敘事結構：遊歷異性，歸於超越。

三

　　作家格非說：「當一個作家在閱讀了大量作品之後進行寫作的時候，他不免會感覺到敘事方式，結構等等方面的技巧都已為別人所使用過，彷彿一旦他開始寫作，便會落入舊小說的窠臼之中去。即使情況確實如此，一個作家也沒有任何理由沿襲前人的方法。在寫作中發現新的敘事可能性是作家的基本職責之一。」[4]在小說中充當結構功能的情愛敘事傳統對於那些挑戰已有的文學傳統的作家來說也是需要超越的，現代小說中完整的愛情故事漸漸消失了，情愛事件只是一些生活的場景，一些慾望的碎片，這來自於現代人愛情生活內容的變化，也來自小說美學的變化。當愛情已經不再是神性和高大的時候，當代小說已經很難再講述一個古老的愛情故事，現代都市的生活節奏變幻對作家和讀者的要求都發生了很大的變化。當從一而終的愛情變得不可能時，現實的人物心靈世界和更實在的身體感覺便成為情愛敘事的主要成分，故事的基本結構也會發生相應的變化，這也是 20 世紀現代小說美學對傳統小說結構產生衝擊的地方。

　　一個作家曾戲稱：現代小說和傳統小說的差別在於講述一個愛情事件的速度是不同的：在現代小說中，男女主人公在第一頁就開始上床了，而在傳統小說中，男女主人公要到小說的一半才開始把手。這是一個時代的觀念問題，其實也是一個小說的結

---

[4]　格非：《小說敘事研究》，清華大學出版社，2002 年 9 月版，第 71 頁。

構問題，心靈化的現實與感官化的慾望場景似乎更能「吸引讀者的眼球」，小說情愛敘事的結構就這樣隨著小說的敘述方式而變化了。與此同時，在現代小說中，情愛敘事依然是永恆的敘述動力，哪怕是對於場景的表現，不過是將情節淡化了，將人物的慾望性場面突出出來了，在「遊歷異性」的主人公身上，體驗、心情、場景背後的敘述動力——「情愛敘事」依然沒有改變。

第七章

情愛敘事與精神分析學

　　在 20 世紀 80 年代，人們常常習慣將小說中的性愛敘述看作是受精神分析學說的影響。這種看法是有一定道理的，在很多研究文章中都談到了這一點。但並不是說有了精神分析學文學中才開始有了性愛敘述，近些年已經不大談論精神分析學了，而在當下的小說中性愛敘述隨處可見，很少有研究者將此看作是佛洛伊德的影響，性愛敘述已經是文學作品中的一部分，精神分析學說也變成了一種常識，二者之間相互聯繫的歷史似乎已成過去。

　　任何理論都是對文學創作現象的總結，精神分析學說中具體分析的作品如《奧狄浦斯王》、《哈姆萊特》（ *The Tragedy of Hamlet, Prince of Denmark* ）、《卡拉馬佐夫兄弟》（ *Братья Карамазовы* ）等都是先於理論產生的，天才的佛洛伊德對於文學的貢獻在於發現了潛藏於文學敘事中人類精神深處的奧秘。王安憶在寫了「三戀」之後，當記者問她是否受到佛洛伊德精神分析學說的影響的時候，王安憶否認了這一點。她說：「我還沒看過佛洛伊德的東西，也不知道佛洛伊德關於性心理、性意識的學說。」[1] 王安憶自

---

[1]　郭立：《王安憶話「三戀」》，《作品與爭鳴》1988 年第 3 期。

己的話固不足為憑，但顯而易見的是王安憶的作品可以用精神分析學說來分析。有人在分析東漢樂府詩《孔雀東南飛》時認為，劉蘭芝和焦仲卿的悲劇是因焦母潛意識中與兒子暗戀造成的，我們當然不能說《孔雀東南飛》受到了佛洛伊德精神分析學說的影響，但我們可以用精神分析學說來分析小說中的人物關係。顯然，精神分析學說為文學批評提供了一個新的觀照角度。「在對二十世紀寫作的形形色色的影響中，佛洛伊德是重要的影響之一……現在，通過考察一大批小說家的作品細節來估價佛洛伊德影響的多種形式和力量，已成了我們的一大問題。」[2] 精神分析學說揭示的是人類意識領域的普遍規律，儘管其學說本身是精華與糟粕並存，但無疑對 20 世紀以來的中國文學產生了重要的影響，雖然不時能見到一些討論精神分析的論文，但將精神分析與中國文學恰當地結合起來產生的力作並不多見。本文旨在分析中國現當代小說性愛敘事中所隱含的精神分析學意味，力圖在文化語境變遷的歷史中透析精神分析學說在文學中的深邃與駁雜。

　　佛洛伊德被視為 20 世紀的巨人，「他是一位偉大的開創者，與達爾文（Charles Robert Darwin）、馬克思、尼采這些重要的思想家、19 世紀的巨人並駕齊驅。」[3] 關於人的「潛意識」的發現是他對人類心理現象的重大發現，他將人的心理結構分為「意識」、「前意識」、「潛意識」，1920 年以後他對自己的理論進行調

---

[2] ［美］弗雷德里克・J・霍夫曼（Frederick J.Hoffman）:《佛洛德主義與文學思想》（*Preudianism and the Literary Mind*），王甯、譚大立、趙建紅譯，三聯書店，1987 年 12 月版，第 146 頁。

[3] ［美］傑克・斯佩克特:《藝術與精神分析——論佛洛德的美學》，高建平等譯，文化藝術出版社，1990 年 12 月版，第 1 頁。

整，將人的心理結構發展為人的性格結構，將人的性格結構分為「本我」、「自我」和「超我」，按照佛洛伊德的理論，人的心理是理性和非理性的結合體，人最深層的性格層面是「本我」，是人與生俱來的最原始的、非理性的本能和慾望，遵循快樂原則，屬於「潛意識」系統。「自我」處於「本我」與「超我」之間，遵循的是現實原則，根據可能調節「本我」與「超我」之間的矛盾，屬於「意識」系統。「超我」是道德化的「自我」，遵循理想原則，指導「自我」去控制「本我」，「超我」並不完全是理性的、意識的，有時也有不自覺的潛意識成分。精神分析學說關於人的心理結構和人格結構的劃分對兩性性心理具有巨大的闡釋力。「本我」與「超我」的矛盾在文學敘事中被反覆地表現。

在施蟄存的《梅雨之夕》中，小說敘述了一個男子（「我」）在路上邂逅一個女子，用自己的傘送女子回家的心理過程。小說敘述的故事很簡單，所敘述的主要是男子的內心活動。這是一個男子面對一個女子所產生的心理波瀾世界，它是屬於兩性情感的組成部分的。面對這個一面之緣的女子，青年男子產生了對異性的種種美好的心理幻想，這首先是由對方美麗的容顏所引起的。「她走下車來，縮著瘦削的，但並不露骨的雙肩，窘迫地走上人行路的時候，我開始注意著她底美麗了。美而有許多方面，容顏底姣好固然是一重要素，但風儀的溫雅，肢體底停勻，甚至談吐底不俗，至少是不意厭，這些也有著份兒，而這個雨中的少女，我事後覺得她是全適合這幾端的。」這個美麗的女子下了電車沒有雨傘等著在屋簷下避雨，引起了「我」的護花之心。「我」開始提出送她，在少女同意了之後，「我」懷著激動的心情與少女

共傘而行，一路上「我」的感覺和心情極為波瀾，與她共傘引起了「我」很奇妙的心理感覺，甚至覺得她是「我」初戀的少女，微風吹來的粉香又讓「我」覺得渾身很舒服。與少女告別後，「我」又有些失落，回到家竟做賊心虛地撒起謊來。

　　小說的情節很簡單，但主人公的心理活動非常的豐富。資料表明小說的作者施蟄存閱讀了佛洛伊德的大量著作，這篇小說所受精神分析學說的影響非常明顯。小說中主人公的心理流動圖是「本我」、「自我」與「超我」之間的搏鬥。遇到沒有雨具的少女，主人公怦然心動，「我也便退進在屋簷下」，顯然這是受到主人公的潛意識的「本我」的推動，「我」對少女的欣賞是帶有性意識的。這種意識是潛在的意識，「我」作為一個已婚的男人，受內在的「本我」的驅使對美麗的異性產生了心理上的波動，在欣賞異性的時候，受道德影響的「自我」就會對自己的行為進行監視，於是就有小說中敘述者為「我」辯護的句子：「絕沒有這種依戀的意識」，甚至「當時是連我已有妻的思想都不曾有」。這裡體現的是「本我 」與「自我」的衝突，「本我」依循的是快樂原則，而「自我」是受現實道德規範的制約的，小說中主人公的矛盾體現了這種衝突。在送還是不送少女回家的問題上，「本我」和「超我」的搏鬥最終是「本我」改裝了「超我」的壓制，將問題看作是「她想讓我送她回去」，這樣「本我」暫時性地衝破了「超我」的束縛，但「超我」的壓抑並沒有解禁，在少女同意了之後，「我臉紅了 」，這正是「超我」所起作用的表現。在得以和少女共行一把傘之下時，「本我」又開始活躍起來，竟將身邊的少女幻化為自己的初戀情人，並產生了豐富的幻想，「至

於我自己，在旁人眼光裡，或許成為她的丈夫或情人了。」就在「本我」步步得勝的時候，「超我」仍然沒有放鬆對「本我」的監控，「我」擔心遇到熟人將傘放低，還不時地想到自己的妻子，最終還是「超我」戰勝了「本我」，甚至對自己的行為感到吃驚：「奇怪啊，現在我覺得她並不是我适才所誤會的初戀的女伴了。」但在少女終於離去的時候，「我」的心裡還是產生了很大的失落，怨恨老天爺下雨的時間太短，「我似乎有一樁事情沒有做完，我心裡有著一種牽掛。」回到家裡，意識中對自己潛意識的本能感到羞愧，為了應證自己的撒謊，竟連晚飯也沒有吃飽。綿長而細膩的人物心理刻畫使這篇小說成為現代文學史上的名篇。

「本我」與「超我」的矛盾是人類心靈之中的普遍矛盾，佛洛伊德關於性心理的學說揭示了這一人心世界的奧秘。在中國這個有著深厚的禮儀傳統的國度裡，這種衝突更是隨處可見，它成為 20 世紀中國文學所反覆表現的主題。在不同時段的文本敘事中，這種衝突也出現一些變化。「本我」是人內在的生命衝動，它遵循快樂的原則，「超我」受外在的文化的、道德的、利益的束縛，它信守的是現實理想原則。「本我」的內涵一般比較固定，而「超我」的具體內涵往往會根據敘事環境的變化而變化。

在張愛玲的小說中，「本我」與「超我」的矛盾是作者透析人性的一個重要方面，其中「超我」的內涵是現實利益，「本我」是人心深處的真實衝動。男女主人公皆然。《金鎖記》中主人公七巧對季澤的留戀是她生命中的一次真實感情，但想到季澤不是對她有真情而是貪圖她的錢，她徹底地拒絕了季澤。

「本我」的真實衝動被現實原則所扼殺。《傾城之戀》中的范柳原與白流蘇的「傾城之戀」，不過是現實原則與快樂原則的一次偶合，這對戀人的結合是被戰事所催生的。對「本我」與「超我」的矛盾，張愛玲簡潔地概括為「真人」與「好人」的衝突。《封鎖》中「翠遠不快樂」，因為這世界「好人比真人多」。吳翠遠和呂宗楨在電車上邂逅，正值短期「封鎖」，呂宗楨和吳翠遠認識的開始不過是一個惡作劇般的調情，呂宗楨和吳翠遠相互傾吐愛慕，他們都感到自己很快樂，「他們戀愛著了」，「他告訴她許多話」，「宗楨斷定了翠遠是一個可愛的女人」，「他顯然是很愉快」。吳翠遠甚至已有了嫁給他的打算，「她家裡的人——那些一塵不染的好人——她恨他們！他們哄夠了她。他們要她找個有錢的女婿，宗楨沒有錢而有太太——氣氣他們也好！」這是兩個「真人」在內心快樂原則下所上演的戀愛場景。可惜好景不長，宗楨最後還是以「不能讓你犧牲了你的前程」回到了他的「好人」面具之下。翠遠也明白了，他們之間的一切不過是「上海打了個盹」的結果。在小說的結尾很戲劇性地寫到呂宗楨書房裡的一隻烏殼蟲：「一隻烏殼蟲從房這頭爬到房那頭，爬了一半，燈一開，它只得伏在地板的正中，一動也不動。在裝死麼？在思想著麼？整天爬來爬去，很少有思想的時間罷？然而思想畢竟是痛苦的。」這只爬了一半的甲蟲形象地隱喻了「真人」的半途而廢。在《紅玫瑰白玫瑰》中主人公佟振保對兩個女人的取捨之間也非常鮮明地體現了「本我」與「超我」的衝突。

張愛玲所敘述的是 20 世紀三、四十年代的上海市民階層的情感困惑，循此發出對人性本身的拷問。20 世紀 50 年代，

政治對文學的影響越來越大，「本我」與「超我」的衝突具體化為「真人」和「革命」的衝突，「革命」的強大後盾必然造成對「本我」的擠壓，「本我」的真面目只能以一種隱藏、扭曲的方式存在。愛戀與身體情慾的合法性，只有在以革命的改裝之下才能成立。《青春之歌》是個典型的例子。《青春之歌》的前半部分完全是一個舊式的女子反抗家庭尋求自由愛情的故事，到林道靜與余永澤的結合，林道靜走完了自「五四」以來的娜拉式的道路，由於時代的不同，林道靜沒有走子君的悲劇道路，而是走上了革命的道路，林道靜走上革命道路是由英俊的男性所指引的，在盧嘉川為林道靜打開了革命的視野之後，林道靜對余永澤的身體感覺也發生了變化：「道靜凝視著余永澤那個瘦瘦的黑臉，那對小小的發亮的黑眼睛。她忽然發現他原來是個並不漂亮也並不英俊的男子。」而余永澤的形象在林道靜的心目中曾經是「多情的騎士，有才學的青年」，這個轉變是怎麼發生的呢？只因為盧嘉川和江華代表著革命的進步力量，因而他們是英俊的，而時代的落伍者余永澤自然變得不漂亮起來。這樣，林道靜對余永澤的背叛混雜著革命的偽裝，不過要擺脫「余永澤的妻子」的身分對於她來說還是經歷了一番「超我」的審判的。在小說的第十八章，林道靜做了一個奇怪的夢：

> 在陰黑的天穹下，她搖著一葉小船，飄蕩在白茫茫的波浪滔天的海上。風雨、波浪、天上濃黑的雲，全向這小船壓下來、緊緊地壓下來。她怕，怕極了。在這可怕的大海裡，只有她一個人，一個人呵！波浪像陡壁一樣向她身

上打來；雲像一個巨大的妖怪向她頭上壓來。她驚叫著、戰慄著。小船顛簸著就要傾覆到海裡去了。她掙扎著搖著櫓，猛一回頭，一個男人——她非常熟悉的、可是又認不清楚的男人穿著長衫坐在船頭上向她安閒地微笑著。她惱怒、著急，「見死不救的壞蛋！」她向他怒罵，但是那個人依然安閒地坐著，並且掏出了煙袋。她暴怒了，放下櫓向那個人沖過去。但是當她扼住他的脖子的時候，她才看出：這是一個多麼英俊而健壯的男子呵，他向她微笑，黑眼睛多情地充滿了魅惑的力量。她放鬆了手。這時天彷彿也晴了，海水也變成蔚藍色了，他們默默地對坐著，互相凝視著。這不是盧嘉川嗎？她吃了一驚，手中的櫓忽然掉到水中，盧嘉川立刻撲通跳到海裡去撈櫓。可是黑水吞沒了他，天又霎時變成濃黑了。她哭著、喊叫著，縱身撲向海水……

　　根據佛洛伊德的理論，夢是願望的達成，這種願望是一種受到壓抑的願望，是人的無意識慾望的改頭換面的實現和表達。林道靜的這個夢正是她緩衝自己因「超我」審判而形成的道德焦慮的過渡，一個「英俊而健壯的男子」對林道靜的吸引無疑有很強的性吸引的意味，可以看作是「本我」的力量，林道靜現在面臨的是有夫之婦的道德壓力，林道靜的夢境真實地暴露了自己的身體慾望，這種慾望之所以能衝破道德壓力，是因為身體慾望與走革命道路是同步的，小說敘事處於革命的理性與崇高的愛戀語境之中，與崇高的革命比起來，個人的身體慾望顯得渺小無助，

以至連公開出場的資格都沒有，只有借助夢境來實現。這樣我們在小說理性的革命語境中有幸看到了主人公潛存的真實心理。可惜的是盧嘉川不幸犧牲了，取代盧嘉川位置的另一個革命者江華比盧嘉川還要成熟，且看小說對江華的描寫：「高高的、身軀魁偉、面色黝黑」，「這是個多麼堅強、勇敢、誨人不倦的人啊。」正是在這樣一些文本的細微末節之處我們看到了「超我」對「本我」的壓抑，「本我」如何通過夢境改裝自己取得合法性。

「本我」與「超我」的衝突是廣泛的，在 50 年代的「百花小說」中，出現了一批「情與理」相衝突的作品，基本上是「超我」戰勝「自我」，這種衝突不是張愛玲式的現實利益的考慮，而是周圍道德的目光，甚至是領導的干預。這些小說中觸及了愛情心理中的隱秘之處，結局大多是理終勝情。《美麗》中的季玉潔愛自己的秘書長，但愛情是受到阻撓的，悲劇的原因有三：一是秘書長已是有愛人的人，二是秘書長的愛人死後，支部書記的干擾，三是在季玉潔的拒絕面前，秘書長放棄了。季玉潔和青年醫生徐醫生有情有意，但為了工作，放棄了愛情。小說將季玉潔敘述為一個「美麗」的人，「有一顆美麗的心，那心啊，像寶石，像水晶，五光十色而透明。」《在懸崖上》的標題已經把這樣的感情稱作是「懸崖上」的感情，自然應該懸崖勒馬的。「我」和加麗亞的交往引起了科長的注意，他跟「我」談話，他也曾想離婚，但放棄了，「我們這個社會的人，所追求的道德精神，不就是要這樣的關心別人，關心集體嘛。對別人負責，對集體負責……」「我」也在內心對自己的行為徹底否定，「超我」徹底戰勝了「本我」，「重見了『有感情』的每一次來往，我發起

燒來了，多卑鄙呀，什麼『詩意』，不就是『情調』嘛，什麼情感，不是自我『陶醉』嘛……被資產階級情調趣味弄昏了頭的人啊。」《紅豆》中表現的是革命怎樣戰勝了感情，讓兩個相愛的人因為對革命的看法不同而終於分手。這些小說都具有「本我」與「超我」衝突的情節模式，但終還是感情讓位於說教的理性，這其中的結局也是預設的。《在懸崖上》的主人公並沒有真正地轉變過來，他的轉變具有偶然性（加麗亞拒絕了他，如果沒有拒絕呢？），《紅豆》中的齊虹如果不出國是不是一位理想的愛人呢？《美麗》中的悲劇其實是何秘書長沒有繼續追求季玉潔造成的，這是一個兩性錯位的悲劇。這些預設的關於的小說的結構和結局帶有很鮮明的時代印記。小說在這裡不是探索，而是說教。不是思考，更不是反映存在，而是代表一種時代的主潮聲音的傳達。但這些小說畢竟具備了探索人性的可能性的基本結構，它們給讀者展示了在「超我」壓抑下「本我」的真實活動，逸出了那個時代的大合唱之音，它們被稱作「毒草」（後來變成「重放的鮮花」）也是因此而獲罪的。

在 20 世紀 80 年代的小說中，「本我」與「超我」衝突的精神圖景被大膽闖禁區的作家撕得更開了。王安憶的《小城之戀》表現了「本我」衝動的力量是強大的，釋放「本我」結出的是「苦澀」的青果。《錦繡谷之戀》中女性「本我」的衝動衝出了「超我」的囚籠，卻又受著「超我」的壓迫，只得以死解脫。《崗上的世紀》中的人物關係開始只是一場交易，但「本我」的釋放，讓人看到了「本我」所煥發的驚人的力量，讓人體驗到世間的美妙所在。而對「本我」與「超我」有著濃厚興趣的作家劉

恆在他的小說《蒼河白日夢》、《伏羲伏羲》、《白渦》等作品中一次次地再現了這一人性深處的死結。《伏羲伏羲》中的「愛情英雄」楊天青和自己的嬸子王菊豆衝破了「超我」的束縛，自由地結合到一起，但侄子和嬸子亂倫的罪惡卻在時時地撕扯著他們，加上族人的干涉，兒子的長大，「超我」對「本我」的監控和審判終於葬送了楊天青的老命，「死」似乎是唯一的解脫。《白渦》中的周兆路迷戀自己的女同事華乃倩的那具迷人的肉體，偷情的美好卻不能掩蓋自己的「不道德感」。

上文簡單梳理了幾個不同時代文本中「本我」與「超我」的衝突變異。這些衝突主要體現為「超我」對「本我」的壓抑，這種壓抑的狀態與中國這個道德傳統深厚的社會現實是相適應的。按照佛洛伊德的理論，「我們的文明乃是建基於對本能的壓制上的。」[4]對「本我」的壓抑是文明社會對人性的傷害，也正是在這裡引起了人們對佛洛伊德的誤解，認為佛洛伊德是主張性解放的。實際上佛洛伊德並不是毫無原則地提倡性解放，他還談到性慾的昇華，他是從一個心理醫生的角度提出性壓抑對人所造成的心理傷害。「我們必須把一切傷害性生活、壓制性活動、改變性對象的因素，統統視為造成心理症的病理成因。」[5]正是因為在文明社會中性總是難免被受壓抑的，作為一種人的自然屬性，它又是不可回避的，在文學中大膽地追求人的性權利，常常被看作是人性解

---

[4]　[奧] 佛洛伊德：《佛洛伊德心理哲學》，楊韶剛等譯，九州出版社，2003 年 7 月版，第 181 頁。

[5]　[奧] 佛洛伊德：《佛洛伊德心理哲學》，楊韶剛等譯，九州出版社，2003 年 7 月版，第 180 頁。

放的呼聲。這些文本總是具有離經叛道的反傳統意味，它包含了對現實體制的反抗，而表達了對人性尊嚴的肯定。「五四」時代的丁玲和郁達夫在小說中大膽袒露自己的性苦悶常被看作是「五四」時代的最強音。20世紀80年代的小說《紅高粱家族》中的「轟轟烈烈」地「野合」的性事因張藝謀的電影而產生了廣泛的影響，被視為是對生命力的張揚，雖然不無粗鄙的成分，張藝謀還是將民間的匪性行為昇華為民族精神，與抗日壯舉相互聯繫。這種不受束縛的自由奔放的男女歡情曾在沈從文的小說中（如《雨後》、《龍朱》、《阿黑小史》等）也出現過。20世紀90年代前後還形成了一股「匪」事小說，也大多是與性事相關。

與匪事相關的民間歡情畢竟是屬於一個特有的環境的，新時期以來社會的變化不斷衝擊著人們的兩性觀念，也帶來了性愛敘述語境的變化，20世紀80年代中國先鋒小說家大多有性愛敘述的偏好。性愛敘述在小說中開始盛行起來，性愛敘述成為無所顧忌的事情時，文學對性愛心理的敘述成為一次心理的旅行，不再是一個道德的說教故事。刁鬥的《作為藝術的謀殺》中的主人公輕易地受到誘惑，毫無理由地與一個男人私奔。海男小說中的女性基本上具有感性的頭腦，而輕易地從一個男人過渡到另一個男人。王小波的文革敘述中通過對身體的放縱而找到了人的「黃金時代」。當賈平凹在《廢都》中敘述了一個男人和幾個女人的故事之時，已充分暴露了中國作家對性愛敘述的幻想滿足。這些遊戲身體的態度使「本我」與「超我」的衝突似乎完全土崩瓦解了。在更年輕的一些作家筆下，放逐自我的感性衝動，大膽地遊戲身體，已成為她們炒作自己小說的招數。從《上海寶貝》到

《北京娃娃》，從木子美到竹影青桐，「快樂原則」旌旗飄飄通行無阻，一方面似乎是一代青年身體關係的真實寫照，另一方面也多少有些行為藝術的意味。寫了多年「第三種狀態」的上海作家張旻當初還打著「第三種」幻覺狀態的旗幟，並將此看作是一種比生活本身更真實的狀態，但現在「第三種狀態」似乎已成為一種現實狀態。它隱射了現實中「快樂原則」的張揚已經不知不覺地修改了人們的道德底線。一如著名社會學家李銀河在評論木子美現象時所言：「木子美其人其事標誌著在中國這樣一個傳統道德根深蒂固的社會中，人們的行為模式發生了劇烈的變遷，中國社會已經開始向第三階段過渡了，即不僅男性享有自由，女人也將享有。」

　　人們評述佛洛伊德的學說時認為它的最大缺陷是缺乏實證的科學根基，但他關於心理結構和人格結構的理論對於分析文學作品中的人物關係的闡釋力是很強的，小說對關係矛盾的深入就是對人性深處心靈的深入，它意味著小說書寫的是人永恆的困境和人永遠無法克服的矛盾狀態。正是在這些矛盾的地方，小說沒有將人簡單化，而是寫出了人的心理複雜面。「佛洛伊德的真正目標在於理解人類的情慾。在以前，關心這些情慾問題的只是哲學家，劇作家和小說家——而並非心理學家或者神經學家。[6]佛洛伊德對精神心理的研究，為文學打開了一扇深入作家靈魂和作品中人物的窗子，中國 80 年代後期開始的文學對個人成長式的精神世界的書寫也是極佳的精神分析的材料。

6　　[美]埃里希·弗洛姆（ErichFromm）：《佛洛德思想的貢獻與局限》，申荷永譯，湖南人民出版社，1986 年 12 月版，第 9 頁。

　　佛洛伊德在論述達芬奇（Leonardo Di Ser Piero Da Vinci）的繪畫時，將他的繪畫與他的童年經歷相互連結起來，他批評某些傳記作家，「為了嬰兒幻想而放棄了洞察人類本性最迷人的秘密的機會。」而「給予我們一個實際上冷冰冰的、奇怪的、理想化的人物形象。」[7]精神分析學說對當代小說的巨大闡釋力還在於當代的小說寫得越來越複雜，越來越個人化，越來越細緻深入，越來越立體，丟棄了「嬰兒幻想」的作品越來越多。對當代女作家們的創作我們可以採取互文式的解讀，這種解讀主要通過作品來切入作者的生命情感方式，從中探視到作家心靈深處的類似「情結」的精神圖景。

　　在佛洛伊德的理論中，個人在成長的路上都有心理的奧狄浦斯情結，而童年的成長必然在他們的心靈上留下深刻的印象，父親的缺失使她們在成長的過程中留下心理的扭曲或病態症狀。拿張潔的小說來說，在張潔的早期名篇《愛，是不能忘記的》中的「我」是「無父」的，「我不記得我的父親。他和母親在我很小的時候便分手了。」也許正是這種無父的記憶使張潔在後來的一系列小說中對男性是充滿怨恨的，一個女孩如果沒有父愛是很難找到正常人的幸福的。在《紅蘑菇》中39歲的演員夢白嫁給了一個死了老婆，有四個孩子的大學教授吉爾冬，他們之間是「善良的女人」和「醜惡的男人」的關係，吉爾冬虛偽、卑鄙，還拈花惹草，讓夢白養著他，經常上演摸不出錢包的舉動，在家裡公然給情人打電話調情，還與夢白的姐姐夢紅私通。《方舟》中

「寡婦俱樂部」的三個女人的不幸是與他們生命中惡毒的男人緊密聯繫在一起的。這種偏執的對男性的仇視和對女性的美化是張潔寫作的一貫立場。在張潔的母親去世的時候，她為她的母親創作了《世界上最疼我的人去了》表達對母親的深情，寫了十年的《無字》在扉頁上乾脆題上「獻給我的母親張珊枝」，這與小說中對女性苦難的同情與對男性的控訴是緊密相連的。

當代小說在 80 年代向內轉之後，又迎來了女性文學的繁榮，女性的個人的身體經驗不再是避諱的，而是成為小說的主要內容。個人成長小說在以往都是在書寫個人所經歷的人生變故，很多自傳體的個人成長小說都有比較廣闊的生活內容和社會背景。如高爾基（Алексей Максимович Пещков）的《童年》（детство）、《在人間》（в мире）、《我的大學》（мой университет），尼·奧斯特洛夫斯基（Николай Алексеевич Островский）的《鋼鐵是怎樣煉成的》（Как закалялась сталь），傑克·倫登（John Griffith London）的《馬丁·伊登》（Martin Eden），阿諾德·貝內特（Arnold Bennett）的《泥水匠》，查理斯·狄更斯（（Charles Dickens）的《大衛·科波菲爾》（David Copperfield），塞謬爾·勃特勒（Samuel Butler）的《眾生之路》（The Way of All Flesh），帕烏斯托夫斯基（К. Паустовский）的《一生的故事》（Повесть о жизни），路翎的《財主的兒女們》、老舍的《正紅旗下》，楊沫的《青春之歌》，浩然的《樂土》、《活泉》、《圓夢》等都是以作家個人生活經歷為藍本，寫在大的歷史變遷中痛苦和不幸的磨難如何使主人公日臻成熟。與這些小說相比，當代私語化的小說對個體的身體、性成長、性體驗的敘述更多的是個人經驗的小世界，

敘述也多偏重於個人的內在經驗，女性寫作尤其如此。對女性身體的私語化小說我們可以在寬泛的意義上用精神分析學來解讀。佛洛伊德的精神分析學說最初的起點是對病人進行精神病的診治，它以性慾為中心切入了人的精神生命的深處。在個人的成長道路上，性的萌動、覺醒、迷茫也伴隨著焦慮、興奮、困惑等心理的成長印跡，當代女性小說就是從這些印跡中來構建文本。

首先，這些小說書寫了女性成長的性心理病理圖。《與往事乾杯》中一個女孩愛上的是一個老男人，分明有著潛在戀父情結。她對男鄰居的愛多少有些成長期女孩對男性的依靠心理，不是正常的健康的兩性之愛。《一個人的戰爭》和《私人生活》被視為 20 世紀 90 年代女性小說的代表性文本，在這兩篇小說中作者以性心理萌動與女性成長路上的男性來詮釋女性的生命流程，其中隱含的自戀傾向、非理性的性慾衝動等基本都是女性有病態意味的真實生命現實。

其次，強化了小說的私化和細化傾向。50 年代的《青春之歌》寫林道靜的成長經歷，是將主人公放在革命的洪流中讓主人公克服個人的缺點走上革命道路。當代的女性小說如王安憶的《長恨歌》、虹影的《饑餓的女兒》、張潔的《無字》都是將女性一生的情感與身體的經歷作為一篇長篇小說的內容，它是按照個人自身的邏輯來敘事的，宏大的時代精神浪潮和時代命題只是作為一個背景存在，它改變了傳統的對長篇小說的定義，長篇小說不再是歷史史詩性的畫卷，而是個人生活世界的精神圖畫。這種小說觀念的調整顯然是與 20 世紀小說對心理分析和精神世界的重視分不開的。

　　精神分析作為認識人類心理世界的重要學說，對 20 世紀以來的文學和文學研究產生了重要的影響，上文對具體的文本所做出的初步分析涉及到的只是基本的人們所熟知的精神分析學說中的理論，精神分析學說經過榮格（Carl G. Jung）、拉康（Lacan, Jacaueo）等精神分析大師的發展，其內容體系已經變得十分壯觀，一個理論過時與否，主要看它在當下的闡釋力量，以此角度來看，精神分析學依然稱得上是 20 世紀偉大的理論發現。

第八章

情愛敘事的深層意蘊

　　任何文學作品都有一個基本意義表達的問題，一篇好的作品總是有深意的作品，深意或隱或顯，它來自於文本的基本形象，又超越於文本的基本意義之上。兩性情愛是文學作品永恆的主題，文學中的情愛敘事常常表現出超時代的深層意蘊，這種深層意蘊不僅呈現了情愛本身的真實性，也超越了情愛本體，從而表現了人類生存的永恆性境況，體現出文學中哲學之思的魅力。在中國現代小說史上，通過情愛敘事而產生超越性意義的文本也是很多的，下面以《圍城》、《男人的一半是女人》、《隱形伴侶》、《銀河》、《命命鳥》等具體的文本來說明這個問題。由於小說的主題意蘊並不是單一而空泛的，而是在敘事中呈現出來的，本文對這些作品的分析只是提取小說中情愛敘事部分的內容，在此基礎上探討情愛敘事的深層意蘊問題。

一

　　中外文學中情愛敘事有一個基本的理念，那就是對自由、平等、美滿愛情的歌頌。人類雖然進入現代社會，自由情愛的理念

雖然已經是一個常識問題，但在中國現代小說中，情愛敘事從來
不是單純的，單純為情為愛的文學幾乎是沒有的，情愛敘事總是
和現實的時代文化思潮聯繫在一起，對情愛敘事的分析中現實維
度是必不可少的。「五四」以來的文學也表明愛情從來不是個體
的問題，而是一個社會問題，一個應社會政治、文化思潮而動的
社會問題。如《傷逝》之於五四青年的自由愛情，小說明示給讀
者僅僅有愛的自由是不夠的，還要有「人生的要義」。《莎菲女士
的日記》表達的是一個情感與身體覺醒的女青年的心靈之音，它
與個性解放的時代聲音合二為一。《小二黑結婚》是民主政權對
自由愛情支持的勝利，小說表達的是對民主政權的讚美。《青春
之歌》、《創業史》、《三里灣》、《山鄉巨變》、《林海雪原》、《紅旗
譜》等紅色經典小說中的情愛敘事附著在大的歷史事件之中，服
從於對時代風雲人物的刻畫和歷史大趨勢的反映，是沒有被充分
展開的。新時期初的《芙蓉鎮》、《天雲山傳奇》中的情愛敘事不
過是為知識分子政策平反的一個附屬物。《不談愛情》是世俗社
會興起的一個信號，小說對愛情的解構是世俗話語侵入文學場地
的結果。《上海寶貝》被看作是另類群體的生活速寫，情愛事件
被身體的放縱所取代。《作女》是商業時代下一種知識女性的類
型概括。

　　這就是現實法則對文學情愛敘事的影響，文學的想像虛構從
來都是很少離開對現實的指涉的，但還有一些作品不僅想像了愛
情與歷史現實的關係，也寓含了人的心靈真實和永恆性境況，它
超越於時代，也超越於情愛本體之外，體現出深沉的哲學之思和
情愛敘述的多層意蘊。

　　小說《圍城》是錢鍾書唯一的一部長篇小說，但這部小說卻以它獨立的品格贏得了它在文學史上的位置，這部小說的成功和知名度與小說對「圍城」意向寓意的營造是分不開的。小說中借人物之口解釋了「圍城」的含義：

> 　　慎明道：「關於 Bertie（羅素的乳名）結婚離婚的事，我也和他談過。他引用一句英國古話，說結婚彷彿金漆的鳥籠，籠子外面的鳥想住進去，籠內的鳥想飛出來；所以結而離，離而結，沒有了局。」
>
> 　　蘇小姐道：「法國也有這麼一句話。不過，不說是鳥籠，說是被圍困的城堡 forteresse assiègèe, 城外的人想沖進去，城裡的人想逃出來。」

　　小說中的圍城意象的營造緣自小說的主人公方鴻漸生活在一個個「圍城」之中，包括生活的圍城，人際關係的圍城，情感的圍城。主人公方鴻漸情感的「圍城」是其最基本意義的闡釋點，但小說已經超越了方鴻漸的情感困惑本身，它表達的是人類永恆的精神困境：城外的人想衝進去，城裡的人想逃出來，婚姻是這樣，人生也是這樣。這篇小說由情愛問題上升到人生的普遍性問題，大大豐富了小說的意蘊層。「圍城」意象是我們理解小說的一個題眼，也是讀者喜歡《圍城》的一個基本原因。

　　《男人的一半是女人》是一篇「反思」題材的小說，小說敘述了主人公章永璘在右派生涯中身心所受到的傷害，精神的傷害導致了對男性身體功能的毀滅，是黃香久這個女人以自己的愛

意和關懷使章永璘重新獲得了做男人的尊嚴。章永璘的家庭生活和諧了，但他卻離開了黃香久，有一個更大的生活目標在等待著他。小說的結尾有一段歷來為女性批評者所引為攻擊目標的話：「世界上最可愛的是女人！／但是還有比女人更重要的！／女人永遠得不到她所創造的男人！」從小說的標題《男人的一半是女人》來看，小說敘述了女人對男性生命的重要意義，這個結尾卻是和小說的標題相對立的，它將小說的意義引向了一個更為普遍意義的向度：女人永遠得不到自己創造的男人。這其中的原因是什麼？這是作者留給讀者的問題，也是小說的意義延伸層面。它留給讀者的也許是對「癡心女子負心漢」文學主題的現代思索，也許是對兩性情感困境的思考。王曉明在論及張賢亮的小說創作時說：「半個世紀過去了，當中國知識分子再一次從深重的折磨中恢復過來，情不自禁地要探究自己的創傷，回顧精神的歷程，甚至到這種回顧中間去尋找生存啟示的時候，我們卻忍不住又要熱切地期待，中國作家的反省與懺悔的意識將會得到明顯的深化，把中國文學對人類深層心理的發掘大大地推進一步。」[1] 這樣我們看到，正是對「人類深層心理的發掘」提升了張賢亮小說的思想品格，使這部小說超越了「反思小說」對政治運動的簡單反思，情愛敘事沒有簡單地成為運動的附著物，而是上升到普遍的意義層面，具有獨立的意義。

　　與《男人的一半是女人》形成映襯的小說還有張抗抗的《隱形伴侶》。張抗抗的小說敘述的是知青生活事件，但在小說的敘述中

---

[1]　王曉明：《所羅門的瓶子──論張賢亮的小說創作》，《上海文學》1986 年第 2 期。

提出了一個「隱形伴侶」的問題。小說的主人公陳旭和蕭瀟作為知識青年來到北大荒半截河農場，在逆境中他們相愛結婚，婚後蕭瀟對陳旭的缺點不能適應，特別是她根本不能容忍陳旭喜歡撒謊，終於導致離婚。離婚後，蕭瀟發現周圍的人包括自己也都在撒謊，每個人都有兩個「自我」，每個人在冠冕堂皇說話行動的背後都有一個隱蔽的「自我」，也就是「隱形伴侶」。對於陳旭來說，他已經將撒謊行為看作是很正常的，並已理性的反思這個問題：

> 人這個東西，就是這樣真真假假、好好壞壞的。老子這輩子假如還有出頭之日，假如讓我來——管人，我就要對現在的這套道來一個徹底革命。我要讓每個人都把心裡所謂的那個魔鬼放出來，每天給它們足夠的時間和地方讓他們去作死。誰也不會因為看見了對方的魔鬼而吃驚害怕，誰也不會因為背著自己的魔鬼而感到沉重。況且，那魔鬼也不會因為關押在瓶內太久而憎恨人類。它們互相殘殺的結果，只會是內耗和內損，筋疲力盡就要去休息。休息的時候，天下或許就太平了。當然天下太平是很無聊的，同死亡差不多少。所以太平總是暫時的。但畢竟人們再不需要偽裝和撒謊，他們內心的私欲都通過溢洪道排放出去了。你說這不是真正符合人性的麼？

張抗抗的這篇小說常被讀者看作是一篇心理分析小說，是可以用佛洛伊德的精神分析學說來解釋的，它涉及到人性格主體的多重性，充滿了探尋的精神深度。小說通過情愛關係的敘述最終

深化的意義層次是對人的生命本體的拷問，它滲入到了人的心靈之中，透視人的二重性格，對人的本質和本性進行了深入思考，從而實現了對知青題材的超越。

張抗抗的另一篇小說《銀河》也是具有超越性象徵意義的小說。小說將兩性關係比喻成「銀河」，一邊是敘述離婚後的老安在商場上尋找女人，一邊是女人方用自己的身體征服男人，男人和女人之間的關係就如同銀河裡的星星：「世間的許多男人和女人，將隔銀河而相望，卻極少有人能夠逾越。」這種對兩性關係的喻象性思考從張抗抗的早期小說《北極光》中就開始了，《北極光》通過對女主人公陸芩芩對愛情的渴望和追尋表達了女性的「北極光」情懷。

對情愛敘事本身的超越意味著小說有可能探討一種永恆的哲學命題或表現人類的心靈深層鏡像。徐小斌的小說《雙魚星座》在小說的開篇就概述了一個雙魚星座的女性的基本特徵：「她異常渴望愛情，她的一生只幻想著一件事，那就是愛和被愛——愛情，是她生命的唯一動力。她雖然聰明絕頂，但很可能一事無成：因為脆弱、漫不經心、自由放任會毀掉她的靈性；而她幻想中的愛情則充斥著危險——那是所羅門的瓶子，一旦禁錮的魔鬼溜出瓶子，便會在毀掉別人的同時，毀掉她自身。」小說敘述了一個女人和三個男人的故事，主人公卜零是個雙魚星座的人，她敏感、細膩、自戀、傷感，充滿著浪漫色彩，生命中的三個男人都是她的對立，她渴望激情，卻又十分失望，她誘惑男人又報復男人，也毀滅了自己。雙魚星座的女性所表現出的一切特徵是一個為情而生的女性所特有的。這篇小說瀰漫著一種宗教般的宿命

氣息，它對主人公情愛人生的敘述以星座的形式定型了，在明晰的形式之下探討了令人難以預知的情感困惑與性格命運。

這些如果小說只是停留在一個時代愛情美學和愛情哲學的表達，小說的含義無疑是單層的，小說情愛敘事不過是與時代人物的一種簡單遇合，成為一個時代的情愛現實圖景。而一旦小說有了普遍意義的向度，小說便會超出其自身時代的意義，而探討人類兩性間更為普遍的存在現實，這些小說無疑是有獨立思考意義品格的「現代」小說。

二

宗教是人類超渡苦難的一種精神武器，在情感糾纏的困境面前，皈依宗教常常是尋找精神出路的重要途徑，因宗教思想的介入而使小說情愛敘事的意蘊別有洞天。

拿中國古典小說的高峰之作《紅樓夢》來說，對這部小說的研究已經成為一門學問，還有不同的派別。「舊紅學派」將它看作是一篇對現實的隱喻之作，認為它是一篇「政治小說」，也是一篇「歷史小說」，是借小說來「反清」。「五四」時代以胡適、俞平伯為代表的「新紅學派」採用實證的方法將它看作是「作者的自敘傳」，認為小說是為金陵十二釵作傳，小說主要宣揚「色」、「空」觀念。在《紅樓夢》的開篇中說：「因空見色，由色生情，傳情入色，自色悟空。」小說所說的「色」、「空」觀念來自於佛教，「色」是人生的起點，是人為之生活，為之哀樂的目標和動力，有了「色」人才會對現實世界動情，才會真心投入

到生活之中，此謂「由色生情，傳情入色」。當個人對現實的情感經歷了太多的磨難之後，終於發覺人世的苦難是無法超渡的，只有棄絕塵世才能獲得拯救。這個觀點在王國維的《紅樓夢評論》中也闡述過，王國維借用尼采的學說來闡釋《紅樓夢》的意蘊，也說明了《紅樓夢》的思想深度是超越於情愛敘事本身的。「色」不僅是指男女之情，也可以泛化為人對現實世界的衝動和為之奮鬥的目標，「空」是經歷了世事沉浮之後人超渡自己應有的狀態。小說的意義就超越了寶黛愛情悲劇本身，在情愛敘事之外喻含了永恆的宗教精神命題。很多人都認識到《紅樓夢》在細節上是真實而細緻的，而整體看來，它卻是一個大的寓言故事，有人甚至以此為題寫了一篇博士論文 [2]。

　　許地山是一個有宗教情結的作家，他的小說《命命鳥》、《商人婦》、《綴網勞蛛》是他的代表小說，這幾篇小說對主人公情愛人生的敘述中浸潤了基本的宗教思想。《命命鳥》表現的是佛教的厭世思想。小說敘事了緬甸仰光的一對信奉佛教的青年男女戀愛並看破紅塵雙雙赴死身亡的故事。主人公敏明神遊了一次佛教的「極樂世界」，看到了人世的卑污，說服自己的戀人加陵共赴綠綺湖，轉到極樂世界之中。《商人婦》敘述的是一個叫惜官的婦女的情愛故事，惜官 16 歲的時候嫁給商人林蔭喬為妻，林蔭喬因賭博把商店輸給了別人，惜官只好為他籌錢到南洋去謀生。林蔭喬生意興旺之後，拋棄了惜官，另娶了妻子，按照當初的約定惜官十年後去找他，林蔭喬將惜官賣給了一個印度商人，惜官

---

[2]　[美] 裔錦聲：《紅樓夢：愛的寓言》，北京大學出版社，2002 年 12 月版。

受盡苦難但對人間的災難都能採取超然的態度。小說借惜官自己的話表明了伊斯蘭教順從超然的處世態度，惜官說：「人間一切的事情本來沒有什麼苦樂的分別，你造作時是苦，希望時是樂，臨事時是苦，回想時是樂，我換句話說：眼前所遇的都是困苦；過去、未來的回想和希望都是快樂。……我自己回想起來，久別、被賣，逃亡等事情都有快樂在內。」《綴網勞蛛》的主人公尚潔是一位信奉基督教的女子，因為誤信讒言，她的丈夫長孫可望懷疑尚潔有外遇，恰好一位小偷來她家偷東西摔傷了腿，尚潔出於基督教的博愛情懷為小偷治病，丈夫以為小偷是尚潔的情人，便用刀刺傷了她並遺棄了她。她的丈夫後來受基督教的感化而醒悟，重新接尚潔回家，別人為尚潔高興的時候，尚潔卻並沒有感到太多的興奮，她說：「我像蜘蛛，命運就是我的網，人不能完全掌握自己的命運，反而會受到偶然的外力的影響。當蜘蛛第一次放出遊絲時，不曉得會被風吹到多遠，吹到什麼地方，或者粘到斷垣頹井上，便形成了自己的網。網成之後，又不知什麼時候會被外力所毀壞，所以人對於自己命運的偃蹇和亨通，不必過分懊惱和歡欣，只要順其自然，知命達觀即可。等到網被破壞時，就安然地藏起來，等機會再綴一個好的。」

佛教、伊斯蘭教、基督教的基本命題在許地山的筆下內化為女子在感情沉浮中所體現出的處世態度。情愛敘事就超越了自身的範圍，事件在小說的表層是主人公面對現實的處世方式，在深層實現的是對基本的宗教教義的表達。這時作品已經超越了具體的人物事件，而具有永恆的意義，這種永恆的意義也是宗教思想所具有的光芒所致。宗教是超越於時代的，情愛事件的敘述對宗

教命題的表達使小說具有永恆的魅力。這種永恆性是與小說的時代性相對的一種存在。對於這些小說來說，宗教精神與小說情愛敘事的碰撞是小說獲得思想深度的重要途徑。

三

在情愛敘事中，小說的敘事是流動的生活事件，但敘事和事件所蘊含的思想意味之間是如何融合的呢，這裡存在著一個思想與形象的粘合問題，思想是自然地融進形象之中，還是添加進去的呢？

比如史鐵生的《務虛筆記》就是一篇思想大於敘事的小說。小說「務虛」而非「務實」，敘述的是可能性的事情，一件事情的想像總是大大地豐富於它的現實。「務虛」就是將想像的、可能的、本體論意義上的事件本質放大，反覆地討論，不同人物之間，相互映襯，互相自由地參與對話，讓形而上的追問與人物自身的自由處境聯繫起來。作者以 F 醫生、O 教師、X 詩人、L 畫家等符號來為人物命名，也顯示了這種普遍性，並有意地將人物自身的故事淡化，將故事的哲學意義強化，構成了一部獨特的，在本體意義上探討「什麼是愛情」的作品。小說涉及了愛情的宿命問題，愛情的心理殘疾問題，愛情的現實悲劇問題，性與愛的關係問題，愛情與事業的衝突問題，愛情中的性格命運問題，少年經歷中的心理制約問題，背叛的問題，初戀情懷問題等，幾乎包含了所有的愛情問題。王安憶曾說：「真正嚴肅的作家對愛情題材非常謹慎。這個題材弄得不好就掉到言情小說的深淵裡去了，寫愛情題材就好像在刀刃上走路一樣，非常危險，因為嚴肅

的作家都是不給人生作夢的。他們非但不給人人生做夢，還要粉碎人生的美夢。」[3] 以此觀之，《務虛筆記》對愛情的形而上的追問是嚴肅的，也是有深度的，但不是一個有豐滿人物與文學敘事的作品，跳躍的、支離破碎的情節敘述淹沒在大段的議論與思辨之中，讓人覺得是在讀一篇論文，小說中大量採用對話體形式酷似蘇格拉底式的辯難，不是專業的讀者很難有耐心將小說讀下去，是一篇典型的思想大於文學敘事的作品。

　　小說中的隱喻或者「寓言」手法，既是文本的思想深度的憑藉物，也是小說寫法技巧的運用策略。小說家王安憶曾總結了古典小說家和現代小說家的不同之處：「古典主義作家不是技術主義者，不是想方設法給你安扣子，設懸念，製作一個巧妙的東西，他們不搞這些的，他們就憑死力氣，就是把事情寫到極端。……《心靈史》找了個替代物；《九月寓言》設計了一個寓言。而《復活》（*Воскресение*）、《呼嘯山莊》、《約翰 ‧ 克利斯朵夫》（*Jean-Christophe*）都是在拼死力氣。他們一點都不設立一些使你操作方便的東西，或替代、或象徵、或暗喻，它要寫愛，就寫怎麼怎麼愛，這愛是怎樣走向非凡，完全是作加法，一步步加上去，不來乘法。所以對於它的故事，你無法概括，你必須一步步讀它，才能一步步體會到凡人的愛情是怎麼樣走到超人的愛情。」[4] 採用隱喻的方式展開情愛敘事顯然是現代小說家們的拿手好

---

[3]　王安憶：《心靈世界——王安憶小說講稿》，復旦大學出版社，1997 年 12 月版，第 211 頁。

[4]　王安憶：《心靈世界——王安憶小說講稿》，復旦大學出版社，1997 年 12 月版，第 232 頁。

戲，這種敘事當然也是有意義的，但當我們審視小說中的這些深度思想的時候，問題還在於：小說如果只是哲學、宗教思想的附屬品，我們還需要小說嗎？這就是情愛敘事所面臨的困境，它要求小說在對人的心靈探索上有所發現，而不是簡單地演繹一個哲學或宗教的觀念。

當然，問題的另一面在於，上文對所選取的小說所作的情愛敘事的分析只是對小說內涵的提煉和概括，而小說自身的魅力在於形象永遠大於思想，一部有生命感的小說對兩性情感的探知和敘述是混沌的，也是解說不盡的，一如對《紅樓夢》的解讀永遠是多聲部的，而這恰恰是我們需要文學敘事的理由。「發現惟有小說才能發現的東西，乃是小說惟一的存在理由。」[5] 深度情愛敘事是個與小說的現代性敘述相關的問題，它是現代小說區別於古代小說的特殊之處，它蘊含著現代小說的精神維度，現代小說不僅敘述故事，還具有思想深度和哲學意味，不僅提供閱讀快感，還要給讀者提供猶豫性的閱讀文本，它將讀者的閱讀目標從故事引向沉思，這將是在所有現代小說中的共性問題：具體的讓位於抽象，明晰的讓位於模糊，簡單的讓位於複雜，所有的關於情愛的人生情感和藝術想像的融合造就了現代小說情愛敘事的張力和魅力。深度情愛敘事穿越了表層化敘述情愛故事的現實，是與古代才子佳人式滿足大眾想像的言情模式相區別的，也與 20 世紀的跟派文學徹底地做了區分，它提供了文學對人生發現的可能性，描繪了人所面臨的情感處境，用文學敘事的方式深思永恆的情愛問題。

---

[5]　[捷]米蘭・昆德拉：《小說的藝術》（L'art du roman），董強譯，上海譯文出版社，2004 年 8 月版，第 6 頁。

下篇　作家、作品例析

第九章

革命陽光下的情愛敘事

　　對於建國後十七年小說的政治化傾向，在已有的文學史評述中已經很常見了，在重溫經典的政治化文本時，我們發現在革命話語的夾縫中赫然地鑲嵌著情愛故事的敘述，這些被當時的一些文學評論譏為「小資產階級情調」的情節敘述在合作化運動和革命歷史題材的小說中似乎是不合法的，因為它們的存在總是使一些作品蒙受不白之冤。翻閱今天進入大學中文系教材的十七年經典小說（其主要作品被人概括為「三紅一創，青山保林」），我們發現革命敘事和情愛敘事在其中複雜地糾結，情愛敘事常常成為小說的重要線索，由於革命重大事件和宏大歷史命題的壓抑，情愛敘事呈現出被簡化的屈從地位，另一方面我們又發現情愛事件與歷史大事件的奇異糾結蘊涵著特殊的文學意味，它仍然能引起今天讀者的閱讀興趣（如《李雙雙小傳》拍成電影之後深受觀眾喜愛，《青春之歌》、《林海雪原》之類作品的暢銷，就與其中的一些言情情節分不開）。當我們站在新世紀的歷史起點上，回望近半個世紀前對中國產生巨大影響的文學作品，我們可以用多種研究方法來分析當初被道德化批評浸染的文本。對於十七年經典小說來說，重新分析評價的可能性在於今天文學理論資源的豐

富，如敘事學、文化批評、女性主義批評等都是我們的手段，而十七年小說在產生的當時背景下獲得的大多是政治性的解讀。普通的讀者都可以參與對小說的討論，一些文學刊物也開闢專欄發表讀者來信，表達普通讀者對小說的看法。新時期以來，對十七年經典小說的評價客觀了許多，但多見的還是否定性評價。今天的重新解讀既是對一直被簡單對待的十七年小說的一個創作發生學的還原，也是對當代文學的文本資源進行重新盤點，以豐富對十七年經典小說意蘊的闡釋。

一

十七年文學的話語機制決定了小說必須塑造符合時代期待的英雄人物，而英雄人物的塑造常常離不開美人的襯托。「才子佳人」故事在中國文學中演繹了幾千年，形成了「一見鍾情，撥散離亂，高中狀元，奉旨完婚」的基本敘事框架，這也是當代通俗小說和影像故事反覆書寫的一個喜劇性神話。十七年文學對「才子佳人」模式進行了革命的改寫，在十七年文學中，男性主人公的主流形象是站在時代的風浪口成為革命的響應者或者歷史運動的帶頭人，對英雄形象的最後完成也大多終結在一個圓滿的愛情故事上，「奉旨完婚」被贏得革命階段性勝利的主人公獲得愛情所取代，愛情在小說中所起的作用是對英雄的烘托。表面上看愛情不過是革命的一件修飾性裝束，但現代意義的小說注重敘述人物相愛過程的曲折和細節。十七年經典小說大多受到現代小說的影響，它既要實現對人物戀情過程的細化，又要將愛情革命化，

這也是對革命主人公所追求的事業合法性的佐證。在文學的意義上，凡此種種革命與愛情的糾纏不僅是一個題材問題，也如王德威所言：「革命與戀愛」是「中國小說敘事之所以存在的理由。」[1] 試想缺乏情愛敘事的革命小說還會那麼生動嗎？缺乏愛情的革命者還是完整的人嗎？這已無需多加論證。這裡探討的是在革命敘事語境中情愛事件是如何被敘述的。

在《創業史》中，在合作化運動的進程之外有一條梁生寶的愛情線索，敘述者將徐改霞寫成蛤蟆灘最漂亮的姑娘，徐改霞和梁生寶的感情故事在小說中的主要敘述是徐改霞對梁生寶的選擇，小說多次展開對徐改霞的心理描寫，而梁生寶這位合作化運動的帶頭人因為忙而無暇考慮自己的婚姻大事，雖然他對徐改霞也動心，但表現出來的很少，小說也很少敘述梁生寶的內心世界，這與小說中大段敘述徐改霞的內心鬥爭和痛苦選擇形成鮮明的對照，梁生寶也是熱血男兒，但英雄的光環在他的頭上迫使他不能兒女情長。徐改霞的艱難選擇過程本身是符合現代小說特點的，梁生寶的內心世界就簡單多了。

《青春之歌》中，主人公林道靜最愛的男人應該是盧嘉川，小說一再地敘述盧嘉川在林道靜心目中的高大形象，但盧嘉川對林道靜的感情一直未被敘述出來，小說中幾次寫到盧嘉川和羅大方一起談論林道靜，這是兩個男性朋友在背後談論一個女性，但盧嘉川完全是一副革命者的高蹈姿態，與白莉蘋和林道靜談論盧嘉川那種評頭論足的方式是完全不同的。這是因為在小說中林道

---

[1]　王德威：《現代中國小說十講》，復旦大學出版社，2003 年 10 月版，第 54 頁。

靜是一個成長者，而盧嘉川是一個成熟的革命者，是不能有「小資產階級」缺點的。小說的結尾，江華取代了盧嘉川在林道靜心目中的位置，並有了身體上的關係。盧嘉川和江華共同完成了一個英雄美人的結局，江華之所以能取代盧嘉川，是因為他們是那麼相似，江華不過是又一個盧嘉川，在林道靜看來他們都是完美的，跟他們在一起總是能讓林道靜激動。這似乎應證了余永澤對林道靜指責盧嘉川時所說的「掛羊頭賣狗肉」，與此相映的是小說中出現的一句話：「一邊是神聖的工作，一邊是荒淫與無恥。」在此，新時代的英雄美人故事成功地輔助了革命敘事的需要，直到小說的結尾，林道靜與江華的幸福生活也不允許展開，小說只敘述了在一個苦短的春宵之後，江華和林道靜必須馬上起床為革命工作奔走了。

這種男性剛強而女性柔弱的敘述方式，造成了男性形象比較概念化，而女性形象比較豐滿。在《風雲初記》中，芒種和春兒的感情主要是通過敘述春兒的行動和心理來表現的，革命的大業壓迫著擔當重任的男性主人公，芒種始終沒有兒女情長的心思，直到小說的結尾，「他們的心，被戰爭和工作的責任感填滿，被激情鼓蕩著，已經沒有存留任何雜念的餘地。」再如《山鄉巨變》中的陳大春和盛淑君也是「男粗女細」的結合模式。青年團支書陳大春對女青年盛淑君總是板著臉，卻有「一種不能抵擋的內在的力量」吸引著盛淑君，而盛淑君對許多追求她的青皮後生沒有一點感覺，小說展開敘述了盛淑君對陳大春的愛情追求，而陳大春對盛淑君基本上是一副公事公辦的被動態度。

如果從性別的視角對以上人物的情愛關係作出解釋的話，我們看到女性在其中是屈從的，而男性是受到女性崇拜的，這與其

說是一個男權思想的文本，不如說是革命的政治學文本，英雄代表著國家、民族的前途和歷史前進的方向，自然是應該得到女性崇拜的。《紅旗譜》中的運濤和春蘭、江濤和嚴萍之間的關係就是導師和培養對象之間的關係。在《林海雪原》和《紅日》中，少劍波和白茹的愛情波瀾，沈振新和他的妻子的深厚感情不過是為了襯托男性英雄的「文武全才」而已。當然十七年經典小說中也有不少女英雄，如江姐、林紅、黑鳳、張臘月、吳淑蘭等，但這些女英雄基本上是被男性化的，她們在社會鬥爭中逐漸具有了英雄的品質，她們的個人情感世界讓位於大的革命事業和現實鬥爭，作品中基本沒有展開敘述她們的情愛事件。

雖然英雄需要美人來襯托，但英雄美人的情節與革命英雄的塑造之間並不是沒有矛盾。如上所述，在十七年經典小說中男性英雄形象往往比較簡單、概念化，與作者的主觀願望相悖。如嚴家炎認為《創業史》中塑造最成功的人物不是梁生寶，而是梁三。《青春之歌》也是如此，最豐滿的人物不是盧嘉川、江華、林紅等「英雄人物」，而是有「小資產階級」缺點的林道靜。在十七年時期，「小資產階級情調」被視為是對這些作品的最大否定。郭開對《青春之歌》的發難是：「書裡充滿了小資產階級情調，作者是站在小資產階級立場上，把自己的作品當作小資產階級的自我表現來進行的。」[2] 蔡葵對《三家巷》的看法是：「周炳的所作所為，他對革命的認識和在鬥爭中的一些表現，以及他在愛情生活中所流露出來的思想感情，都突出地說明了周炳性格的小

---

[2]　郭開：《略談對林道靜的描寫中的缺點──評楊沫的小說〈青春之歌〉》，《中國青年》1959 年第 2 期。

資產階級的特點……」[3] 面對這些批評，當我們今天排除了當年的條條框框去閱讀文本時，我們的看法恰恰與此相反。我們看到正是這種「小資產階級」特色構成了小說的魅力和獨特性，一如洪子誠先生所言：「50 年代以後，由於『革命』的崇高地位的強化，也由於現代『言情小說』受到的『壓抑』……60 年代圍繞這些小說的爭論，如果從小說類型的層面觀察，提出的正是『言情小說』在當代的合法性和可能性的問題。……但情愛的糾葛可能展示的細膩、曲折、加上中國言情小說傳統所提供的強大的藝術經驗，在寫作中顯然成為更具生命力的東西，而在具體的描述中，有時反而會襯托所著力的『革命』的乾枯和簡陋。」[4] 李准的小說《李雙雙小傳》改編成電影時，小說中被置換的主要事件「大躍進」、「辦食堂」已經成為歷史了，但電影仍然取得了成功。對照電影與小說中人物關係的設置，可以發現基本的人物關係並沒有變（李雙雙和孫喜旺作為一對夫妻的性格類型組合，一個公心一個私心，一個潑辣一個世故），主要的矛盾糾紛也沒變（夫妻鬧糾紛，最後和好），因而電影只是將不合時宜的大事件換換就可以，當然電影的成功還取決於電影更加強化了夫妻矛盾衝突，明確了「先結婚後戀愛」的主題。陳思和主編的《中國當代文學史教程》中認為，「對照小說《李雙雙小傳》和電影《李雙雙》，雖然是同一個作家所創作，也同樣的帶有歌頌農村『大躍進』中新人新事的主觀意圖，但前者只是一部沒有生命力的應時的宣傳

---

[3]　蔡葵：《周炳形象及其它——關於〈三家巷〉和〈苦鬥〉的評價問題》，《文學評論》1964 年第 2 期。

[4]　洪子誠：《中國當代文學史》，北京大學出版社，1999 年 8 月版，第 134 頁。

讀物，後者卻超越了時代的局限，成為藝術生命長遠的一部優秀喜劇片。[5] 這其中的原因在於，電影中存在一個「民間藝術的隱形結構」。這種分析自然給人耳目一新之感，但究其實質，電影的成功又何嘗不是人物形象的生動、鮮活讓小說超越於具體的政治時代呢。

二

　　一方面，情愛敘事受到批判，另一方面情愛敘事為革命小說贏得了可閱讀性和意義空間，這也許正是「小資產階級情調」在十七年經典小說中揮之不去的原因，這是一出黑格爾意義上的「歷史的詭計」。上文分析的是革命敘事中人物關係的政治學含義，下面接著分析革命敘事如何借助情愛敘事完成對宏大主題的書寫。如為了完成對合作化運動的敘述，《三里灣》借助了幾個青年男女擇偶的戲劇性事件。袁小俊和王玉生離婚，原因在王玉生將太多的精力投入到農業社中，不顧家庭。這和《山鄉巨變》中的劉雨生與張桂貞離婚爾後與盛佳秀結合是相似的。劉雨生和王玉生都是合作化運動的積極帶動者，他們的婚姻變化是通過政治事件來反映的，他們和一個不關心集體的女人離婚，而和一個合作化運動的擁護者結合，小說在此將個人的婚姻和大的政治運動相互結合在一起。《三里灣》中，范靈芝拒絕了馬有翼而親近王玉生，原因是馬有翼對集體事業態度模糊，而王玉生心靈手

---

[5]　陳思和主編：《中國當代文學史教程》，復旦大學出版社 2004 年 7 月版，第 51 頁。

巧，熱心集體事業，還是《三里灣》的「技術專家」。馬有翼及時革命迷途知返，因而還能修得正果，與積極分子王玉梅結合。《三里灣》中合作化運動的高潮時期（成立合作社），也正是王玉梅、范靈芝、馬有翼、王玉生、袁小俊、王滿喜等青年喜結連理之時。政治運動通過年輕人戀愛關係的變動獲得了生動的體現，這與其說政治是生活的重大部分，不如理解成政治運動已經深入人的靈魂，生活事件與政治事件在此合二為一。政治對婚姻的干涉反映為人們擇偶觀念的變化，女性選擇男性成為那個時代風浪口上的喜劇事件，正是革命和政治運動本身的強大力量，愛情不再有悲劇。當我們在若干年之後回望農業合作化題材小說的時候，我們發現，農業合作化運動無疑是屬於政治的，歷史不過是和人們開了一個玩笑，合作化已不再代表歷史的方向，那些為合作化而結合的夫妻還幸福嗎？我們所讀到的不過是個人性的情愛事件與時代政治奇妙的扭結而已。如在李准的《李雙雙小傳》中，我們看到李雙雙是一個很政治化的人物，是一個集體觀念很強的女時代英雄，她和孫喜旺之間的矛盾是一個公與私的鬥爭。小說中李雙雙與孫喜旺的性格有很大差異，集體大事畫上了句號，個人感情小事也相應地畫上了句號，他們的矛盾在「公必勝私」的大形勢下一勞永逸地化解了，多少顯得有些簡單化。

　　《青春之歌》歷來被視為當代女性小說的經典之作，小說以女性走上革命道路獲得拯救，回答了魯迅當年所提出的「娜拉走後怎樣」的問題，林道靜既沒有墮落，也沒有回到家庭。她在余永澤的人道主義的愛情光環中走進了家庭，又在盧嘉川的革命啟蒙之下走出了家庭。因為她的漂亮，她一直有著很多墮落的機

會，她一再地從男人的勢力中逃脫出來使她與白莉蘋之流徹底地分開了。時代女性必然要投入革命者的懷抱，然而小說也是有著內在矛盾的：這個女性意識高揚的文本，書寫了「一個女人與三個男人」的故事，似乎顛覆了妻妾成群的男性中心模式，然而當我們細讀文本的時候，我們發現人物之間的關係其實也是反女性主義的，在小說中林道靜和三個男性之間是被引導與引導的關係，林道靜是踩著男人的肩膀成長起來的，余永澤不僅對林道靜有身體上的拯救，也對她進行了思想上的啟蒙。在與余永澤的愛情歷程中，林道靜更堅定了要做一個獨立的、自由的、有尊嚴的人，她勇敢地和余永澤走到了一起，建立了一個溫暖的家庭。這是「五四」時代的自由愛情理念，但人道主義的拯救不能取代革命強勢話語的侵佔，余永澤最終敗給盧嘉川和江華。這與昆德拉的《生命中不能承受之輕》中所表達的愛情理念是不一樣的：前者個人甘於成為社會、國家、民族的奉獻者，林道靜吃盡苦頭終於成為革命者，而她的感情選擇並沒有帶來家庭的幸福，小說所敘述的她與江華的愛情，也只是一夜情緣，生活沒有任何保障。林道靜對江華的「比同志的關係更進一步」的要求感到突然，但出於對革命「導師」的「敬仰」，她沒有理由拒絕，她的選擇遵從了革命的邏輯，卻淹沒了個人的情感要求；而後者不願意個人的生命、感性、獨立性受到任何的侵犯，哪怕是藉以崇高的革命名義。

這樣我們看到，在十七年經典小說中革命大事對個人小事（情愛事件）的壓抑，這種壓抑具體體現為：一、情愛敘事並沒有充分地展開。這關係到小說的基本講法問題，「五四」以來的

中國現代小說中講述情愛故事往往比較純粹，即主要章節都是圍繞情愛主人公感情的推移展開，即便是 20 世紀 30 年代前後的「革命＋戀愛」的小說也是如此，其中革命不過是愛情的背景和出路，而十七年經典小說與此正好相反，小說主要講述大的社會事件，情愛敘述只是鑲嵌在作品中，沒有佔據主要的敘述筆墨。二、人物被貼上了政治的標籤。愛情事件有鮮明的階級色彩，如喜歡梁生寶的有三個女性：徐改霞、素芳、劉淑良，合作化運動的帶頭人梁生寶最後和先進積極分子劉淑良結婚，而不能和有缺點的徐改霞結合。而事實上，梁生寶和漂亮的徐改霞結合更有「英雄美人」的意味，但不符合時代政治的要求。三、情愛敘事的潔化。與人物身體相關的性愛敘述被含蓄的暗示所代替。更有意味的是，在十七年經典小說中，涉及性的情節大多與壞人的淫亂有關：《創業史》中富農姚士傑對素芳的強暴；《苦菜花》中女三青團員被國軍輪姦；《林海雪原》中蝴蝶迷和土匪們的「亂搞」，連她死去時也是「肝腸五臟臭哄哄地流了滿地」。

　　陳平原在其《中國小說敘事模式的轉變》一書中認為中國小說有兩個傳統，一個是「史傳」，一個是「詩騷」，陳平原認為「五四」小說更偏重於「詩騷」傳統，這其實說明了現代意義上的小說更注重對人物內心世界的發掘，在線性敘事之外更注重對主觀情感的表達。情愛敘事中的抒情場面被政治化的可能性比較小，這也可以理解為，雖然人物的關係設置以及故事的結局總體上是政治預設的，但人物交往的過程和人物的心理內容仍然是充滿生活意味的。在十七年經典小說情愛敘事中，結局往往是簡單的，人物戀情最終的指向是明確的，總是在大的歷史敘事中沿

著歷史的方向「大團圓」結局，體現出明確的「史傳」意識，但也離不開「詩騷」傳統的影響，如對過程、場面、人物心理的抒情性描述有時會逃逸「史傳」意識的制約，從而體現出人情和人性的豐富性。孫犁的《鐵木前傳》被人稱為是十七年中最優秀的中篇小說[6]，在這篇小說中，兩個情同手足的老朋友友誼的破滅與兒女感情的毀約緊密地聯繫在一起。如果這篇小說只是完成一個「共患難易同安樂難」的主題，那麼小說中的情愛敘事也會被簡單化。而事實上小說成功地將抒情性因素引入其中，小說沒有直接奔向一個預定的主題，而是將事件淡化了，將人物放到敘述的焦點中。這樣我們看到，六兒和九兒感情的障礙不僅是兩個父輩的原因，也是人物自身性格發展的因素所致。在六兒和九兒之間出現了一個充滿野性的小滿兒形象，小說充分展開敘述了小滿兒天真活潑的行為，這是一個放蕩但不邪惡的女孩，她的言行中分明有著墮落和玩世不恭，但我們並沒有因此而厭惡小滿兒，「她的才能是多方面的……」，「她的青春是無限的，拋費著這樣寶貴的年華，她在危險的崖岸上迴盪著。」「她的臉上的表情是純潔的，眼睛是天真的，在她的身上看不出一點兒邪惡。」就連那位下鄉的幹部也認為：「瞭解一個人是困難的。」小滿兒爬上六兒的大車也是充滿喜劇性的，無所謂私奔的道德評價。更有意味的是小說的結尾，完全是一副抒情的筆調：

　　童年啊，你的整個經歷，毫無疑問，像航行在春天漲滿的河流裡的一隻小船。回憶起來，人們的心情永遠是暢快活潑的。然

---

[6]　孔範今主編：《二十世紀中國文學史》，山東文藝出版社，1997 年 6 月版，第1030 頁。

而，在你那鼓脹的白帆上，就沒有經過風雨衝擊的痕跡？或是你那昂奮前進的船頭，就沒有遇到過逆流礁石的阻礙嗎？有關你的回憶，就像你的負載一樣，有時是輕鬆的，有時也是沉重的啊！

毫無疑問，在這篇小說中，抒情情節大大增加了小說可供闡釋的意義空間，小滿兒、六兒都不是簡單的善惡評價所能解釋的，走集體道路的四兒、九兒的形象反而暗淡了，小說採用童年故事的抒情筆調，也增加了生活的原生態意味。這種意義效果是與小說的「詩騷」傳統分不開的。

在《林海雪原》中，小說採用了抒情的方式敘述少劍波和白茹的愛情，除了他們在日常的接觸中所引起的感情波瀾之外，還專門設置了「白茹的心」和「少劍波雪鄉抒懷」兩節來敘述兩人的心事。在前一節中，將白茹的心思和盤托出：「她的心十八年來頭一次追戀著另一顆心。」「白茹心裡那棵種子──劍波的英雄形象和靈魂，像在春天溫暖的陽光下，潤澤的春雨下，萌生著肥嫩的苗芽。……」在後一節中將少劍波塑造成了一個「儒將」，通過寫詩傳情。與全書所占的章節比重來看，情愛事件在小說中不過是一種點綴，就如同在小說的結局，在消滅了敵人之後，白茹輕輕地走近少劍波的身旁，少劍波的反應是：「他從呼吸聲中聽出是白茹來了，頭也不轉地低聲說：『白茹！我們的祖國多美！』」在此象徵性的情節中，情愛敘述不過如微風拂過池塘一般，而革命的大業卻是無邊的大地一樣遼闊。在大的革命歷史面前，情愛事件實在微不足道，試作這樣一個設想：如果刪去以上兩節會影響小說的閱讀嗎？顯然主線不會改變，但趣味就差很多了。

三

　　在十七年經典小說中，由於政治化思潮的影響，對所敘述的事件其實是有內在規定的，這種規定體現為革命是一定要勝利的，合作化運動是歷史的潮流和大趨勢，作為革命中的英雄和合作化運動的帶頭人是深受美麗女性愛慕的。正是這種內在規定性，十七年經典小說大多採用了全知全能的敘述方式，敘述者俯視人物，一切在握，自信而堅定。如在《創業史》中，徐改霞對梁生寶的感情不時處在動搖的狀態之中，小說雖不時敘述人物的內心獨白，但主要是全知全能的敘事方式，小說對徐改霞的內在感情心理敘述得很詳細，徐改霞把什麼都想好了，決心主動做出最後的表白。這是小說的敘述：

> 　　她的兩隻長眼毛的大眼睛一閉，做出一種公然挑逗的樣子。然後，她把身子靠得離生寶更貼近些……
> 　　……
> 　　生寶在這一霎時，心動了幾動。他真想伸開強有力的臂膀，把這個對自己傾心相愛的閨女摟在懷中，親她的嘴，但他沒有這樣做。第一次親吻一個女人，這對任何正直的人，都是一件人生重大的事情！
> 　　共產黨員的理智，在生寶身上克制了人類每每容易放縱感情的弱點。他一想：一摟抱、一親吻，定使兩人的關係急趨直轉，搞得火熱。今生還沒有真正過過兩性生活的

生寶，准定有一個空子，就渴望著和改霞在一塊。要是在冬閒天，夜又很長，甜蜜的兩性生活有什麼關係？共產黨員也是人嘛！但現在眨眼就是夏收和插秧的忙季，他必須拿崇高的精神來控制人類的初級本能和初級感情。……考慮到對事業的責任心和黨在群眾中的威信，他不能使私人生活影響事業。他沒有權利任性！他是一個企圖改造蛤蟆灘社會的人！

　　在以上文字中，合作化運動的帶頭人梁生寶拒絕了他心儀的姑娘對他身體的親近。這種拒絕是梁生寶理所當然地想到的還是敘述者強加給他的呢？也就是說這段對梁生寶心理世界的敘述合乎人物的心理邏輯嗎？也許我們很容易就得出梁生寶被概念化和被典型化的痕跡，個人的情感事件讓位於時代的要求，男性主人公成為不近女色的完美男性。然而頗有反諷意味的是在小說第一部的結局部分，又有另一段文字：

　　梁生寶，在改霞走後，他才知道改霞走了。開頭，他心中一怔，他好後悔了一陣，隨後又被互助組的各種傷腦筋的事務岔開去了。……被事業心迷了心竅的小夥子啊！……但你處理和改霞的關係，卻實在不高明。老實說：你有點窩囊哩！你為什麼要劃定戀愛的期限呢？為什麼一定要在秋後空閒的時候，擺開戀愛的架勢，限期完成呢？看來，你在這個問題上相當拘謹，不夠灑脫，沒有一點成功的經驗哩。

　　表面上看，我們信服前一段敘述，是因為敘述者在肯定梁生寶的公心；我們相信後一段敘述，是因為我們為梁生寶錯失的愛

情而惋惜。但當我們把這一切都看作是一個敘述人在左右我們的閱讀的時候，我們發現這種前後矛盾其實是源於愛情與事業相衝突這一荒謬的命題。也許敘述者要造成這樣的文本閱讀效果：梁生寶為了合作化事業犧牲了自己的愛情。但我們從敘述中看到的是敘述者的萬能與全知角色，不管是前一段中的「他……」還是後一段中的「你……」，這種評點人物的自信以致玩弄人物於股掌之間，讓我們看不到人物的自主性，只聽到一個強大的敘述者在對梁生寶評頭論足。如果梁生寶為自己的感情留一點點位置的話，也仍然是一場英雄美人的好戲，可時代對英雄的要求不允許梁生寶這麼做。有趣的是，我們在敘述人的評點中讀到了英雄錯失良機，敘述者為英雄惋惜的敘述，梁生寶內心的複雜情感就這樣曲折地表現了出來，這也許是作者不經意造成的文本縫隙，畢竟梁生寶形象是來自現實的立體人物。但正是這種縫隙的存在，我們看到了情愛敘事自身的豐富性超乎於意識形態之上，發出了自然的符合人物性格的聲音。

夾在宏大敘事縫隙中的情愛敘事對小說的積極意義在於：一、它使小說變得有趣、耐讀、有人情味，也使人物形象生動、豐滿、真實。如林道靜、徐改霞、小滿兒等豐富心靈形象的塑造。就是在趙樹理的為宣傳《婚姻法》而作的《登記》中，劉再復發現：「趙樹理在展開母女兩代人的愛情故事的同時，展示了母女倆人不同的個性和豐富的內心世界，從而塑造了兩個富有藝術光彩的形象。」[7] 二、情愛敘事具有結構文本的作用，情愛事件

---

[7]　劉再復、樓肇明、劉世傑：《中國農民戀愛和婚姻的悲喜劇——談趙樹理的小說〈登記〉》，《十月》1980 年第 5 期。

穿行於大的歷史事件之中，在結構上讓文本變得緊湊、有懸念。以情愛事件為線索串起大的歷史內容在文學作品中並不少見，如《紅樓夢》、《戰爭與和平》、《安娜・卡列尼娜》、《桃花扇》等。《三里灣》、《創業史》、《青春之歌》、《紅旗譜》等小說也是如此。《創業史》從第一部開始，就不時蕩開筆墨寫徐改霞對梁生寶的感情，梁生寶選擇什麼樣的姑娘結婚成為讓讀者關心的問題，因文革的原因，柳青沒有完成《創業史》的寫作計畫，在未完稿的第二部的結局中，小說敘述了梁生寶和劉淑良喜結良緣。《紅旗譜》在第一部中就布下了運濤和春蘭、江濤和嚴萍相戀的懸念，直到第三部《烽煙圖》才敘述春蘭和運濤結婚，在故事的結局部分處理江濤和嚴萍的婚事。五卷本「一代風流」系列小說20世紀50年代開始寫作，完成於20世紀80年代中期，小說以主人公周炳的經歷為線，周炳個人的感情線索貫穿始終，第五卷《萬年春》的大結局是周炳和胡杏喜結良緣。三、實現了革命敘事與古典小說敘事、現代小說敘事的成功融合。十七年經典小說中兩性交往、對話等生活場景基本是含蓄、蘊藉的，也是符合民族心理的。十七年經典小說中的情愛敘事是對民族小說敘事傳統的繼承，上文已談到，《林海雪原》、《創業史》、《青春之歌》等小說中「英雄美人」的故事，是對古典小說「才子佳人」小說的革命改裝，曲波說：「在寫作的時候，我曾力求在結構、語言、人物的表現手法以及情與景的結合上都能接近於民族風格。」[8]十七年經典小說大多採用「大團圓」的結局，趙樹理曾說：「有人

8　曲波：《關於〈林海雪原〉──略以上文敬獻給親愛的讀者們》，《林海雪原》，人民文學出版社，1994年8月版，第524頁。

說中國人不懂悲劇，我說中國人也許是不懂悲劇，可是外國人也不懂團圓。假如團圓是中國的規律的話，為什麼外國人不來懂團圓。」[9] 採用傳奇筆法寫情愛故事，採用大團圓的結局，可以說十七年經典小說實現了革命敘事與古典小說敘事的成功融合。上文談到「史傳」與「詩騷」的敘事傳統，就十七年經典小說來說，宏大的史詩題材必然要求以「史傳」敘事為主，但並沒有放棄對現代小說偏重「詩騷」傳統的繼承。孫犁的小說是對現代抒情派小說的直接繼承，其「詩騷」傳統十分明顯。《山鄉巨變》所具有的現代小說的「細緻」歷來為人所稱道，黃秋耘在談《山鄉巨變》時說：「有某些外國古典作品之細緻而去其繁冗，有某些中國古典作品之簡煉而避其粗疏，結合兩者之所長，而發揮了新的創造。」[10]《青春之歌》明顯吸收了現代自傳體小說、心理小說的某些特點。情愛敘事中的「詩騷」傳統體現為對人物心理的細緻描寫和故事中濃烈的生活氣息，雖然寫的是大題材，但如同《創業史》的《題敘》中所言：小說所寫的主要是「生活故事」。

從思想性上說，十七年經典小說的敘述是代表歷史前進方向的宏大聲音，作家的創作態度也是虔誠的。在寫合作化運動題材的作家中，柳青和周立波是兩個突出的例子，柳青到陝西長安縣的皇甫村安家落戶達 14 年，周立波為深入瞭解與研究合作化運動中農民的精神狀態，也舉家遷移到湖南家鄉定居。這種紮根現實的態度使作家能夠衝破政治化的局限，從生活的實際和個人的

9　趙樹理：《從曲藝中吸取養料》，《三複集》，1960 年 7 月版，第 48 頁。

10　黃秋耘：《〈山鄉巨變〉瑣談》，《文藝報》1961 年第 2 期。

體驗出發，寫出生活的真實和人性的本色。雖然經過了政治化的洗禮，我們仍然能在十七年經典小說的縫隙中見出情愛敘事的複雜人性意味，在我們看來，這是最有文學性的地方。十七年經典小說中呈現出的這種情愛敘事的文本「縫隙」，既來自於作家從現實出發的創作態度，也是對民族傳統小說敘事和現代小說敘事的吸收融會，它使得十七年經典小說具有超時代的價值，而不是一種簡單的政治化文本。

第十章

網路空間的情愛敘事

中文網路小說從 20 世紀 90 年代後期開始在網上流行以來，以一種新型的文學傳播方式參與到當代文學的合唱之中，網路文學的興起為當代文學的發展開拓了新的空間，對傳統文學從寫作到傳播構成了一種挑戰。這種挑戰具體體現為：一種新型風格的作品對傳統文學規範的衝擊；快捷的傳播方式和強大覆蓋能力對文學市場的佔領；強烈的時尚話語氣息與虛擬實境的同步性對讀者的吸引等。作為一種成長中的文學樣態，網路小說已經越來越受人關注。網路小說不僅擁有大量的讀者群，還大量地參與到紙質媒介和影像化的傳播管道中，「網路文學叢書」、「網路書系」紛紛湧現，由網路小說改編的電影也有很好的票房。網路小說成就了一批文學寫手，出現了痞子蔡、安妮寶貝、刑育森、黑可哥、李尋歡這樣的一批網路作家。網路文學也受到了文學研究者的關注，作為一個專門的章節內容開始進入各種版本的當代文學史，還成為許多文學研究者的專門課題。本文著重分析網路小說中情愛敘事的特點，以此觀網路小說的得失成敗，選擇此分析角度對於網路小說的必要性在於絕大多數網路小說屬於情愛小說。在此意義上本文的分析也是針對絕大多數網路小說而言的。

一

　　網路小說的愛情故事具有很強的時尚性，在現代社會人們越來越失去對理想、信念堅守的信心的時候，一個古典的純情的愛情故事依然散見於現代網路小說之中，在這個意義上，網路小說是一種樣態的通俗文學，這個古典的「才子佳人」模式在新的社會背景下演變為新時代的「郎才女貌」。現代人已經越來越有更多的理由堅信愛情的虛妄與脆弱，也許正是這種虛妄，反而讓人們更加渴望一份真摯的感情。時代在不斷地發生變化，人們對愛情的信仰與對愛情的追隨的具體形象也在發生變化。現代社會的才子佳人故事依然在為情而生死，依然感情至上地成為生活的主要內容。這種「郎才女貌」的形象更適合在舞臺上演出，它將現實生活的背景放到了舞臺上，通過「俊男靚女」的演員形象讓觀眾分享視覺快感，感受愛情的魅力與神奇，讓我們相信愛情的偉大。

　　《第一次親密接觸》作為網路小說的發端之作，就是這樣一部純情的愛情小說，打動了千萬觀眾，在網上走紅，還被搬上了銀幕，痞子蔡（蔡智恆）也因此而成為當紅的網路作家。《第一次親密接觸》在本質上是一個純情的愛情故事，主人公痞子蔡和輕舞飛揚在網上相識，通過網路聊天，兩人都很有感覺，水到渠成地見面，上演了一場轟轟烈烈的愛情。無奈的是輕舞飛揚的壽命太短，無法陪同痞子蔡將愛情進行到底。這個故事的基本敘事結構和電影《鐵達尼號》是一樣的，男女主人公都是一見鍾情，他們相戀的過程也是「千般溫存，萬般溫柔」，結局是一方不可

避免地死去，留下一方在向讀者訴說他們淒涼而甜蜜的戀情。電影《鐵達尼號》在中國賺取了兩個多億的票房，《第一次親密接觸》對《鐵達尼號》的模仿是不言而喻的，小說中的主人公在一起觀看《鐵達尼號》（也譯作《泰坦尼克號》），也表明作者對此電影是非常熟悉的。不過這並不表明《第一次親密接觸》是《鐵達尼號》的簡單翻版，《第一次親密接觸》的流行更主要的因素應歸功於網路本身。網路是一種新型的愛情產生的場所，網上聊天作為兩個人相識相戀的途徑，這種網路戀情本身更具有「現代」生活意味，主人公痞子蔡和輕舞飛揚在網上的聊天是一場飽含智性的較量，愛情的過程呈現了一種現代愛情生活的魅力與神奇。

輕舞飛揚之所以被痞子蔡吸引是因為痞子蔡在網上的帖子。這個帖子寫道：

> 「如果我有一千萬，我就能買一棟房子。
> 我有一千萬嗎？沒有。
> 所以我仍然沒有房子。
>
> 如果我有翅膀，我就能飛。
> 我有翅膀嗎？沒有。
> 所以我也沒辦法飛。
>
> 如果把整個太平洋的水倒出，也澆不熄我對你愛情的火。
> 整個太平洋的水全部倒得出嗎？不行。
> 所以我並不愛你。」

因為這個帖子，痞子蔡被當作一個有趣的人而引起了輕舞飛揚的注意。「痞子」讓人想起 20 世紀 80 年代的王朔，在崇高、神性、理想、英雄被解構了的時代，王朔塑造了一些「痞子」，這些「時代人」帶有一定的痞氣，然而他們可愛而真實，智商也不低。他們有著痞性的外表，而骨子裡卻是很純情的，這一點研究者們早已指出。痞子蔡敘述的愛情故事也是痞而純情的。比起王朔的小說，痞子蔡的外痞更盛一些。《第一次親密接觸》的主體部分是以一個青春期的男孩痞子蔡的口吻來敘述如何獲得女孩子芳心的過程。小說的前半部分中不乏一些充滿搞笑的噱頭，將小說寫成了戀愛指導書，痞子蔡的朋友阿泰就是一個「萬花叢中過，片葉不沾身」的「Lady Killer」，他總是在不同的時候給痞子蔡提供戀愛技術上的指導。這些總結性的指導意見通過網路語言表達出來，產生一種搞笑的閱讀效果。諸如：

阿泰常說：「『狗腿為談戀愛之本』。而且女孩子是種非常奇怪的動物，她相信她的耳朵遠超過相信她的眼睛，所以與其做十件體貼的事讓她欣慰，倒不如說一句好聽的話讓她感動。」

「把馬子有三大忌……一曰不浪漫……二曰太老實……三曰嘴不甜……」

「換言之……女人可以不介意你不夠高……可以不在乎你不夠帥……可以忍受你不夠溫柔體貼……可以接納你不夠細心呵護……可以寬恕你不夠聰明有趣……但絕不能原諒你不夠浪漫……」

痞子蔡形象的魅力還在於他人格上的二面性，一開始他將追逐女孩的過程看作是一個技術行為，「痞」到最後竟然也不可抑制地動了真情，體驗到了愛情的神奇力量。輕舞飛揚是一個天生

的大美人，痞子蔡是個有些才情的大學生，這種敘述自然是才子佳人的老套，這從小說將他們的感情與《鐵達尼號》中人物的故事相互參照到一起也可以看出來。為了突出從「痞」到「純情」的敘述轉化，小說的前半部分的敘述人是痞子蔡，後半部分的敘述人是輕舞飛揚，從而用兩種聲音再現了真情的種子萌芽的過程，遊戲終於弄假成真。小說就這樣將現代社會的兩性遊戲和永恆的男女愛情巧妙地結合到了一起，將時尚的流行文化（「痞」）和通俗童話世界的真情揉到了一塊，成功地用時代的方式改寫了一個純情故事，自然是十分契合大眾文化心理的。

　　與《第一次親密接觸》相類似的小說還有李尋歡的《迷失在網路與現實之間的愛情》，在這個小說裡，作者用充滿憂傷的筆調來回憶自己的一段青春戀情，「我的絕美淒豔的愛情啊，卻總在每一個寂寞無眠的夜裡，折磨我疲憊的回憶……」這個故事的基本敘述結構是一個聊齋式的狐仙下凡的套路。風影小姐和「我」在網上相遇，由相互鬥智開始，兩人相互傾心，相見恨晚，並開始同居，這是主人公最甜蜜的一段青春記憶，但終因家庭的反對，還有自己前途的壓力，主人公並不能分享「有情人終成眷屬」的美滿，而是讓風影這個天仙一樣的女子在奉獻了自己的全部青春和感情之後自動引退，重複了狐仙愛上書生然後悄然消失的老路。這樣一個故事由一個男人的口吻敘述出來，無疑就具有「風流才子」的狐仙夢意味。然而《迷失在網路與現實之間的愛情》畢竟是現代社會的愛情故事，它通過網路情緣的方式再次與讀者分享了一種現代的讓人心動的愛情。小說的敘述中充滿了一個男性對獲得異性愛情的自豪感：「是的，女人，才是這個世界上最美

的一道景觀，一個真正美的女人，可以改變一切，讓紅塵中一個平凡的男人，以為自己活在天堂。」如果說《第一次親密接觸》是以直白的方式將戀愛技法總結出來，那麼《迷失在網路與現實之間的愛情》就以一個風流浪子喬峰成功地獲得愛情為範例，向讀者展示了通過網路所結識的愛情的奇妙：「網，是多麼神奇啊，就像風影曾經說過的那樣，它穿透並且過濾了世俗的遮罩和差異，從而直面我們赤裸裸的靈魂世界。在這愛情日益庸俗化的時候，我相信，我們因網而產生的愛，是一種愛情的提純。」

這兩篇小說一如古典的愛情小說，讓讀者分享了男女愛情的偉大與甜蜜，讓我們再次領略到羅密歐與茱麗葉，梁山伯與祝英臺，賈寶玉與林黛玉式的為愛而生死的偉大愛情。在小說的結尾作者也有意地像這些古典的愛情悲劇一樣將主人公的戀情處理為悲劇結局，也許存活於悲劇之中的愛情更能「淨化」人的心靈，讓人珍惜這人間的美好之情。當然網路小說中的愛情悲劇和古典的愛情悲劇在內涵上是不一樣的，古典愛情悲劇的悲劇結果是愛情與專制對立的結果，而現代網路小說中的愛情悲劇是由一些偶然的外在因素造成的，因而不具有反抗社會的意義，但也能讓人產生為這美麗的愛情破滅的惋惜感，留給讀者的更有意味的還是網路愛情的方式和現代網路愛情的過程，這種過程是具有一些詩性因素的，這也表明網路純情小說是通俗的流行文化與古典言情方式的混合體。

網路純情小說也有一些喜劇結構的作品，這些作品中時尚的男女戀情氣息更為濃郁，它在一定的程度上標示了這個時代的兩性關係中角色定位的變化，也再次應證了小說乃是過程的美學，向讀者提供了戀愛的哲學和時代的愛情美學，當然也包含一些戀

愛技法。例如《我們不結婚，好嗎》、《我的野蠻女友》就給讀者提供了時尚的男女氣息，它在展示這個時代的男孩該如何討得女孩的喜歡，如何贏得浪漫的愛情，在這樣的小說中，女孩是愛情的目標，是「被愛的，而不是被瞭解的」（《第一次親密接觸》中引用的莎士比亞語），而追取女孩的基本姿態就是男孩的低調與耐心，「野蠻女友」概括了這個時代的女孩形象。通過以上分析我們見證了時尚話語和實用話語如何改寫了古典的純情話語，成為大眾消費文化中的一道大餐。

自 20 世紀 80 年代文學開始回歸到人學自身之後，文學對現實生活的熱情也隨之高漲起來，文學對現實的反映是與文學對現實的發現緊密地聯繫在一起的。現實生活是複雜的，單一的價值立場和對生活的淨化態度為很多作家所唾棄，文學要面對現實生活的真實，還要面對生活的真諦與深刻。一些批判現實的網路愛情小說的基本模式是「閱盡紅塵，滿目瘡痍」。在這些小說中，主人公基本上都是白領階層的時尚男女，他們一般有著比較優越的家庭生活。這些小說的敘述人基本上都是男性，他們在一個消費的時代裡很容易獲得性的機會，但他們在放鬆自己的道德底線的時候，卻不放鬆對自己的另一半的性道德要求，他們在欺騙女人的同時幻想著女人能對他們忠誠，當相互欺騙成為事實的時候，一切將變得不可信了，他們找不到生活的目標和人生的價值座標。一面不斷地欺騙別人，但卻不能容忍別人的欺騙，他們的失望是對這個相互欺騙世界的徹底失望。這種類型的小說再與白領們的創業故事相混合，也十分刺激讀者的口味。以網路成名的

作家慕容雪村的《成都，今夜請將我遺忘》、《深圳向左，天堂向右》和趙小趙的小說《武漢愛情往事》就是這樣的作品。這三部小說被稱為是 2002、2003、2004 年人氣最旺的網路小說。

　　這些小說的標題就標明了小說所敘述的是改革開放年代的都市男女的生活現實。小說中的生活內容具有 20 世紀 30 年代「新感覺派」小說的都市氣息。在《成都，今夜請將我遺忘》中，作者將成都比為：「如果把城市比作人，成都就是個不求上進的流浪漢，無所事事，看上去卻很快樂。成都話軟得粘耳朵，說起來讓人火氣頓消」。在《武漢愛情往事》中小說的作者說：「於我而言，武漢是個永遠也到不了性高潮的女人，儘管豐乳肥臀，但所有的嬌喘和呻吟都是如此做作，讓人欲罷不能，卻又索然無趣。我就在這座缺乏荷爾蒙激素的城市裡揮霍時光。」對於深圳，敘述者戲仿《北京人在紐約》中的句子，將深圳描繪為：

　　　　如果你愛他，送他去深圳，他可能會發財；
　　　　如果你不愛他，送他去深圳，他肯定會背叛。
　　　　這裡的每個人都不可靠，他指著窗外說，每一個男人都可能是嫖客，每一個女人都可能是妓女，你如果想找愛情，離開吧。

　　這種對待都市的批判情緒是對中國近代社會以來關於都市的文學形象的一種繼續，在關於都市的文學想像中，都市代表著進步、代表著現代文明，也蘊涵著墮落和醜惡。20 世紀中國文學的唯美抒情派作家從廢名到沈從文、孫犁、汪曾祺等人都是將寫作

的視點放在鄉村文化之中，在湘西、白洋淀、庵趙莊上有著充滿人性與人情美的愛情故事，道德、信義、善良的傳統道德是這裡的生活準則。與此相對，張恨水的小說敘述了都市對鄉村青年的腐蝕，老舍的小說中小人物苦苦掙扎在弱肉強食的都市環境中，30年代的新感覺派小說對都市是充滿詛咒的。在穆時英的小說《上海的狐步舞》中，上海的形象是：

> 上海，造在地獄上面的天堂！
>
> 滬西，大月亮爬在天邊，照著大原野。淺灰的原野，鋪上銀灰的月光，再嵌著深灰的樹影和村莊的一大堆一大堆的影子。原野上，鐵軌畫著弧線，沿著天空直伸到那邊兒的水平線下去。
>
> 林肯路（在這兒，道德給踐在腳下，罪惡給高高地捧在腦袋上面）。

這是關於都市的罪惡形象的描述，在這裡丈夫與妻子之間相互欺騙，沒有人間的愛情與真情，只有荒淫和罪惡。中國近些年的改革開放帶來的是都市化的快速進程，這種對於都市情愛的想像敘述在當代小說中也在不斷地被放大擴張，都市文明帶給人們的是情的失落和慾望的氾濫。20世紀90年代出版的《廢都》是反映這種都市想像的代表作品。城市的上空蔓延著一股世紀末的頹廢情緒，身體和情慾的解放帶給人的是無望的頹廢。當代網路愛情小說繼承了對都市的這種想像方式。慕容雪村的《成都，今夜請將我遺忘》中的陳重是個很色的男人，他有很多的女

人，是一個不負責任的男人，也是一個獵情風月場所的老手，與他有身體關係的無數女人並沒有融進他的生命，他只是一個檢閱女人的西門大官人。西門大官人的最終結果是縱欲身亡，《金瓶梅》的敘述者在向讀者說明他所敘述的故事是勸人的，希望人們對「財」和「色」能看開。小說寓含了這樣的命題：那就是縱欲是沒有好結果的，在女人的身體上來尋找成就感註定是虛妄的，女人的身體不能拯救男性的靈魂，只有男人自身的自我超越才能拯救自己。這也是《廢都》之中的莊之蝶身在「廢都」之中的下場，失去了愛情，失去了家庭，找不到精神的歸途。《成都，今夜請將我遺忘》中的陳重失去了自己的妻子，這也是對他縱情風月場所的懲罰，而他對別人的報復最後也受到了同樣的反報復。陳重是都市中成長的，市民社會文化孕育了這樣的痞子：「稍大一些就開始酗酒、看三級片，在大街上尾隨美女，為長成一頭色狼作好了一切心理和生理準備。」對於生活中的女人，他的態度是：「我一直都把愛情當成是玩具，誰也不愛，或者說，我只愛自己──在任何時候。」身體關係的隨意化成為愛情的敵人，陳重的朋友李良也因為妻子葉梅和陳重的身體關係而開始自甘墮落，這個昔日的純情詩人開始吸毒來毀滅自己，而李良曾是一個純潔的青年。

　　如果說《成都，今夜請將我遺忘》寫的是一個「痞子」遊歷於情場的經過，小說在淡淡的憂傷之中炫耀自己的情史的話，那麼《深圳向左，天堂向右》敘述的是一些純潔的青年是如何被都市社會腐蝕的過程，他們所經歷的是愛情的破滅和對都市的詛咒。小說以一個記者採訪的方式來敘述劉元、蕭然、陳啟明、韓

靈、孫玉梅等青年在大學畢業後在深圳闖蕩發跡的經歷。小說在商界金融傳奇中加入愛情的糾葛。蕭然是小說中成功創業的人，年紀輕輕就擁有上億萬的資產，他和大學女友韓靈無疑是真心相愛的，在他有錢之後，他開始有很多的女人，可以為女人揮金如土。他對自己的老婆韓靈不信任，在韓靈被搶之後，他無端地懷疑韓靈的清白，致使婚姻的破滅。蕭然在事業上是成功的，但成功的事業毀了他。在金錢的威力下，他放任自己，卻找不到任何快樂。「我現在功成名就，卻經常感到孤獨。」「找不到活下去的理由。」劉元與沙薇娜結婚了，但沙薇娜對他的背叛讓他對感情徹底地失望了。陳啟明早早地在金錢面前低頭，娶了村長的女兒，儘管他並不愛她，但這樁婚姻可以讓他少奮鬥二十年。小說中的女性如孫玉梅、衛瑗都可以為了金錢出賣自己的身體。這是一個金錢戰勝感情的世界，一切的溫情在金錢的魔力之下土崩瓦解。主人公在看不見的罪惡黑手的操縱之下苦苦地掙扎。在都市里蔓延著金錢的法則，愛情被淹沒了：

> 再也沒有堅不可摧的愛情，山盟海誓太容易被擊潰，再堅固的感情也敵不過無處不在的誘惑。如果你是個漂亮姑娘，嫁人一定要嫁有錢人，既然結局同樣是被拋棄，苦苦堅守的青春只換得一紙休書，又何必讓你的美貌委身貧窮；如果你是英俊的小夥子，請記住今日的恥辱：你的愛情永遠敵不過金錢的勾引，你萬般哭訴，百般哀求，你的漂亮女友還是要投身有錢人的懷抱。所以，讓仇恨帶著你去賺錢吧，等你發了財，就可以勾引別人的漂亮女友了。

　　這是一個受到詛咒的城市：「鵬鳥的故鄉。夢想之都。慾望之淵。愛無能的城市。淪陷的烏托邦。失去信仰的耶路撒冷。」

　　趙小趙的《武漢愛情往事》將愛情的主題集中到人與人之間的心靈背叛與相互欺騙，在這種遊戲的纏繞中，一切都沒有結局。這是一個人和人之間相互不信任的時代，人們之間相互不忠誠，不斷地失貞。在這裡沒有絕對的贏家。這部小說在網上流傳的名字叫《失貞年代》，是對當下人身體關係的一種概括。敘述者是一個時尚雜誌的記者，諳熟各種人間的奇聞情事糾纏。敘述者將情人之間的失貞和欺騙看作是這個時代的本質。敘述人姚偉傑在小說中是個很自戀的角色，他有無數的女人，小說中出場的女人大多和他有肉體或情感的關係，他的朋友周建新的女朋友鄭捷曾經是他的網友兼情人，給他提供情報的「朵朵」愛上了他，他的女朋友林雅如和沈小眉都是漂亮的女人，對他是一往情深。他還有無數個有身體關係的女人，一個個都風騷無比。這種大男子主義和自我膜拜的敘述方式不過是文人對自我風流經歷的一種想像性虛構，這是一個有些才能，有些痞性，但又具有時代特性的一種人物，小說虛構了主人公性能力的神話，塑造了一個戰無不勝的情聖形象，如同《肉蒲團》、《燈草和尚》、《浪史奇觀》之類的豔情小說一樣為讀者製造性想像而已。姚偉傑身上體現了男人對身體關係的雙重標準，男人自己放浪，卻不能容忍自己的女人不是處女。為此，周建新開始墮落，最後自殺身忘，姚偉傑離開了自己有愛情感覺的林雅如。

　　小說對時代本質的概括通過幾組基本的人物關係揭示了出來，姚偉傑自以為遊歷於女人之中得到了一份真正的愛情，但沈

小眉的日記揭示了那不過是一個欺騙的幻影。於是小說安排了沈小眉的死，因為這也不是一個完美的愛情。小說中的男女主人公關係的巧合具有小說家的組合性質，如租姚偉傑房子的朵朵成為姚偉傑的對頭徐峰的藥劑師的女朋友，沒有這一層關係，姚偉傑對徐峰的報復就是一句空話。與姚偉傑有身體關係的女網友鄭婕恰恰成為自己的好朋友周建新的女朋友，這些巧合的人物關係表現了一個「失貞年代」的主題。

二

　　上文已分析了流行的網路小說中的敘述者敘述了什麼樣的愛情故事，這些故事的背後是時尚的都市生活圖景。如果從受眾角度來考慮的話，網路愛情小說是為那些時尚的男女而寫作的，他（她）們生活在都市之中，是時代的寵兒，網路小說記載了他們的愛情和失落的青春記憶，在其中瀰漫著傷感與經歷情感成長的疼痛。從寫作的年齡來看，網路小說是一種青春化的寫作，網路寫手的年齡大多是在 20-30 歲左右，他們的文化背景是大學教育和都市白領的生活。他們出生在一個城市迅速膨脹的年代，也是人們的物質慾望充分被釋放的年代。網路寫手們的愛情方式具有網路時代的特徵，網上聊天是他們感情溝通的方式，多角錯位是他們之間的感情關係。

　　網路小說的作者成長在改革開放的新時代，網路小說對他們情愛生活的敘述透露著一股小資情調。小資生活的中心環節是對情的執著，為情而生，為情而傷是他們的情感特徵。安妮寶貝是

一個比較受人歡迎的網路作家，在她的小說中，就有很濃的女性生活情調。安妮寶貝的敘述者大多是第一人稱的「我」，「我」很重視自己的直覺，跟著感覺走，愛上一個人就毫無保留地交出自己，當愛情的傷痛過後，就將這一切的感情過程視為一個「劫難」，將自己的感情經歷視為「宿命」的安排。這樣一種哀怨而淒婉的愛情感覺恰與流行歌曲對愛情的解釋是同位的。

　　在安妮寶貝的小說《八月未央》中，「我」愛上了女友「喬」的男朋友朝顏並懷有朝顏的孩子，朝顏去了東京，有了新的女人，離開了我也離開了「喬」，「我」將這一切看作是一場劫難，在憂傷中懷念著自己的男友。而自己的一切可以和蔡健雅的歌相互注釋：「他的樣子已改變，有新伴侶的氣味，那一瞬間，你終於發現，那曾深愛過的人，早在告別的那天，已消失在這個世界。心中的愛和思念，都只是屬於自己，曾經擁有過的紀念。」正如《上海寶貝》中的作者將杜拉斯、亨利・米勒視為自己精神上的父親，在這些小資情調的女作家身上，她們喜歡聽的是流行音樂。尚愛蘭的小說《四大才女唱情歌》戲擬幾個古代的才女在一起相聚寫唱情歌，這些情歌有「少兒不宜」的味道，李文姬唱的是《情人啊，讓我靠在你肩上》，王清照唱的是《情人啊，讓我爬在你腿上》，胡婕妤唱的是《情人啊，讓我躺在你腳下》，趙淑真唱的是《情人啊，讓我踩在你頭上吧》，在寫情唱情的時代中，連尚愛蘭的小女也會寫《白臉紅臉我怕你》這樣的歌。這是一個情感氾濫的年代，在小資們傷感的情調中，飽嚐感情的人們總是相互遺棄，在現實中心靈之舟找不到停泊的島嶼。《告別薇安》中的「薇安」是個永遠也不會露面的網上女孩，這個永不見面的女孩

耗盡了主人公「最後的百分之十的感情」，告別的是一個夢想，留下的是永恆的傷感情緒。《彼岸花》也是經歷了夢想與現實的對立，「看到的只是彼岸升起的一朵煙花。」這樣一種傷感的情調在現代作家盧隱、馮沅君、丁玲、巴金等人的筆下已經出現過，在馮沅君的小說《旅行》中，小說的男女主人公可以相互隔著衣服而眠，沒有任何的身體衝動。丁玲塑造的「莎菲」的痛苦是情與欲無法統一的痛苦。然而時代之易位，此怨不同於彼怨，此怨是經歷了身體與情感之河而無法超渡的痛苦，是對情和欲的雙重失望。

　　上文的分析已論及到網路時代對身體的消費意味。身體的消費意味在這裡包含著這樣幾個方面的內容：一是小說的人物關係中，肉體關係並不以感情的位置為前提，情感活動的過程成為空白，一次放縱身體慾望的過程簡單如一次性消費。二是敘述者對身體慾望敘述的放大和突出，在語言層面上為讀者提供了刺激讀者閱讀興趣的消費性文本。尚愛蘭的小說《性感時代的小飯館》中的男青年耗子未婚有女友，拿了獎金請女同事瑛吃面，認識瑛的同事方，兩人開始在網上聊天，然後開始做愛，沒有任何言及雙雙的女友與丈夫，兩人沒有愛，談不上喜歡，只有身體的交流。小說的內容正如小說的標題所標明的「性感時代」的性愛事件。《成都，今夜請將我遺忘》、《深圳向左，天堂向右》、《武漢愛情往事》等小說中的男性公民們大多都有多個性對象，性是他們生活中的一個重要內容。小說中對性場面的描述大多張揚的是男性的性慾望，如同古代的風流詩對女性容貌服飾的描繪，網路小說對女性的描繪簡潔而充滿挑逗性。《成都，今夜請將我遺忘》一開篇就敘述了「我」和葉梅發生關係的情節，整個過程簡

單誇張，男性意淫味十足，這樣的開頭無疑具有吸引讀者眼球的作用。女子葉梅只是一個簡單的性器，小說對葉梅的描寫是：「葉梅穿一件紅毛衣，下身穿一條緊身牛仔褲，胸部豐滿，腰肢纖細，兩條修長的大腿輕輕有節奏地顫動著，我的腰下馬上就有了反應，趕緊喝口啤酒壓住。」小說對女子趙燕的描寫是：「我笑笑無話，看著趙燕一扭一扭地走出去，臀部豐滿，雙腿修長，肌膚如雪。」這些敘述語言很難說是表現人物性格的外表描寫，它不過是被男性慾望的眼光過濾的女性身體而已。

在 20 世紀 80 年代中期，中國文學的敘述語言發生了變化，以王朔作品的出現為代表，充滿痞性的語言進入文學作品，「千萬別把我當人」，「過把癮就死」，這些語言有很強的調侃意味，有一種市民文化的優越感在其中。網路小說對於文學的衝擊也是與它獨特的語言分不開的，網路是一個生動的、魚龍混雜的、虛擬的語言空間，它製造了鮮活的、充滿野性和刺激的網路語言，網路情愛事件的敘述中到處充斥著插科打諢的玩笑意味。

下面以《第一次親密接觸》為例來說明網路小說中的語言。

1、類比。

安打？是這樣的，我們常以棒球比賽來形容跟女孩間的進展。一壘表示牽手搭肩；二壘表示親吻擁抱；三壘則是愛撫觸摸；本壘就是已經 ※ ＆＠☆了（基於網路青少年性侵害防治法規定，此段文字必須以馬賽克處理）。阿泰當然是那種常常擊出全壘打的人，而我則是有名的被三振王，到現在還不知道一壘壘包是方還是扁。如果是被時速 140 公里以上的快速球三振那也就罷了，我竟然連 120 公里的慢速直球也會揮棒落空，真是死不瞑目。

感情關係可以用棒球來比擬，對兩性關係可以比擬談論，形象地說明了兩性關係被技術化的意味，讓人忍禁不禁地發笑。

2、文字變換。

男生稱黴女為恐龍……女生則稱菌男為青蛙……

有兩個男生過來搭訕，他們說：今天的天氣很好叫 sunny 兩位小姐很美麗叫 beauty

氣質也非常動人叫 pretty 若能與你們共遊則會很快樂叫 happy

小雯則回答說：天氣突然變差了叫 rainy 兩位先生長得不怎麼樣叫 ugly

看到你們我開始不爽叫 angry 再不快走老娘就會抓狂叫 crazy

諧音轉換和中英文夾雜是網路語言的搞笑特色，擴張了語言的表現力。

3、誇張。

「後來阿泰想出了一個逃生守則，即日後跟任何女性網友單獨見面時，要帶個 call 機。我們會互相支援，讓 call 機適時響起，若碰到肉食性恐龍，就說『宿舍失火了』；若是草食性恐龍，則說『宿舍遭小偷了』。於是阿泰的房間發生了四次火警，六次遭竊。我比較幸運，只被偷過五次。」

誇大其詞製造笑料，增加閱讀趣味。

4、戲擬。

痞子蔡對自己的介紹戲擬《出師表》：「弟本布衣，就讀於水利……全成績於系上，不求聞達於網路……」

網上聊天戲擬選擇題的問答：

「呵：）……痞子……那你想我嗎？……」

「A. 想 B. 當然想 C. 不想才怪 D. 想死了 E. 以上皆是……The answer is E……」

「如何想法呢？……」

「A. 望穿秋水不見伊人來 B. 長相思，摧心肝 C. 相思淚，成水災 D. 牛骨骰子鑲紅豆──刻骨相思 E. 以上皆是……The answer is still E……」

「呵呵……：）……」

人物對話戲擬孟子的話：「余豈好讚美哉……余不得已也」，「余豈好痞哉……余不得已也」。

網路空間是網路語言生長的平臺，網路小說積極地吸收廣大線民的智慧，以其極大的包容性吸取網路的精髓，發揮網路的特性，創造性地運用誇張、反諷、戲擬等修辭方式創造了一種新的文學語言，大大豐富了漢語的表現力，也極大地增強了網路小說中情愛敘事的趣味性，從而提升了網路小說的審美品格。

第十一章

一代知識分子的愛情

　　王蒙坦言：「在小說中寫愛情寫得特別好的人，他在愛情上也未必非常成功。我相信一個人在愛情上成功以後，他也就不大去寫愛情小說了……」[1]

　　王蒙還說他人生有兩大成功，一是文學，二是愛情。

　　以此推論，王蒙應該是一個對愛情題材不怎麼感興趣的作家。可王蒙是一個小說家，小說很少有不寫愛情的，王蒙的小說自然也不例外，像大多數男性作家一樣，王蒙更習慣思索大的有關國家、民族、時代、理想、文化等重大的歷史問題和社會問題，愛情在王蒙的小說中不過是一種點綴，一段理解人物的相關背景，它很少構成小說的主要構架，不是小說的主要筆墨所及。但這並不意味著王蒙小說中的愛情故事是可有可無的，愛情在王蒙的小說中伴隨著青年人的夢想、奮鬥、求索之路，是王蒙刻畫時代人物，記錄歷史時代，表現精神思索不可缺少的一個重要方面，在《組織部新來的青年人》、《蝴蝶》、《風箏飄帶》、《如歌的行板》、《活動變人形》、《戀愛的季節》、《青狐》等重要作品中都

---

[1]　王蒙：《王蒙文存（十九）中國文學怎麼了》，人民文學出版社，2003 年 9 月版，第 486 頁。

不乏愛情細節，有的甚至是濃墨重彩的糾纏不清的愛情事件。一方面我們可以提取王蒙小說中的愛情故事，通過這些故事的敘事形態透視作家的精神追求和作品的思想內涵，另一方面，上述作品貫穿了王蒙從 20 世紀 50 年代、80 年代到 90 年代以後的整個創作歷程，怎樣講述一個愛情故事，通過愛情事件塑造什麼樣的人物，通過人物傳遞什麼樣的思想資訊等等，這些也可以看作是王蒙在寫作理念上的調整和變化，由此可見王蒙小說的寫作軌跡以及一些潛在的創作動因與藝術上的得失。

一

20 世紀 50 年代王蒙發表了小說《組織部新來的青年人》，這篇給王蒙帶來聲譽也帶來厄運的作品如今已成為文學史上的重要篇章。小說表現了年輕人林震來到一個新的工作單位所遇到的理想和現實的矛盾。在這條主線之外，小說還敘述了林震與女同事兼「大姐」趙慧文之間的朦朧感情，這篇小說在發表之時被《人民文學》的編輯們修改過，改動之處也涉及到林震與趙慧文相處的相關情節。原稿趙慧文「一個一個地捏著自己的手指」被改為：她「一個個地捏著自己那白白的好看的手指」，小說第十一節，趙慧文請林震到家中吃餃子，編者加上了原稿中沒有的一段：「那種說不出來的溫暖和難過的感覺又一齊湧上了他的心頭。他的心在痛，好像失掉了什麼。他簡直不敢看趙慧文那張被紅衣裳映紅了的美麗的臉兒。」小說的結尾也是編者完全重寫的：「一陣莫名其妙的情緒湧上了他的心頭，彷彿是失掉了什麼

寶貴的東西，彷彿是由於想起了自己幾個月來工作得太少也進步太慢……不，他彷彿是第一次嘗到了愛情的痛苦的滋味。」「一股真正的愛情的滋味反而從他的內心深處湧出來了！……不，她是有丈夫的人，不會愛她，他也不應該愛她。……人，是多麼複雜啊！一切一切事情，決不會像劉世吾所說的：『就那麼回事。』不，絕不是就那麼回事，正因為不是就那麼回事，所以人應該用正直的感情嚴肅認真地去對待一切。正因為這樣，所以看見了不合理的事情，不能容忍的事情，就不能容忍，就要一次兩次三次地鬥爭到底，一直到事情改變了為止。所以決不要灰心喪氣……至於愛情呢，既是……，那就咬咬牙，把這熱情悄悄地壓在自己心裡吧！」[2] 經過改寫，王蒙小說中原來的朦朧的未經完全展開的愛情萌動變得有些稍稍明朗的悲劇意味了。這些修改應該說是與小說中林震對生活的思考基本上是吻合的，林震從趙慧文的交往中獲得的是理解和支持，與趙慧文的談話在一定程度上解開了林震心中的疑問，是趙慧文讓他迅速成熟。在林震方面來說，這也是林震第一次以一個男人的形象面對一個成熟的異性，小說中描述的林震與趙慧文交往的感覺是「一股溫暖的泉水在心頭湧了上來」，小說站在林震的視點上進行敘述，林震面對趙慧文的關心和理解，有溫暖，也有第一次面對感情的迷茫，林震與趙慧文交往所感覺到的迷茫、憂鬱以及所遭遇的挫折感與林震的形象在整體上是契合的，林震在工作中也是如此，他那句「人們不允許心臟上有灰塵，就不允許黨的機關有缺點」擲地有聲，但他又分明

---

[2]　參見《『人民文學』編輯部對「組織部新來的青年人」原稿的修改情況》，「人民文學」編輯部整理，《人民日報》1957 年 5 月 9 日。

地感到他和他的對手之間的力量是那樣的懸殊，真切地感覺到「按照娜斯嘉的方式生活」「真難啊」。如果這篇小說中沒有趙慧文這個人物，林震與劉世吾、韓常新之間的矛盾仍然可以展開，林震的理想在現實面前的受挫依然可以表現出來，但林震對組織部、劉世吾和韓常新的理解缺乏一個可交流的人，林震不會如此這般快速地成熟。沒有林震內心的情感波瀾，林震形象的豐富性也會差很多。但這畢竟是一個未完全展開的愛情插曲，甚至可以說還沒來得及展開就夭折了，因為《組織部新來的青年人》畢竟不是一個以愛情為主題的小說，愛情事件主要是服務於人物的追求和理想主題，充當的是烘托人物的作用。

　　《組織部新來的青年人》中的愛情插曲成為王蒙創作的一個基本特徵，實實在在的看來，王蒙沒有一篇專門以愛情為題材的作品，即便是表面上看起來有著鮮明的愛情內容的小說《風箏飄帶》、《活動變人形》、《蝴蝶》、《戀愛的季節》、《青狐》等，它的內在蘊涵卻是遠遠於愛情之外的。

　　《風箏飄帶》的主人公是兩個正在戀愛的青年人，小說沒有很曲折生動的愛情故事，小說敘述的是兩個相愛的年輕人佳原和素素談戀愛找不到地方，要結婚找不到房子，他們雖然普通，一個是修鞋的，一個是餐廳的服務員，在物質上很貧困，但精神上很充實，他們有著樸實的夢想，在業餘時間學外語，考研究生。而素素的同學還沒有女朋友，已經有了寬敞的大房子，以此襯托佳原和素素在精神上的追求。這篇小說主要表現的是年輕人的夢想，正如那飛在空中的風箏飄帶。《活動變人形》細緻地敘述了主人公倪吾誠與他的妻子姜靜宜的家庭故事，丈夫與妻子的

矛盾在小說中是主要矛盾，倪吾誠需要的是愛情，但他沒有得到愛情，原因在他看來是中國太落後了，他需要現代的女性，但他找不到。但這不是一篇表現愛情的小說，夫妻衝突只是小說的一個基本框架，小說以此為依託表現對中西文明衝突的思考。小說沒有對中、西文化採取簡單的認同或批判態度，倪吾誠（你無成的諧音）一生崇尚西方文明，卻是一事無成的，弄得個「四不像」。小說中倪吾誠和趙尚同的對比，不僅僅是宣揚一種「糟糠之妻不下堂」的傳統美德，而是借此來反思中國文化中的合理之處。這篇小說寫於西化浪潮呼聲日漲的 20 世紀 80 年代中期，對中西文化的相容態度使小說有很深的現實隱喻意味。《蝴蝶》通過張思遠的回憶，敘述了與張思遠有著緊密關係的三個女人，這三個女人構成了張思遠對動盪歷史的全部記憶，他的政治沉浮，他的情感心繫，全部在這三個女人身上，但這也不是一篇單純的愛情小說，作品透過人物的感情故事思考的是時代和歷史，體現出小說的「反思」意識。最有意味的也許要算《戀愛的季節》和《青狐》，在前者中作者表現了一個個愛情故事，在後者中作者集中筆墨敘述了主人公青狐的愛情事件，但這兩篇作品仍然不是單純的愛情小說，它們和王蒙的其他「季節系列」小說一起構成了一代知識分子半個世紀以來的歷史記憶和精神之思。

二

　　在 20 世紀中國的文學歷史中，表現愛情的小說不外乎兩種：一種是集中表現愛情主題的作品。如《青春之歌》、《傷逝》、《沉

淪》、《莎菲女士的日記》、《小二黑結婚》、《紅豆》、《被愛情遺
忘的角落》、《愛，是不能忘記的》、《不談愛情》、《愛又如何》、
《情愛畫廊》、《無字》等，這些作品或者表現現代自由愛情對專
制的反抗，或者表現現代愛情追求精神的平等，或者表現人們在
愛情生活中的體驗，或者解構愛情的神性意味，或者表現愛情自
身的悖論等等。第二種是附帶性地表現愛情。這類小說所寫的不
是專門的愛情題材，但涉及到愛情的內容，在建國後十七年的經
典小說《創業史》、《三里灣》、《山鄉巨變》、《林海雪原》、《紅旗
譜》、《風雲初記》、《三家巷》等長篇力作當中，我們可以讀到愛
情線索在小說中或隱或顯的出現，其中的作用是多方面的，或結
構小說的事件，或烘托所塑造的人物形象，或引起讀者的閱讀興
趣。這些作品的含義也遠遠超越於愛情主題之外。所謂附帶和集
中，主要是就小說的主要筆墨和主要內涵而言，事實上任何一部
優秀的作品，其主題都不是單一的。這種區分主要是為了更好地
認識作家寫作的出發點與敘事的效果。如都是革命語境中產生的
小說，《青春之歌》敘述愛情的篇幅較大，通常被視為愛情小說
來閱讀，而《林海雪原》中的愛情不過是個插曲，所占篇幅小，
被視為革命小說，實質上這兩篇作品中的愛情都受到了革命話語
的擠壓，都沒有得到充分地展開，只是程度不同而已。王蒙新時
期以來的小說沒有階級話語的制約，可王蒙的少共情結以及由此
而來的對歷史大時代的思索命題總是壓抑了小說對愛情的表現，
換句話說王蒙不是因為寫愛情而寫革命，而是為了表現革命而寫
到了愛情。另一方面，縱觀王蒙的小說創作，從《組織部新來的
青年人》、《風箏飄帶》、《蝴蝶》、《布禮》、《活動變人形》到《戀

愛的季節》、《青狐》，王蒙小說寫愛情的篇幅越來越重，筆下的愛情也漸漸脫離了那種簡單明朗的悲、喜劇色調，宏大命題對愛情主題的壓抑也越來越小。

《組織部新來的青年人》中的愛情有些苦澀意味，但基本是明晰的。在王蒙的那些有著宏大主題的歷史敘事中，夾雜的是人物熱愛生活、珍惜生活、積極向上、崇尚愛情的本色和品質。《風箏飄帶》中的佳原和素素是兩個心靈高潔的主人公，她們熱愛生活，有著遠大的理想和積極的生活態度，愛情讓他們相互激勵，愛情是美好而溫情的。《蝴蝶》中海雲讓張思遠自責、懺悔，張思遠真的愛海雲，但他沒有盡到丈夫的責任。小說中最成熟、最美麗的女性是秋文，她不僅讓張思遠得到了身體上的照顧，也讓張思遠更加看清了自己，使他明白自己「不能、不願、不敢、也不應該以高於普通勞動者的任何方式重返山村。」秋文拒絕了張思遠的求婚，張思遠並沒有因為秋文的拒絕而傷感，秋文的設問是張思遠為什麼不放棄自己的位置來和她生活在一起，而一定要秋文跟著他走，這是一個有著人格獨立的現代女性。海雲和秋文是讓張思遠懷念的兩個女性，那個功利主義者美蘭不過是一個婚姻過客，沒有在張思遠的情感記憶中留下任何位置。《活動變人形》中，倪吾誠與薑靜宜結婚，但倪吾誠沒有愛情，他愛的是現代女性，上帝按媒妁之言給了他一個傳統的女人，他需要愛情，但中國落後了二十年，在中國沒有愛情，只有令人氣悶的家庭紛爭。一如王蒙在小說《蝴蝶》中提出來的：「把愛情叫做『問題』，把結婚叫做解決問題」。這些作品中不管是美好的愛情嚮往，還是苦難歷程中的愛情記憶，不論是歡喜的，還是苦澀的，作品中愛情的色調是明晰而清楚的。

　　20 世紀 90 年代，王蒙寫出了集中表現愛情的小說《戀愛的季節》，小說中寫了一代青年人的戀愛史，在這篇小說中愛情變得支離破碎。王蒙身處 20 世紀 90 年代，寫作的是 50 年代的愛情事件。小說的標題與小說中的一段話相互呼應：「這是一個戀愛的季節，哪裡都是愛情，到處都是愛情。」這篇小說寫出的是那個火熱的年代，但小說中所傳達出來的對愛情的思考卻是作者在 90 年代的聲音。它代表著王蒙小說所追求的一種效應：多聲部地呈現生活的複雜性，也包括多角度呈現愛情的豐富性。首先小說再一次呈現了 50 年代小說中所出現的普遍矛盾：革命的無私與戀愛的小資產階級情調之間的矛盾。周碧雲這個革命積極性很高的女子，她的初戀情人是舒亦冰，但她不滿足舒亦冰的小資產階級情調，後投入青年團幹部滿莎的懷抱，然而就在周碧雲和滿莎結婚的時候，舒亦冰的到來把周碧雲的心擾亂了，她竟然發覺自己心裡還裝著舒亦冰。洪嘉開始愛戀戰鬥英雄李生厚，受到拒絕後與革命幹部魯若相戀，竟然發覺「小資產階級也很可愛」。最有意味的是洪嘉對「托派分子」蘇紅的看法，由於洪無窮生病，在與蘇紅的相處中，發覺蘇紅身上有很多的優點，不知不覺地竟然受了蘇紅的影響。在《戀愛的季節》中，不再是 50 年代小說中那樣，革命積極性戰勝了小資產階級情調，女主人公擺脫情感的困惑走上革命道路。而是人物自覺地思考這個矛盾，一邊渾身洋溢著革命的激情，一邊享受著愛情的甜蜜。曾經備受批判的小資產階級情調在這裡被歷史語境重新改寫，周碧雲、滿莎、洪嘉、魯若、祝正鴻、束玫香、趙林、李意等年輕人自由灑脫的戀愛，就連女中學生呂琳琳、林娜娜也被捲入這場時代愛戀

之中。其次，小說書寫了對愛情的追問和反思。錢文是小說中清醒的思考者，他是在「戀愛的季節」唯一沒有真正戀愛的人，他總是旁觀者的身分給小說帶來了思考的深度。「為什麼我們甯愛唱蘇聯的歌曲——雄鷹、山楂樹、藍色的頭巾、海水吻著海岸、紅莓花兒、霧、夜鶯、白樺、褐色的眼珠……為什麼我們的歌詞裡沒有這些？我們的歌詞裡如果有了這些，算不算小資產階級情調呢？」「愛是什麼？錢文說不清楚？但是他感到了它。像是溫暖的波浪，簇擁著他飄蕩浮沉。像是清冽的空氣，無所不在，無影無形卻又充溢著他的心胸，喚醒著他的精神。像是一首歌兒，從早到晚，縈繞在他的耳旁，使他心蕩神馳，心花怒放，心曠神怡，愁腸百結。」小說就是在錢文的思索中結局的。形象體現愛情複雜性的是小說中多個青年人戀愛的故事。就在這些青年人分享著革命時代自由戀愛的勝利果實的時候，他們的感情之路上總有一些不和諧的聲音出現。錢文一直掛念的呂琳琳嫁給了一個海軍指戰員，洪嘉和魯若中間出現了一個女孩葉東菊，青梅竹馬的祝正鴻和束玫香在結婚前出現了危機，滿莎和周碧雲的婚禮因為舒亦冰的出現熱鬧氣氛急轉直下，趙林和林娜娜的戀愛以失敗告吹。那些喜結良緣，飽嚐愛情甜蜜的戀人們很快就落入激情過後的平淡中，「這種溫暖和美麗又是怎樣地電光石火一般地轉瞬即逝！」「為什麼好像到處都有懷疑和背叛？」「愛情的花朵為什麼不能百年芳菲？」小說在這裡已經超越了對戀愛的時代的書寫，而體現出一種對愛情本身的沉思。這種沉思與那個理想高揚的革命時代結合在一起，表現了作者對那個時代的既緬懷又質疑的心態。其三，這篇小說是一個回顧性的文本，張志忠對「季節」系

列的評論用了一個標題：追憶逝水年華。它成為一代青年人成長的主題，從經歷的世事中成長，從理想與現實的碰撞中成長。一如錢文的所思：「成長的一面是豐富、充實、老練、安詳，另一面卻是冷淡、多疑、麻木還有庸俗。」「他想保持年輕，他想保持愛情，他想保持心靈的平靜，他想保持心弦的無聲，他想保持希望的永遠生動和失望的推遲來臨，他想保持所有的美好的記憶和他的那一串又一串的夢。夢，就讓它是夢吧，夢只是夢，它永遠不會被得到，所以也不會失落。」這樣所有的愛情挫折、失落都成為一種考驗，與《組織部新來的青年人》、《青春萬歲》、《布禮》、《蝴蝶》等作品相互對接，那是一代老布爾什維克們對信仰的追求的歷史見證，小說為歷史存照，也為他們的青春作證，他們的戀愛就這樣成為他們歲月記憶中的一個重要部分。

三

　　由「單調」到「複調」，由將愛情作小說的插曲到通過愛情表現一代人的精神追求，這是王蒙小說寫愛情的發展軌跡。同樣是「反思」小說，王蒙自身的生命體驗深深地融入其中，在某種程度上讀者總是自覺不自覺地將王蒙與王蒙筆下的人物林震、張思遠、鍾亦成、翁式舍、錢文等相互對位，他們的信仰和追求多多少少與王蒙自身的經歷有絲絲縷縷的聯繫。不難看出，王蒙總是自覺不自覺地在這些人物身上投射了自己的某些影子。王蒙的「少共」情結遠遠大於他對愛情主題的關注，這對王蒙寫愛情帶來了兩種影響：一是王蒙的小說沒有一般的「反思小說」中的

「才子佳人」意味，二是王蒙小說中過於強烈的政治訴求影響對
愛情探討的深度可能性。

　　試比較一下《蝴蝶》和《天雲山傳奇》這個問題就很清楚。
《蝴蝶》中張思遠生命中的三個女人都很有代表性。海雲是他的
初戀，是他的真愛。小說中海雲 18 歲，張思遠 30 歲，一個典
型的女兒型的小妻子，個性也是那麼任性、執拗。美蘭，成熟而
刻板，將張思遠的生活安排得緊緊有條，但與張思遠的感情似乎
沒有什麼根本的聯繫。女醫生秋文，在張思遠腰椎受傷的時候給
了他細心的照顧，還幫他和好了與兒子冬冬的關係，在張思遠看
來，她是那麼大氣、高潔，對生活看得那麼透，但在他做了部長
之後，他想再次求證他和秋文能否結合的可能性的時候，秋文拒
絕了。這三個女人，其實是一個女人的三個側面：女兒、妻子、
母親，一個集三個女人優點於一身的女性才是張思遠理想的妻
子。但張思遠在現實中找不到這樣的女人，他只有帶著這些溫馨
又傷感的記憶走上自己的崗位，小說標題「蝴蝶」所點到的是他
對自己政治沉浮的變幻不定的思索和疑慮，但這並不影響他堅定
的革命信念，哪怕是在最艱苦的時候，他仍然按照自己當初的級
別上繳黨費。與這篇作品形成對比的是《天雲山傳奇》，也是一
個因歷史蒙難的男性主人公，在《天雲山傳奇》中，男主人公羅
群受難，初戀情人宋薇離他而去，但獲得了另一個美麗女子馮晴
嵐的愛情，馮晴嵐病死後，他和另一個女子周瑜貞站在馮晴嵐的
墓前。不管羅群是落亂還是走順風，三個女子在感情的天平上都
一致性地對他傾斜。《蝴蝶》沒有這樣簡單的對應，男主人公的
愛情只是人生路上的一道道風景，他反思的是歷史，是大的社會

問題，哪怕是在蒙冤的時候，張思遠從沒有放棄自己對社會的責任，他甚至對兒子冬冬所表現出的懷疑和憂鬱感到痛心。王蒙沒有一般「反思」小說中對歷史的激憤和控訴情緒，甚至在《相見時難》中為文革的歷史辯護。王蒙對愛情的表現也沒有《天雲山傳奇》中那樣的「才子佳人」意味，張思遠重返工作崗位的時候，他所鍾愛的秋文並沒有和他走到一起。我們也看到，小說雖涉及了愛情對主人公心靈的撞擊，然而這篇小說不可能像張賢亮的《男人的一半是女人》那樣由個人的精神反思進到對兩性間普遍矛盾的反思層面。張思遠過於遙遠也過於強大的思考壓抑了小說本可能展開的對愛情的曲折、豐富、細膩的深度再現。

正視愛情的複雜性，對王蒙來說其實不是個認識上的問題，《青狐》就是一篇揭示愛情小說底牌的小說，小說中套小說，小說人物的處境與構思小說相互結合了起來，讓人對小說家虛構的愛情有了更深一層的瞭解。小說的主人公青狐是一個 20 世紀 80 年代成長起來的「中國著名愛情小說作家」，小說通過青狐自身的婚姻情感體驗和她寫作的愛情小說兩相對照展開敘述。青狐與眾不同，青狐相貌奇特，「這樣的女人是精靈尤物、采蘑罌粟、天仙神女、妖魅冤孽，她們使乏味的人間多了一點神奇，使平凡萎縮醜陋骯髒的男人們在一個短時間勃勃起來、燃燒起來、英俊起來，然而美人仍然受到提防和質疑，受到審查和歧視。」青狐有過兩次不成功的愛情，成名之後，又愛上有婦之夫的文藝界領導楊巨艇。「她讀了很多描寫不成功不像樣的愛情的小說」，青狐寫小說是為了心中的愛情理想。小說中多次出現這樣的語言：「文學似乎能夠給苦惱的人生刷一層甜酸油漆，給苦惱的人一些

慰藉，給單身女人或者男子一點代愛情、准愛情，畫餅充饑。」
「女人寫小說只是待嫁不成而已。」「她的情愛與慾望排山倒海，
她的憤懣與蓄積等待井噴。她拿起筆來了，她用半通不通的卻是
天才的語句抒發她們的情愫，於是閃電和驚雷、大風和暴雨、垃
圾和排泄物攪得周天失色。」這些段落和小說中多次寫到的青狐
所虛構的故事、青狐自己的個人經歷一起構成了對愛情小說與愛
情本質的合力闡釋。

　　《青狐》在形式上很獨特，綜合了王蒙小說的多重因素。
一、這是延續「季節系列」的一篇小說，「季節系列」中出現的
錢文在《青狐》中所花的筆墨僅次於青狐，祝正鴻、葉東菊等人
也是「季節系列」中出現過的人物。而《青狐》是王蒙對「季節
系列」的新的方式的延續。它以女主人公青狐的愛情、寫作為
線，貫穿了一個時代，一定程度上改變了「季節系列」的一代人
精神自傳性意味。二、《青狐》是一個具有「元小說」意味的作
品，小說中多次敘述到青狐、米其蘭等人所構思的小說，這些小
說構思與人物自身的命運形成了互文關係。小說中還不時地出現
作者直接介入小說的語言，如：「請讀者允許小說作者王某人插
一句話」，「在本書作者即姓王名蒙的那個搞創作的人上個世紀八
十年代所著中篇小說《風息浪止》裡，曾經寫到……」。這些語
言讓讀者在閱讀小說時不時地隨著作者的指示跳出小說，思索小
說的意義和小說中呈示的那些問題。三、《青狐》是一個有多重
聲音的作品。從小說的章節結構設置來看，小說中以青狐為敘述
對象的章節只占到小說的一半，另一半是由錢文、米其蘭、白有
光、祝正鴻、楊巨艇等人來構成的，特別是錢文，他是「季節系

列」中貫穿始終的人物，這個人物在小說中一直是個思考者，一定程度上就是作者自己。小說就是在錢文對時代的滄桑變化所發的感慨中結束的：「我們所熟悉的一些人和事，都變得愈來愈成為記憶——或者更正確地說，已經沒有什麼人去回憶了。」加上敘述者不時的跳出，小說中有種聲音交匯混雜在一起。

　　王蒙不同於張潔、王安憶、宗璞等寫愛情的作家。在這些作家的作品中，多表達女性對愛情的追求或愛情的傷痛。而王蒙沒有女性作家那份對愛的執著，缺乏女性作家那種刻骨的情感體驗。看看《青狐》的開篇，讀者會以為他要講述一個孤傲女子的傳奇人生，讀著讀著卻發現《青狐》中的愛情主題不過是一個側面，王蒙其實是在為「季節系列」做續集。青狐的故事被敘述人一次次打斷又一次次重新拾起，《青狐》飽含憂傷的故事被雜糅在一個時代的回聲之中，王蒙在追求多元包容的激情文體的同時，也讓小說脫離了講好故事的基本方式。按照王蒙的說法，新時期以來他的小說經過了三個階段：「浪漫的、多夢的、多感的階段」，「傾訴、噴發階段」，「概括的、追思的、回溯的階段」。[3]《青狐》自然屬於「概括的、追思的、回溯的階段」，追思、回溯表現在小說中那些大段的議論，以及人物誇張、充滿辯論氣息的語言之中，而這基本上是以回憶的方式來寫作，小說寫進了回憶錄中，經驗成分已經遠遠地大於想像成分。《青狐》只是一個徒有其名（青狐）的作品，小說的標題和那些生動的章節讓青狐的形象從文字中浮出來，而文中的那些感慨和議論，那些永難忘懷

3　王蒙：《王蒙文存（十九）中國文學怎麼了》，人民文學出版社，2003 年 9 月版，第 426 頁。

的時代記憶又淹沒了青狐。這種作家和敘事本身的過於親密的關係和那些洋洋灑灑的言論制約了小說自身的意趣和生動性。這也許是王蒙小說的讀者不是很廣的一個原因，這也是王蒙為歷史存照的「季節系列」的遺憾和不足。

第十二章

自由倫理的情愛敘事

　　有評論者將張旻的小說被看作是對「性」有「依賴性」的敘述，是一種吸引讀者的暢銷書策略，和拋棄生活的意義，放逐崇高的理想，聽憑直覺的驅動，消解靈魂的深度相聯繫[1]。張旻的小說大多是浸蘊在感情世界裡的纏綿故事，在一些以傳統情感道德為尺度的批評家眼中，愛情的意義讓位於慾望化的生活情緒流，是不健康的，是有待修正的。這種批評方式所判定的結論與張旻的小說是有較大距離的，它沒有說明慾望化景觀表像背後的深層意蘊，得到的只是一個表面的閱讀印象。其實，張旻的小說在情感世界裡探索了十幾年，綜觀他的小說創作，慾望化的場面暴露只占他小說的一小部分。在我看來，張旻小說的重心並不在慾望化的場景描寫，相對來說，他對性場面的描寫是很節制的，他的主要筆力放在人物的心理描繪上，他給讀者講述了一個個既不感天動地又不纏綿悱惻的想像性情感故事，大多卻是合情、自然、深入人物靈魂之作。

---

[1]　李潔非：《新生代小說（1994-）》，《當代作家評論》1997 年第 1 期。

一

　　張旻小說的情愛故事不是整齊劃一的，雖然很難按照年代或者某部作品為界將其劃分為幾個階段，但其作品的內容大致上可以分為幾個類型：

　　第一類寫成長者的性困惑、性幻想和青春的萌動。這一類故事大多帶有自敘傳的特色，從故事的標題也可以看出：如《成長地》、《作態》、《往事》、《撫摸》、《悶熱的青春》等。寫於1993年的《悶熱的青春》有一定的代表性。在一個男女關係被紅色化的年代，少男少女的自然情感被壓制，「我」（章勇）因為經常在上課時偷看女同學而被老師找去談話，卻不敢向老師承認，還被列為最後一批加入紅小兵。「我們那時候男女同學之間界限分明，井水不犯河水，平時互不說話，互不來往……」[2] 但表面的冷漠和相互排斥卻不能阻擋青春的火焰，「我」到理髮店去理髮故意等那位「瘦高個兒，皮膚很白」的姑娘給我理髮。在禮堂裡看電影時，「我」被身邊的一位女生無意投來的目光弄得心猿意馬，電影一點也沒有看進去，還徹夜失眠。

　　儘管我曾經懷著多麼虔誠的感情心向神往地捧讀過長篇小說《豔陽天》，但對那晚放映的同名影片卻毫無印象。我始終感覺著身邊那條蛇似的光裸的手臂和我若即若離的接觸，那似乎是一種汗毛和氣息的觸摸，有些輕癢和微暖，使我胸口發漲。我一

---

[2]　張旻：《自己的故事》，作家出版社，1995年12月版，第224頁。

直這麼楞楞地坐著，銀幕和聲音都似乎消逝了，在我的眼前和耳畔虛若無物。那時候我心旌搖盪，渾身都有一種渙散和崩潰的感覺。(《悶熱的青春》)

　　這一段文字裡，對異性的渴望與心跳被一位素不相識的女生所發出的氣息所籠罩，在什麼也沒有發生的平靜背後，青春期的性意識萌動因相互隔膜的男女關係以一種非常態的方式得以釋放。在這一類型的作品中，人物大多處於成長期中，他們在兩性交往非常隔膜的時代中長大，或許這是特定年齡階段兩性關係的奇特形態。對異性的公開蔑視被視為光榮，少男少女們表達感情的管道是偷窺，而對異性的注視被人發現則是非常不光彩的事(《成長地》)。然而，表面的冷漠壓抑不住內心情感的騷動，六年級的男生愛上自己的女老師，並且用彈弓射殺了女老師的情人(《永遠的懷念》)，初中二年級的女生在黑暗中摸男生的褲襠(《了結五章》)，下鄉的男知青撫摸異性的手而激起了強烈的初戀情感想像(《撫摸》)。面對生活中的異性，這種青春萌動的心理波瀾和情感的變形表達方式是作者審視的核心，構成了《悶熱的青春》之類作品的主要內容。第二類作品描寫的是戀愛中的人物，小說著意表現的是二人世界的情感曲折歷程、情感的困惑與心靈的激越碰撞。如《王奇的故事》、《犯戒》、《情戒》、《尋常日子》、《募捐》、《校園情結》等。《王奇的故事》在王奇的回憶中，一件莊重的情感故事在遊戲的氛圍中發展，情愛的美妙感覺與錯位離奇的情感遊戲相摻和，讓人分不出到底是遊戲還是愛情。王奇的性愛歷程中出現了兩個女人，郁志紅也先後有過兩個男人。在別人對郁志紅移情他戀而憤憤不平之時，王奇的個人體

驗和解釋是不一樣的。這是一個非常典型的回憶性敘事文本，王奇充當了故事的敘述人，王奇的敘述中帶有感情，帶有分析，又有些推理的性質。王奇和郁志紅的戀愛被第三者插足而中斷，後來故事的發展出人意料地讓王奇變成了第三者。王奇保持著和郁志紅似斷非斷的曖昧關係，竟然不影響他和郁志紅的男朋友小馬之間的關係，這個結果的疑問是這個故事是真的嗎？美妙的回憶只因講述而存活在記憶中，實際上這一切卻並不可靠。恰如作者所言：「每一件事，落在細處，將超越於它的外部形態，呈現其原形。」[3]《求愛者》通過一個漂亮的女孩姚丹的回憶，追敘了一個男孩張華向姚丹的求愛故事。求愛者與被追求者之間相當隔膜，張華很執拗地追求姚丹，姚丹從來沒有心動，張華追求姚丹的過程和方式有些誇張，充滿戲劇性，富有意味。由於姚丹的惡作劇，張華竟然拿了一張別人的照片當作她的照片收藏著。這又讓姚丹感到莫名的失落：「難道他以前對我說過的一些話，包括他最後說的那段如詩如畫的話，都是不可相信的嗎？」應該說這一類小說寫得很耐讀，不僅懸念迭起故事性強，而且敘述與分析推理相融引人入勝，張旻的戀愛故事並不重視修成正果，他更善於捕捉戀愛故事的過程和方式，描寫人物認識異性、瞭解異性的內心隱秘狀態。

第三類作品描寫的是婚外的情感遊戲，這是張旻小說近年創作的重頭戲。這類作品有《良家女子》、《林玉梅》、《魅力》、《愛情與墮落》、《第三次會面》、《冬日不覺得冷》、《顧梅的故事》、

---

[3]　張旻：《犯戒 · 題記》，《小說家》1995 年第 6 期。

《海員于強》、《自己的故事》、《舊夢留痕》、《我想說愛》等。張旻的敘事具有直觸人內心的性質，既有郁達夫的大膽與率性，也有深入潛意識的深刻與細緻，我不敢說張旻的努力達到了什麼樣的高度，但可以肯定的是張旻在這方面已經走得很遠。海員于強的老婆小青與自己感情甚好，還是背著于強與別人偷情（《海員于強》）。《良家女子》中在別人眼中一直是個好姑娘的趙瑋青，從小聽話、誠實，因為對婚內生活的不滿足，對異性的世界充滿了渴望，在趙中華、余志、沈先生幾個男人製造的機會面前，將自己放任得一塌糊塗。《魅力》中的袁吉與趙瑋青相似，「堪稱書香門第出身的良家女子的典範」，是一個愛講道德的女孩。在上舞廳、上網的過程中，開始與很多男人有聯繫，尋求「四十歲的浪漫」。被人稱作是良家女子的好女人，在婚後對丈夫的背叛更徹底、更毫不猶豫。張旻解構的是偽道德，挖掘了人心裡深處的行動邏輯，並將此撕得很開很裂。

　　張旻的小說並不都是在超道德的虛幻世界中運行，在另一些作品中張旻也寫婚外情的現實法則。如《冬日不覺得冷》、《顧梅的故事》中的男女之情已經純粹的利益化了，性變成了一種生存的手段。以上只是按照題材內容作出一個粗略的分類，實際上張旻小說中對青春期的萌動，曲折離奇的戀愛過程，婚外戀的超脫與心理潛流的書寫並不是絕然分開的。《生存的意味》中芬從小就受到大軍的騷擾，也得到他的保護。她對大軍的依戀與敬佩，伴隨了她的整個生命歷程。她的初戀、結婚、婚後對丈夫的背叛都與從小的成長經歷緊密相連，她所接觸的異性決定了她對男人的態度，也決定了她的所有情感邏輯。這篇小說就包含了張旻所

描寫的兩性世界的幾個階段。在閱讀張旻小說的時候，你會發現不論是哪一類敘事，張旻的小說總是遊走在人物的心靈世界裡那些朦朧的情緒之間，這種情緒狀態是按照自由法則運行的，而不是按照外在的倫理、道德、功利原則展開。

二

　　劉小楓在《沉重的肉身》一書中將倫理學分為理性倫理學和敘事倫理學。「理性倫理學探究生命感覺的一般法則和人的生活應遵循的基本道德觀念，進而製造出一些理則，讓個人隨緣而來的性情通過教育培育符合這些理則。」敘事倫理學「講述個人經歷的生命故事，通過個人經歷的敘事提出關於生命感覺的問題，營構具體的道德意識和倫理訴求。」[4]「理性倫理學要想搞清楚，普遍而且一般地講，人的生活和生命感覺應該怎樣，敘事倫理學想搞清楚一個人的生命感覺曾經怎樣和可能怎樣。」[5]現代的敘事倫理又可以分為人民倫理的大敘事和自由倫理的個體敘事。「在人民倫理的大敘事中，歷史的沉重腳步夾帶個人生命，敘事呢喃看起來圍繞個人命運，實際讓民族、國家、歷史目的變得比個人命運更為重要。自由倫理的個體敘事只是個體生命的歎息或想像，是某一個人活過的生命痕印或經歷的人生變故。自由倫理不是某些歷史聖哲設立的戒律或某個國家化的道德憲法設定的生存規範構

---

[4]　劉小楓：《沉重的肉身》，上海人民出版社，1999 年 1 月版，第 4 頁。

[5]　劉小楓：《沉重的肉身》，上海人民出版社，1999 年 1 月版，第 5 頁。

成的，而是由一個個具體的偶在個體的生活事件構成的。」[6]

　　張旻的情愛敘事是從具體的個體生活事件和生活感覺出發，是對個人生活可能性的書寫，是對個體真實的又一次審視，按照劉小楓的倫理學理論，張旻的情愛小說應該看作是一種敘事倫理，是一種自由倫理的個體敘事。這種敘事方式發掘了對人物通常被思想、道德、倫理所遮蔽的心靈世界，實現了文學對一些細膩的、想像的、模糊的、不可理喻的、非理性的潛在心理的捕捉，這種捕捉主要體現在它主要是靠現象力和體驗性來完成，而不是按現實原則來運行。在這個意義上，張旻的小說實現了文學的自由想像本質。這體現為張旻將人物內心的一些隱秘狀態發掘出來並放大，在現實和幻境中自由地穿梭。在讀者看來，人物的活動往往分不清什麼是現實，什麼是夢境？在幻覺中敘述者將人物的情緒流、潛意識搬到讀者的視野中，實現了對生活多樣可能性的發掘。

　　下面是《愛情與墮落》中的一段文字：

　　「我注意到在我和鄭老師關係裡的一種遊戲原則。但我指的並不是玩世不恭和逢場作戲的態度，我更像是在做一場實驗，解一道難題，或進行一次歷險，這是一項有刺激性的工作，條件兼備，我對它也不乏熱情和欣賞，它的結局可以預想（我毫不懷疑），過程富有戲劇性（我有所準備）。但這是一項具有明顯嘗試性的工作，我可以在適當的時候開始，在心情不佳的時候停下，

---

[6]　劉小楓：《沉重的肉身》，上海人民出版社，1999 年 1 月版，第 7 頁。

可以等待，從根本上說我對它有一種置之度外的態度。」[7]「我」和鄭老師很談得來，可以在一起共同探討性愛問題，可以不帶任何負疚上床，將這些看作是「遊戲」、「實驗」、「歷險」，還與自己的學生許丹不可思議地身體相悅，並不厭其煩地玩味自己的妻子與別的女人身體上的感覺差異。這一份穿行於道德律令之外的瀟灑好像是魯迅所說的「在二十五世紀」，「我」的所為酷似《生命不能承受之輕》中的托瑪斯。

在《自己的故事》中張旻借人物之口說：「我活著，而且只活一次，為什麼不能期待生活的豐富性呢？我要使自己成為一個什麼樣的人呢？」[8]「無論是現在、過去或是未來，我們都不能真實地擁有它，我們總是心懷悵惘和疑惑，執著而又茫然；我們總是覺得還有另外的一種狀態──這是我們永遠也不會放棄的。」[9]《情幻》是一篇故意混淆現實與夢境的小說，余宏與妻子小嵐在作愛時玩起了假想的「情幻」遊戲，在後來的敘述中幻覺的事情竟然變成了真實的事，小嵐覺得自己對不起余巨集與餘巨集離婚走了。劉忠殺死了情敵，被員警帶走。這一切是怎麼發生的？劉忠殺死的是誰？這是一個謎。什麼是虛構的，什麼是現實的已經分不清了。《失態》也是一篇穿行在現實和夢幻之間的作品，我家的門把上幾次神秘地出現了糞便，我偵察到的是一個神秘的女子，到我家來要與我談談，我和她站在不同的性別立場上講了差不多相同的故事：兩小無猜的少年長大了卻形同陌路。作品中人

---

[7]　張旻：《愛情與墮落》，陝西師範大學出版社，2000 年 10 月版，第 57-58 頁。

[8]　張旻：《自己的故事》，作家出版社，1995 年 12 月版，第 16 頁。

[9]　張旻：《自己的故事》，作家出版社，1995 年 12 月版，第 45 頁。

物所講的故事和人物之間是什麼關係呢？讀者只能用想像力去填充。張旻對兩性世界的書寫也是對潛在真實性的開掘：「一個男人晚上從不外出的幸福狀況是不是十分真實的呢？男人夜間的遊歷是不是真實應該包含的內容？」[10] 可以看出這種潛在的真實性是從平常生活細節處的質疑開始的，之所以說是「潛在的真實性」，是因為人的各種情感常常被現實所壓制，現實中有太多的規範，被稱為文明的東西對人的生命感覺和想像空間構成了覆蓋和遮蔽，自由的個體倫理敘事就是從具體的個人生活出發，將這些隱秘的可能性狀態舒展開來，是對人的心靈現實的審視和關懷。張旻自由想像的敘事是自覺的，也是有深度的。他不止一次地談到這一點。他說：「對我來說，通常一篇小說的題材一小部分來源於我本人或我關注的生活事件，大部分則來源於內心體驗和想像。後者是更重要的。」[11]

三

按照張旻的理解，一個才子佳人式的愛情是滿足大眾文化心理的故事，張旻的「新狀態」情愛故事敘寫的是不受道德束縛的從思想到身體的自由自在的情感狀態。由於張旻將筆力著重放在男女交往的行為過程和心理過程上，因而張旻實際上寫出的是人性中的普遍因素，是在感情領域對人性的拷問。這種狀態可以

---

[10]　張旻：《情戒》，《小說界》1994 年第 5 期。

[11]　張旻：《我想從寫作中得到什麼（代序）》，見《愛情與墮落》，張旻著，陝西師範大學出版社，2000 年 10 月版，第 3 頁。

說是現實存在的卻又是通常文學敘事中所匱乏的，如同樣寫婚外情的小說，張愛玲的小說《紅玫瑰白玫瑰》中佟振保患得患失，劉恆的《白渦》中周兆路尷尬無奈，這些人物的現實沉重感太強了。張旻的小說中男女自由的婚外情基本上是一個想像的世界，這是一群在現實與夢幻之間生活的情感天使，是一個隱秘的人心世界，是湧動著理性與非理性的情感流水，是對慾望的隨意放逐與張揚，是對愛的尋求與追問，是對道德倫理所禁錮的情感世界的反叛。正如弗萊所說：「在想像的世界裡，第四種力量（包括真、善、美，但從不從屬於它們）卻擺脫了所有的壓力而興起。想像的作品呈現給我們一種幻象，不是關於詩人的個人偉大性，而是關於某種非個人化的和遠為偉大的事情：關於精神的自由的決定性行動的幻象，關於人的再創造的幻象。」[12] 張旻的小說不是對中國婚戀現實的直接觀照，他的出發點是人內心所湧動的對兩性關係的幻想，由此所描述的世界與這個慾望充分釋放的時代又存在一定的契合，而張旻小說中的慾望化景觀使他經常招致誤讀。實際上，張旻離奇曲折的情感故事中有著自己深刻的思考。比如愛情是什麼？男女之間的愛情關係究竟是一種什麼關係？回顧新時期以來的情愛文學敘事，張潔高揚「愛，是不能忘記的」，劉新武呼喚「愛情的位置」，愛情被描繪得刻骨銘心，不可缺少。在王安憶、莫言、張賢亮等作家那裡，愛情、性慾與文化相聯繫，是人在特殊環境下的融合了文化內涵的書寫符碼。從新寫實小說開始，愛情被解構，「不談愛情」，愛情是世俗的過

---

[12] 【加】諾斯洛普・弗萊：《批評的剖析》，陳慧、袁憲軍、吳偉仁譯，百花文藝出版社，1998 年 11 月版，第 93 頁。

日子，是一個文學的幻想，實際上它並不存在。在新潮小說作家那裡愛情變成了赤裸的性愛敘事，其間充斥著亂倫和性遊戲。張旻小說中的人物大多有知識背景，校園情愛故事中女孩子大多是中專畢業，一個個冰清玉潔，美麗可愛。她們不是在追逐情感遊戲，相反她們非常注意感情的品質，但她們是一批超脫了道德束縛的「情愛天使」，不管張旻是否在幻化甚或美化這種現實，他們卻在各自的世界裡追求著另一種理想。

綜觀張旻小說的敘事視角，作者偏愛第一人稱的內視角，不管是故事中的「余宏」、「張宏」、還是「章勇」，都是「我」的一種代稱，正如作者的一部小說集子就名為《自己的故事》，作者總是偏愛「自己的故事」。即便是別人的故事，作者往往也要通過人物的轉述，變成當事人直面讀者的方式將故事娓娓道來。《犯戒》中石賢和兩個女學生的愛情故事，開始由石賢的同事張宏敘述，張宏對故事的瞭解是通過後任班主任龔老師，龔老師又是聽鮑歡的敘述，鮑歡的敘述中又穿插石老師對鮑歡講述的他與胡麗之間的事。整過故事的敘述者經歷了從張宏──鮑歡──石老師──張宏的過程，所有的事情都有一個「我」在場，我既是見證者，是事件的親歷者，也是故事的敘述者。這種寫法的好處在於它契合了張旻小說在人物的心靈狀態上游走的特點，敘事的過程既是講故事的過程也是「閱讀人物心靈狀態」（張旻語）的過程。

張旻小說的敘事背後往往留下了許多空白讓讀者去填充，這樣在可讀性文本和文本背後的人物活動場（包括心理活動）之間形成了張旻小說特有的張力場，使小說顯得收放有度。《募捐》中老師吳偉為學生楊青捐款五十元，並私下通過班長每月給楊青

一些錢，楊青畢業後再來與吳老師相會，吳老師好像期待著這個結果。這個故事中，楊青拿了一年的捐助，她是怎麼想的？其實她早就知道是吳老師為她捐助，那她是不是早就喜歡吳老師？吳老師這樣做是一場智謀，還是出於對學生的同情無心插柳呢？那他們在學校裡的一年裡難道什麼也沒有發生？這些空白只能由讀者的想像去填充。《情戒》作為一部長篇小說，實際上是由許多短篇故事連綴而成，且不說其結構上的散漫，實際上很多故事都給人一種意猶未盡的感覺，大片的空白和懸念迫使讀者只能從整體上去把握小說。像《第三次會面》、《冬日不覺得冷》、《情幻》、《失態》的結尾都有一些讓人不著邊際的感覺，有些節外生枝，又有些故事沒有講完的味道。這也說明張旻的小說更多的是描述一種想像的生活狀態，而不是要給讀者一個完整的故事。

對於張旻來說，長篇短篇中篇是沒有很大區別的，他的長篇《情戒》是短篇的連綴，而大多數短篇又是未竟的中篇，中篇相對來說顯得比較完整。這表明張旻的文學視野相對來說還是比較狹窄的，他幾乎沒有在一個比較長的時段和一個非常廣闊的空間裡營造自己的故事。即便是男女偷情的故事，他往往將男女如何交往，如何彼此心有靈犀的過程寫得比較細緻，而在男女主角進入情感狀態之後，故事就開始變得平淡，已經接近尾聲了。雖然張旻的情感故事在主題上有一些重複，從成長者的性意識萌動，到戀愛中的男女，到婚後男女感情潛流的律動，在對人物隱秘的內心世界的深度描繪上，在對現實與幻想之間人物潛意識的種種可能性的書寫上，張旻都稱得上是一位正視現實，深入靈魂，卓有成就的作家。

第十三章

通俗套路的現代愛情

　　自蔡智恆的小說《第一次的親密接觸》在網上走紅以來，他以每年一本小說的速度向市場推出自己的作品。蔡智恆後來的作品雖然不再像《第一次的親密接觸》那樣轟動，但不斷推出新作品還是使蔡智恆成為一個有廣泛影響的作家。如果說《第一次的親密接觸》的成功是搭上了網路的快車，帶有一定的機緣性的話，那麼此後的一系列作品的推出，不斷變化的，不僅有量的積累和擴張，也有質的提高。在他的近十部作品中，蔡智恆漸漸開始形成了自己獨特的風格。蔡智恆具有典型網路作者的特點：寫作的非職業化，理工科出身，故事多發生在大學校園之內或周邊，永遠重複著不變的愛情主題。

一

　　《第一次親密的接觸》的成功與小說寫愛情題材是分不開的。在古今中外的文學作品中，愛情是一個永恆的文學主題，當代作家寫愛情重要的不是寫什麼，而是怎樣寫。古典小說多寫的是「才子佳人」故事，常見的是「一見鍾情──撥散離亂──高

中狀元——奉旨完婚」的情節模式。《紅樓夢》之所以能成為古典小說的經典之作，主要在於它打破了「才子佳人」小說的通俗套路，寫出了從相識、相知到為情而生死的現代愛情。《紅樓夢》的成功還在於它的繁複與曲折，「世事洞明皆學問，人情練達即文章」，主人公的戀情被描繪得波瀾曲折、細緻綿長，小說的悲劇結局更是增加了小說的情感力量。

「五四」以後，小說家有新小說家（現代小說家）和舊小說家（通俗小說家）之分別。新小說家站在啟蒙的立場上，宣傳新思想，所謂新思想，即自由、平等、博愛、人道、民主等現代思想。「五四」時期的愛情小說形成了一部現代自由愛情的思想史，許多女作家通過寫愛情小說反抗家庭。從寫法上來說，新小說家的愛情小說傾向於打破大團圓的結局，寫出人生的真相，寫出個人的生命情懷，寫出愛情的現實性。一個舊小說家和一個新小說家的區別還在於，舊小說家更擅長編織故事，營構離奇曲折的人物故事吸引讀者。一個簡單的故事構架，通俗小說家能將其寫得曲折多變，而一個現代小說家，更多是表達生命感受，表現自己在生活中的發現。有成就的通俗小說家也是各有特點的：張愛玲的小說洞徹了人生的荒涼，體現出雅俗融合的特色；張恨水的言情小說包含了廣闊的社會生活內容，是一種世情小說；瓊瑤的小說偏重於人物愛情心理的細緻刻畫，有現代心理小說的特點。新文學發展的歷史表明，通俗小說和現代小說的界限已經越來越模糊，通俗小說也在不斷地吸收現代小說的手法。比如瓊瑤的小說就帶有愛情自傳體意味，甜膩、曲折的愛情故事之中也融入了自身的生命體驗。在這樣的背景下來綜觀蔡智恆的小說，可

以將他的小說概括為，用通俗小說的套路來寫現代的愛情。其小說的特點主要有：

一、借助傳說故事或特殊的物像演繹人物的戀情。如《第一次的親密接觸》將人物的戀情和《鐵達尼號》中的人物戀情對應起來，二者故事的基本結構框架是相似的。其結構可以簡單的概括為：「兩人相識──相戀──一人死去──一人懷念」。《愛爾蘭咖啡》包含著一個動人的傳說故事，愛爾蘭咖啡的傳說是一個酒保愛上了一個空姐，經過多次精心試驗，酒保為空姐勾兌了愛爾蘭咖啡，空姐非常喜歡愛爾蘭咖啡，直到有一天空姐不再當空姐，她才知道愛爾蘭咖啡是酒保特地為她發明的，她終於體驗到「思念的味道」。現實中的人複製了傳說中的空姐和酒保的故事。男孩終於懂得了「思念的味道」，兩個人因為咖啡而結緣，結局是有情人終成眷屬。《雨衣》中也有一個以雨衣為線索的日本古代浪漫愛情故事，兩個有情人為愛殉情，後來演變成一個浪漫的習俗：男孩若是喜歡一個女孩，就請女孩和他一起在雨天共穿一件雨衣，女孩若是接受男孩的愛情，就回贈男孩一件穿過的雨衣。在現實中，「我」和板倉雨子也上演了共穿雨衣與回贈雨衣的故事，現實中人雖沒有殉情，但也瀰漫著一股憂傷的情調，兩人有情，卻相互分離，徒留傷感。讓現實愛情和古典的愛情故事保持著大體相同的故事結構，這說明蔡智恆的愛情故事在講法上是老套的，也是比較模式化的。

蔡智恆也擅長通過特殊的物像來發掘愛情的道理，除了浪漫的愛情傳說中所包含的雨衣、愛爾蘭咖啡，其他如槲寄生、孔雀、洛神紅茶等物像都被作者借來明辨愛情的意義。就連畫畫所包含的藝術境界也與愛情掛上了勾，與現實愛情故事對應起來，顯得浪漫而

又理性。這也在一定的程度上說明了蔡智恆的小說是受理性思維制約的，小說總是以一種浪漫的形式演繹一些基本的愛情道理。

二、蔡智恆的小說人物比較少，故事的過程帶點曲折，結構比較明晰。《檞寄生》中「我」認識了林明菁、方荃兩個女孩，兩個女孩對「我」都很好，她們給了「我」很多的幫助，從她們身上「我」吸取了很多精神養料。經過一番小曲折，最後「我」選擇了方荃。《夜玫瑰》寫主人公與同居一室的女孩之間的戀情，經過一段時間的摩擦，主人公終於克服了感情上的障礙。《孔雀森林》中的蔡志淵經過與柳葦庭、劉瑋亭、李珊蘭三個女孩的交往，終於認清自己要選擇什麼樣的女孩。《亦恕與珂雪》也是一篇探討愛情的小說，「我」遇到了曹禮嫣和茵月（珂雪）兩個女孩，最後選擇了茵月。《暖暖》從認識一個女孩開始，其間兩人演繹了一段戀情，最後兩人分手，各自回到自己的生活軌道之中。以上只是簡單描述這些小說的大致情節，總的來說，這些小說中的故事圍繞主人公的戀情展開，主線清晰，枝蔓情節很少。

三、小說帶有很濃的純情色彩。蔡智恆的小說所寫的大都是「我」的故事，「我每部小說的第一人稱都很像我」[1]，蔡志淵、蔡崇仁都帶有作者自己的影子，身分是一個在大學研究所裡讀博士的研究生。所寫的女孩都是冰清玉潔的，外表比較漂亮，接受過高等教育，有著特有的聰慧。小說的內容很乾淨，只是敘述人物戀情的產生，發展，到最後愛上對方，戀人之間的行為也大多止於把手，連接吻都很少有，帶有古典愛情的純情意味，沒有什麼

---

[1]　蒯樂昊、趙慧：《蔡智恆：我就是三流作家》，《南方人物週刊》2006 年第 1 期，第 67 頁。

離經叛道的思想。作者對愛情的態度是非常嚴肅的，通過對人物戀情的講述，慢慢讓讀者明白一些愛情的道理。

通過以上分析，我們可以看到，蔡智恆的小說是一種典型的「業餘」小說，缺乏現代小說的繁複與深刻，雖然表現的是現代愛情，然而每一部都是那麼純情和唯美。那些簡單的故事，清純的主人公形象，樸素而又形象的愛情道理，延續了現代通俗小說的基本套路。瓊瑤小說的愛情理想，韓劇漫長而甜膩的愛情細節，都或多或少地搭配在蔡智恆所講述的愛情故事之中。

二

如果蔡智恆僅僅是一個通俗愛情故事的複製寫手，他還會擁有這麼多的讀者和這麼大的名氣嗎？應該看到，在蔡智恆的小說有一種與眾不同的個性。在《第一次的親密接觸》問世時，很多讀者就發現，蔡智恆的才華主要體現在他的語言上，那種借助網路聊天形成的一種「陌生化」的語言給人耳目一新的感覺。然而此後的蔡智恆並沒有繼續寫網路情緣，但那種「痞子蔡」式的幽默仍然在此後的小說中延續了下來，形成了一種特有的情趣，讀來令人興味盎然。

這種情趣的實現主要是借助小說中幽默性的對話和一些類似段子似的語言，雖然蔡智恆的小說故事很古典、很純情，小說並無匠氣，人物並無痞性，但語言有些痞氣，充滿了青春文化的樂感因素，習慣在生活中製造幽默，讓人在閱讀中感知到人物身上的絲絲青春活力。

　　比如：「信傑說像我們這種交情比較不會『見異思遷』。換言之，即不會因為看見『異』性而想改變友情。」（《雨衣》）曲解成語的意思產生一種特別的意味。「大阪歸期未可知，連綿細雨有終時。何年同此纏綿夜，共話陽臺舉步遲。」（《雨衣》）「人生自古誰無落，留取丹心再去考。」（《檞寄生》）前者戲仿李商隱的《夜雨寄北》，後者戲仿文天祥的《過零丁洋》讓人發笑。

　　蔡智恆的語言帶有對日常語言習慣的顛覆，採用一種不合常理的戲擬、誇張、挪用而形成一種網文式的搞笑風格。這得力於作者的常異思維，在《檞寄生》中作者所談到主人公從小就寫一種與常用語言習慣不同的文字，諸如：「光陰像肉包子打狗似的有去無回。」再如「童話故事《賣火柴的小女孩》，我老是念成《賣女孩的小火柴》」。（《亦恕與珂雪》）

　　《檞寄生》中的「珍惜」，被女孩通過第一個字的文字遊戲「針洗」的方式說出來。蔡崇仁和林明菁的相識套用小龍女和楊過的交往，讓人在閱讀之中忍禁不禁。《暖暖》中男主人公以「涼涼」應對女孩的名字「暖暖」，是典型的冷幽默風格。作者擅長通過諧音、遊戲、耍貧製造語言的笑料。

　　蔡智恆擅長寫對話，他的小說出版時基本上是採用短句成段的方式排列，對話的內容較多，描述性的文字較少，這種方式的排列讓讀者讀起來顯得輕鬆，也便於對話的展開。

　　蔡智恆的小說是寫給那些正處於青春期的少男少女們看的，多採用第一人稱的寫法，其故事中的人物都是涉世未深的年輕人。蔡智恆的愛情故事之所以能獲得讀者的喜歡，另一個很重要的原因是，蔡智恆的小說所寫的愛情比較青澀，唯其青澀，才有

那麼多的青年人喜歡。蔡智恆筆下的愛情故事不是從一見鍾情開始的，而是細緻地展開男孩與女孩的交往過程，有第一次面對感情時的笨拙與心理障礙（《夜玫瑰》），也有面對愛情選擇時自我認知的逐步提升（《檞寄生》）。《檞寄生》中兩個女孩幫助自己克服了自己性格中的很多缺點，愛情是促使人成熟的重要途徑，異性是一個男性成長道路上不可或缺的一面鏡子。「當你令兩個女孩心痛，你就不得不做一個選擇；當兩個女孩令你憶起左肩右肩痛，你就知道自己中毒太深，要細細分辨什麼是真愛，什麼是一生所愛。」（《檞寄生》）《孔雀森林》和《亦恕與珂雪》中愛戀的過程也是主人公逐步認清自己的過程，愛情是需要選擇的，選擇什麼樣的人，自己並不是一開始就知道，只有經過了心靈的煉獄之後，才能真正地找到自己。《孔雀森林》以心理測試題串起故事，以物來寫人，並在不斷地對照、思索、選擇中來認識自己，認識愛情，給人以深刻的啟示。這也是蔡智恆的小說富有現代性因素的地方，與古典小說中愛情的阻力來自於家長、門第等外在的因素不同，蔡智恆小說中人物戀情的阻力主要來自於兩人自身的性格和認知上的差別，蔡智恆的小說可以歸為學習戀愛的小說範疇，這對於正在成長中的青少年朋友來說，是具有吸引力的。蔡智恆說：「我並沒有很多閱讀經驗，但是，文學不能永遠像科學般的枯燥及照本宣科，必須要實用，要讓讀者能接受。所以我覺得能讓讀者閱讀得很輕鬆、單純，就是一個好作品。」[2] 從上文的分析來看，實用、好看，蔡智恆自覺追求的閱讀效果是基本實現了。

---

[2]　蔡智恆：《雨衣》，知識出版社，2000 年 10 月版，第 229 頁。

　　蔡智恆的小說所寫的人物是受過高等教育的當代青年人，通過對新時代知識青年戀愛的描繪，蔡智恆的小說很強烈地傳達出一種與時代氣息相關的「小資」情調。比如《愛爾蘭咖啡》中的咖啡哲學，精緻的咖啡是在繁複的製作程式下按照嚴格的製作要求才製作出來的，小說以此隱喻的是愛情的精緻與美好。小說《亦恕與珂雪》的標題無疑是「藝術與科學」的諧音，小說通過此間的愛情過程，傳達了一種優雅的愛情理想：「如果圖畫能讓人聽到聲音，也能讓人心裡有所感受」，學科學的男孩最終選擇了學藝術的女孩，這種愛不是用來說的，而是要真實地感受到的。咖啡館、酒吧是小說中製造浪漫場景常見的地點。小說中多次寫到的男女合租一屋，慢慢產生感情也是一種很時尚的現代青年生活方式。蔡智恆還有著細緻的感悟力，擅長摹寫感覺，比如寫思念：「好像有種液體從眼角竄出，滑過臉頰，流進嘴裡。有點鹹，又帶點酸澀。我和她一樣，終於也嘗到了思念發酵的味道。」（《愛爾蘭咖啡》）「讓人覺得最沉重的思念，總是在心裡百轉千回，最後只能朝上……就像通往山上的階梯一樣，雖然彎來彎去，但始終是朝上。只是沒有盡頭。」（《榭寄生》）這些文字化無形於有形，將思念之心寫得可感可見，無疑體現出作者感受生活的能力。

三

　　寫有趣味的文字，在網上發表，對作者的要求其實是很高的。「『網上文學』最大的優勢就在於它的短小、精悍，富有娛

樂趣味，這對於作者就要求更高了。同時，由於它在體裁方面打破了許多界限，在文字方面更具有娛樂魅力，情節方面更引人入勝，無論是敘事還是抒情均有其開放性和互動性，所以它更加貼近大眾。從另一個角度來說，它又推動了文學的進步。」[3] 蔡智恆在《第一次的親密接觸》之後所寫的作品仍然在網路上連載，雖然不再寫網路情緣，但延續了隨性、真誠的網路寫作態度。「只是從生活中取材，並不是為了寫東西而生活。」（《亦恕與珂雪》）「我這人可能性格不太好，如果是我不想寫的，非硬著頭皮寫，哪怕是一百字我也寫不出來。相反，我對我喜歡的東西，會很賣力地寫。」[4] 對愛情的精緻化描摹，對理想的執著尋找，對生活細節的把捉，表明蔡智恆其實是一個有功力的作家。

　　蔡智恆小說中的人物是比較理想化的。他的小說中沒有一個壞人，也基本上沒有反道德的事情發生。「愛情本身就是被幻想、被期待的，其實就是很單純、很美好的。」[5]《孔雀森林》中的室友因為無意中失誤提供了假情報，致使「我」在情路上坎坷連連，他非常自責，甚至要在「我」結婚前保持獨身。蔡智恆小說中的女孩子都是美麗而善良的。《檞寄生》中的兩個女孩都是天使的化身，集聰明與美貌於一身。《第一次的親密接觸》中的輕舞飛揚也是一位傳統的「美女＋淑女」。蔡智恆所寫的愛情基本是凡人的「不凡的」愛情，帶有某種理想化的特點。很難想像在

3　張頤武：《讓時間去說——序〈網路書系〉》，見蔡智恆《第一次的親密接觸》，知識出版社，1999 年 11 月版，第 1 頁。

4　蔡智恆：《我不會當專業作家》，《北京娛樂信報》，2005 年 10 月 30 日。

5　蔡智恆：《我的世界沒有籠子》，《中華讀書報》2003 年 3 月 19 日。

現實生活中，一個男性主人公能像《孔雀森林》、《檞寄生》、《亦恕與珂雪》中的男性主人公那麼幸運，能通過反覆的比較，自由地達到對愛情的最高認識，最終找到了自己的真愛。在這一點上，他的小說和瓊瑤的小說相似，是一種新的成人童話。也許正是認識到自己的不足，蔡智恆在近作《暖暖》中開始有所突破已有的風格，小說的場景變化增多，內在容量較以往的作品也有所拓展。

作為一個理工科出身的作者，蔡智恆的寫作視野是比較狹窄的，他的作品轉來轉去還是局限在學校、咖啡店、酒吧、車站等有限的場所之間，故事的主角是永遠不變的尋找愛情的青年男女。對於自己創作上的局限蔡智恆是有認識的：「在網上發表作品的大都是年輕人，年輕人的閱歷和關心的事比較有限，不是課業就是愛情，所以多是一些青春的幽怨和風花雪月的歡息；同時，他們的寫作技巧也不夠純熟、深度不夠。」「我並沒有很好的文學底子，寫作是靠熱忱而不是靠實力，但今後我將嘗試其他題材的寫作，豐富網路小說的樣式。」[6]

中國大陸由網路起家的小說作者成名之後，很多脫離了網路創作平臺，但他們的創作並沒有脫離他們早期作品的基本路子，如安妮寶貝習慣寫青春憂鬱和感傷，宿命與無奈一直如影隨形地在她所有的小說中反覆出現，而其作品市場的成功使作者一再義無反顧地複製著自己的憂鬱和感傷。其實一個人寫什麼樣的作品，是由多方面的條件決定的，既有自身的經歷、知識背景、個

---

[6] 張英主編：《網上尋歡：前衛作家訪談錄》（A 卷），時代文藝出版社，2002 年 1 月版，第 11 頁。

人趣味等方面的原因，也有寫作的慣性在暗暗影響著作家。早在
2003 年，蔡智恆就有突破自己的想法：「蔡智恆表示新作將觸及
更廣闊的社會生活，因此愛情的主題將有所淡化，因此《愛爾蘭咖
啡》也許是自己最後一部「純愛情」作品了。」[7] 可後來的創作實踐
好像不是如此。一個作家要改變自己是不容易的，需要沉著內斂、
刻苦致思，更需要廣泛地閱讀和對中外優秀文學傳統的融會貫通。
作為通俗文學的代表，「張愛玲的作品就是一個適例。她對古今中
外的技巧的借鑒是廣視角與大容量的：她熟讀《紅樓夢》、《老殘
遊記》、《醒世姻緣》、《金瓶梅》、《海上花列傳》、《廣陵潮》、《歇浦
潮》，還有張恨水的作品；在新文學作品中，她喜歡《二馬》、《離
婚》、《日出》；外國作家則喜讀毛姆（William Somerset Maugham）、
勞倫斯和哈克斯萊（Aldous Huxley）等。」[8] 相比之下，蔡智恆沒有
很好的文學素養，其閱讀面不過是一些歷史作品和少量的通俗小
說，最喜歡的作家是金庸，寫小說於他不過是一種業餘愛好，其
專業是水利工程。蔡智恆的小說更多的是以生活取勝，在生活中
尋找輕鬆，「我以前看小說最討厭看沉重的故事，因為對於我們每
天都要接觸沉重的專業科目的研究生來說，看書只是希望得到很
好的調劑，來放鬆心情。」[9] 蔡智恆小說常見的技巧不過是淺顯的以
物喻意，所寫的愛情道理只是針對十七、八歲的青年男女的。

---

[7] 羅穎：《蔡智恆最後一部純愛情》，《北京晚報》2003 年 11 月 12 日。

[8] 范伯群主編：《中國近現代通俗文學史 · 緒論》，江蘇教育出版社，1999 年版，第
26-27 頁。

[9] 張英主編：《網上尋歡：前衛作家訪談錄》（A 卷），時代文藝出版社，2002 年 1 月
版，第 19 頁。

　　一方面，一個好作家往往能將自己的長處發揮得淋漓盡致，並以此形成自己的風格和個性；另一方面，模式化是作家的天敵，一個有追求的作家永遠面對著自己已有作品構成的壓力，這些作品要求作家嘗試新的突破，而不是沿著既定的路徑按照自己的寫作慣性「滑行」下去。蔡智恆的小說總體上還缺乏這種變化，作為一個業餘作者，蔡智恆的小說創作仍然保持著比較旺盛的寫作勢頭，他的作品中已經體現出明顯的創作才華，作為一個自詡為「三流作家」的蔡智恆，如何從「三流」向「一流」、「二流」轉化，應該是讓作者深思的問題，這也是眾多通過網路走紅的作家所共同面臨的問題。

第十四章

繁複的情愛敘事

自 1989 年開始，張潔用了 12 年的時間寫作長篇小說《無字》，其間數易其稿，小說的第一部在 1998 年由上海文藝出版社出版，並在《小說界》1998 第 3、4 期連載，最終於 2002 年由十月文藝出版社出齊 80 餘萬字的三卷本。寫作《無字》的計畫最早見於張潔在 1981 年與記者的一次訪談中：「我有一個設想，期望在有生之年寫一部約 80 萬字的長篇，主要表現關於人的命運和勝利。」[1] 在小說寫作過程中，張潔說：「我現在才懂得怎麼寫小說，心也開始安靜下來，世俗的事情對我的干擾很少了，能夠有一顆對於創作來說安靜的心，還是值得慶幸的。我以前太浪費我的生命了。幾十年都在浪費我的生命。寫長篇常常把人累得精疲力竭，有時真想一腳把它踢出去。但這個長篇小說，將是我一生裡最努力的一部作品。」[2] 這部小說出版後，張潔自己深為滿意，張潔說：「我以前寫的所有小說都是在為這部小說做練習……哪怕寫完這部長篇小說馬上就死，我也甘心了……」[3] 小說出版幾年

---

[1] 鮑文清：《追求——訪女作家張潔》，《海燕》1981 年第 10 期。

[2] 趙為民：《和美國回來的張潔聊天》，《海上文壇》1997 第 6 期。

[3] 隋麗君：《說不盡的張潔　說不盡的〈無字〉》，《資訊時報》2002 年 11 月 21 日第

後，在威尼斯（Venice）文學節的一次演講中張潔說：「我最好的小說是《無字》。」[4] 這篇小說問世後，學術界評價很高，有人將之與《浮士德》（*Faust*）相比[5]，有人將之與《安娜‧卡列尼娜》相提並論[6]。《無字》一舉獲得「茅盾文學獎」在內的國內六項大獎，張潔因此還當選為年度文學女士，曾經一度淡出文壇的張潔突然間又變成了關注的焦點。對這樣一部「十年磨一劍」的作品，學術界已有很多的評論文章，這部作品內容恢宏、駁雜，人物眾多，內涵豐富，藝術上成熟、大氣。以下擇要分析之。

一

卡爾維諾（Italo Calvino）在《未來千年文學備忘錄》（*Lezioni americane*）中將「繁複」作為一個很重要的維度來預測未來的文學，在他看來，文學需要「織造出一種多層次、多面性的世界景觀」[7]。新時期以來，對已有單一化、模式化文學經驗的不滿足和背叛，使中國當代文學和文學批評開始有了多元化的文學品格。當多元從多樣的代名詞走向一部作品之中時，文學批評已經很難只

D08 版。

[4] 張潔：《交叉點上的風景》，《長篇小說選刊》2010 年第 3 期。

[5] 李敬澤：《女浮士德：談張潔的〈無字〉》，《目光的政治》，李敬澤著，中國文聯出版社 2003 年版，第 117 頁。

[6] 唐韌：《中國當代版〈安娜‧卡列尼娜〉——感受張潔長篇〈無字〉》，《出版廣角》2002 年第 12 期。

[7] [義大利] 卡爾維諾：《未來千年文學備忘錄》，楊德友譯，遼寧教育出版社 1997 年版，第 78 頁。

用一個維度來評說某部作品了。而實際上對於很多有優秀的作品來說，其本身的內涵是豐富的、複合的、多面的、說不盡的。

張潔寫了十二年的三卷本長篇小說《無字》，就是一部具有「繁複」品質的小說。在《無字》中，我們讀到的是殘酷的生存現實，是刻骨的生存之疼與夢想、榮辱的交織。歷史被解構，神話被解構，愛情被解構，而人物的苦難卻是那麼的深，這一切都源於太深的愛，只有愛得太深的人才會有更深的恨，只有熱愛生活珍惜青春的人才會有如此疼痛的撕心裂肺。在張潔悲愴激越情感波瀾的文字中，呈現出繁複、銳利和偏執的光芒。

男女之間的感情關係是張潔小說一生執著的話題，這也許是大多數女作家與男作家的區別之處，女作家可以終生關注男女世界的話題，男作家則比較關注社會歷史人際關係權力爭鬥之類的事情。文學是人學，文學從來就沒有離開過對人自身情感困惑的思考，從文學史中完全可以清理出一部人類情愛史。文學不能離開觀念，但文學絕對不是只停留在某些觀念之中。因為人是複雜的，情感是複雜的。寫出情感的複雜性，寫出被道德遮蔽的東西，顛覆解構一些流行的、習以為常的觀念，發掘一些鮮為人知的情感世界，敞開一些被通常倫理觀念所壓抑的、陰暗的、甚至難以登大雅之堂的世界，成了新時期以來愛情小說的一種趨勢。文學不是對現實的像鏡子一樣的簡單反映，文學與現實社會之間的關係是一種敞開與被敞開的關係，也是一種虛構鏡像與實物之間的關係。文學不同於邏輯的、科學的知識描述，而是「藝術敘事」，是建立在對事實世界基礎之上的又超越於事實世界的一個虛擬世界。在想像與現實之間，感性和理性之間存在的藝術的世

界是獨特的世界，它既可以將現實人生的存在狀態呈現給讀者，也可以在模糊、不確定、自相矛盾、無法證實和證偽的精神情感領域遊走，實現對干涉人的行為世界的「奇思妙想」和精神追求的表達，這也是文學的多義性和繁複性形成的原因。

愛情作為一個永恆的文學話題進入文學之中時，文學就成為人對愛情世界反覆探詢和審視的一種重要方式。愛情是什麼？愛情是文學書寫所追逐的一個人類夢想，一段浪漫的感情故事仍然是好萊塢影片和當今大眾文化速食中不可或缺的一部分。在近些年流行解構的文化語境中，愛情受到了嘲弄，古典的愛情開始大量的死去。「新寫實小說」「不談愛情」，愛情就是過日子，是一個不復存在的精神「神話」。在新生代作家筆下愛情是「慾望化」的圖景，是人性的實驗遊戲。從《愛，是不能忘記的》的純情中走出的張潔，在《無字》裡對愛情已經變得非常沉重、複雜、難以釋懷。

《無字》有很強的個人總結意味，既是對有血脈關係的四代女性的個人婚戀行為的總結，也是對一個世紀的中國婦女在婚姻中命運的總結。葉家四代女人有三代是不幸的。墨荷是不幸的，她的婚姻是父母之命媒妁之言的產物，她的男人葉志清可以逛窯子逍遙自在，她卻必須得奴僕般服侍他，她是被那個時代所毀滅，在那個時代，「一個女人，尤其是那個時代的女人，一旦作為人家的籃筐，有什麼權力拒絕人家的投籃？」葉蓮子無疑是一個賢妻良母的典型，她美麗善良，從一而終，在顧秋水將她和吳為母子倆人置於無以為生的境地之時，她完全可以用自己的美麗換取生活，可她從來沒有想到要這樣做。顧秋水的絕情寡義使她

的一生吃夠了苦頭，在她帶著吳為萬里尋夫歷盡艱辛的情況下，顧秋水「心狠手辣」、「無所不用其極」。如果說墨荷的悲劇是那個時代造成的，那麼葉蓮子的痛苦和不幸都是因為她作了「從一而終」觀念的犧牲品。吳為對待愛情的方式和禪月對待愛情的方式在小說中形成了鮮明的對立。小說中多次重複這樣一段話：「她總是把男人的職業與他們本人混為一談，把會唱兩句歌，叫做歌唱家的那種人，當作音樂；把寫了那麼幾筆，甚至出版了幾本書，叫做作家的那種人，當作文學。」敘述者在敘寫吳為愛情經歷的時候不斷的為她總結其不幸的原因是對愛情太理想化、太投入，以至將命都搭進去了，最後只有發瘋。與此相照應的是文中多次對愛情進行解構：「雖然海枯石爛自古以來就被作為證明愛情不朽的誓言，尷尬的是比之海枯石爛，愛情的的確確是一種短期行為。」「梁山伯和祝英臺的戀愛程式，只經歷了一個回合的磨難就殉情化了蝶，如果他們不那麼過早地殉情化蝶，而是像胡秉宸和吳為那樣，在歷經那許多波瀾壯闊、迂迴曲折的愛情程式之後，梁山伯也難免不會對祝英臺，也或許是祝英臺難免不會對梁山伯說：『你有精神病，應該把你送到醫院去，每天給你打幾針就好了。』」「愛情不過是一種奢侈，如果有幸得到那種機會，享受就是，怎麼能讓奢侈，風馬牛不相及地承擔如此沉重而嚴肅的任務？」作為葉家四代女人中獲得幸福的禪月，是最不相信愛情的。禪月在對吳為的信中說：「……世界上就沒有什麼真正偉大的愛，那是『天方夜譚』、是幻想，人活著多半是互相利用。『有人要享樂，就需要別人痛苦，什麼道德、良心、誠實、謙虛都是假的，是互相爭奪的手段』。這是存在主義，可是不無

道理。」「愛情是什麼？是每個人一生中必不可免要出的那場麻疹。」故事敘述者也在不時的敘述中跳出來解構愛情。在吳為與胡秉宸第一次接吻時，胡秉宸好像回到了初戀，他說的是真話：「你要是離開我，我就要死了。」可敘述者馬上又解構說：「這其實是胡秉宸的錯覺，他從每一個性愛對象那裡都得到過新鮮的體驗。」「難道她所愛的男人，一律是自己心目中製造出來的？不但製造了一個又一個愛的對象，還製造了他們對自己愛得天翻地覆，**轟轟**烈烈？」「也許人類的另一個名詞就是『大俗』。這真讓人悲哀，可也別無他法。」可以看到在小說中多處有類似的句子，在人物的聲音和敘述者的聲音之中我們都能聽到愛情破碎的聲音。

《無字》是一部繁複的、充滿矛盾的、雜語喧譁的作品。吳為的感情經歷是小說的重心，敘述者在解構愛情的時候也對吳為和胡秉宸的愛情充滿了讚賞。敘述者將胡吳之戀寫得那麼驚天地、泣鬼神，吳為敢愛敢恨徹底交出自己「**轟轟**烈烈的愛一次」是二十世紀的經典之作。「無論如何也算非常古典地談了一場戀愛，到了下個世紀，還有哪個男人會如此這般的與女人戀愛？」「這愛因而就具有亡命的性質，犧牲一切在所不辭，那是一息尚存奮鬥不已的愛。」「未來的世紀恐怕將不會再有這種愛了。吳為對待愛情的態度，可以說是二十世紀的絕唱，也是所有古典情結的一曲輓歌。」哪怕是對充滿嘲弄諷刺色彩的胡秉宸，敘述者也不時對他與吳為的愛戀給予肯定。敘述者稱他為「全才男人」，「愛情典籍」，「確實是動了真情」，「終不愧一代偉男人，尤其作為一個官場上的男人，能夠走出白帆的婚姻，與吳為婚戀一場，

應該說是勇氣非凡。」「他真像一個隻為愛情而生的男人。」「能讓吳為傾心不已的男人，這一生也只碰見了胡秉宸這一個。」文中如此尖銳對立的兩種對待愛情的理解，在一個文本中獲得了一個陌生的和諧共生。這種充滿張力和對話色彩的文字書寫無疑比一種理念、一種理想的古典情懷更深刻、更有力量。在小說中我們可以看到強烈的相互衝突的命題：那就是四代女性的感情歷程無不證實著對愛情對婚姻不能太理想、太認真、太浪漫、太完美至上、太一廂情願；另一方面敘述者又將吳為和胡秉宸的感情寫得那樣轟轟烈烈，無以替代，充滿了留戀和感傷的溫情。這兩種截然不同的聲音在文本中形成了平等的對話，真實而深刻的呈現了人的情感狀態。人不能沒有愛情的夢想，可有夢想的愛情又是多麼讓人難堪其重！

二

張潔在 80 年代前期最受肯定的作品是比較男性化和主流化的作品，而張潔在 80 年代的作品中就表現出來的女性意識敘事，一直被評論界所忽視，張潔「最突出、最具個性的特點」一直受到外界的壓抑。有評論者提出的疑問是：

> 為什麼最能代表張潔本人風格的《愛，是不能忘記的》不易獲獎，而給人印象平淡的《條件尚未成熟》可獲全國優秀短篇小說獎；為什麼表現女性的「冷傲感」的《方舟》不能獲獎，而寫出女性對男性的寬容大度和「無窮思愛」

的《祖母綠》可獲全國優秀中篇小說獎；為什麼「尖刻」
且鋒芒畢露的《沉重的翅膀》初版本不能獲獎，而幾經修
訂後變得圓熟了的《沉重的翅膀》可獲茅盾文學獎。[8]

　　但從 80 年代中後期開始，女性意識很強的作品越來越多，
在這種寫作語境中，張潔寫作《無字》放得很開，徹底丟掉了
外在的男性話語的羈絆，而志在寫出一部「大音希聲，大象無
形」的傳世之作。《無字》中幾代女性的心靈聲音是小說的主要
內容。《無字》中的幾代女性，她們已經不是從個性解放中走出
來就能夠避免她們的悲劇結局了，葉蓮子、吳為、禪月比她的長
輩都更有獨立意識和獨立的能力，她們從來就沒有靠男人過日子
的意識，她們只是一直在尋找一份屬於自己的愛情而已，可是男
人總是讓她們失望。正如張潔在《方舟》的題記中所說：「你將
特別的不幸，因為你是一個女人。」為什麼女人總是那麼不幸？
張潔的小說中偶有幾個幸福的女性，如《七巧板》中的尹眉，
《無字》中的禪月，她們是幸福的，前者找了一個好丈夫，後者
再也不會像她們的長輩那樣去相愛了，她腦子清醒著呢。但禪月
的形象在《無字》中只是一個虛幻的影子，她的愛情生活並沒有
在作品中真正地出場，似乎只是寄託理想的人物而已。而這個世
界的兩性之間的衝突卻是綿延不盡的，有誰能揭開這個謎呢？恰
如張潔在面對北京大學的青年學生時所說的：「孩子們，我該怎
麼對你們說呢？」這是一個自古以來的一個死結，張潔用幾代人

---

[8]　　王又平：《順應・衝突・分野──論新女性小說的背景與傳統》，《荊州師範學院
　　學報》2000 年第 3 期。

的情感去解開這個死結，卻發現一切都是那麼的徒勞。她只能描述這種狀態，敘述這樣一個事實，在痛苦和迷茫之間，在希望和無望之間，在精神和肉體之間，在理想和現實之間，在感性和理性之間，尋找那一份溫情和夢想，儘管這一切註定是一個西西弗斯（Sisyphus）式的神話，雖然吳為不後悔，但她必然發瘋。這就是人類的生存圖景，是人類永遠無法擺脫的宿命。當人物為一個執著的信念而苦苦折磨的時候，而這個信念又是那麼的崇高和美好，悲劇感就產生了。還有什麼比這更沉重的生命感覺呢？生命難以承受的重負既有不能承受之輕，也有不能承受之愛，如此殘酷，如此無情，如此醜惡，如此混亂，誰能堪負？一些70年代出生的女作家不帶任何羈絆的活著，在感性和慾望之中，在背棄了任何道德束縛之後，她們是那麼輕鬆，她們還有什麼不可以嘲弄和解構的呢？張潔是在用生命、愛、希望來解構愛情，是用幾代人的親身經歷來解構可望而不可即的夢想。前者是在尋求一種輕鬆的生活方式中反叛自己的祖輩和一切傳統。她們是快樂寶貝，是來享受這個世界的，她們是有創造意識的一代，另類、扮酷、刺激、感性、自由是她們的追求。她們的根底很淺，她們的解構和反叛有很重的模仿痕跡，她們將離過五次婚的亨利‧米勒視為精神上的父親，她們喜歡杜拉斯，喜歡艾倫‧金斯堡（Allen Ginsberg），她們的個人行為和寫作都帶有對西方「迷茫的一代」（*The Lost Generation*）的一種模仿，實際上她們又何曾真正的快樂過呢？在此意義上張潔的解構是充滿希望的，她在無望的時代中來尋找愛情，愛和恨交織在一起是支離破碎的碎片。而這一切恰如王蒙所說：「凡是把複雜的問題說成小蔥拌豆腐一青二

白者概不可信。」生活和人本來就是複雜的，文學作為一種對人心靈閱讀的方式，就是恰當的表現這種複雜。

結，欲解又難解；情，欲說又還休。在生命不能承受之重和生命不能承受之愛的悲愴文字中，《無字》的文本結構方式是這一生存圖景的又一種注解。《無字》的基本情節在第一卷中已經交代清楚了，第二卷、第三卷與第一卷之間並沒有構成情節上的延續，而是局部的一個回憶和交代，是對第一部的補寫和深化。小說在時空上已經打亂了，回憶過的事情還可以反覆再回憶，作者用現實審判歷史，用歷史映照現實，由人物心情去串起事件，又用事件來結構人物的心情。故事、人物、情緒、歷史環境如影隨形相互纏繞相互扭結。在幾代女性的人生命運中探討女性的不幸命運，既是個人心情的自傳，又因其對人物心靈辯證法的書寫，作品有著力透紙背的深入人物靈魂的深邃。卡爾維諾很欣賞博爾赫斯有關絕對的、主觀上的時間概念的一段話：「我想過，讓一切事情都准而又准地在現在發生在每一個人眼前。經過了一個又一個的世紀，只有在現在，事情才發生。空中、大地和海洋上又數不勝數的人，讓一切發生的事都發生在我眼前。」[9]《無字》是一個回憶性的文本，也是一個想像性的，不斷追述補充的文本。故事發生的時間已經不重要了，它已經主觀化了，變成了人物的情緒，讓過去的事件選擇的有序地發生在讀者的眼前。王安憶有一句名言，「小說就是往小處說說。」《無字》正是在「小」裡說來說去，說過的可以再重提，在說過的大事件中不斷的補充

---

[9]　［義大利］卡爾維諾：《未來千年文學備忘錄》，楊德友譯，遼寧教育出版社 1997 年版，第 84 頁。

細節，沒說的還可以不斷的再說。在這個意義上，《無字》是一部以書寫人物靈魂為中心的作品，而不是一部以情節見長的作品。徹底的將人物的心理和人物事件撕裂打亂，在拷問人物靈魂的敘述中，實現了對人性深層的敞開書寫。恰如小說《內容提要》中所說：「好似一部雄渾的交響樂，一個迴旋又一個迴旋，撞擊著人們的心靈，進行著靈魂的拷問，留下無盡的思索……」

三

《無字》在內容上的「繁複」與風格上的雄渾是與作者高超的敘事手法密不可分的。具體來說，《無字》是一部有多重聲音的小說，在敘述上自由地轉換敘述的視點，在女性的經驗上充分展開，同時又對男性精神世界進行了深入透析，小說致力於呈現生存圖景，也致力於對人物精神性格的批判。《無字》力圖超越女性性別本位立場的意味很明顯，這種努力體現在作品的思想內容上，也體現在作品的敘述形式上。《無字》對性別立場的自覺超越使《無字》不僅成為張潔最好的作品，也使《無字》躋身中國當代優秀的長篇力作之列。

按照伍爾夫《一間自己的屋子》中的觀點，每個人都有兩種力量支配，一種是男性的力量，一種是女性的力量。在男人的腦子裡男性力量超過女性力量，在女性的腦子裡女性力量超過男性力量，最理想的狀況是兩種力量在一起和諧地精神合作的時候，因此只有半雌半雄的腦子才能創作出偉大的作品，莎士比亞就是有著半雌半雄腦子的藝術家的代表。這種「雙性同體」的創作思

想得到了很多女性作家的認可，這是一種旨在超越單性文化的佳境寫作。性別對寫作的影響是，寫作者往往以自己的性別眼光來敘述故事，不自覺地帶有自身的性別立場，具體體現為在小說中代表某類男性或女性說話。這種寫作難免是初級形態的寫作，而一個成熟的作品往往是有性別超越意識的。

在張潔的《方舟》、《七巧板》、《祖母綠》等早期作品中，我們看到，張潔總是不自覺地以女性的視點來敘事，站在女性的立場上說話。男性總是作為女性的對立面出現，是造成女性所有不幸的罪魁禍首，而女性多是不幸的、是軟弱的，但在精神和道義上又是勝利者，敘述者給了她們太多同情和保護，她們善良、聰明、美麗，有犧牲精神和責任感，她們的不幸在於男人讓她們失望，張潔的小說總是將男性人物寫得很醜陋，很沒有光彩。這樣的例子比比皆是：《方舟》中的白復山之與梁倩，是一個無賴與一個天使。《祖母綠》中曾令兒是一個富有犧牲精神和有偉大胸懷的女性，將自己的一生的幸福用一天過完了，為左葳默默承受了罪名，吃了一輩子苦也毫無怨言。男人對女性的傷害在曾令兒的感情昇華的過程中被敘述者放置了，但那個曾令兒與盧北河共同為之操心奉獻的男人左葳正如盧北河所說：「多少年來我們爭奪著同一個男人的愛，英勇地為他做出一切犧牲，到頭來發現，那並不值得。」《七巧板》中的金乃文也是一個非常完美的女人，她的丈夫譚光鬥卻是一個卑劣的小人，他強佔了金乃文，和金乃文結了婚，但並不對她好。《紅蘑菇》中夢白和吉爾冬的關係似乎可以概括為「善良的女人和醜惡的男人」。「他（吉爾冬）對她們全家都有一種說不清的恨。」在敘述者的敘述中男人對女人的

恨變成了女人對醜陋男人的仇恨。女人對男人的仇恨在《楔子》裡張揚到極至。「她」顯然是一個感情上的理想主義者，就像她不能容忍天花板上的一塊水漬。「她」殺死了「親愛的敵人」，「她的眼睛一眨不眨。她就是要眼睜睜地看著他或是 A、B、C、D……怎樣一點一滴地在她的手裡死去。」還割下了男人的物件，「用很長的時間研究著這使男人成為男人的東西，和它給男人帶來的一切影響。她覺得非常沮喪，她還是不能明白，使他們成為磨人機器的根由。」這種對男人的深仇大恨無疑會讓人不寒而慄。

　　但在《無字》中，我們看到，小說的視點是跳躍於雙性之間或之上的，那種女性本位的性別偏見的立場淡化了，小說有女性的視點，也有男性的視點，還有超越於小說人物本身的敘述人視點。小說不僅有對女性的同情，也有對女性自身的批判，同樣的雙重立場也體現在男性人物的塑造上。「構成故事環境的各種事實從來不是『以它們自身』出現，而總是根據某種眼光、某個觀察點呈現在我們面前。……視點問題具有頭等重要性確是事實，在文學方面，我們所要研究的從來不是原始的事實或事件，而是以某種方式被描寫出來的事實或事件。從兩個不同的視點觀察同一個事實就會寫出兩種截然不同的事實。」[10]敘述視點不僅是一個從誰的角度看的問題，也是一個小說觀念的問題，如果一個小說能從多個人物的視點出發，對不同的、相同的人和事進行敘述，小說實際上就帶有巴赫金所說的「複調」小說的意味。當敘述的聲音在不同的性別角色間展開，小說就有超越性別局限性的可能。

---

[10]　張寅德編選：《敘述學研究》，中國社會科學出版社 1989 年版，第 65 頁。

　　為了寫出現實生存的複雜圖景，《無字》在敘述的視點上自由地轉換。小說以吳為發瘋了寫起，截取了一個故事的高潮點，然後採取回溯的方式，交待吳為發瘋的前因後果。小說在敘述上採取了一種類似電影蒙太奇剪接的方式自由跳躍，讓視點跳躍在不同的人和事之間，小說不以講故事為目的，但也不是沒有故事，只是故事的基本框架和大致人物關係在第一部中就已經交待清楚，小說完善的是細節，是人物對往事的回憶，是敘述人對小說人物的評點和分析評價，力圖將故事寫複雜是小說的基本傾向。

　　在小說第一部的第一章中，小說就以多重視點預設了敘述的整體基調。一是吳為的發瘋和回憶，一是胡秉宸的漫想與對記憶的溫習，在這二者之上還有一個敘述人對他們的行為與思緒進行分析、整理，將讀者帶入他們事無巨細的三十年感情的糾纏中。胡秉宸是中央某部副部長，在年逾 65 歲時與結髮妻子白帆離婚，與中年女作家吳為結婚。白帆是個老革命，她為保衛自己的婚姻打了一場群眾性的「婚姻保衛戰」，最終胡秉宸還是和白帆離婚。胡秉宸和吳為一起生活了十年，可他們婚後並沒有得到真正的幸福，最終離了婚，胡秉宸與白帆重婚，吳為發瘋了。這個故事是《愛，是不能忘記》的修訂版，在寫法上也有了根本性的改變，《愛，是不能忘記的》是一個短篇小說，小說只在母親鍾雨和女兒姍姍對待愛情的選擇和對愛情的思考上展開，在小說中，老幹部沒有正面出場，他只是一個符號。鍾雨和姍姍的愛情，也被敘述人有限地控制起來，它給讀者留下了一個痛苦的理想主義者的形象，並以愛的執著和忠貞感動著讀者，鍾雨和姍姍的形象也不夠豐滿。《無字》是《愛，是不能忘記》的繼續，小說用了

80 萬字的篇幅來寫兩個人的感情故事，其過程曲折綿長、盤根錯接。吳為是個感情至上的理想主義者，在愛情上是個有「奴性」的女人。胡秉宸是白馬王子型的男性，是風流倜儻的男人，曾經為革命工作出生入死，解放後官至副部長，是個精神上的貴族。小說圍繞他們的相識、相戀、相處所引起的種種矛盾展開。為真實地深度呈現人性的底色，小說對主要人物的精神個性進行了追根溯源式的敘述分析，吳為的獨立自強的個性和對愛情的「奴性」態度與她的媽媽葉蓮子有關，葉蓮子的精神弱點又與其母親墨荷有關，追根溯源，小說追敘一家四代女性的人生經歷，又對與她們生命中相關的男人進行敘述，描寫了墨荷、葉蓮子、吳為與葉志清、顧秋水、胡秉宸之間的情感糾纏，對幾個男人的一生也力圖全景式展現。就這樣小說圍繞吳為和胡秉宸的愛情線索，串起了整個二十世紀的歷史風雲，包括國共合作、抗戰、新中國成立、反右、文化大革命、改革開放等歷史大事。在具體的敘述中，小說打亂了事件的順序，實現了視點的自由轉換，小說又不時跳出具體的事件，由敘述人對人物的心理進行透析，對人物的所言、所行進行分析、評點或者批判。這樣，我們看到小說的規模宏大、人物眾多、視點跳躍不定，不僅寫出了人物情感的複雜糾纏，也對人物的靈魂進行了多重再現。

如小說第一部第二章在講到白帆和吳為爭奪胡秉宸的時候，寫到胡秉宸的反應及胡秉宸的「收斂」性格，這種性格是在得到現實教訓之後形成的，小說自然跳到胡秉宸的革命史中，並在歷史的回憶中解剖人物的性格。回憶歷史是為了對照現實，很快小說又回到現實語態之中：「可想而知，在那個回合裡也不曾腿軟

的胡秉宸，白帆的捉弄是怎樣激怒了他。」面對「收斂」的胡秉宸，小說的視點接著又跳到了白帆身上：「在她如此敗墜深淵的時候，吳為卻明目張膽、厚顏無恥地到醫院來和胡秉宸幽會，不是乘人之危又是什麼？」在剖析了一番白帆的心理之後，小說又回到了吳為身上：「她有什麼道理像白帆那樣翻江倒海、大有作為。」轉換視點後小說的敘述人始終掌握著話語權，在分析人物的心理時，不時加入自己的評論。小說始終有一個超越於具體的人物形象之上的敘述人，他的意見與小說中人物的聲音形成了交鋒，把讀者引向人物的情感糾纏和故事的發展之中。小說不時地轉換視點，將一件事情說開，同一件事在不同的時候，從不同人物的角度展開，因而能呈現出事件的複雜性。

小說不僅在整體結構上採用跳躍轉換視點的敘述方式，在一段話中也是有著多重視點的。如小說在敘述了葉蓮子的婚姻選擇之後，是以吳為的視點來說的：「在吳為看來，葉蓮子竟然能為這個相當功利的婚姻自造一份情愛，並為這個自造的情愛癡迷一生是太不值得了。」但很快，小說的敘述人又對吳為進行了審判：「其實吳為對胡秉宸的愛，不也是一份自造？在一定程度上，連胡秉宸都是她自己造出來的。」再如在墨荷去世時，小說寫道：「墨荷的喪宴，驚動了遠村近鄰的親戚。這樣賢慧、整日不言不語的女人死了，總讓人惋惜。足見人們的『印象』是極不可靠的，墨荷的不屑竟被理解為不言不語的賢慧！」這段話第一句是一個基本的事實的呈現，第二句是第一句的自然推演，其視點是「遠村近鄰的親戚」，第三句是敘述人的視點，對前面眾人的行為進行評判，在短短的一段話中充滿了對話的張力感。

四

　　多重視點的轉換實際上暗含了小說的一個基本觀念：要盡可能從多角度呈現生活的本質，這種全面地再現也體現在對人物性格內涵多重性的寫照上。文學所表現的人物心理的複雜性和細緻性是哲學、社會學所不可替代的。古今中外的情愛故事中多的是癡男怨女形象，浪蕩漢、棄婦、情種、思婦構成了多彩的人物畫廊。人性是含混的、複雜的、隨時代變化而不斷發展的。西方思想家說「人一半是天使，一半是野獸」，雨果提出「美就在醜的身邊。」文學的意義就是要揭示這種人性的複雜性。尼‧別爾嘉耶夫（Николай‚Бердяев）在研究 19 世紀俄羅斯知識分子時發現：「應當記住，俄羅斯人天性很極化。一方面是順從和放棄權力；另一方面是被同情心激起的和要求公正的反抗。一方面是憐憫心和同情心；另一方面可能是殘酷無情。一方面熱愛自由；另一方面又傾向於被奴役。」[11] 這些相互對立的性格在俄羅斯人身上可以和諧地共生。劉再復曾提出人物性格的二重組合原理，他認為：「性格的二重組合，是《紅樓夢》以及世界上許多偉大文學作品創造具有高級審美意義典型時取得成功的美學基礎。」「不把性格的內在衝突和統一，看成是性格的本質。這就不能對人的性格世界進入理性認識，即不能認識到具體的、矛盾的、豐

---

[11]　[俄] 尼‧別爾嘉耶夫：《俄羅斯思想》（*Русская Идея*），雷永生、邱守娟譯，三聯書店 1995 年版，第 248 頁。

富的、全面的人。」[12] 福斯特（Stephen Collins Foster）的《小說面面觀》（*Aspects of the Novel*）中提出「扁平人物」和「圓形人物」之分，人物形象內涵的多重化還是類型化通常被看作是精英小說與通俗小說的區別。當男性作家按照男性文化意識將女性塑造成「天使」或「淫婦」的時候，這體現的是作家對異性的一種歪曲想像，同樣女作家按照自身的性別體驗把男性塑造成「英雄」或「小人」的時候，也是一種性別偏見。

在張潔的早期作品中，人物多是極端化的，其中的男性人物形象也大多是「扁平人物」，帶有女性的某種性別偏見，如造成女性不幸的素質低劣的男人形象有魏經理、白複山、譚光鬥等，與此形成鮮明對照的好男人有老安、朱禎祥、袁家驪等，這種將男人「好」、「壞」類型化的處理畢竟是偏離人的本質的。同樣，在張潔所塑造的女性人物形象中，荊華、梁倩、柳泉、金乃文等都是善良的，也是「受傷的」弱者，這無疑也是對女性本質的一種偏離，之所以會出現這種偏離主要是因為作者對其筆下的人物所帶有的深深的同情，這種同情也導致了小說將她們不幸的原因全部歸因於外在的環境，而回避了女性自身的弱點。

《無字》有很明顯的自傳體意味，在對人物的精神心理進行深度分析的同時作者也對人物自身進行了不留情面地批判。如葉蓮子的苦難與自身的性格缺陷其實是不無關係的，吳為的行為也多有不光彩之處，如她養私生子，借婚姻為跳板回京。看看小說中對吳為的批判：「在這個掙扎中，她不但顯得十分惡俗，而且

---

[12]　劉再複：《論人物性格的二重組合原理》，《文學評論》1984 年第 3 期。

瑣碎、低劣、小家子氣。不像有些人，即便算計，也算計得黃鐘大呂，如此，她有什麼資格對胡秉宸的面具說三道四？」「說到面具，吳為自己就不戴嗎？她和胡秉宸的差別，不過是多少、優劣之分，並沒有原則上的分野。」（第一部第 204 頁）這種對女性自身的反省意識，使《無字》完全超越了張潔早期作品中對女性因同情而生的聖化傾向，《無字》成為一部真正超越性別偏見的作品。

「張潔的《方舟》被後來更多的人們記憶為女性或女權主義對男人的最初抨擊，實際上，《方舟》通篇所要表述的是在我們這個不完全的男權時代生為女人的不幸，而對男人則少有細緻入微的剖析。」[13] 與《方舟》相比，《無字》中的男性形象是豐滿的，作者總是力圖寫出人物立體感來。顧秋水很能幹、有勇有謀，但痞性十足，對女人薄情寡恩。胡秉宸是「全面深刻」、「高瞻遠矚」的，多情而不乏真誠，「俊朗又不失英雄氣概，懂得品味而又不失紈絝，大雅大俗、有形有款……」要「五百年才能出一個」。胡秉宸在革命的槍林彈雨中成長，很善於學習，為人機警、幹練，有頑強的毅力和百折不撓的精神，總是能出色地完成上級的任務，但胡秉宸也是有缺點的：「既有恃才的瀟灑，也有傲物的虛浮，難免有失從容和內斂……」在和吳為的關係中，胡秉宸又是自私世故、工於心計的。

小說的超性別意識還體現在人物形象自身的性格內涵上，如吳為天生被賦予雌雄相容的秉性。「等到有了禪月，她就既是父親又是母親。即便有了歷屆丈夫，凡舉登高爬梯、安裝電器、負

---

13 劉慧英：《走出男權傳統的樊籬：文學中男權意識的批判》，三聯書店 1995 年版，第 108 頁。

重養家……也都是她的差事。怪就怪在她像一個男人那樣舍我其誰地認為，這都是她義不容辭的責任。」「到底是誰把她造就成了一個男兒之身，卻又給了她一條女人的命?!」我們將吳為的雄化與《方舟》中的幾個被雄化的女性相比較就會發現，吳為其實是一個真實的非常女性化的人物，雄化只是她的一個側面，她為愛情沉迷，其行為方式與處事方式是非常女性化的，她其實很有女性的魅力，而不似《方舟》中三個不幸的女性那樣落魄與無奈。

　　《無字》不僅講述了人物性格的內涵，也很注重人物之間的精神聯繫。一家四代女性，墨荷是封建時代的犧牲品，一生逆來順受，受盡封建夫權的壓迫，最後因難產而死。葉蓮子跟隨顧秋水吃盡了苦頭，吳為因為愛戀而發瘋，禪月是理想的女性，她對現實認識得最深刻，憑著優秀的學習成績考到了國外留學，也獲得了幸福。小說將一家幾代女性的精神苦難和盤托出，對她們成長的環境和內在的人格缺陷進行了徹底地反思。吳為發瘋了，小說中順藤摸瓜，寫出了葉蓮子與顧秋水之間的往事——「醫生們絕對不會想到，吳為的瘋，首先和葉蓮子對『生』的固執有關。」在講述葉蓮子和她的母親墨荷的往事時，小說始終不忘她們祖孫幾代人之間的精神聯繫，小說的重心不是要講故事，而是對人物的精神心理作出解釋：「吳為總是把男人的職業和他們本人混為一談……這種一廂情願和聯想力過於豐富的毛病，可能來自她外祖母的那個家族。」在講述了秀春的外祖父為墨荷定親事時的草率與馬虎之後，小說很快就聯繫到吳為：「吳為考慮問題那種舍本求末的方式，不會說『不』的毛病，一旦面對需要當機立斷的大事就臨陣脫逃的懦弱，可能有根有源。」墨荷最有力的

反抗就是回娘家，小說由此將筆鋒落腳在吳為與葉蓮子的關係上。這種人物之間關係的對比，既是對人物自身性格命運的解釋，也是對小說故事的推進，就這樣對家族人物故事的講述與主要人物的性格及其情感線索聯繫在一起，成為一個渾圓的整體。

<h1 style="text-align:center">五</h1>

上文對《無字》的闡釋主要是在故事的基本內涵和敘事性別角度展開的，《無字》之所以成為一部優秀的小說，還在於它的隱喻層面和超個人性。對《無字》的閱讀還可以將其看作是一部優秀的新歷史小說，一部反映二十世紀中國人生存現實的力作，一部現代人生存的寓言。

張潔在威尼斯文學節的演講中談到自己的藝術觀，所發之言多可和《無字》對應起來，兩相對照，可以看到，《無字》在內容和藝術上還有以下特點：一、這是一部表現二十世紀生存環境的小說，這個生存環境對生命的摧殘是極其殘酷的。二、任何一個認真的藝術家窮其一生，做的不過就是一件事：追求「感覺」和「表現」之間的「零距離」，儘管難以完全達到「零距離」，《無字》就是有著這樣追求的一部小說。三、歷史具有片面性，大部分歷史是勝利者的歷史，歷史的敘述無法避免敘述者個人的立場、好惡、利害、想像的誤差，以及審美觀、價值觀等方面的取捨。小說應盡力呈現多面的歷史，盡力還原歷史「真相」。四、《無字》反思的是二十世紀的大歷史，並對人物的靈魂進行鞭打和拷問。五、不確定性是文學創作的廣闊天地，是作者的興

趣所在和靈感來源。[14]

　　《無字》是張潔最有自傳色彩的小說，這篇小說的成功在於，它在一個個人家族故事的框架中含納了廣闊的社會歷史內容。閱讀這部小說，我們對二十世紀的歷史大事通過人物故事進行溫習，我們讀到的是一部小說版的二十世紀中國歷史。按照作者對歷史的理解，歷史的敘述不可避免地帶有個人的立場，《無字》對歷史的敘述是對經典歷史教科書的反駁，是在小說打撈的是民間的歷史記憶的一個側面。比如小說寫到胡秉宸在延安所接受的革命教訓，延安不能容忍任何「個性」的存在，「連咳嗽一聲都有人彙報！」做人收斂才能自保，否則說不定就會挨「整」，甚至丟掉性命。「延安整風」在一九四三年轉入「搶救運動」，近兩萬名外地投奔革命的外來幹部成為「特務」，因為胡宗南部隊的進攻，黨中央戰略撤退，這批外來「問題」幹部沒有經過仔細審查就被槍斃。這樣的「歷史」明顯帶有小說的意味，顛覆了已有的中國革命史。其它類似如國共合作等歷史事件，對張學良、彭德懷等歷史人物的評定等都有不少「新歷史」的看法。這些歷史「花絮」與家族人物故事串在一起，極大地豐富了小說的內容。

　　《無字》也是一部重要的人生經驗總結書，作者試圖「零距離」地再現生活，實現對生活的智性穿越。「零距離」表現生活是很高的文學要求，優秀的文學作品無不是現實的真實反映，但要表現生活的「本質真實」是需要作者的「智性」的，它與

---

[14]　張潔：《交叉點上的風景》，《長篇小說選刊》2010 年第 3 期。

是否是現實主義方式無關，而與作者的生活經驗和生命體驗有關。如卡夫卡（Franz Kafka）式的故事表面上是非現實的，但卻更切近生活的本質了，《無字》在表現手法上是寫實的，這種寫實不是說故事完全是真實的，但是建立在作者對生活本質的穿透上，是有力量感的。亞・伊・索爾仁尼琴（Александр Исаевич Солженицын）在獲諾貝爾文學獎的演說中說：「藝術使他得知他人在生活經驗中所遭受的一切；它重創他人肉體忍受的經驗和痛苦並容許此種經驗為人們所吸取。」[15] 這就是藝術表現生活經驗所具有的力量。表層上，《無字》是張潔家族的自傳體小說，但仍然是小說，不是家族傳記，作者在簡單的家族人物故事之中挖掘了深層的人性內容，闡釋了生活的邏輯，留下了生命之思。這樣的「零距離」，既表現在對兩性感情關係的糾纏上，也體現在對每一個個體的性格內涵的分析和人生道路的剖析上。比如小說對顧秋水的解剖，這個男人一面是個「兵痞」，是拋棄妻女的小人，他內在的「奴性」使他一生註定不得志。顧秋水追隨包天劍離開東北軍是他一生的轉折，是他一生失敗的開始。對此小說分析道：「每個人的一生都有一個結，能超越它，也許就是另一種人生；不能超越它，這輩子就從那裡開始走下坡路。」這樣的總結也適合小說中的葉蓮子、吳為等人。小說中對其他人物如吳為、胡秉宸等也進行了深入的性格分析，當小說的旨趣不再是敘述故事，而是審視人生，讀者對作品的閱讀過程也變成了深入地思索人生的過程。再如對葉蓮子性格的分析：「優雅的女人也就

15　毛信德等：《諾貝爾文學獎頒獎演說集》，百花文藝出版社 1991 年版，第 560 頁。

十分脆弱，多半還自作多情。她們會倍加感應人生的種種尷尬和難堪，這樣的女人天生是被踩躪的對象。」這樣的議論已經不僅僅是針對一個具體的葉蓮子，而是針對與她相類似的人。類似這樣的「高論」在小說中還很多，在小說中，所有的人物都是被拷問的，因為這些拷問，小說已經極大地擴大了表現的內涵，即小說所表現的不僅僅是人物，而是所有的人所面對的「人性的弱點」問題，讀者從小說中獲得的不僅僅是感動，更多的是思索和啟迪。

為實現「零距離」表現生活，《無字》還徹底撕裂生活的表像，將人性的隱秘完全呈現出來，包括人物內在的惡、隱秘的生活空間等等。這也是這部作品驚世駭俗的一面，王蒙將這部小說稱為「極限寫作」[16]，並對「無所不寫」的方式表示了不滿意。「愛倫坡說，沒有一個作家敢真正寫出他心中全部的思想和情感，怕紙張會被這些思想和情感燒毀。他的意思是，即使最勇敢的作家，也會壓抑他們本性中涉及不道德、不正經、頹廢、病態和殘酷的潛意識成分。」[17] 張潔無疑是這「勇敢」的作家之列，作者將真實的家族人物都寫進去了，也將人物隱秘的靈魂撕裂了，可謂是「豁出去了」，是聲聲淚、字字血的寫作，其只有一個目標就是「零距離」表現生活。尼采認為：「在對真理的認識上，藝術家的道德較思想家薄弱；他決不肯失去生命的光輝的、深意

---

[16] 王蒙：《極限寫作與無邊的現實主義》，《讀書》2002 年第 6 期。

[17] [美] 莫達爾（A.Mordell）：《愛與文學》，鄭秋水譯，湖南文藝出版社 1987 年版，第 8 頁。

的詮釋，抵制平淡質樸的方法和結論。」[18] 無疑，張潔不是為道德而寫，《無字》試圖給讀者一個更「真實」的現實真相，給讀者更多的生活啟示，讓讀者深入地瞭解歷史，理解人性。詩人于堅說：「寫作的勇氣和智慧，就是把『不可告人』告訴人。」[19] 小說中的每一個人物都是緊張的，沒有平和的內心，沒有不被生活纏繞的痛苦，這與作者試圖深度地解剖人物靈魂的寫作理念息息相關。張潔寫小說的態度類似主人公吳為對愛情的「精緻」追求，從作品問世後的反響來看，作者的追求無疑是實現了。

　　小說以主人公吳為發瘋開端，以吳為死去結束，主人公面對生活的掙扎不過是在塵世間畫了個圈，對生活意義的尋求最終消解在棄世的解脫之中。在作品的《內容提要》中說：「老子有言：『大音希聲，大象無形。』太深重的苦難恐怕難以表述，太飽滿的感情恐怕無法言說，是曰《無字》。」在老子那裡，「大音希聲，大象無形」是一種無聲勝有聲的人生境界或藝術技巧，而在小說《無字》中，不論是苦難，還是感情，作者寫了 80 萬言，「無字」是建立在「有字」的基礎上的，所謂「無字」是說不盡的苦難，說不盡的感情，最終以「無字」來做總結描述。「無字」是追問生命意義之後的結果，而不是過程，寫滿過程的文字可以抹去，最終是萬事甘休，主人公最後離開了塵世，所有沉重的追求都在終極的意義上受到了拷問。批評家李敬澤將《無字》對生命意義的拷問比作是浮士德對生命意義的追問，「它揭露了

18　[德] 尼采：《悲劇的誕生》，周國平譯，三聯書店 1986 年版，第 176 頁。

19　于堅：《斷想・1996》，《中國當代作家面面觀》，林建法、傅任主編，華東師範大學出版社 2002 年版，第 272 頁。

我們的境遇中精心掩飾的空虛，它是無情的自我懷疑、自我論辯，它把人逼到牆角，逼著你無可閃避地面對你矛盾重重、極為可疑的生活。」[20] 然而，浮士德是西方式的，是積極的實踐性的，是人與自然、社會的對立。而《無字》是東方式的，「無字」來自道家哲學，吳為（無為）、禪月（禪越）都是帶有道家意味的名字。主人公面對的是人與人的糾纏，是人與時代命運的糾纏，現實或扭曲或摧殘了人性。主人公吳為離開了人世，獲得了解脫，無字是一種生命的狀態，一種超越塵世糾纏的狀態，它隱喻著一個人最終對名利、愛恨的超越和解脫，是道家哲學式的，但又是超越道家的，吳為的離世在精神的意義上是新生，禪月的出國已經超離了苦難的環境。在小說的《後記》中，作者寫道：

> 我不過是個朝聖的人，
>
> 來到聖殿，
>
> 獻上聖香，
>
> 然後轉身離去，
>
> 卻不是從來時的路返回原處，
>
> 而是繼續前行，
>
> 並且原諒了自己。

這有些類似黑格爾在《精神現象學》（*The Phenomenology of Mind*）中所描述的，人要達到自我實現的最高峰——「絕對精神」，必須

---

[20] 李敬澤：《女浮士德：談張潔的〈無字〉》，《目光的政治》，李敬澤著，中國文聯出版社 2003 年版，第 118 頁。

經過艱苦的與對立面的鬥爭，只有經過接受教訓、經驗的磨煉才能達到一種博大的「審美境界」。

這部小說出來後，還有人將之與《安娜‧卡列尼娜》相比，確實這兩部小說上有相似性，主人公吳為和安娜、胡秉宸與伏倫斯基（Vronsky）都有些相似之處。但《無字》不是《安娜‧卡列尼娜》的中國版，而是有著中國國情的小說，這部小說表現的是中國的歷史，中國的女性生存現狀，對生活的審視是中國式的，最終解脫的內在思維方式也是中國式的。作為一部經驗之書，一部智慧之書，一部歷史之書，一部生命之書，一部女性之書，其飽滿的情感和多重的內在韻味也必然會打動更多的讀者。這也在市場調查中獲得了證實：

> 隋麗君最近的成功經驗是出版張潔的《無字》。該書發行8.1 萬套，共 24 萬冊。這在當前出版業困難的情況下絕對是讓人眼紅的勝利。據調查，該書讀者絕大部分是女性。編者分析她們為什麼讀張潔？因為她們更關注女人的命運包括她們的婚戀。她們愛張潔，愛她的品位和格調。從這個角度講，這是張潔的勝利，純文學的勝利，女性寫作的勝利。[21]

21　西馬：《中國的一個美好傾向》；《商丘日報》2009 年 5 月 13 日第 7 版。

第十五章

理想神話與情愛烏托邦

　　人類一直都做著一個共同的夢，即對理想的追求。縱觀人類歷史，人類自誕生之日起，就不斷地思考人與自然，人與人，人與社會之間關係的奧秘，從而建立一個美好的生存空間。文學作為表現以「人」為中心的社會生活的一種藝術形式，總是過多地承載著理想追求的使命。不管是東方還是西方，幾乎任何一部偉大的作品都寄託著對「人應該怎樣」的思考，這也許是因為人們在現實中經受了太多的苦難。正如凱西爾（Ernst Cassirer）所言，人與動物的區別，是「理想與現實」，「可能性與現實性」的區別，人總是不斷構築自己的「理想世界」。這不禁使我們想起浮士德、唐吉訶德、西西弗斯、夸父、愚公等九死不悔的逐日先驅，儘管現實艱難重重，卻永遠撲滅不了他們癡迷追尋理想神話的火焰。熊正良的小說《匪風》（載《收穫》1993 年第 5 期）向讀者描繪了一個大同世界的五光十色，展示了固守理想陣營的艱難過程，敘說著一個理想神話慢慢毀滅的悲哀。

　　在一座孤島上住著一群土匪，他們通過弄刀子的方式從島外獲得島上所需的物用品。這群人與普通土匪的不同有二點：第一，這是一個完全對外封閉的世界，凡闖到島上的島外人都得

死。凡是島上的人出去辦事，想跟蹤他們的人都得死，萬一碰上走不脫的情形，島上的人就吞一種特製的帶毒的輪迴丸而死，決不留下活口。第二，這是一群由范茂庭這個有美好社會理想的土匪頭子統治的土匪。按照范茂庭的規定，島上的男女關係自由化，男人可以找任何一個女人過夜。與普通土匪相似的是這個島上的秩序完全是通過暴力來維持。在小說一開始作者就向讀者描述這個理想國的統治者范庭：「像是病過一場，他神情憂鬱，常常陷入沉思。」從這時起，范茂庭就開始對自己的統治前景表示懷疑。儘管范茂庭對每一個蔑視法規者都進了嚴懲，但總有一個接一個的異己者出現：喬寶因為女人墨玉失去了一個睾丸，曠中柱因為送給杉木一個戒指而丟掉了一個手指，趙酸為女人紅鳥用槍打死曠中柱而失去了兩個睾丸，徐景昆在離開島上的願望徹底破滅後吞下輪迴丸而死。如果說一個叫二爺的人因私吞財產被處死使范茂庭「陷入一種沉思」的話，那麼自徐景昆死後，島上的人私藏錢物，給女人送金送銀的事便時有發生，還有些人莫名其妙的死去，而「這些事范茂庭都似乎不知道」。與其說是不知道，不如說他已無力將這個「理想國」再維持下去。「他對自己的老態已經無能為力。」喬寶居然敢拿該小墨掉手指的事來胡弄范爺。

　　就在范爺決定將槍授給「我」後不久，各種宿怨在人們之間膨脹起來，小島上終於開始了一場不可避免的相互搏殺，就像當初人們用草人練刀子一樣。喬寶將刀子拋向已無力將槍順利拿到手的范茂庭，卻不料中了趙酸的刀子。趙酸理所當然地替代了范茂庭的位置，雖然趙酸還是按照范爺的一套行事。（如將秋歌當作另類用布袋子捉住，將心臟挖出來。）但從島上人們的叛逆來看，

范茂庭無疑是一位失敗者。他最後連自己的性命都保不住，他指定的繼承人秋歌逃離了小島，後來回到小島上做了趙酸的刀下鬼。

范茂庭的死意味著這個理想王國的破滅，理想秩序的顛覆來自於范茂庭的理想構想與人們自發要求的衝突。范茂庭的規定，是一種典型的大同社會理想模式。島上的衝突起因不是為了財物，就是為了獨佔某個女人，而這些行為幾乎是難以控制的。喬寶為了女人墨玉，將墨玉床上的另一個男人一拳打出了門外，還拔出槍，整個事情的過程經過「愣愣地站著不動」的一瞬，接著就動手了。同樣，趙酸也是為了女人紅鳥「猶豫了一陣就把槍舉起來」。在「我」的敘述中沒有細緻地寫人物的內心活動，他們的猶豫是在島上的規定（後果是被閹或處死）和內心的衝動中選擇，但內在的衝動終於占上風。在范茂庭日趨老態之後，他已無力將規矩全面執行下去。男女之間送東西開始流行，在范茂庭眼皮下逃走的小墨也受到了喬寶的包庇，喬寶竟然當著「我」的面將一枚金釵或一對綠玉耳墜放進口袋裡。只要監視人們行動的力量弱化之後，島上的規矩就會受到大面積無情的踐踏。

范茂庭的理想無疑是高尚的，他希望島上的人能拋掉私有觀念，共同享有財產，有性自由，不必結婚成家，有物同用，有福同享。他痛恨的是人類自私自利、欺軟怕硬、爾虞我詐的一面。這是小說對范茂庭的敘述：

「他說著撇著嘴笑了笑。人一被寫成字好像不得了啦，跟畜生不同啦，其實人是最壞的東西。你們看看，字是不是用來說假話的？他臉上的皺紋非常生動。他又說，我們島上的人在慢慢變好，我們正在逐步改掉人的壞習慣，至於怎麼改，今後你們就會明白的。」

「范茂庭曾經規定不准傷害任何動物，他說傷害這些不懂事的畜生只會使人養成欺軟怕硬的脾性。」

「他一邊踱著一邊說，喬寶，你這樣霸道大概是想娶老婆成家立業吧？這是最壞的事情，人就是這樣變壞的，變得又貪心又膽小又沒用——既然這樣，我就要斷了你的念頭，我要把你廢掉。」

「女人心貪，想要這個世界上所有的東西，而男人骨子裡賤，拼命把世界上的各種東西弄來送給女人。他說這樣島上就會亂，就會變得和外面一樣，就會互相欺詐互相殘殺。」

范茂庭認為正是私有觀念使人變「壞」，所以他直逼問題的核心之處，要求所有的人不要分你我．正是在這一理想衝動之下，范茂庭建立了自己的自由世界，這是一個被湯瑪斯・莫爾（Sir Thomas More）、歌德、陶淵明所描繪過的沒有壓迫、沒有貧富、樂天樂土的理想圖畫。與這些前輩相比，能正良這篇小說的重心不是虛構世外桃源，而是描繪這個理想國中的人怎樣生活，怎麼處理矛盾，又是怎樣一步步釀成悲劇的。

自馬克思到法蘭克福（francfort）學派都對現代社會進行了猛烈的抨擊，他們站在人道主義的立場上，認為現代社會對理性的過分張揚，對技術、機器、程式等實用因素的重視，導致了對人性的極大摧殘。他們批判的理論前提是有一個超越具體條件之上的純潔美好的人性存在，「異化」即是對這一美好人性的背離。福柯對這一抽象主體採取了徹底的消解態度，不承認有一種超歷史的主體存在。他認為，一旦人性進入歷史，必然帶上歷史的種種烙印。因此人永遠是現實的、歷史的，現實的問題總離不開人所處的特定情境，問題的解決必順從現實的有生命的個體出

發，而不是從先驗理性出發。福柯拒絕將道德行為準則與一種普遍有效的理性聯繫起來。范茂庭的追求正是建立在從一種美好的人性願望出發對現實清算的基礎之上，完全忽略了歷史的具體條件，對複雜的現實採取了一種簡單、粗暴的態度，這正是這個理想王國不得不一步步走向毀滅的主要原因。20 世紀是一個充滿苦難的世紀，在這個世紀裡，理想的光環給人類帶來了太多的曲折。一個英才輩出的日爾曼民族為了偏執的民族主義理想成了二次世界大戰的策源地，中國的「大躍進」「文革」為狂熱的共產主義激情影響了現代化進程。20 世紀的中國文學經歷了太多的苦難。民族的危亡和傳統文以載道的重負，使中國現代文學不得不擔起啟蒙救亡的重負，將文學的社會功能發揮到極致，以致人們普遍相信文學能救民於水火。新中國的文藝政策繼承延安文藝方向，強調文學為政治服務，強調社會主義文學與革命的政治思潮緊密聯繫。大批量生產的是一些模式化、公式化的作品，千人一面，千部一腔，手法單一，題材狹窄，文學的文學性幾乎喪失。王實味、秦兆陽、巴人、胡風、馮雪峰等對政治化的文學發出自己的聲音，受到了無情的否定，他們有的被打擊，有的受批鬥，有的被整死。這其中的是非曲直，後來的歷史自有公斷。可這種在一統化的社會模式下，採用極端手段打擊異已的方式與范茂庭的理想國何其相似。這也許是因為在美麗的理想面前，人們易於脫離歷史，而不得不重複著一個個西西弗斯神話。

就人類文明的發展來看，文明雖然有很多弊端，如私有觀念使人爾虞我詐，法津制度使人喪失自由的空間，各種觀念束縛了人的潛力的發展。但從總體上看，文明使人擺脫了愚昧，使人加

深了對自身的認識，道德倫理維護了社會的穩定，保障了社會的穩步發展。范茂庭的理想國則完全拋棄了傳統倫理。這個性自由的社會遭到另類的最強烈的反叛總是來自於一種要獨佔某個女人的衝動。徐景昆在離開家庭之後一直鬱鬱不樂，即使在范茂庭將他喜歡的女人弄給他的時候也不能改變他對老婆孩子的掛念，直至死也沒有忘記歸家之路。《匪風》中島上的人生活在一個有家有室的大社會背景之下，徐景昆思家的情緒，喬寶、趙酸對女人的獨佔願望都是這種背景的昭示。由此觀之，這個小島可以算作在傳統倫理（夫妻制）社會下，性解放的一個試點，這種試點無法成功正說明了在特定的歷史情境中，徹底割斷歷史，追求一種抽象的性自由是無法成功的。西蒙娜・德・波伏瓦的小說《女客》中女主人弗朗索瓦茲在與她的情人之外讓另一個姑娘加入其中，追求一種「三人行」的浪漫，最後在性問題的纏繞下，她不得不殺死另一個姑娘。顧城的絕筆之作《英兒》也宣告了「一男兩女」模式的失敗。根據弗洛姆（Erich Fromm）提出的「社會篩檢程式」的概念，每個社會的「社會倫理規範」過濾著每個人的思想行動，使他認為應做什麼，不做什麼，該怎樣對待一個問題，怎樣才算合理。范茂庭的理想國受到的是一種更大社會背景下倫理價值的挑戰，這種價值已深深滲入了島上人的思想深處，形成了強大的社會無意識，使范茂庭的刀子顯得力不從心。

維持島上秩序的力量有二種：一是教化，二是暴力。小說著力描繪的是後者。范茂庭一廂情願的構想與毫無情面、不容改變的殘暴方式形成了鮮明的反差，使他在處置每一個叛逆者時，一方面痛心疾首，另一方面他的刀子卻準確無誤。他對他選定

的繼承人秋歌的交待是：「你的手有些軟」，「有些該殺的人你必須把他殺掉」。這個理想國，其建立基礎、維持生存、維持秩序都是借助暴力方式來實現的，它最後的毀滅也是源在暴力上。喬寶追殺范茂庭，趙酸在喬寶背後動刀，均由於他們曾受到刀子的踐踏，他們奉行的只是「以牙還牙，以眼還眼」的古老報復。透過暴力方式有三點值得深思：首先，現代權力的統絀已更多的從「鐵鍊的統治」轉向了「思想鏈條」的統治。啟蒙思想家馬布利說：「懲罰應該打擊靈魂而非肉體。」而這個美麗的神話構想，卻通過一種原始的統治方式來維持。上文已談到具體的歷史環境中不能用抽象的人性來建構社會，島上兩種維持秩序的途徑，作為具體的社會操作方式范茂庭的選取擇並沒有脫離歷史背景，與現實格格不入的是那個美麗的神話構想，這就顯示出原則和執行原則的手段不相配套，不和諧的音符自然難以奏出美妙和諧的樂章。其次，敘述者總是不厭其煩地描述一個個叛逆者怎樣被閹怎樣被殺，一顆顆無辜者的心臟怎樣被取出又是如何被孩子們吃掉。從表面上看，敘述者的感情比較隱蔽，大段描寫暴力過程似乎表現了對這種方式的玩賞。從深層上看，原則不可更改的暴力方式仍不能將理想國維持下去，隱藏在「我」敘述背後的是一個不斷解構的過程，使我們感覺到敘述人的不可靠性，這樣淺層和深層之間構成了巨大的反諷，從而引發讀者對烏托邦社會運作方式的思考。再次，從小說中人物對暴力方式的運用上看，范茂庭權威形象的維護靠的是刀子，其他人復仇的方式也是刀子。儘管范茂庭一方面用一種理想的人性模式來要求島上的人，可另一方面他和島上的人卻採用一種蔑視人的尊嚴和個性的做法，即違反

人性的暴力方式。這種方式揭示的是人性中醜惡的一面，即在人性深處都有一種對他人施暴的慾望。正如蘇童、余華、格非、呂新、葉兆言、楊爭光、北村、劉震雲、劉恆等先鋒作家對暴力的盡力描寫，是通過一種極端化的方式來顛覆神性的「人」，自以為是的「人」，還原人醜惡的本性。《匪風》對暴力的敘寫亦是對人性烏托邦的解構，范茂庭這個自相矛盾的個體顯示了烏托邦的悖論。

　　一個社會必須有烏托邦，它的意義在於與現實抗衡，幫助人們思考生活的本質，對現實的不合理之處進行批判。儘管唐吉訶德與風車搏鬥毫無結果，我們仍然為他勇往直前的精神叫好。可當我們對烏托邦採取偏執激進的態度，烏托邦就會顯示出它惡的一面。20世紀中國文學災難的自身原因正在於作家誇大啟蒙作用的文學理想。即便是新時期的傷痕、反思、改革文學，差不多每一部轟動性的作品都是以其對社會問題的敏感把握來引起注意的。從尋根文學開始，後繼的先鋒小說、新寫實小說、新歷史小說、新現實主義小說對理想霸權、知性權威進行了消解，文學正慢慢回到自身。至於一些作品拋棄理想和人文關懷走向媚俗，迎合市場，那是文學的另一種不幸。

　　儘管暴力和教化都無法使這個理想國再活潑下去，但范茂庭嗑著帶有辛苦甘氣的樟籽的形象仍給我們以激動，那個游離世俗社會之外的島上生活總使人不厭再讀，一陣藐視世俗消解傳統的島上之風使我們對人類社會的知性文明不由自主地發生出拷問。正是從這種對比觀照之中，作者以一種反諷的深刻語言使讀者像范茂庭一樣陷入對人類生存方式的沉思。

第十六章

溫情敘述的悲劇愛情

　　麥子，一個美麗的鄉下女子，熱愛生活，善良、樸實、勤勞、能幹，「講文明，懂禮貌，是文明禮貌的標兵」，「心靈美品德優，從小就有一顆感恩的心」，「她鍛煉了良好的心理素質，養成了男子漢的氣質和作風，膽大心細，敢想敢說敢幹，自主決策能力也不斷增強。她成為村民教育培養孩子的楷模」。她心靈手巧，為人落落大方，有一手裁剪縫紉的好手藝，婚後孝敬婆母，婆媳關係融洽。這樣一位品貌雙全的女子，卻經歷了曲折多難的情感歷程。周慎寶的《麥子熟了的季節》（山東畫報出版社，2011 年 12 月版）講述了麥子的故事，命運的播弄，漂泊的情感，心靈的苦楚，融化在跌宕起伏的故事之中，說不上驚心動魄，也足以讓人感歎噓唏。好人，為何走在一條情感末路上？這是小說留給讀者的問題。

　　這是一個愛情故事，黑格爾說愛情在女子身上顯得特別美，麥子的全部幸與不幸都是與她的情感歷程息息相關。麥子是故事的主角，也是最具有戲劇性命運的人。陰差陽錯地錯過純真的初戀情人玉米，麥子嫁給了花生，看似一椿美滿的姻緣，最終以離婚告終。跟著稀裡糊塗的命運走的女人並沒有得到上帝的垂青，

麥子與高粱的感情，似是真情真愛的結合，然而等待麥子的是更艱苦的磨難。高粱觸犯了刑法，成為一名在逃的通緝犯，麥子以對愛的忠貞跟隨高粱逃亡到東北，離井背鄉十年，受苦受罪，最終也沒有躲過命定的劫難。麥子失去了丈夫，變得身心憔悴，青春已經遠逝，這個美麗的鄉下女子在命運的播弄之中苦苦掙扎。

　　文學史上很多名作家都是寫愛情故事的高手，托爾斯泰、勞倫斯、亨利‧米勒、杜拉斯、關漢卿、曹雪芹、魯迅、曹禺、茅盾、郭沫若、巴金、錢鍾書等都有許多愛情經典之作流傳後世。這個永恆的文學主題一面連接著廣闊的社會歷史風雲，一面關聯著最深廣的人性之謎與人生之謎。《麥子熟了的季節》的故事發生在當代社會，歷史的社會風雲並沒有對人物形成決定性的影響，女子的不幸命運似乎也沒有五四新文學以來那種鮮明的社會批判，一個同樣古老的「紅顏薄命」的故事在新的歷史條件下以新的敘述方式展開。

　　作家余華說：「優秀的作家都知道這個道理，與現實簽訂什麼樣的合約，決定了一部作品完成之後是什麼樣的品格。因為在一開始，作家就必須將作品的語感、敘述方式和故事的位置確立下來。」《麥子熟了的季節》與現實之間的關係定位在悲劇性故事與溫情的敘述之中。這直接決定了小說的敘事方式，故事的走向以及人物氣質、語言、情調等等。

　　學者尹鴻認為，悲劇意識是人類精神意識的最重要的組成部分。人類一切最偉大的思想學說，一切最優秀的文學藝術，都包含著深刻的悲劇意識，任何傑出的思想家、藝術家都不可能沒有對人生的悲劇感受和認識。正是悲劇意識，使人們發現和理解

人類生存的本質和現實境遇，能夠對人、人生和世界作出思考，對人生的價值、意義提出創造性的解答。在《麥子熟了的季節》中，作者以悲劇性的故事基調展開了對人生的思考和解答。小說以麥子的感情沉浮為線，麥子一步步走在「錯誤的」人生道路上，導致了自己的情感悲劇。麥子的故事發生在 20 世紀末，為了麥子的一句話，深愛麥子的玉米處心積慮地走後門當兵，卻沒想到與自己的心上人越來越遠。口是心非的試探，陰差陽錯的隔膜，波瀾曲折的變故，兩個相愛的人最終無緣。麥子與花生結婚是外力作用的結果，麥子是讀過高中的學生，不是愚昧的舊式女子，也不是沒有行動力的人，卻不自覺地接受了命運的安排，麥子對父母的尊重之中隱含著對自己幸福的不負責任。與花生離婚，與高粱走到一起，麥子為了「愛情的感覺」掙脫婚姻的囚籠，又走進了另一個囚籠。花生是「不爭氣」的，高粱是犯了法的逃犯，麥子所托非人的錯誤選擇導致了自己的悲劇。文學史上有很多表現女子不幸命運的名篇，如《美狄亞》、《德伯家的苔絲》、《包法利夫人》、《安娜 · 卡列尼娜》、《杜十娘怒沉百寶箱》、《紅樓夢》、《家》等等。如同所有這些「紅顏薄命」的故事一樣，麥子的悲劇也不外乎是外在原因與內在原因合力的結果，其外在原因是看不見的命運之手與外在環境，其內在原因是個人性格缺陷以及由此帶來的對人生的盲目。

　　然而，愛情故事的魅力在於道德是非往往是含混的，誠如亨利 · 詹姆斯所說，最富有人性的主題是那些反映了生活的道德歧義的主題。正是這種複雜和充滿歧義的男女情愛世界中，小說洞見了人生與人性的深層悖論。麥子不是一個簡單的批判對象，

而是一個敘述人極力同情的對象，與她的悲劇命運形成映襯的是小說充滿溫情的敘述筆調。在小說的字裡行間我們可以鮮明地感覺到樸實的鄉間生活，善良的人，以及那種人間的溫暖。小說開篇寫了槐根爺救麥子的故事，麥子被救醒後，由生產隊長作見證人，認槐根爺做了幹爸爸，槐根爺掏出自己僅有的五元錢送給麥子，麥子一家和槐根爺之間的情義，以及後來麥子和玉米之間的青梅竹馬，讀來讓人感覺很溫馨。麥子與花生結婚後，感情不和，也沒有鬧到那種夫妻反目成仇的地步，一切似乎都是在平和的狀態下發生的，離婚時的花生只是檢討自己的「不爭氣」，麥子是心安理得地離婚的。玉米復員後，與麥子之間有一段時間的交往，似乎有些死灰復原的跡象，但玉米和麥子沒有走到一起，雖是兩情相悅，卻也發乎情止乎禮。他們之間沒有生死一線的掙扎，沒有驚心動魄的一籌莫展，一切都在「徹夜不眠」之類的敘述中帶過了。在故事的主線之外還有很多支線，如玉米在濟南出差與邂逅的女子荷香之間是情深意厚的。麥子和高粱在東北逃亡的過程中，雖也常遇欺負「盲流」的情況，但最終總是遇到好人相助，這種溫情是小說的敘述基調。

　　《麥子熟了的季節》是一個鄉土情調味十足的故事，這也表現在人物自身的精神性格上。看看作品中人物的名字就知道作者的用意了。麥子、花生、玉米、高粱，這些以莊稼命名的人物渾身散發著泥土的氣息，他們是樸實的勞動者，也是善良厚道的農民，他們身上有著可貴可愛的一面，也有盲從、保守、落後的一面。麥子的矜持、羞澀，「受家教和村俗的約束」、她的「驕傲、自信和虛榮」葬送了自己的初戀，與花生相親時，「雖然有滿心

的不樂意，雖然還是一直思念著在部隊的玉米，但是，父母的勸說，媒人三番五次的思想工作，使她的情緒穩定下來。她雖然沒有答應確定下來，但也不極力反抗。銀杏叔就做主與媒人李半仙把麥子和花生的這門親事定了下來。」對待人物的性格缺陷，作者是「哀其不幸，怒其不爭」的，相對於魯迅式的那種鞭辟入裡的批判，周慎寶對筆下的人物充滿了溫情的注視，麥子的品行無可挑剔，她「開朗的性格、全面的文化素養和她的為人處世的爽快大方」，總是使她總是像一個女神一樣出現在讀者面前。與這種溫情的筆調相映的是小說中人物對都市的不適應感，玉米和荷香在濟南相識，「玉米的思緒在走進泉城的日子裡徘徊，重播著在這裡發生的一切，總覺得困惑和迷茫籠罩著他們，憎惡自己時刻不能拋棄應對鬧市的愚笨和弱智。」荷香和玉米想得一樣，「快快離開這個不熟悉的城市吧」。這種鄉村情感立場是沈從文式故事的當代餘脈，它隱含著作者的鄉土生活情感記憶。

《麥子熟了的季節》在敘述上也頗有鄉土敘事情調的明白、曉暢。小說不用生僻的詞彙，也不用先鋒小說的敘述手法，少有微言大義的隱喻暗示，也不用顛倒穿插的時空敘述。一切都在自然順序中推進，讀來輕鬆、明白，人物的人生經歷串起的是一個個生動的故事和生活場面，沒有過多的人物成長的內心蛻變。故事很緊湊，場面推進轉換很快，不拖泥帶水，不繁複曲折，有令人感歎的悲劇性命運，沒有幽深的空白餘味。在故事中根據上下文的語境，敘述人不時站出來發一些議論，都是哲理箴言式的，試圖給讀者一些基本的人生啟迪。對麥子與花生離婚，小說用了大段的議論，表達了敘述者的看法：「對於愛情，無論你是以什

麼方式開始的，既然走進了婚姻，就要在愛的過程中懂得呵護和珍惜，當婚姻出現危機時，不管是男是女，你應該考慮如何修補，不要輕言放棄，放棄意味著傷害很多人，其中也包括自己，也會在自己的心上留下一塊很大的傷疤，創傷可以癒合，但不能恢復原狀。」麥子與花生的愛情是不美滿的，但麥子不懂得修復和維護，不懂得婚姻的義務，這是敘述人對麥子故事的評點。這種敘述人有話要說的情形在小說中多次出現，也表明小說追求的是明白、曉暢，而不是含混、模糊，不追求馬克思所說的「傾向應當從場面和情節中自然而然地流露出來」的含蓄、蘊藉。

　　作品的語言有多重風格：敘述的語言平實明瞭；議論的語言奔放而富有哲理；人物的情書情感濃郁，有感染力；抒情語言文白夾雜，詩意十足。小說中常有一些抒情化的段落，諸如：「麥子用沾染了一身孤單的風衣，裹緊身體裡某種莫名其妙的渴望，帶著寂寞的風塵，與高粱約會在銀山附近的柳泉茶館裡。」「麥子也時常用思想祭奠著自己與花生的婚姻」，「就讓愛成就一個堅持，一個深刻的無助。天有不測風雲，愛有瞬息顛覆。」「麥子回家見到古稀老父，心在滴血」，「現代瘋狂的畸戀」，這些文字使小說在平實的鄉土敘事情調中也帶有濃郁的詩性氣質。作者還善用帶有泥土氣息的語言，表現平常的事理。諸如「三秋不如一麥忙」，「早起不忙，早種不慌」，這些俗語以及一些民謠的運用，極大地增強了作品的閱讀趣味。

　　作者有很豐富的生活經驗，小說中的婚嫁、禮俗等生活細節描寫很有地域風情意味。比如：鄉間為祈求小孩平安百歲，小女孩脖子上用紅頭繩繫方孔古錢在頸部，小男孩後腦勺上留了一撮

「九十毛」。「敬酒要一淺二滿，表示祝願客人『步步登高』『升官發財』。重大喜事，新人敬酒必須用四個盅子，這叫『四紅喜』。端盅子的傳盤上要鋪一層紅紙，酒壺上要繫紅線，以圖吉祥。」其他如鬧婚禮的場面，對「大件子席」的介紹等等，娓娓道來，讀來頗讓人增長見識。小說中還有很多的「閒筆」，也極大地擴展了小說的內容，如對趵突泉的介紹，用散文筆法，將趵突泉的歷史文化以優美的文字呈現出來。再如結合故事對刨土技巧的說明，高粱與春蘭釣水蛙、河螃的細節，都是以生活底子做基礎的，讀來趣味盎然。

從以上的分析來看，作為散文家的周慎寶，以厚實的生活積累，優美的文筆，為我們講述了一個可讀性很強的故事，但這又不是一個簡單的「悅讀」故事。馬克思認為兩性關係是社會中最基本、最自然的關係，這種關係是如此重要，從它的狀態可以看出人在何種程度上成為人，社會的文明程度如何。朱光潛先生認為一個民族必須深刻，才能認識人生悲劇性的一面，又必須堅強，才能忍受。悲劇意識和溫情筆調是相對立的兩極，《麥子熟了的季節》將二者巧妙地融合在一起，小說敘述的是現代文明社會的悲情故事，亦是一曲鄉村愛情的輓歌，它承續自由獨立的現代愛情理念，寫出了主人公對愛情的追求與堅貞，也表現了個體在強大的命運面前的渺小無助，悲苦和磨難仍然是人們必須面對和思考的命題。《麥子熟了的季節》以充滿鄉土情感的故事敘述將我們帶入鄉村社會生活細節之中，啟迪我們去思考認識人生。

結　語

　　叔本華說：「性愛不僅是在戲劇或小說中表現得豐富多彩，在現實世界中亦復如此，除生命外，它是所有的衝動中力量最強大、活動最旺盛的；它佔據人類黃金時代（青年期）一半的思想和精力；它也是人們努力一生的終極目標……」[1]兩性之愛所以如此重要，因為這不僅是一個社會問題，也是每一個人在自己的生命之途中所無法回避的重要問題。一個嬰兒張開眼睛就面對了這個兩性世界，一個孩子開始獲得自我意識到獲得獨立思考能力也是性別意識覺醒的過程，隨著青春期的到來，另一半的影子開始伴隨著一個人成長的心夢。從生理成熟到心理的成熟，從朦朧的性別意識到對異性的渴慕，從朦朧的愛情到婚姻的殿堂，從初戀的激情到婚後的回望，可以說，差不多沒有哪個人的一生中不會經歷一次或多次的愛情，感受過情愛的歡樂和苦痛。兩性的碰撞與摩擦是永恆的，而社會環境對個體自由的制約，以及由此引起的種種問題，都會讓任何一個具體的、有獨立自我意識的人去經歷和思考。

1　李瑜青主編：《叔本華哲理美文集》，安徽文藝出版社，1997年5月版，第34-35頁。

人類文化史上論述情愛問題的著作可謂蔚為大觀：早在兩千多年前柏拉圖（Platon，Πλτων），在《會飲篇》（Σνμπόσιον）中就討論過肉慾之戀和精神之戀的區分；古羅馬詩人奧維德（Publius Ovidius Naso）寫作《愛經》專講戀愛術；基督教的教義《聖經》中大量篇幅涉及兩性關係問題；保加利亞（Bulgaria）哲學家基裡瓦‧瓦西列夫（К.Василев）的《情愛論》從哲學、生理學、心理學、性別學、歷史、文學、美學等領域對情愛進行抽象，在多規定性中探討情愛的一般規律；英國學者靄理士（Havelock Ellis）盡畢生之力，突破傳統所設下的重重障礙，寫出了奠定了人類兩性之學基礎的論著《性心理學》（Psychology of Sex: A Manual for Students）；佛洛伊德的性學理論被看作是人類精神領域的重大發現；福柯（Michel Foucault）窮盡畢生的精力並且身體力行研究「性」問題……

在馬克思看來，兩性關係是社會中最基本、最自然的關係，這種關係是如此重要——從它的狀態可以看出人在何種程度上成為人，社會的文明程度如何。辜鴻銘說：「要估價一個文明，我們必須問的問題是，它能夠生產什麼樣子的人（What type of humanity），什麼樣的男人和女人。事實上，一種文明所生產的男人和女人——人的類型，正好顯示出該文明的本質和個性，也即顯示出該文明的靈魂。」[2]在文化制度不同的社會中，社會文明狀態和兩性之間的關係是雙向互動的：一個社會的文明本質制約著人的類型和人與人之間的關係，反過來從一個社會兩性關係的變化也導致社會文明的變化。兩性關係之重要，在所有社會的意識領

---

[2]　辜鴻銘：《中國人的精神》，黃興濤、宋小慶譯，海南出版社，1996 年 4 月版，第 3 頁。

域都是不可忽視的問題：從東方到西方，從基督教文明到儒學倫理，無不將「男女之大防」作為意識規範，這些教條似乎都在宣揚性愛的低賤，將上天賜給人類結合的權利看作是傳宗接代及維持社會和諧和家庭穩定的義務。按照福柯的學說，人類以壓抑機制為中心的性經驗史經歷了兩次斷裂：一次發生在 17 世紀，那時產生了各種重大的禁忌，只有夫妻間的性活動才是有意義的。另一次是在 20 世紀，壓抑機制開始鬆動，以前不可言說的禁忌在科學研究的名義下，開始被公開地討論。佛洛伊德的學說為人們提供了學理上的依據，但將這一隱秘的心理領域廣泛而深入地揭示傳播開來，無疑應歸功於文學這一獨特的方式。

中國當小說情愛敘事在人類歷史的長河中不過是一個小小的短片，作為一個當代人，對當代小說中的情愛敘事有深切的親身歷史感知，通過這一切入口我們閱讀當代人的情感心靈之圖，在虛構的文字之間審視不解的心靈之謎。

上文的分析揭示了當代小說情愛敘事中的諸多局限，概括起來說這主要體現在：一、在歷史鏈條上緊跟時代腳步所帶來的情愛敘事淹沒在大的歷史慣性敘事之中，缺乏對情愛敘事本身的深入揭示。深入靈魂拷問人性的大氣之作較少，也缺乏像《紅樓夢》那樣敘寫情愛人生的鴻篇巨制。二、小說情愛敘事在影像化的過程中被突出乃至改寫，情愛敘事執行「符號」的功能增強，而情愛敘事的豐富性被過濾掉了。影像化對小說情愛敘事的改編也反映了小說情愛敘事自身的局限，那就是小說中的情愛敘事總是不知不覺地落到某種話語「模式」之中。三、女性情愛敘事的繁榮改寫了文學的格局，但性別偏見與性別盲視帶來的「想像

化」書寫仍然影響了情愛敘事的現代性訴求，男性作家的理性掩蓋了情愛敘事的鮮活和豐富，女性作家的自戀幽閉了對話的通道，和諧的平等的兩性愛情在文學中變得遙不可及。四、新時期小說情愛敘事繁榮的背後是商業的推動和媒體的炒作，「慾望化寫作」與「身體寫作」洞開了人性的一面窗口，但能夠深入靈魂有著生命感的作品並不多。

　　以上這些缺陷並不能掩蓋情愛敘事的繁榮和成就。當代小說情愛敘事在中國文學的歷史上是有其獨特性的，這主要表現在：一、情愛敘事變得繁榮而駁雜，不同年齡、不同代際的作家在此領域都有獨特的表現。新時期的文壇上活躍的作家群體有 20 世紀 60 年代前成名的「歸來作家」，有在 50 年代出生的在文革中成長的「知青作家群」，有在 60 年代前期出生的在 80 年代成長於文化熱潮中的「先鋒作家」，有在 60 年代後期至 70 年代出生的在商品化大潮的時代中長大的「新生代作家」，還有在 80 年代出生的「少年寫作」的作家，這些作家的情愛敘事有著各自不可替代的異質性。二、現實的社會變革為作家提供了豐富的情感感受，多元的文化空間讓作家「怎麼寫」變得更為舒展自由。情愛敘事在文學現代性追求的大合唱之中體現出超越於此前文學的封閉和局限，在人類和諧的兩性夢想的精神路途上書寫了現實中國的情愛現實和情愛追求。三、性別文化的興起和女性作家群體的壯大，使中國當代的小說情愛敘事充滿了性別的對話性，這是中國此前文學史上所沒有過的。在此意義上，本文擷取了當代作家的一些文本作了初步的分析，從上文的分析中我們可以看到情愛敘事介入作品的巨大功能，不同人生體驗的作家在一個共同的話

題上言說著各自的心靈世界，情愛敘事的繁榮在文學對於人性的深入探詢上起到了推動作用。更為直接的是情愛敘事改變了小說本身的寫法，情愛敘事結構小說的巨大功能出現了種種新的可能性，特別是女性作家情愛敘事對小說結構形式的貢獻。

當代小說情愛敘事的繁榮不能保證文學情愛敘事能夠多面而深刻地為讀者所理解，人們大多帶著時代的情緒從基本的「集體無意識」解讀情愛敘事，多層次地對情愛敘事進行解讀，打破政治化、簡單化、生活化的直觀感悟式理解，採用多維分析和多角度對比參照的方式對當代小說的情愛敘事進行研究，發掘作家因「集體無意識」、「時代無意識」所帶來的情感盲視，探詢作品情愛書寫的精神境界，這既是理解文學作品的一次「經典重讀」，也是「重寫文學史」必要前提和準備。

自 20 世紀 80 年代「重寫文學史」以來，文學史的寫作出現了真正的多元化局面。在目前的已有當代文學研究中，題材的研究越來越細，如文革題材、知青題材、抗戰題材、鄉土題材、城市題材、校園題材、女性題材、改革題材等。1991 年，朱德發、張清華、譚貽楚三人合著的《愛河溯舟——中國情愛文學史論》出版，這部著作從哲學、倫理學、美學等方面對自先秦以來的中國情愛文學作品採用宏觀概括與微觀分析的方式進行了整合性的研究，這是目前所見到的一部情愛題材的文學史。這部著作論及的作品下限到 1985 年前後，成書之時 20 世紀 90 年代的文學還沒有發生。本文的寫作受惠於這部著作，並將下限延伸到當下的文學創作，研究對象相對集中在情愛敘事豐富駁雜的新時期，但如何將研究深入下去卻是困惑我的一個難題。

　　本文試圖吸收近年來文學史寫作方法上的「多元化」成果，將多維視角的分析集中在情愛敘事之上，因為情愛問題太複雜了，既然每一種方法都是權宜之計，不妨將幾種說法擺出來，在比較之中營構我們自己的情愛觀和文學觀。多維解讀一個充滿張力的精神空間也是對當代人心靈情感的檢閱和審視，敘事學、解構主義、女權主義、原型批評、比較分析等批評的武器讓我在洞視這一領域時感到順當，但批判的武器不能代替武器的批判，讓我時常到困惑不已的是我的前行目標是什麼，我到底要告訴別人什麼，每一個正命題的背後似乎都有一個相關的反命題在那裡，而不偏不倚意味著平庸甚至勞而無功，因而我必須拿出我「片面的深刻」的立場，而這又會讓我猶疑。但我會從自己對基本的文本閱讀出發的，用自己的心靈情感去觸摸作品，而不是預設一個已有的框架，然後去找例證。顯示在我已寫出的文字中，大多是從基本的文本分析出發，而較少大的宏觀概論。當我從多個角度切入情愛敘事的時候，我想起諾斯諾普・弗萊所說的一句話：「在任何學科中科學的存在都會改變其性質，從偶然的變為必然的，從任意的和直覺的變為系統的，並保證那個學科的完整性不受到外部的侵犯。」[3] 建構一個科學的系統而完全擯棄直覺的分析是艱難的，甚至是不可能的，但為研究的客觀性和科學性的努力顯然又是有價值的。在此基礎上，從多個角度用多種分析方法呈現愛情本身的種種意義之時，再說出自己的看法似乎變得順理成章，儘管這仍然是一個有局限的偏見。讓我稍稍能產生一點

---

[3]　[加]諾斯諾普・弗萊：《批評的剖析》，陳慧、袁憲軍、吳偉仁譯，百花文藝出版社，1998 年 11 月版，第 8 頁。

寬慰的是，馬克思說真理是由相對真理向絕對真理發展的過程，福柯認為敘事話語決定了敘事的內容，而庫恩（Thomas Samuel Kuhn）乾脆就將文學演變看作是一個「範式」（Paradigm）的變化過程。駁雜而豐富的情愛敘事本身讓我難以以一個話語模式來把握，而多維分析難免在作出結論時因缺乏核心命題而影響問題的深入。這不僅是情愛敘事的問題，也是一個方法論的問題，雖然不具有獨闢蹊徑的意義，但對於我而言綜合的方法是目前最好的能呈現問題本身的一種方法，因為本文做的是基本的作家文本分析研究，是一種建構文學史的基礎工作。諸多未能成文的想法，只有留待以後去做了。

參考文獻

1、[德] 馬克思、恩格斯:《馬克思恩格斯選集》,中共中央馬克思恩格斯列寧史達林著作編譯局編,人民出版社,1972 年 5 月版.

2、[法] 蜜雪兒‧福柯:《性經驗史》,佘碧平譯,上海人民出版社,2000 年 3 月版。

3、祝瑞開:《中國婚姻家庭史》,學林出版社,1999 年 8 月版。

4、王萬森主編:《新時期文學》,高等教育出版社,2001 年 6 月版。

5、朱德發等:《愛河溯舟》,天津教育出版社,1989 年 3 月版。

6、劉小楓:《沉重的肉身》,上海人民出版社,1999 年 1 月版。

7、李銀河:《性的問題》,中國青年出版社,1999 年 3 月版。

8、[日本] 橋爪大三郎:《性愛論》,馬黎明譯,百花文藝出版社,2000 年 4 月版。

9、[美] 弗洛姆:《愛的藝術》,劉福堂譯,廣西師範大學出版社,2002 年 2 月版。

10、李銀河:《福柯與性》,山東人民出版社,2001 年 3 月版。

11、[德] 石裡克(Moritz Schlicklisten):《倫理學問題》,孫美堂譯,商務印書館,1997 年 12 月版。

12、易中天：《中國的男人和女人》，上海文藝出版社，2000 年 1 月版。

13、孫紹先：《英雄之死與美人遲暮》，社會科學文獻出版社，2000 年 9 月版。

14、[英] 傑佛瑞・威克斯（Jeffrey Weeks）：《20 世紀的性理論和性觀念》，宋文偉、侯萍譯，江蘇人民出版社,2002 年 1 月版。

15、[美] 瑪律庫塞（Marcus・H）：《愛欲與文明：對佛洛伊德思想的哲學探討》，黃勇、薛民譯，上海譯文出版社，1987 年 8 月版。

16、[保加利亞] 基・瓦西列夫：《情愛論》，趙永穆、范國恩、陳行慧譯，三聯書店，1984 年 10 月版。

17、[英] 靄里斯：《性心理學》，潘光旦譯注，商務印書館，1997 年 4 月版。

18、楊義：《中國敘事學》，人民文學出版社，1997 年 12 月版。

19、[奧] 佛洛伊德：《精神分析引論》，高覺敷譯，商務印書館，1997 年 2 月版。

20、陳平原：《中國小說敘事模式的轉變》，上海人民出版社，1988 年 3 月版。

21、格非：《小說敘事研究》，清華大學出版社，2002 年 9 月版。

22、[荷蘭] 斯賓諾沙（Spinoza）：《倫理學》，賀麟譯，商務印書館，1983 年 8 月版。

23、申丹：《敘述學與小說文體學研究》，北京大學出版社，1998 年 7 月版。

24、[德] 海德格爾：《存在與時間》，陳嘉映、王慶節譯，三聯書店，1987 年 12 月版。

25、張秉真、黃晉凱主編：《未來主義 • 超現實主義》，中國人民大學出版社，1994 年 7 月版。

26、徐岱：《邊緣敘事 —— 20 世紀中國女性小說個案批評》，學林出版社，2002 年 4 月版。

27、羅鋼：《敘事學導論》，雲南人民出版社，1994 年 5 月版。

28、段塔麗：《唐代婦女地位研究》，人民出版社，2000 年 5 月版。

29、[美] 浦安迪教授講演：《中國敘事學》，北京大學出版社，1996 年 3 月版。

30、董小英：《敘述學》，社會科學文獻出版社，2001 年 6 月版。

31、童慶炳：《文體與文體的創造》，雲南人民出版社，1994 年 5 月版。

32、陶東風：《文體演變及其文化意味》，雲南人民出版社，1994 年 5 月版。

33、荒林、王光明：《兩性對話》，中國文聯出版社，2001 年 6 月版。

34、羅鋼：《敘事學導論》，雲南人民出版社，1994 年版。

35、許子東：《為了忘卻的集體記憶——解讀 50 篇文革小說》，三聯書店，2000 年 4 月版。

36、陳曉明主編：《現代性與中國當代文學轉型》，雲南人民出版社，2003 年 1 月版。

37、[美]R • 韋勒克：《批評的諸種概念》，丁泓、餘徵譯，四川文藝出版社，1988 年 1 月版。

38、[美]W・C・布斯:《小說修辭學》,華明、胡蘇曉、周憲譯,北京大學出版社,1987 年 10 月版。

39、[英]安東尼・吉登斯:《親密關係的變革——現代社會中的性、愛和愛欲》,陳永國、汪民安等譯,社會科學文獻出版社,2001 年 2 月版。

40、李澤厚:《中國思想史論》,安徽文藝出版社,1999 年 1 月版。

41、李澤厚:《歷史本體論》,三聯書店,2002 年 2 月版。

42、林建法、傅任選編:《中國當代作家面面觀》,華東師範大學出版社,2002 年 2 月版。

43、林建法、徐連源主編:《中國當代作家面面觀:尋找文學的魂靈》,春風文藝出版社,2003 年 4 月版。

44、林建法選編:《中國當代作家面面觀:再度漂流尋找家園融入野地》,時代文藝出版社,1994 年 6 月版。

45、[美]弗雷德里克・傑姆遜(Fredric Jameson):《政治無意識——作為社會象徵行為的敘事》,王逢振、陳永國譯,中國社會科學出版社,1999 年版 8 月版。

46、陳曉明:《表意的焦慮——歷史祛魅與當代文學變革》,中央編譯出版社,2002 年 6 月版。

47、鄧曉芒:《靈魂之旅——九十年代文學的生存境界》,湖北人民出版社,1998 年 9 月版。

48、[英]休謨:《人性論》,商務印書館,1980 年 4 月版。

49、吳義勤:《中國當代新潮小說論》,江蘇文藝出版社,1997 年 6 月版。

50、張清華：《中國當代先鋒文學思潮論》，江蘇文藝出版社，1997 年 6 月版。

51、[俄]尼・別爾嘉耶夫：《俄羅斯思想》，雷永生、邱守娟譯，三聯書店，1995 年 8 月版。

52、黃子平、陳平原、錢理群：《二十世紀中國文學三人談》，1988 年 9 月版。

53、李澤厚：《世紀新夢》，安徽文藝出版社，1998 年 10 月版。

54、[美]波利・揚－艾森卓：《性別與慾望：不受詛咒的潘朵拉》，楊廣學譯，中國社會科學出版社，2003 年 1 月版。

55、張京媛主編：《當代女性主義文學批評》，北京大學出版社，1992 年 1 月版。

56、葉舒憲主編：《性別詩學》，社會科學文獻出版社，1999 年 9 月版。

57、[愛]愛德華・奧斯本・威爾遜：《新的綜合——社會生物學》，李昆峰編譯，四川人民出版社，1985 年 4 月版。

58、李瑜青主編：《叔本華哲理美文集》，安徽文藝出版社，1997 年 5 月版。

59、[美]凱特・米利特：《性的政治》，鐘良明譯，社會科學文獻出版社，1999 年 1 月版。

60、[法]西蒙・波娃：《第二性－女人》，湖南文藝出版社，1986 年 12 月第 1 版。

61、[英]瑪麗・伊格爾頓編：《女權主義文學理論》，胡敏等譯，湖南文藝出版社，1989 年 2 月版。

62、[英] 維吉尼亞・伍爾芙:《論小說與小說家》,瞿世鏡譯,上海譯文出版社,1986 年 5 月版。

63、[德]西美爾(Georg Simmel):《金錢、性別、現代生活風格》(*Money, Sex and Modern Mode of Life*),劉小楓編,顧仁明譯,李猛、吳增定校,學林出版社,2000 年 12 月版。

64、康正果:《身體和情慾》,上海文藝出版社,2001 年 5 月版。

65、孟悅、戴錦華:《浮出歷史地表——現代婦女文學研究》,河南人民出版社,1989 年 7 月版。

66、劉慧英:《走出男權傳統的樊籬:文學中男權意識的批判》,三聯書店,1996 年 4 月版。

67、李小江:《解讀女人》,江蘇人民出版社,1999 年 9 月版。

68、[美] 茂萊(Murray・E):《電影化的想像——作家和電影》,邵牧君譯,中國電影出版社,1989 年 7 月版。

69、[美]L・西格爾:《影視藝術改編教程》,蘇汶譯,載《世界文學》1996 年第 1 期。

70、李爾葳:《張藝謀說》,春風文藝出版社,1998 年 10 月版。

71、[美] 喬治・布魯斯東(Bluestone・G):《從小說到電影》,高駿千譯,中國電影出版社,1981 年 8 月版。

72、陳犀禾編:《電影改編理論問題》,中國電影出版社,1988 年 8 月版。

73、[美] 丹尼爾・貝爾:《資本主義文化矛盾》,三聯書店,1989 年 5 月版。

74、李爾葳:《張藝謀說》,春風文藝出版社,1998 年 10 月版。

75、林舟：《生命的擺渡——中國當代作家訪談錄》，海天出版社，1998 年 5 月版。

76、張鈞：《小說的立場——新生代作家訪談錄》，廣西師範大學出版社，2002 年 1 月版。

77、[加] 諾斯諾普・弗萊：《批評的剖析》，陳慧、袁憲軍、吳偉仁譯，百花文藝出版社，1998 年 11 月版。

78、李玲：《中國現代文學的性別意識》，人民文學出版社，2002 年 10 月版。

79、李小江等：《文學、藝術與性別》，江蘇人民出版社，2002 年 10 月版。

80、張岩冰：《女權主義文論》，山東教育出版社，1998 年 12 月版。

81、[日] 今道友信（今の道友信）：《關於愛和美的哲學思考》，王永麗、周浙平譯，三聯書店，1997 年 8 月版。

82、[英] 馬克・柯裡（Mark Currie）：《後現代敘事理論》（Postmodern Narrative Theory），寧一中譯，北京大學出版社，2003 年 8 月版。

83、王德威：《現代中國小說十講》，復旦大學出版社，2003 年 10 月版。

84、謝有順：《身體修辭》，花城出版社，2003 年 5 月版。

85、周國平：《愛情不風流》，海南出版社，2002 年 10 月版。

86、艾雲：《用身體思想》，江蘇人民出版社，2003 年 11 月版。

87、[美] 約瑟芬・多諾萬（Josephine Donovan）：《女權主義的知識分子傳統》（Feminist Theory: The Intellectual Traditions），趙育春譯，江蘇人民出版社，2003 年 1 月版。

88、謝玉娥編：《女性文學研究教學參考資料》，河南大學出版社，1990 年 8 月版。

89、郭洪紀：《顛覆愛欲與文明》，中國社會出版社，2000 年 1 月版。

90、司馬雲傑：《文化悖論──關於文化價值悖謬及其超越的理論研究》，陝西人民出版社，2003 年 1 月版。

91、王一川：《中國形象詩學 ── 1985 至 1995 年文學新潮闡釋》，上海三聯書店，1998 年 1 月版。

92、[美] 葛爾‧羅賓（Gayle Rubin）等：《酷兒理論──西方九十年代性思潮》（*Queer Theory: Western Sexual Thought in 1990s*），李銀河譯，時事出版社，2000 年 2 月版。

93、劉達臨：《性與中國文化》，人民出版社，1999 年 1 月版。

94、[奧] 佛洛伊德：《性愛與文明》，滕守堯等譯，安徽文藝出版社，1987 年 2 月版。

95、[古羅馬] 奧維德（*Ovidius*）：《愛經》（*Ars Amatoria*），戴望舒譯，光明日報出版社，1996 年 9 月版。

96、[意大利] 卡爾維諾：《未來千年文學備忘錄》，楊德友譯，遼寧教育出版社 1997 年 3 月版。

97、[美] 裔錦聲：《紅樓夢：愛的寓言》，北京大學出版社，2000 年 12 月版。

文學視界57　PG1127

回眸百媚的樣貌
——中國當代小說情愛敘事研究（1949-2011）
（修訂版）

作　　者/周志雄
主　　編/蔡登山
責任編輯/蔡曉雯
圖文排版/楊家齊
封面設計/陳佩蓉

發 行 人/宋政坤
法律顧問/毛國樑　律師
出版發行/秀威資訊科技股份有限公司
　　　　114臺北市內湖區瑞光路76巷65號1樓
　　　　電話：+886-2-2796-3638　傳真：+886-2-2796-1377
　　　　http://www.showwe.com.tw
劃撥帳號/19563868　戶名：秀威資訊科技股份有限公司
　　　　讀者服務信箱：service@showwe.com.tw
展售門市/國家書店（松江門市）
　　　　104臺北市中山區松江路209號1樓
　　　　電話：+886-2-2518-0207　傳真：+886-2-2518-0778
網路訂購/秀威網路書店：http://www.bodbooks.com.tw
　　　　國家網路書店：http://www.govbooks.com.tw

2014年4月　BOD一版
定價：450元
版權所有　翻印必究
本書如有缺頁、破損或裝訂錯誤，請寄回更換

國家圖書館出版品預行編目

回眸百媚的樣貌：中國當代小說情愛敘事研究 (1949-2011) /
周志雄著. -- 一版. -- 臺北市：秀威資訊科技, 2014.04
　　面；　　公分. -- (文學視界 ; PG1127)
　　BOD版
　　ISBN 978-986-326-238-1 (平裝)

1. 中國小說 2. 現代小說 3. 文學評論

820.9708　　　　　　　　　　　　　　　103004052

讀者回函卡

感謝您購買本書，為提升服務品質，請填妥以下資料，將讀者回函卡直接寄回或傳真本公司，收到您的寶貴意見後，我們會收藏記錄及檢討，謝謝！
如您需要了解本公司最新出版書目、購書優惠或企劃活動，歡迎您上網查詢或下載相關資料：http:// www.showwe.com.tw

您購買的書名：_____

出生日期：_____年_____月_____日

學歷：□高中 (含) 以下　　□大專　　□研究所 (含) 以上

職業：□製造業　□金融業　□資訊業　□軍警　□傳播業　□自由業
　　　□服務業　□公務員　□教職　　□學生　□家管　　□其它_____

購書地點：□網路書店　□實體書店　□書展　□郵購　□贈閱　□其他

您從何得知本書的消息？

　　□網路書店　□實體書店　□網路搜尋　□電子報　□書訊　□雜誌

　　□傳播媒體　□親友推薦　□網站推薦　□部落格　□其他_____

您對本書的評價：(請填代號　1.非常滿意　2.滿意　3.尚可　4.再改進)

　　封面設計____　版面編排____　內容____　文／譯筆____　價格____

讀完書後您覺得：

　　□很有收穫　□有收穫　□收穫不多　□沒收穫

對我們的建議：_____

_____

_____

_____

11466
台北市內湖區瑞光路 76 巷 65 號 1 樓
秀威資訊科技股份有限公司　　　收
BOD 數位出版事業部

．．

（請沿線對折寄回，謝謝！）

姓　　名：＿＿＿＿＿＿＿＿　年齡：＿＿＿＿　性別：□女　□男

郵遞區號：□□□□□

地　　址：＿＿＿＿＿＿＿＿＿＿＿＿＿＿＿＿＿＿＿＿＿

聯絡電話：(日) ＿＿＿＿＿＿＿＿＿　(夜) ＿＿＿＿＿＿＿＿＿

E-mail：＿＿＿＿＿＿＿＿＿＿＿＿＿＿＿＿＿＿＿＿＿